브라운 신부의 실제 모델은 그의 친구인 존 오코너 신부로
알려져 있는데, 브라운 신부의 역설적이고도 기지 넘치는 발언들은
1922년 로마 가톨릭으로 개종한 작가 자신의 모습과
종종 겹치기도 한다.
늘 우산을 들고 다니는 브라운 신부의 이미지가 워낙 유명해져서,
우산을 탐정의 상징으로 사용하던 기존의 출판사들이
모두 이를 바꾸어야 했을 정도로 그 당시 영국 추리소설계에
체스터튼과 브라운 신부가 미친 영향은 컸다.
체스터튼은 그 밖에도 저널리스트로서 4천 편이 넘는 신문 칼럼을
기고하는 한편, 『G. K.' s Weekly』라는 주간지를 직접 편집 발행하기도
했다.
특히 그는 그 당시의 지성인들인 조지 버나드 쇼, H. G. 웰스,
버트란드 러셀 등과 논쟁을 벌인 것으로 유명하다.
당시의 기록에 따르면, 체스터튼이야말로 그 모든 논쟁들의
승자였음에도 불구하고 세상은 그를 잊고 패자들만을
칭송하고 있는 것이다. 조지 버나드 쇼는 '세상이 체스터튼에 대한
감사의 말에 인색하다' 는 말로 체스터튼의 업적을 인정하였다.
T. S. 엘리엇은 체스터튼을 일컬어 '영원토록 후대의 존경을
받아야 마땅한 사람' 이라고 말했다.
더불어 후대의 대표적인 문인들, 가령 어니스트 헤밍웨이,
그레이엄 그린, 호르헤 루이스 보르헤스, 가브리엘 가르시아 마르케스,
마셜 맥루한, 애거서 크리스티 등은 체스터튼의 작품에 큰 영향을
받았음을 고백하고 있다.

표지 디자인 이승욱

지혜

브라운 신부 전집 2

지혜

G.K. 체스터튼 지음 | 봉명화 옮김

북하우스

| 차례 |

루시안 올더쇼에게

루시안 올더쇼(Lucian Oldershaw)는 체스터튼과 세인트 폴 스쿨 동창으로 평생의 우정을 나누었다. 1896년 루시안이 에델 블록과 약혼하는 자리에서, 체스터튼은 에델의 자매인 프랜시스 블록과 만나 사랑에 빠졌고, 1901년 결혼하였다. 1900년에 루시안은 또 그에게 당대 유명 문인 중 하나인 힐러리 벨록을 소개시켜주었다.

통로에 있었던 사람

검은 윤곽의 정체는 제멋대로 모습을
바꾸는 마귀가 되어가고 있었다. 한 사람은
여자 같았다고 하고, 또 한 사람은 짐승
같았다고 하고, 다른 또 한 사람은 악마였다고
주장하고 있으니…….

두 남자가 아델피 거리에 있는 아폴로 극장 옆의 통로 양쪽 끝에서 동시에 나타났다. 텅 빈 거리에는 젖빛 저녁 햇살이 뿌옇게 내려앉아 있었고, 통로가 꽤 길고 어두운 편이었기 때문에 두 사내에게는 맞은편에 있는 상대가 검은 윤곽으로만 보였다. 그러나 그들은 어두운 외곽선만 보고도 서로를 알아보았다. 둘 다 외모가 특출한데다 더욱이 서로 앙숙이었기에 당연한 일이었다.

이 통로의 한쪽 끝은 비탈진 아델피 거리로, 다른 쪽 끝은 해질 무렵 노을에 물든 템스 강이 내려다보이는 테라스로 트여 있었다. 한쪽 측면은 밋밋한 벽이었는데, 이 벽은 운영에 실패하여 지금은 문을 닫은 낡은 극장 식당의 벽이었다. 빈 벽 맞은편에는 문이 양쪽 끝에 하나씩 두 개가 있었는데 모두 최고 대우를 받는 배우들이 개인전용으로 이용하는 문들이었다. 요즘에는 셰익스피어 극의 주연급 남녀 배우들이 쓰고 있었다.

유명인사들은 친구들과 만나기 위해 혹은 친구들을 피하기 위해 개인전용 문을 갖고 싶어하는 법이다. 의문의 두 사내는 일종의 그런 친구들로 그 개인전용 출입문에 대해 알고 있고, 자기들을 위해 그 문이 틀림없이 열리리라 믿고 있었다. 두 사내는 똑같이 침착하고 당당하게 위쪽 출입문으로 다가갔다. 걷는 속도는 같지 않았지만 그 문에서 더 먼 아래쪽으로부터 오고 있던 사내의 걸음이 더 빨라서 둘은 거의 동시에 출입문 앞에 이르렀다. 둘은 서로 정중하게 목례를 주고받은 뒤, 좀전에 아주 빨리 걸어왔던 성미 급해 보이는 남자가 곧바로 문을 두드렸다.

둘은 어느 모로 보나 정반대인 사람들이었다. 그렇다고 누구는 잘났고 누구는 못났다고 단정지을 수는 없었다. 각각 따로 두고 볼 때 둘 다 수려한 용모에, 능력도 갖추었고, 인기도 좋았다. 공인으로서도 두 사람 모두 최상급 지위에 올라 있었다. 하지만 두 사람 사이에는 각자의 직책에서부터 외모에 이르기까지 모든 면에 있어서 공통점이 하나도 없었기 때문에 둘을 놓고 비교하기가 어려웠던 것이다. 그 둘 중 윌슨 세이모어 경은 알 만한 사람들은 누구나 다 아는 중요인물이었다. 정치 단체에서든 전문직종에서든 그곳의 핵심 구성원들과 어울리면 어울릴수록 세이모어 경을 만날 기회는 그만큼 많아졌다. 스무 개의 위원회들의 위원들이 죄다 우둔하기 짝이 없었을 경우에도 그 가운데 단 한 사람, 그만이 유일하게 똑똑했다. 그는 왕립미술원의 개혁에서부터 복본위제(複本位制)* 계획에 이르기까지 대영제국이 안고 있는 모든 과제들에 관여할 만큼 모르는 것이 없었다. 특히 미술적 재능에 있어서는 최고의 경지에 올라 있어서, 그를 미술가의 길을 택한 위대한 귀족으로 보아야 할지 귀족이 된 위대한 미술가로 보아야 할지 판가름하기 힘들 정도였다. 또한, 누가 되었든지 간에 그와 만나 5분 가량 이야기를 나누고 나면 평생 그의 그늘 아래서 살아왔음을 깨닫게 되었다.

그의 풍채 역시 이와 똑같은 의미에서 '탁월'했다. 그는 평범하면서도 독특한 분위기를 지니고 있었던 것이다. 옷차림에서도 전혀 결점을 찾을 수 없었다. 그가 쓰는 실크 모자는, 남들이 흔히 쓰는 모자에 비해 조금 높은지라 그 모자를 썼을 땐 원래 그의 키보다 더 커 보였다. 크고 호리호리한 체격에 언제나 약

---

* 두 가지 금속을 화폐가치의 기준으로 삼는 제도.

간 꾸부정한 자세로 다녔지만 허약해 보이지는 않았다. 머리칼은 은회색이이도 전혀 나이 들어 보이지 않았고, 곱슬곱슬하게 말려 있는데도 보기에 흉하지 않았으며 길게 길렀는데도 여자 같아 보이지 않았다. 그러기는커녕 공들여 뾰족하게 기른 턱수염 때문인지 남성적이고 심지어 호전적으로까지 보였다. 그의 저택에 걸려 있는 벨라즈케즈가 그린 해군제독들의 초상화에서도 그와 비슷한 수염을 볼 수 있었다. 그의 회색 장갑은 극장이나 식당 같은 데서 흔히 보는 것들보다 더 파르스름한 빛이 났고 은으로 만든 손잡이가 달린 지팡이도 마찬가지로 그런 것들보다 더 길었다.

또 한 사내는 그리 큰 키는 아니었으나 그렇다고 작아 보이지도 않았고, 누가 봐도 아주 건장하게 잘생겼다고 할 사람이었다. 곱슬곱슬한 금발을 짧게 치켜 깎았고, 머리는 초서의 〈캔터베리 이야기〉에 나오는 방앗간 주인처럼 박치기로 문이라도 거뜬히 박살낼 수 있을 것같이 단단하고 묵직해 보였다. 콧수염과 딱 벌어져 있는 어깨를 보면 틀림없는 군인이라고 여기겠으나, 상대를 꿰뚫어보는 듯한 푸른 눈동자는 남다른 솔직함을 보이는 것이 뱃사람 같은 인상을 풍겼다. 얼굴이 약간 네모난데다, 턱도 각이 져 있고, 어깨도 떡 벌어져 있었다. 게다가 입고 있는 옷마저 각이 져 있었으니 풍자만화가 맥스 비어봄*이 〈유클리드〉 제4권에 그의 네모난 모습을 희화화하여 그려넣은 게 무리도 아니었다.

다른 분야에서이긴 하나 그도 역시 꽤나 유명한 인물이었다. 상류사회에 속해 있지 않은 사람이라도 커틀러 대위의 홍콩 공격이나, 중국 본토 진격에 대해 들어 알고 있었다. 어딜 가나 그의 이름이 들렸고, 그의 초상화를 실은 우편 엽서, 그의 작전지도나 전투지역을 그린 그림이 실린 신문을 볼 수 있었으며, 음악회 홀에서는 그를 찬양하는 노래가 울려 퍼졌다. 그의 명성은 일시적일지는 모르겠지만 세이모어 경에 비해서 한 열 배쯤은 더 널리, 더 많은 사람들에게 자연발생적으로 퍼져나갔다. 실로, 수많은 영국 가정에서 그를 넬슨 제독에 버금가는 대영제국의 위인으로 여기고 있었다. 그러나 영국 내에서 떨치는 위력으로 따지자면 윌슨 세이모어 경에게는 훨씬 못 미쳤다.

출입문이 열렸다. 하인이자 의상담당자인 노인이 문을 열어주었는데, 수척한 얼굴과 쇠잔한 몸매, 거기다 낡은 검은 외투와 바지를 입은 그의 모습이 눈부시도록 화려한 여배우의 분장실과 묘한 대조를 이루고 있었다. 분장실 벽에는 사방으로 거울들이 달려 있어 마치 거대한 다이아몬드 내부의 무수한 단면

---

* Beerbohm, Max(1872~1956). 영국의 수필가이자 만화가.

들을 보는 듯했다. 울긋불긋한 꽃들, 다채로운 색깔의 방석들, 그리고 무대 의상과 같은 분장실 안의 온갖 호화찬란한 물건들이 거울 속에서 셀 수 없이 늘어나서는 〈아라비안 나이트〉의 광란의 상태와도 같이 어지럽게 춤을 추어댔다. 발을 질질 끌며 걷는 시중이 분장실 안으로 들어오면서 문을 여느라고 거울 하나를 뒤로 돌리자 거울 속의 물건들이 끊임없이 자리를 바꾸었다.

두 사람은 그 의상담당자를 파킨슨이라고 불렀다. 그들이 오로라 롬 양을 만나러 왔다고 말하자, 파킨슨은 그녀는 다른 방에 있으니 자기가 가서 전하겠다고 대답했다. 두 방문객의 이마에 한 가닥 그늘이 스치고 지나갔다. 그도 그럴 것이 그녀가 있다는 다른 방은 그녀의 상대역을 맡고 있는 남자배우의 전용 분장실이었다. 그녀는 그녀를 찬미하는 남성들의 가슴에 질투심을 불붙이는 여성이었던 것이다. 그런데 곧바로 분장실 안쪽 문이 열리더니 무대에 등장할 때와 다름없는 자태로 그녀가 들어왔다. 그녀가 들어오는 동안 분장실 안의 정적은 사라지고 우레와 같은 박수 소리가 들리는 것 같았다. 그녀의 곁에는 무대 위가 아닌 사생활에서조차 열광의 환호성이 언제나 당연하게 따라다니는 듯했다. 그녀는 기묘한 청록색 공단옷을 입고 있었는데, 청록빛 금속처럼 번쩍거리는 것이 어린아이들이나 심미안을 가진 이들의 눈을 즐겁게 할 만했다. 탐스러운 갈색 머리칼이 감싸고 있는 그녀의 얼굴에는 모든 남성들에게, 특히 소년들과 초로의 신사들에게 더더욱 위험한 신비로운 매력이 흘러 넘쳤다. 그녀는 요즘 극히 시적이고 환상적으로 연출된 〈한여름밤의 꿈〉에 미국의 명배우 이시도르 브루노와 함께 출연하고 있었는데, 이번 공연은 오베론과 티타니아, 다시 말해 오베론 역의 브루노와 티타니아 역의 그녀가 미적으로 두드러져 보이도록 하는 것에 주안점을 두고 있었다. 꿈같이 아름다운 배경의 무대 위로 그녀가 신비로이 춤을 추며 나타날 때면 광택이 나는 딱정벌레 날개 같은 그녀의 청록색 공단옷은 말로는 표현 못할 요정 여왕의 매력을 한껏 드러내주었다. 더욱이 지금처럼 밝은 대낮에 개인적으로 그녀를 만나게 되면 남자들은 그녀의 얼굴에서 더더욱 눈을 떼지 못하였다.

그녀는 얼굴 가득 환한 미소를 지어 보이며 두 사내에게 인사했다. 그녀의 그런 미소는 뭇 남성들로 하여금 그녀에게 가까이 다가가지 못하게 하는, 어쩌면 그들에게는 똑같이 위험할 수도 있는 한계선 역할을 하는 것이기도 했다. 그녀는 커틀러 대위가 가져온 꽃다발을 받아들었다. 열대 지방에서 자라는 그 꽃은 그가 전쟁에서 얻어낸 승리만큼이나 값비싸게 구한 것이었다. 윌슨 세이모어 경은 조금 후에 담담한 태도로 자신이 가져온 선물을 내놓았다. 열의를 겉으로 드러내는 건 그의 교양에 어울리지 않을 뿐 아니라 꽃과 같이 속이 빤히 들여다보이는 것을 선물하는 것도 그가 고집하는 개성에 어긋나기 때문이었다. 그는 자신은 하찮은 골동품을 가져왔노라고 말했다. 그의 설명에 의하면 그것은 고대 그리스 미케네 문명 시대의 단검으로 테세우스*와 히폴리테** 시대에도 차고 다녔을 법한 물건이었다. 영웅 시대의 무기가 다 그렇듯 그것도 놋쇠로 만들어져 있는데, 놀랍게도 아직 사람을 찌를 수 있을 만큼 날카롭다는 것이었다. 그는 그 단검의 나뭇잎 모양 때문에 그것에 매료됐다고 말했는데, 누가 보기에도 그리스 항아리 못지않은 완벽한 모양을 갖추고 있었다. 그는 롬이 그 단검을 마음에 들어하거나 연극에서 사용한다면 큰 영광일 것이라고 덧붙여 말했다.

바로 그때 안쪽 문이 홱 열리더니 덩치 큰 남자가 나타났다. 그는 커틀러 대위보다는 세이모어 경과 대조될 만한 인물이었다. 2미터 가까이 되는 큰 키에 연극을 위해 분장한 것이 아닌

---

* Theseus. 그리스 신화에 나오는 아테네의 영웅으로, 크레타 섬의 미궁에 사는 괴물 미노타우로스를 처치했다.
** Hippolyte. 그리스 신화에서 아마존의 여왕.

진짜 근육이 울퉁불퉁 붙어 있는데다 현란한 표범가죽과 황금빛 도는 갈색 의상을 둘러 입고 있는 그의 모습은 마치 야만족의 신이 눈앞에 서 있는 것 같았다. 그는 오베론으로 분장한 이시도르 브루노였다. 그가 들고 있던 사냥용인 듯한 창은 관객석에서 볼 때는 가느다란 은색 막대기 정도로만 보였는데 이 복잡하고 좁은 방에서는 실제로 위협적인 무기처럼 보였다. 그의 검은 두 눈은 화산처럼 격렬하게 이글거렸다. 구릿빛 얼굴이 잘생기긴 했으나 툭 불거진 광대뼈 아래에 새하얀 이가 드러날 때면 이 배우의 고향이 남국의 대농장이 아닐까 하고 추측하게 했다.

"오로라, 부탁이⋯⋯."

그는 수많은 관객들을 감동시켰던 굵은 저음의 목소리로 그녀를 부르며 말을 꺼냈으나 어정쩡하게 중단하고 말았다.

여섯번째 인물이 출입문을 열고 불쑥 나타났기 때문이었다. 이 사내는 이런 장소에 너무도 안 어울려서 우스꽝스럽기까지 한 인물이었다. 아주 작은 키에 로마 가톨릭 신부복을 입은 그가 브루노와 오로라 옆에 나란히 서자, 방주에서 내려온 나무로 된 노아같이 보였다. 그는 그들과 자신이 얼마나 달라 보이는지에 대해선 제 알 바 아니라는 듯 공손하게 입을 열었다.

"롬 양께서 절 부르신 것으로 알고 있습니다만."

예리한 관찰력의 소유자라면 감정과는 전혀 무관한 방해자의 침입이 오히려 감정의 열기를 뜨겁게 했음을 눈치챘을 것이다. 직업상 독신 생활을 하는 신부의 등장이 다른 남자들로 하여금 문득 서로를 한 여자를 둘러싸고 있는 사랑의 적수들로 바라보게 한 것이었다. 바깥에서 서리 내리는 추위에 떨다 들어온 사람이 방 안을 난로처럼 느끼는 것과 같았다. 자신에게 아무런 감정이 없는 남자의 존재로 인해 롬은 그 외의 다른 남자들은 모두 자신을 사랑하고 있으며, 각자 다르게 그것도 다소 위험한 방식으로 사랑하고 있다는 것을 직감하게 되었다. 남자배우는 야만인이나 철부지 어린애처럼 탐욕스럽게, 군인은 뚝심 있는 사내답게 맹목적이고 이기적으로, 윌슨 경은 한 가지 취미에 몰두하는 늙은 쾌락주의자처럼 나날이 더욱 열중하면서 그녀를 사랑하고 있는 것 같았다. 심지어는 그녀가 성공하기 전부터 그녀를 알고 있고, 눈으로 발로 그녀 뒤를 쫓아다니는 비천한 파킨슨까지도 말 못하고 주인의 뒤꽁무니만 따라다니는 개처럼 그녀를 사랑하고 있는 것 같았다.

역시 예리한 관찰력을 가진 사람이라야 눈치챌 수 있었을 만한 기묘한 일이 한 가지 더 있었다. 검은 신부복을 입은 사람이 그러한 것들을 눈치채고 내심 몹시 재미있어하고 있다는 사실이었다. 그도 예리한 구석이 전혀 없는 사람은 아닌 듯했다. 위대한 여배우 오로라 롬은 남성들이 자신에게 바치는 숭배에 관심이 없는 것은 아니었지만 이 순간만은 그 숭배자들을 모두 물리치고 자기를 숭배하지 않는 신부하고만 같이 있고 싶었다. 사실 신부는 다른 남자들과 같은 의미에서의 숭배자가 아니긴 했지만, 그녀의 부드러우면서도 단호한 수완에 깊이 탄복하고 있었다. 오로라 롬은 그런 수완을 오직 하나의 것 즉, 인류의 반이며 그녀와 다른 성을 가진 사람들에게만 발휘할 수 있었다. 키 작은 신부는 그녀가 어느 한 남자도 배척하지 않고 재빠르고 치밀하게 그들 모두를 떨쳐내 버리는 것을 마치 나폴레옹의 작전 수행이라도 되는 듯이 지켜보고 있었다.

덩치가 큰 배우 브루노는 어린애 같아서 골을 내며 문을 쾅 닫고 나가버리게 만들기는 아주 쉬웠다. 커틀러 대위는 생각은 뻔뻔스럽게 해도 행실에는 꼼꼼히 격식을 따졌다. 암시를 주는 말 같은 건 싹 무시해버릴지라도 숙녀의 입에서 떨어진 확정적인 명령이라면 그것을 무시할 바엔 차라리 죽음을 택할 위인이었던 것이다. 세이모어 경은 좀 다르게 다루어야 했으므로 맨 마지막까지 남아 있도록 해야 했다. 그를 움직이게 할 유일한 방법은 남자들을 돌려보내려는 이유를 그에게 숨김없이 털어놓고 오랜 친구로서 호소하는 것뿐이었다. 신부는 이 세 명의 남자들을 단 한 가지 행동만으로 물리쳐버리는 롬을 보며 실로 감탄을 금할 수가 없었다.

그녀는 커틀러 대위에게로 다가가 상냥하게 말했던 것이다.

"이 꽃다발은 소중히 간직할게요. 당신이 좋아하시는 꽃들일 테니까요. 하지만 제가 좋아하는 꽃이 없으니 뭔가 빠진 것처럼 느껴지네요. 모퉁이에 있는 꽃가게에 가서서 은방울꽃을 사다주시겠어요? 그렇게 해주신다면 아주 예쁜 꽃다발이 될 거예요."

이 말에 브루노가 성을 내며 자리를 박차고 나가버렸다. 그녀의 첫번째 목표인 그를 퇴장시키는 것이 당장에 이루어진 것이었다. 브루노는 자기가 가지고 있던 창을 제왕의 상징인 홀이라도 되는 듯 측은한 파킨슨에게 건네주고 나서 자기는 옥좌에라도 앉는 듯 쿠션을 댄 의자에 앉으려고 하던 참이었다. 그러나 롬이 다들 듣는 데서 자기의 연적에게 부탁을 하자 그의 오팔빛 눈동자가 과민하고 반항적인 노예의 그것처럼 시뻘건 빛을 띠었다. 다음 순간 엄청나게 큰 갈색 두 주먹을 불끈 쥐며 문을 부술 듯이 확 잡아 열고 나가서는 건너편에 있는 자기 방으로 모습을 감추고 말았다. 한편 영국군 대위를 움직이게 하기 위한 롬의 작전은 생각했던 것처럼 쉽게 풀리지 않고 있었다. 커틀러 대위는 명령에 따르듯이 뻣뻣한 자세로 벌떡 일어나 모자도 쓰지 않은 채 문 쪽으로 걸어갔다. 하지만 느긋하게 거울에 기대어 서서 보란 듯 허세를 부리는 세이모어 경을 보고는 갑자기 문 앞에 멈춰 서더니 고개를 돌리며 돌아섰다. 그 모습이 마치 어쩔 줄 몰라하는 불독 같았다.

"바보 같은 사람이라 가는 길을 가르쳐줘야겠어요."

롬은 세이모어 경에게 살짝 귓속말을 해주고 문간까지 가서 그 앞에 선 대위를 재촉하여 내보냈다.

세이모어 경은 겉으로 보기엔 품위를 지키며 아무렇지 않은 듯한 태도를 취하고 있었지만 상황이 어떻게 되어가는지 귀 기울여 듣고 있었던 모양이었다. 그녀가 대위에게 자신의 부탁을 마지막으로 환기시켜주고 나서는 곧바로 돌아서서 통로의 다른쪽 끝에 있는, 템스 강이 내려다보이는 테라스로 웃으며 달려가는 것을 듣고는 그제야 마음을 놓는 듯했다. 하지만 금세 세이모어 경의 얼굴빛이 다시 어두워졌다. 롬이 방금 뛰어간 통로 끝에 브루노의 전용 분장실 출입문이 있다는 사실이 퍼뜩 떠올랐던 것이다. 그와 같은 지위에 있는 사람에게는 그렇게 사랑의 적수가 많아야 한다는 사실이 견디기 힘든 법이다. 그러나 그는 품위를 잃지 않고 브라운 신부와 웨스트민스터 사원의 비잔틴 건축양식에 관해서 몇 마디 나눈 뒤에 분장실을 나와 아주 자연스럽게 통로 저쪽편으로 찬찬히 걸어갔다. 분장실 안에는 브라운 신부와 파킨슨만 남아 있었는데, 둘 다 필요 이상의 말은 하지 않는 사람들이었다. 파킨슨은 방 안을 돌아다니며 벽 위의 거울들을 앞으로 당겼다가 다시 밀어넣었다가 하고 있었다. 손에 들고 있는 오베론 왕의 섬세한 창 때문인지 그의 칙칙한 외투와 바지가 더욱 꼴사납게 보였다. 그가 거울을 당길 때마다 검은 옷을 입은 브라운 신부의 모습이 거울 속에 각기 다른 모습으로 나타났다. 그 속에 무수히 많은 브라운 신부들이 가득 들어차서는 천사들처럼 공중에서 거꾸로 서 있기도 하고, 곡예사들처럼 재주넘기도 하고, 무례한 사람들처럼 등을 돌리고 서 있기도 하는 것이었다.

브라운 신부는 사방에 넘쳐나는 수많은 자신의 모습들에는 아랑곳하지 않고 그저 멍하니 파킨슨을 지켜보고 있을 뿐이었다. 그런데 파킨슨은 그 요상한 창을 손에 쥔 채 브루노의 방으로 가버렸다. 그러고 나서는 늘 그렇듯이 신부는 깊은 생각 속에 빠져들면서 혼자만의 시간을 즐겼다. 거울의 각도, 굴절 각도, 벽에 맞춰지는 것은 어떤 각도에선지 따위를 열심히 따져보기도 했다. 그런데, 이때 갑자기 목을 졸리며 지르는 듯한 비명 소리가 들려왔다.

그는 벌떡 일어나 꼼짝 않고 서서 귀를 기울였다. 그와 동시에 윌슨 세이모어 경이 창백한 얼굴로 뛰어들어오더니 신부에게 큰 소리로 물었다.

"통로에 있는 남자는 누굽니까? 내가 가져온 단검은 어디에 있지요?"

무거운 장화를 신은 브라운 신부가 미처 발꿈치를 떼기도 전에 세이모어 경은 이미 단검을 찾으려고 의상실 안을 헤집고 있었다. 단검이든 뭐든 무기 같은 것이라고는 아직 아무것도 찾지 못하고 있는데, 바깥에서 누군가 달려오고 있는 소리가 요란하게 나더니 커틀러 대위의 네모진 얼굴이 세이모어 경이 달려온 같은 문에 불쑥 나타났다. 그의 손에는 한 다발의 은방울꽃이 어색하게 쥐어져 있었다.

"무슨 일입니까? 저 아래 통로에 있는 놈은 누구요? 이거 다 당신이 꾸민 짓 아니야?"

그가 세이모어 경을 바라보며 소리쳤다.

"내가 꾸민 짓이라니!"

창백한 얼굴의 세이모어 경이 한 걸음 앞으로 나서며 화를 냈다.

두 사내가 그러고 있는 사이 브라운 신부는 통로로 나가 다른쪽 끝으로 걸어가면서 주위를 살펴보았다. 무언가 눈에 띄는 것이 있어 그는 그쪽으로 부리나케 갔다.

이때 두 사내도 시비를 멈추고 신부를 쫓아 달려나왔다.

"뭐 하고 있는 거요? 당신 대체 뭐하는 사람이오?"

커틀러 대위가 소리질렀다.

"나는 브라운이라고 하는 신부입니다. 롬 양이 부른다기에 빨리 온다고 왔는데, 그만 너무 늦어버렸군요."

뭔가를 굽어보던 신부가 몸을 일으키며 슬픈 목소리로 대답했다.

세 사람이 아래를 내려다보는 순간, 적어도 그들 중 한 사람은 그 늦은 오후의 햇살 속에서 더 살아가야 할 이유를 잃어버린 듯했다. 통로는 늦은 오후의 햇살이 쏟아져 들어와 마치 황금을 발라놓은 듯했는데, 그 햇살 속에 번쩍거리는 초록과 황금빛 의상을 걸친 오로라 롬이 얼굴을 위로 향하고 죽은 채로 누워 있었다. 격렬하게 저항했는지 그녀의 옷이 찢겨져 오른쪽 어깨가 허옇게 드러나 있었다. 상처를 입은 왼쪽 어깨에서는 피가 흘러내리고 있었다. 2미터쯤 앞에는 날이 무섭게 번쩍거리는 놋쇠 단검이 떨어져 있었다.

꽤 오랫동안 무거운 침묵이 흘렀다. 멀리 차링 크로스 광장에서 꽃 파는 소녀의 웃음 소리가 들려왔고, 누군가가 택시를 잡으려고 야단스럽게 불어대는 휘파람 소리도 들려왔다. 이윽고 커틀러 대위가 격정에 못 이겨서인지 연극을 하는 것인지 난데없이 윌슨 세이모어 경의 멱살을 움켜쥐었다.

대항하려고 하지도 않고 두려워하는 기색도 없이 커틀러 대위를 응시하던 세이모어 경이 침착하게 말했다.

"날 죽일 필요 없소. 내 스스로 그렇게 할 테니."

커틀러 대위가 잠시 주저하다가 멱살 잡은 손을 놓자 세이모어 경은 다시 냉담한 목소리로 덧붙여 말했다.

"용기가 없어 저 단검으로 죽지 못하더라도 술에 절어 한 달 안에 죽게 되겠지요."

"술 따위로 뭘 어쩌겠다는 거요? 난 죽기 전에 반드시 피로써 원수를 갚고 말 겁니다. 누구 짓인지 짐작하고 있소. 당신은 아니요."

다른 두 사람은 그가 무슨 뜻으로 한 말인지 미처 알아차리지도 못하고 있는데 그는 번개같이 잽싸게 단검을 집어들었다. 그리고는 통로 끝에 있는 분장실 쪽으로 달려가더니 잠긴 문을 단번에 부수고 뛰어들어 분장실 안에 있던 브루노 앞에 마주섰다. 이때, 그곳에서 늙은 파킨슨이 쓰러질 듯 비틀거리며 나와서는 통로 바닥에 있는 시체를 발견했다. 온몸을 부들부들 떨며 시체 앞으로 다가가 가만히 들여다보던 그의 얼굴에 경련이 일었다. 그는 다시 비틀거리면서 분장실 안으로 들어가더니 푹신한 의자에 털썩 주저앉았다. 거구의 배우와 커틀러 대위가 단검을 뺏으려고 또 빼앗기지 않으려고 서로 치고받고 난리법

석이었으나 브라운 신부는 그들은 거들떠보지도 않고서 파킨
슨에게로 얼른 달려갔다. 실질적으로 일을 처리하는 능력을 잃
지 않은 세이모어 경은 통로 끝에서 휘파람을 불어 경찰을 부
르고 있었다.

분장실 안에 들어선 경찰은 원숭이들처럼 엉겨붙어 싸우고
있던 두 사람을 떼어놓고 난 다음 몇 가지 형식적인 질문들로
취조했다. 그리고는 성이 나서 펄펄 날뛰는 대위의 주장에 따
라 이시도르 부르노를 살인 혐의로 체포했다. 당대의 국가적
영웅이 범인을 잡았다는 것은 경찰에게 중요한 일이었다. 경찰
에게도 신문기자 기질이 없지는 않았기 때문이다. 그들은 커틀
러 대위를 정중하게 대우했고, 그에 대한 배려의 표시로 손에
가벼운 상처가 나 있음을 지적해주었다. 커틀러 대위가 쓰러진
의자와 탁자 사이를 가로질러 브루노를 끌고 가던 중에 대위가
손에 쥐고 있던 단검을 브루노가 움켜잡고 비틀어대는 바람에
생긴 상처였다. 상처는 가벼웠지만 피가 나고 있었다. 야만인
같은 브루노는 분장실 밖으로 끌려나가기 전까지 계속 그 피를
응시하며 미소를 지었다.

"식인종 같은 놈이군요. 안 그렇습니까?"

경관이 커틀러 대위에게 친밀하게 말했다.

아무런 대꾸도 하지 않고 있던 커틀러 대위가 갑자기 기어

들어가는 목소리로 말했다.

"죽은…… 죽은 사람에게나…… 신경쓰십시다."

"죽은 사람은 두 사람입니다. 내가 곁으로 다가왔을 때 이미
이 사람은 죽어 있었어요."

방 건너편 구석에서 신부의 목소리가 들려왔다. 신부는 호화
스러운 의자에 검정 옷을 입고 웅크려 앉아 있는 늙은 파킨슨
을 내려다보며 서 있었다. 파킨슨은 자기 나름으로 죽은 여인
에게 애정 어린 찬사를 바쳤던 것이다. 그것엔 사람을 감동시
키는 힘이 있었다.

잠시 분장실 안에 흐르던 침묵을 깬 것은 커틀러 대위였다.
거칠면서도 부드러운 성격을 지닌 그는 자못 감동을 받은 듯
목쉰 소리로 말했다.

"그 사람이 부럽군요. 그는 그녀가 가는 곳마다 그녀를 따라
다니며 지켜보았소. 다른 사람은 아무도 그렇게 할 수 없었는
데 말입니다. 그녀는 그에게 공기와 같은 존재였습니다. 그녀
가 죽었으니 그는 질식해버린 겁니다. 저절로 숨이 끊어진 것
이지요."

"우리 모두가 죽은 거요."

길가를 내려다보고 있던 세이모어 경이 묘한 어조로 말했다.

그들은 분장실 밖으로 나와 길모퉁이에 이르러 브라운 신부

에게 본의 아니게 실례를 범한 것이 있다면 용서하라는 말과 함께 작별인사를 했다. 두 사람 모두 비통한 표정을 짓고 있었지만 뭔지 모를 다른 까닭이 있어서인 것 같기도 했다.

키 작은 신부의 머릿속은 토끼들처럼 이리 뛰고 저리 뛰는 여러 가지 생각들 때문에 복잡하고 어지러웠다. 두 사람이 슬퍼하고 있음이 분명하다는 생각이 새하얀 토끼 꼬리처럼 떠올랐다가도 과연 그들이 결백한지 확신이 안 서 그런 생각은 또 저만큼 달아나버리는 것이었다.

"우린 이제 그만 가는 게 좋겠소. 우리가 할 수 있는 일이 더는 없을 것 같으니까."

세이모어 경이 무거운 어조로 말했다.

"선생들이 여기서 곤란해질 수도 있는 일을 했다고 말한다면, 무슨 의미인지 이해가 가겠습니까?"

신부가 조용히 물었다.

두 사람은 뭔가 켕기는 것이 있는 듯 깜짝 놀랐다.

"누구를 곤란하게 했다는 겁니까?"

커틀러 대위가 매섭게 되물었다.

"당신 자신들이요. 실례인 줄 알지만 경고를 해드리는 게 도리에 맞을 것 같아 말씀드리는 겁니다. 거의 교수형에 몰고 가기 위해 할 수 있는 일은 거의 다한 듯싶군요. 물론, 그 남자배우가 무죄 석방될 때의 이야기입니다만. 경찰에서 저를 증인으로 부를 텐데 그럼 저는 비명 소리가 난 뒤에 곧바로 당신들 두 사람이 흥분한 상태로 분장실 안에 뛰어들어와서 단검에 대해 싸우기 시작했다고 증언하게 될 겁니다. 당신들 중에 범인이 있다고 증언할 수도 있고요. 그러니 당신들은 스스로를 곤란하게 만든 것이지요. 커틀러 대위는 특히 단검에 다쳤고요."

"내가 날 찌르기라도 했다는 거요? 이건 아주 가볍게 긁힌 상처일 뿐이오."

대위가 경멸하는 투로 말했다.

"가볍게 긁혔을 뿐인데 피가 나는군요. 그 덕에 놋쇠 단검에 대위님 피가 묻기 전에 다른 피가 묻어 있었는지 알 수 없게 되어버렸습니다."

잠시 침묵이 흘렀다. 그러다 세이모어 경이 여느 때와는 달리 매우 강한 어조로 말했다.

"통로에 누군가가 있었던 것을 제 눈으로 보았습니다."

"알고 있습니다. 커틀러 대위도 누군가를 보았다고 했지요. 그런데 정말 누군가가 있었던 걸까요?"

브라운 신부가 무표정한 얼굴로 말했다.

그 말이 무슨 뜻인지, 뭐라고 대답해야 할지를 몰라 어안이

벙벙해져 있는 두 사람에게 브라운 신부는 이만 실례하겠다고 정중하게 인사한 후 그의 몽똑하고 낡아빠진 우산을 들고 길 저편으로 터벅터벅 걸어가버렸다.

그 당시의 신문기사 가운데 가장 진실에 가깝고 또 가장 중요한 기사는 경찰 관련 기사이다. 20세기에 들어 정치문제보다 살인사건에 신문 지면이 더 많이 할애되는 이유는 살인을 좀더 심각한 것으로 여기기 때문일 것이다. 그러나 그 이유만으로는 왜 '브루노 사건'이니 '통로의 비밀'이니 하는 제목의 기사가 런던을 비롯한 각 지방 신문들 지면을 연일 장식하고 영국 전역을 떠들썩하게 했는지를 설명할 수가 없다. 사람들이 지나치게 흥분하게 되자 신문에서는 몇 주일 동안 사실과 제일 가까운 심문이나 반대심문 보고기사만 실었다. 사실, 그런 기사들은 지루하게 길어서 읽을 만한 것이 못 되지만 적어도 믿을 만한 것이었다. 이번 살인사건이 그토록 화제에 올랐던 진짜 이유는 관련된 인물들이 모두 거물급이라는 점에 있었다. 피해자가 인기 여자배우이고, 피의자가 인기 남자배우인 것 말고도 피의자를 맨손으로 붙잡은 사람이 바로 전국적인 애국의 물결을 타고 당대 최고의 영웅으로서 인기를 구가하고 있는 군인이었던 것이다. 이와 같은 특별한 상황하에 있었으니 신문사들은 진실하고 정확한 보도에 전력을 기울이지 않을 수 없었다. 이

유례없는 일에 대한 나머지 이야기는 피고 브루노에 대한 재판 기록에서 찾아볼 수 있다.

재판은 몽크하우스 판사가 담당했다. 익살맞은 면이 있는 판사들은 사람들에게 비웃음을 받기 십상이다. 몽크하우스 판사도 그런 판사들 중 한 사람이었다. 실제로는 이들이 점잖은 판사들보다 훨씬 더 진지한 편이다. 직책상 점잖게 위신을 지켜야 하는 부담감을 떨쳐내려고 경박하게 행동하는 것일 뿐이다. 진지하고 근엄하기만 한 판사들은 실제로는 허영심이 강해 경박한 고집덩어리인 경우가 많다. 피의자가 사회적 명사라서인지 변호인단도 잘 갖추어져 있었다. 담당 검사는 월터 카우드레이 경이었는데, 영국인답고 믿음직스럽게 보이는 법과 유창하지 않아도 설득력 있게 주장하는 법을 터득하고 있었으며 기민한 면은 없지만 유능하고 관록이 있는 인물이었다. 변호인은 왕실 고문변호사인 패트릭 버틀러였다. 아일랜드인의 성격을 오해하는 사람들이나 그의 심문을 받은 적이 없는 사람들에게서 그는 느려터지고 일에 대한 열정이 별로 없는 사람으로 잘못 평가되고 있었다.

의사들의 증언에는 모순된 것이 없었다. 세이모어 경이 사건 발생 당시 현장에 부른 의사의 증언과 나중에 시체를 부검한 의사의 견해가 다르지 않기 때문이었다. 오로라 롬은 주머니칼이나 단검 같은 날카로운 도구에 찔렸는데 날 부분이 짧은 것은 확실하다고 했다. 심장 바로 위를 찔렸고 즉사였다. 의사가 처음 시체를 보았을 때 숨을 거둔 지 20분이 채 안 되었다고 했다. 그렇다면 브라운 신부가 발견했을 때는 3분쯤 지나서였던 셈이다.

이어 피해자가 저항한 흔적이 있는지에 관한 공식적인 수사 결과가 제출되었다. 저항한 흔적을 보여주는 유일한 단서는 옷의 어깨 부분이 찢겨져 있다는 것이었는데, 이것은 일격에 치명상을 입고 죽은 사실과는 잘 부합되지 않는 점이었다. 완전히 해명되지는 않았으나 아무튼 이러한 세부 사항들에 대한 증언이 있은 후에 첫번째 증인이 증언대로 불려나왔다.

윌슨 세이모어 경은 매사에 그렇듯이 훌륭하고 완벽하게 증언했다. 재판장보다 훨씬 이름 높은 정치인이었는데도 그는 국왕의 대리인인 재판장 앞에서 자신을 낮추는 겸손함을 보여주었다. 법정에 참석한 사람들 모두가 국무총리나 켄터베리 대주교를 보듯이 그를 바라보고 있긴 했지만 이번 사건과 관련지어 생각할 때는 단지 한 남자로서의 역할을 한 것에 지나지 않는다는 것을 알고 있었을 것이다. 그는 위원회에서처럼 속이 후련할 정도로 명쾌하게 자신의 증언을 들려주었다.

극장으로 롬 양을 찾아갔다가 거기서 커틀러 대위를 만났고,

피고인과도 자리를 함께했는데 그는 잠시 후에 자신의 분장실로 돌아갔다. 그후 로마 가톨릭 신부 한 분이 죽은 숙녀가 요청해서 찾아왔는데 이름이 브라운이라고 했다. 롬은 커틀러 대위에게 꽃을 더 사다달라고 했고, 꽃을 사러 가는 대위에게 꽃가게의 위치를 알려주겠다며 극장 밖으로 통하는 통로 입구 쪽으로 나갔다. 그 자신은 신부와 몇 마디 이야기를 나누며 분장실 안에 남아 있었다. 그때 커틀러 대위를 보내고 난 롬 양이 웃으면서 통로의 다른 쪽 끝으로 달려가는 소리를 들었다. 그쪽에는 피고인의 전용 분장실이 있다. 그곳에 모였던 사람들이 그렇게 왔다갔다하기에 무슨 일인가 궁금해서 통로 끝까지 걸어가 피고인의 방문을 보고 있었다. 그의 증언이 여기까지 이어졌을 때 월터 카우드레이 경이 그에게 물었다.

"통로에서 뭔가를 보셨다지요?"

"네, 보았습니다."

월터 카우드레이 검사는 잠시 쉬라는 의미로 증언을 중단시켰다. 쉬는 동안에 세이모어 경은 눈을 내리깔고 있었다. 여느 때와 다름없이 침착한 태도였음에도 불구하고 안색은 창백해 보였다. 이윽고 검사는 동정하는 것 같기도 하고 불안한 것 같기도 한 목소리로 물었다.

"뭔가를 보신 게 확실합니까?"

흥분해서 약간 동요된 상태에 있었지만 윌슨 세이모어 경의 명석한 두뇌는 제대로 회전하고 있었다.

"윤곽은 아주 뚜렷하게 보였습니다만, 세세한 것들은 흐릿하게, 아니 전혀 보이질 않았습니다. 통로가 꽤 길어서 중간쯤에 햇빛을 등지고 서 있는 사람은 통로 끝에서 보면 검은 윤곽만 보입니다."

증인은 침착하게 아래를 내려다보면서 덧붙였다.

"그 점은 반대편 통로로 들어오던 커틀러 대위를 보았을 때 처음 알게 되었었지요."

다시 침묵이 흐르고 판사는 몸을 앞으로 숙이고 무언가를 적었다.

"좋습니다. 그 윤곽은 어땠습니까? 이를테면 살해된 여인의 모습과 비슷하진 않았나요?"

월터 검사가 끈질기게 물었다.

"전혀 그렇지 않았습니다."

"그러면 어떻게 보였습니까?"

"키가 큰 남자 같았습니다."

법정에 있던 사람들은 펜이나 우산 손잡이, 책, 장화 등 우연히 보게 된 물건에 시선을 고정한 채 떼지 못하고 있었다. 피고인에게 눈길을 주지 않으려고 애쓰고 있는 것 같았다. 그러나 마음으로는 피고석에 앉아 있는 인물을, 그의 거대한 체구를 떠올려보고 있었다. 브루노는 바라볼 때도 큰 사람이지만 눈길을 피하고 있으려니 그의 몸이 점점 더 크게 부풀어오르는 것만 같았다.

카우드레이 검사는 검은 비단 법의와 명주실같이 새하얀 구레나룻을 매만지며 엄숙한 표정으로 자리에 앉았다. 윌슨 세이모어 경은 몇 가지 자잘한 사항들을 덧붙여 증언했는데, 그것들은 다른 증인들도 많이 얘기하는 것들이었다. 그가 마지막 증언을 마치고 증언대에서 나오려고 할 때였다. 변호인석에 앉아 있던 변호사가 벌떡 일어나더니 그를 멈춰 세웠다.

"잠깐만 기다려주십시오."

붉은 눈썹에 졸리는 듯한 표정의 촌티 나는 버틀러 변호사가 말했다.

"그 사람이 남자였다는 것을 어떻게 아셨는지 말씀해주실 수 있습니까?"

세이모어 경의 얼굴에 엷은 미소가 언뜻 스치는 듯했다.

"너무 속된 판단이 아닌가 싶습니다만 바지를 보고 알았습니다. 두 개의 긴 다리 사이로 햇빛이 비치는 것을 보았을 때 비로소 남자라는 확신이 들었지요."

버틀러 변호사는 갑자기 폭발하는 휴화산처럼 거슬츠레하던 눈을 와락 뜨면서 말했다.

"비로소요!"

그는 증인이 한 말을 천천히 되풀이했다.

"그렇다면 처음에는 여자인 줄 알았다는 말씀인가요?"

처음으로 세이모어 경의 얼굴에 당혹해하는 기색이 나타났다.

"사건의 핵심과는 관계가 없는 얘기인 것 같습니다만 변호사님께서 물으시니 답변해드리겠어요. 제가 받은 인상을 정확히 말씀드리자면 여자였던 것 같다고 할 수도 없고 그렇다고 남자였던 것 같다고 할 수도 없는 것이었습니다. 아무튼 몸의 곡선이 좀 특이해 보였고, 긴 머리카락 같은 것도 보였어요."

"감사합니다."

왕실 고문 변호사 버틀러는 원하던 이야기를 들었다는 듯 얼른 자리에 앉았다.

커틀러 대위는 윌슨 세이모어 경에 비하면 말주변도 없고 침착하지도 못했으나, 사건의 발단에 관한 그의 증언은 확고하고 일관성이 있었다. 그는, 브루노는 분장실로 돌아갔었고, 자신은 은방울 꽃다발을 사러 갔다가 통로 위쪽 입구로 돌아왔을 때 통로에 무언가가 있는 것을 보았으며, 세이모어 경을 수상쩍게 여기기도 했지만, 브루노와 격투를 벌였다고 증언했다.

그러나 그는 자신과 세이모어 경이 보았던 검은 윤곽에 대해서는 세세히 증언하지 못했다. 윤곽이 어떤 모양이었느냐는 질문을 받았을 때 자신은 미술평론가가 아니라고 답변하면서 세이모어 경을 향해 노골적으로 차가운 웃음을 지어 보였다. 그 윤곽이 남자 같았는지 여자 같았는지를 묻는 질문에는 피고인을 무섭게 노려보면서 짐승 같았다고 대답했다. 대위가 슬픔과 분노를 가라앉히지 못하고 몸을 부들부들 떠는 것을 보고, 카우드레이 검사는 이미 어느 정도 확실해진 사실들에 대한 확인을 생략하기로 하고 빨리 심문을 마쳤다.

변호사의 반대심문 역시 간단했다. 짧게 하고 끝내는 것이 이 변호사의 습관이기도 했다. 그런데, 간단하게 했음에도 불구하고 시간상으로 보면 꽤 오래 걸린 것 같은 느낌을 주었다. 그는 여전히 졸린 눈으로 커틀러 대위를 바라보며 말했다.

"귀하께서는 주목할 만한 표현을 쓰셨습니다. 그 검은 윤곽이 남자나 여자라기보다는 짐승같이 보였다고 하셨는데 무슨 뜻인지 설명해주시겠습니까?"

커틀러 대위는 몹시 흥분하는 것 같았다.

"그런 표현은 쓰지 말았어야 했나 보군요. 하지만 어깨가 침팬지처럼 불룩하게 튀어나왔고 머리카락은 돼지털처럼 뻣뻣해 보였기 때문에 짐승 같다고……."

버틀러 변호사는 짜증이 난 듯 대위의 말을 중단시키며 말했다.

"머리카락이 돼지털 같았든 그렇지 않았든 그건 중요한 게 아닙니다. 혹시 여자의 머리카락 같았습니까?"

"여자의 머리카락 같았냐구요! 아닙니다! 아니에요!"

"먼저 증언하신 분은 그렇다고 하셨는데요."

변호사는 퉁명스럽게 한마디 하고는 다시 심문을 계속했다.

"그런데 아까 세이모어 경께서 잘 말씀해주신 대로 그 윤곽에 뱀을 연상시키는, 그러니까 여성적인 곡선이 있었습니까? 전혀 아닌가요? 전혀 여성적인 곡선이 없었습니까? 오히려 그 윤곽이 육중하고 떡 벌어진 모습이었다는 말씀이십니까?"

"몸을 앞으로 꾸부리고 있었던 것 같기도 합니다."

커틀러 대위는 약간 쉰 듯한 힘없는 목소리로 말했다.

"그렇지 않았을지도 모르지요."

버틀러 변호사가 내뱉듯이 말하고는 불쑥 자리에 앉아버렸다.

월터 카우드레이 검사에 의해 불려나온 세번째 증인은 키 작은 가톨릭 신부였다. 앞서 나온 두 사람에 비해 키가 너무 작아 증언대 위로 머리만 겨우 보였으니 마치 어린아이를 데려다놓고 반대심문을 하는 것 같았다. 그런데 불행하게도 월터 카우드레이 검사는 자기 집안의 종교가 가톨릭인 데서 비롯된 것이었겠지만 브라운 신부가 피고 편을 들 것이라 믿고 있었다. 피고가 악질의 외국인이고 피부색까지 거무튀튀하니까 말이다. 그리하여 그는 신부가 뭔가를 설명하려고 할 때마다 '네' 또는 '아니오'로 짧게 대답하라며 입을 막았고, 꾸짖기라도 하듯이 쓸데없는 궤변은 늘어놓지 말고 명명백백한 사실만을 진술하라고 요구했다. 브라운 신부가 통로에 있던 사람의 정체에 관해 소박하게 자신의 의견을 얘기하려 하자 검사는 가설은 듣고 싶지 않다고 딱 잘라 말했다.

"통로에 검은 형체가 있었습니다. 신부님도 그것을 보았다고 말씀하셨는데, 어떤 모양이었습니까?"

브라운 신부는 마치 야단맞는 아이처럼 눈을 깜박거리고 있었으나 그는 순종의 미덕을 오래 전부터 터득하고 있는 사람이었다.

"작달막하고 뚱뚱했어요. 그런데, 머리 부분에 양쪽으로 하나씩 새까만 것이 돋아나 있었습니다. 뿔 같기도 하고……."

"아! 뿔 달린 악마였군요. 틀림없이 개신교 신자들을 잡아먹으러 온 악마였나 봅니다."

카우드레이 검사가 득의양양하게 외치고는 자리에 앉았다.

"아니오. 저는 그게 누구였는지 알고 있습니다."

신부가 차분하게 말했다.

법정 안의 사람들은 당치도 않지만 정말 괴물이 있었던 것 같은 혼란스러운 느낌을 받고 있었다. 모두들 피고인의 존재는 잊어버린 채 통로에 있던 것이 무엇이었을지 머리에 그려보았다. 유능하고 존경할 만한 인물들인 세 사람이 제각기 다르게 증언하고 있는 검은 윤곽의 정체는 제멋대로 모습을 바꾸는 마귀가 되어가고 있었다. 한 사람은 여자 같았다고 하고, 또 한 사람은 짐승 같았다고 하고, 다른 또 한 사람은 악마였다고 주장하고 있으니…….

판사가 브라운 신부를 냉정하고 날카롭게 쏘아보며 말했다.

"귀하는 대단히 특이하신 분 같군요. 한데, 진실을 말씀해주실 것 같은 느낌을 받았습니다. 자, 귀하가 통로에서 본 사람은 누구였습니까?

"저였습니다."

이때 버틀러 변호사가 이상할 정도로 침착하게 일어나더니 조용하게 말했다.

"재판장님, 반대심문을 허락해주시기 바랍니다."

그는 숨도 돌리지 않고 브라운 신부를 향해 이제까지의 문제와는 전혀 관계 없는 질문을 던졌다.

"단검에 관한 증언을 들으셨을 겁니다. 전문가의 말에 따르면 범행에 날이 짧은 흉기가 쓰였다고 했는데, 그것도 알고 계시겠지요?"

"맞습니다. 날이 짧았지요. 그런데 자루는 아주 길었습니다."

브라운 신부가 올빼미처럼 진지하게 고개를 끄덕이면서 말했다.

청중들이 신부가 날이 짧고 자루가 긴 단검으로 사람을 찌르고 있는 소름끼치는 광경을 머릿속에 그려보고 그것을 채 떨쳐내지 못하고 있을 때, 신부가 서둘러 설명하기 시작했다.

"제 말은 단검만 날이 짧은 게 아니라는 겁니다. 창도 날이 짧지요. 연극에 소품으로 쓰이는 창도 단검처럼 끝이 뾰족한 강철로 되어 있어서 사람을 찌르기엔 충분합니다. 파킨슨 노인이 아내를 죽일 때 그 창을 썼지요. 가정 불화를 해결해달라고 롬 부인이 절 불렀던 건데 그만 제가 너무 늦게 간 겁니다. 그리고, 그 노인은 죄를 뉘우치고 죽었습니다. 회개하며 죽어갔지요. 자기가 저지른 짓을 견디기 힘들었을 겁니다."

법정에 있던 사람들은 땅딸보 신부가 증언대에서 영문 모를 말을 지껄여대다가 진짜로 정신이 돌아버린 것은 아닌가 하고 생각했다. 그러나 재판장은 흥미로운 듯 눈빛을 반짝거리며 신부를 바라보고 있었다. 변호사는 전혀 동요됨 없이 질문을 계속했다.

"파킨슨이 무대용 창으로 범행을 저질렀다면 사 미터 가량 떨어진 곳에서 던져서 찔러야 했을 겁니다. 옷의 어깨 부분이 찢겨져 있는 것은 그녀가 저항한 흔적으로 볼 수 있을 텐데 그것은 어떻게 설명하시겠습니까?"

어느새 버틀러 변호사의 태도가 달라졌고 법정 안에서는 일개 증인에 지나지 않는 신부를 권위 있는 전문가나 되는 듯 대우하고 있었는데, 그런 사실에 주목하는 사람은 이제 아무도 없었다.

"부인의 옷이 찢어진 것은 그녀의 등 뒤에 있던 판자에 걸려서 그런 겁니다. 걸린 옷자락을 떼려고 애쓰고 있을 때 파킨슨이 피고의 방에서 나가 창으로 그녀를 찌른 겁니다."

"판자라니요?"

변호사가 호기심 어린 눈빛으로 캐물었다.

"반대쪽 면은 거울입니다. 분장실 벽에 걸린 거울들을 보니까 그 중 몇 개는 바깥의 통로로 열릴 수 있게 되어 있더군요."

브라운 신부가 설명했다.

잠시 동안 뭔가 자연스럽지 않은 듯한 침묵이 법정 안에 흘렀다. 이 침묵을 깬 것은 판사였다.

"그럼, 귀하께서 통로에서 보신 것은 거울에 비친 귀하의 모습이었다는 겁니까?"

"네, 재판장님. 제가 바로 그 점을 말씀드리고 싶었는데, 모양이 어땠느냐는 것만 물으시더군요. 신부들이 쓰는 모자에는 뿔처럼 튀어나온 데가 있거든요. 그래서……."

재판장은 몸을 앞으로 내밀고는 나이를 먹어 침침해진 눈을 반짝반짝 빛내면서 또렷한 목소리로 말했다.

"그러니까 윌슨 세이모어 경께서 몸의 곡선이 특이하고 긴 머리칼에 남자 바지를 입고 있는 사람을 보신 것은 윌슨 세이모어 경 자신을 보신 거였다 이 말씀이신가요?"

"네, 재판장님."

"커틀러 대위께서 보신, 어깨가 침팬지처럼 불룩하게 튀어나오고 머리칼은 돼지털처럼 빳빳한 짐승도 커틀러 대위 자신이겠군요?"

"네, 재판장님."

판사는 감탄하는 건지 비웃는 건지 구별이 안 가는 표정을 지으며 의자에 기대어 앉았다.

"하나만 더 묻겠습니다. 명망 높으신 저 두 분들께서는 그러지 못하셨는데, 귀하는 어떻게 그것이 거울에 비친 자신의 모습이라는 것을 아셨습니까?"

브라운 신부는 전보다 더 힘들게 눈을 깜박거리며 더듬더듬 대답했다.

　"글쎄요, 저도 잘 모르겠습니다…… 아마 제가 거울을 자주
보지 않아서겠지요."

산적들의 천국

"내가 미래주의자라고 자네에게 말하지 않았나?
내게 믿음이 있다면 그건 변화와 활발한 움직임과
그리고 매일 아침 새롭게 태어나는 것들에
대해서라네. 나는 그런 것들을 찾아서 맨체스터,
리버풀, 리즈, 헐, 허더스필드, 글래스고, 시카고,
그 어디든 활기에 찬 문명사회로 갈 것이네."
"오호라, 그러니까 진짜 산적들의 천국으로
가겠다는 거로군."

토스카나 출신의 젊은 시인들 중 가장 독창적인 정신을 지닌 위대한 청년 시인 무스카리는 빠른 걸음으로 단골식당으로 들어갔다. 그 식당은 지중해가 내려다보이는 곳에 있었는데, 창문에는 차양이 걸려 있었고 작은 레몬나무와 오렌지나무들이 식당 주위를 둘러싸고 있었다. 가뜩이나 기분이 좋았던 시인은 조금 이르다 싶은 점심 만찬을 위해 흰 앞치마를 두른 급사들이 서둘러 음식을 준비하고 있는 것을 보고는 더욱 기분이 좋아졌다. 단테처럼 매부리코인데다, 길고 검은 머리카락에 어울리는 짙은 빛깔의 목도리를 늘어뜨리고 검은 망토를 걸치고 있는 그의 모습은, 얼굴에 검은 마스크라도 쓰고 있으면 베네치아풍의 멜로드라마에 나오는 인물이 나타난 듯한 착각을 줄 정도였다. 자칭 음유시인인 그는 중세시대의 음유시인들처럼 자신도 특정한 사회적 임무를 맡고 있다고 믿었다. 게다가 돈 후안이 살았던 시대에 살고 있는 것처럼 결투용 칼을 허리에 차고 기타를 퉁기며 천지를 돌아다녔다.

그는 어디를 가든 기다란 칼과 만돌린을 몸에 지니고 다녔다. 칼로는 멋진 결투를 여러 번 벌였고, 만돌린으로는 요크셔에서 휴양 와 있는 은행가의 딸, 에델 해로게이트를 위해서 세레나데를 연주한 적이 있었다. 그렇다고 해서 그가 허풍쟁이라거나 철이 없고 유치하다는 것은 아니다. 그저 어떤 것을 하고자 마음먹으면 꼭 하고야 마는 정열적인 라틴계 사람이었을 뿐이었다. 그의 시는 여느 사람이 쓴 산문처럼 꾸밈이 없고 이해하기 쉬웠다. 그런 만큼 모호한 이상이나 모호한 타협에 만족하는 북유럽 사람들은 상상도 못할 정도로, 그는 명예와 술과 아름다운 여인을 열렬히 그리고 노골적으로 숭배했다. 모호함에 길들여진 이들에겐 그의 솔직한 열정은 위험하고, 범죄의 냄새마저 풍기는 것으로 비춰졌다. 말하자면 그는 타오르는 불꽃, 파도치는 바다와도 같이 너무도 거짓이 없었던 탓에 사람들로부터 신임을 얻지 못하고 있었던 것이다.

무스카리의 단골식당은 영국인 은행가와 그의 아름다운 딸이 묵고 있는 호텔에 딸려 있었다. 사실은 그런 이유로 그 식당에 자주 가게 된 것이었다. 그는 식당에 들어서자마자 주위를 휙 둘러보았다. 은행가와 딸은 와 있지 않았다. 식당은 번쩍번쩍 빛이 날 만큼 완벽하게 준비를 갖추고 있었지만 손님은 별로 없었다. 무스카리는 열렬한 가톨릭 신자이긴 했지만 한쪽 구석 탁자에 앉아 이야기를 나누고 있는 두 명의 신부들을 두 마리의 까마귀들쯤으로만 여기고는 별 관심을 보이지 않았다. 그런데 황금빛 오렌지가 주렁주렁 달린 작은 나무가 반쯤 가리고 있던 구석진 자리에서 한 사내가 일어나더니 시인에게로 다가왔다. 그의 옷차림은 시인과는 판이하게 달랐다.

그 사내는 깃을 빳빳이 세운 체크 무늬 트위드 양복을 입고, 분홍 넥타이를 맸으며, 볼록한 노란색 구두를 신고 있었다. 런던에서는 흔히 볼 수 있겠지만 이곳에서는 눈에 확 띄는 그런 차림새였다. 그 런던내기 같아 보이는 남자가 가까이 다가왔을 때, 옷차림과는 전혀 다른 분위기를 풍기는 그의 얼굴 생김새에 무스카리는 깜짝 놀랐다. 곱슬곱슬한 머리칼에 가무잡잡한 피부, 쾌활해 보이는 표정, 그것은 전형적인 이탈리아인의 얼굴이었다. 그 얼굴이 판지처럼 빳빳한 칼라와 우스꽝스러운 분홍색 넥타이 밖으로 튀어나와 있었던 것이다. 그는 무스카리도 잘 아는 사람이었다. 영국식 나들이 복장을 어색하게 차려입고 있었지만 금방 알아볼 수 있었다. 바로, 잊고 지냈던 옛 친구 에차였다. 열다섯 살이 되었을 땐 전 유럽에서 그 이름을 드날리게 될 거라는 소문이 자자했고, 대학시절에는 천재로 불렸다. 하지만 그는 세상에 나와서 실패만 거듭했다. 처음에 극작가로, 또 선동적인 웅변가로 사람들 앞에 나섰을 때도, 후에 여러 해에 걸쳐서 배우, 외판원, 위탁 판매원, 기자 같은 직업을 전전할 때에도, 그다지 신통치 않았던 것이다. 무스카리가 그를 마지막으로 본 것은 극장의 관객석에서였다. 배우라는 직업이 그에게 썩 어울려 보였으나 자극적인 배우생활이 그의 도덕 관념을 좀먹고 있는 것은 아닌지 의심스럽기도 했다.

"에차!"

시인이 놀랍고도 반가운 마음에 벌떡 일어나 악수를 청하며 소리쳤다.

"이런, 분장실에서 자네가 갖가지 의상으로 분장한 모습을 몇 번 보긴 했지만 이렇게 영국인 차림의 모습을 보리라곤 한 번도 생각 못했네."

"영국인이 아니라 미래의 이탈리아인 의상일세."

에차가 정색하고 대답했다.

"그래? 고백하건대 난 과거의 이탈리아인 복장이 더 마음에 드는데."

"그건 자네의 시대착오적인 생각 탓이지, 무스카리. 또, 이탈리아의 착오이기도 해. 16세기에 우리 토스카나인들은 문명의 여명기를 열었어. 철강, 조각, 화학, 모든 것이 첨단으로 앞서 나갔지. 그러니 그 후손인 우리들도 최신식 공장, 최신식 자동차, 최신식 재정, 그리고 최신식 의상을 갖추고 있어야 하지 않겠나?"

트위드 정장을 입은 사내가 고개를 내저으며 말했다.

"그럴 필요가 있을까? 이탈리아인들을 진보적으로 만드는 게 쉽진 않지. 그들은 이해력이 지나치게 뛰어나거든. 충만한 삶으로 가는 지름길을 알고 있는데 새로 난 복잡한 길을 굳이 택하려 하지 않을 것이네."

"글쎄, 내 생각엔 마르코니*나 단눈치오**야말로 이탈리아의 별일세. 그래서 난 미래주의자가 되었고, 여행 안내인으로 이직했다네."

"여행 안내인이라고! 자네 직업 목록의 마지막이 그것인가? 그래, 대체 누구를 안내하고 있나?"

무스카리가 큰 소리로 웃으며 물었다.

---

* Marconi, Guglielmo(1874~1937). 이탈리아의 발명가. 무선전신 분야에 뛰어난 업적을 남겼다. 그는 1909년 K.F. 브라운과 함께 노벨물리학상을 수상했다.
** D'Annunzio, Gabriele(1863~1938). 이탈리아의 시인이자 소설가. 19세기 말 유럽 데카당스 문학의 대표적 존재이다.

"응, 해로게이트 가족이야."

"설마, 이 호텔에 묵고 있는 은행가는 아니겠지?"

"맞아. 그 사람이네."

"돈은 얼마나 받나?"

"많이 주겠지. 한데 난 좀 특이한 부류의 안내인이라네."

에차는 수수께끼 같은 미소를 흘리면서 말했다. 그리고는 화제를 바꾸려고 그랬는지 불쑥 다른 말을 꺼냈다.

"그 사람에겐 딸이 있어. 아, 아들도 있었지."

"그 딸은 신이 주신 보석과도 같은 존재야. 아버지와 아들은 그냥 평범한 사람들이지만. 그 부자 은행가가 아무리 좋은 사람이라고 해도 내 말을 들어보면 자네도 수긍하지 않을 수 없을 거야. 내 주머니엔 구멍이 뚫려 있지만 해로게이트 씨의 금고에는 수백만 파운드가 들어 있지. 하지만 그렇다고 해서 그가 나보다 더 똑똑하거나, 더 용감하거나, 아니면 훨씬 더 열정적이라고 말할 순 없을뿐더러 그렇게 말해서도 안 되지. 파란색 단추처럼 생겨먹은 눈을 봐도 어디 영리한 구석이 있겠던가? 마치 중풍환자처럼 앉을 의자만 찾아 다니니 열정적일 리도 없고 말야. 그저 양심적이고 인정 많은 늙은 얼간이일 뿐이라니까. 소년이 우표 수집하듯 돈을 긁어모은 덕에 부자가 되긴 했겠지. 에차, 자네는 너무 똑똑하게만 구는 게 문제야. 그래

가지고는 성공할 수 없어. 돈을 많이 벌려면 영리해야 된다지만, 실은 돈벌이에 집착하는 바보가 되야 하는 거라네."

무스카리가 강한 어조로 말했다.

"나는 이미 바보가 된 것 같은데…… 그 은행가 홍보는 건 그만두게나. 그가 저기 오고 있어."

에차가 침울한 목소리로 말했다.

위대한 금융업자 해로게이트가 정말 식당으로 들어오고 있었다. 하지만 그에게 눈길을 주는 사람은 아무도 없었다. 그 노인의 파란 눈동자는 흐릿했고, 콧수염도 회갈색으로 바래 있었지만, 체격만큼은 옹골차게 보였다. 등이 굽지만 않았더라도 육군대령으로 보일 만한 인물이었다. 그는 아직 뜯어보지 않은 편지 몇 통을 손에 들고 있었다. 아들 프랭크는 곱슬머리에 피부는 그을은 듯 가무잡잡했고, 강인한 인상을 주는 아주 잘생긴 청년이었다. 그러나 역시 아무도 그를 쳐다보지 않았다. 늘 그렇듯이 이 순간에도 사람들의 시선은 에텔 해로게이트에게만 향하고 있었다. 고대 그리스인처럼 출렁이는 아름다운 금발, 새벽녘처럼 맑고 청아한 얼굴, 사파이어빛 바다 위에 떠 있는 듯한 그녀의 모습은 마치 여신과도 같았다. 시인 무스카리는 무언가를 마시기라도 하듯 숨을 들이쉬었다. 실제로 그는 고전적 미를, 조상들이 물려준 그 아름다움을 한껏 들이마시고 있었던 것이다. 에차도 당황해하고는 있었지만 시인 못지않게 강렬한 시선으로 그녀를 바라보고 있었다.

해로게이트 양은 이럴 때면 더욱 상냥하게 미소지으며 즐겁게 이야기를 건네곤 했다. 그녀의 가족들은 관대하고 소탈한 대륙인의 기질에 동화가 되었는지 낯선 무스카리와 안내인 에차에게 동석하여 함께 이야기를 나누자고 권하였다. 에델의 성격과 취향은 그 나름대로 온전하고 당당하게 보였다. 그녀는 부유한 아버지를 둔 것을 자랑으로 여기고 상류사회에 유행하는 것들을 즐겨 따르는, 응석받이 딸이면서 허영기가 다분한 그런 여자였다. 그러나 천성이 워낙 고와 아무리 오만하게 굴어도 밉지가 않았고 사람들 앞에서도 예의 바르고 사근사근하고 사랑스러웠다.

그녀의 가족들은 그 주에 계획된 산행길이 위험할 거라는 소문을 듣고 몹시 흥분해 있었다. 그 위험이라는 게 바위가 굴러 떨어진다거나 눈사태가 난다거나 하는 것이 아니라 훨씬 더 낭만적인 어떤 것이었다. 에델은 목을 베어간다는 전설 속의 산적이 현 시대에도 아펜니노 산맥에 출몰하여 지나가는 이들을 붙잡는다고 믿고 있었다.

"그 산악지방은 이탈리아 왕이 아니라 산적들의 두목이 다스린다던데, 그 두목이 누구예요?"

그녀가 여학생 같은 흥미를 보이며 물었다.

"당신 나라의 로빈훗에 견줄 만한 위대한 인물이랍니다, 에델 양. 두목 몬타노가 산 속에 있다는 소문이 처음으로 퍼졌던 건 십 년 전쯤이에요. 산적은 완전히 없어졌다고들 말하던 때였는데, 그의 권세가 소리 없는 혁명처럼 걷잡을 새 없이 번져나갔습니다. 산골 마을 여기저기에 살벌한 포고문이 나붙었고, 골짜기마다 무장한 부하들이 지키고 있었지요. 이탈리아 정부가 그들을 몰아내려고 여섯 번이나 교전을 벌였으나 나폴레옹에게 당하기라도 하듯 번번이 패배했습니다."

무스카리가 대답했다.

이 말을 들은 해로게이트가 힘주어 말했다.

"그런 일은 영국에서는 있을 수 없습니다. 아무튼 다른 길로 가는 게 좋겠군요. 안내인은 염려할 것 없이 아주 안전하다고 하지만."

에차가 거만하게 대꾸했다.

"안전하고말고요. 스무 번도 넘게 가봤다니까요. 할머니들이 젊었던 시절엔 늙어빠진 전과자가 산 속에 숨어들어가 있었다는 말이 떠돌기도 했지만, 그게 사실이라고 해도 이미 옛날 일이지 않습니까. 물론 산적들은 모조리 소탕되고 남아 있지 않습니다."

"모조리 소탕되었다고 볼 순 없을 겁니다. 남유럽에서는 무장 봉기를 당연한 반발쯤으로 여기니까요. 우리 나라 농민들은 산과 같은 데가 있어서 자비심 많고 호탕한 사람들이지만 가슴 저 밑바닥에는 불을 감춰두고 있지요. 북유럽의 가난뱅이들은 절망을 술로 달래지만 남유럽의 가난뱅이들은 비수를 뽑아듭니다."

무스카리가 말했다.

"시인이랍시고 별소리를 다 하는군. 무스카리, 자네가 영국인이었다면 아직도 런던의 완즈워스*에 노상강도가 있다고 말할 걸세. 제 말을 믿으십시오. 보스턴에 머리 가죽 벗기는 인디언이 지금 있기나 합니까? 마찬가지입니다. 이탈리아에서 산적에게 잡혀갈 위험은 전혀 없어요."

에차가 빈정거리며 말했다.

"그럼, 그 산으로 기어이 가자는 거요?"

해로게이트가 찌푸리며 물었다.

"왠지 무섭네요. 그 산행길이 정말 위험하다고 생각하세요?"

에델이 그 눈부시게 아름다운 눈으로 무스카리를 쳐다보았다.

---

* Wandsworth. 영국 잉글랜드 그레이터 런던 안쪽의 자치구.

무스카리는 긴 머리털을 뒤로 홱 넘기며 답했다.

"위험하지요. 하지만 저는 내일 그 산을 넘을 겁니다."

아름다운 에델이 은방울을 굴리는 듯한 소리를 날리며 은행가와 안내인, 그리고 시인과 함께 자리를 뜬 후에, 프랭크는 잠시 혼자 남아 백포도주를 한 잔 마시고 담배를 꺼내 불을 붙였다. 그때 구석 자리에 앉아 있던 두 신부가 일어났다. 키 큰 백발의 이탈리아인 신부가 작별 인사를 하고 나가자 키 작은 신부가 몸을 돌려 은행가의 아들 쪽으로 다가왔다. 프랭크는 이 가톨릭 신부가 영국인이라는 것을 알고는 깜짝 놀랐다. 언젠가 가톨릭 신자인 친구들이 마련한 친목모임에서 이 신부를 본 듯한 기억이 어렴풋이 떠오르기도 했다. 그런데 기억을 가다듬기도 전에 신부가 그에게 말을 걸어왔다.

"프랭크 해로게이트 씨 맞지요? 전에 소개받은 적이 있었던 것 같네요. 뭐, 그렇다고 주제넘게 참견하려는 것은 아닙니다. 지금 꼭 들려드려야 할 이야기가 있는데 서로 모르는 사이였다면 더 좋았을 것 같군요. 해로게이트 씨, 한마디만 하고 가겠습니다. 만약 누이동생이 큰 슬픔에 빠져 있을 땐 잘 돌봐주세요."

사실 프랭크는 오빠로서 누이동생을 무관심하게 대하긴 했지만, 지금은 누이동생의 빛나는 얼굴이 눈앞에 어른거리고 그녀의 낭랑한 웃음 소리가 아직 귓가에 맴도는 것 같았다. 그때 호텔 정원에서 누이동생의 웃음 소리가 들려왔다. 어리둥절해 진 프랭크는 신부를 빤히 쳐다보았다.

"산적과 관련된 것을 말씀하신 겁니까?"

프랭크는 그렇게 묻고는 좀전에 막연히 느꼈던 두려움이 생각나 다시 물었다.

"아니면, 혹시 무스카리 씨에 대해서인가요?"

"사람들은 진정한 슬픔을 알지 못합니다. 다만 슬플 때에 다정하게 위로할 수 있을 따름이지요."

이상야릇한 대답만을 던져두고 신부가 나가버리자, 뒤에 남은 프랭크는 멍하니 입만 벌리고 있을 뿐이었다.

그로부터 이삼 일이 지난 뒤 그들 일행을 태운 마차는 울퉁불퉁한 산 비탈길을 그야말로 기는 듯이 올라가고 있었다. 위험 같은 것은 없다고 장담하는 에차와 이에 거칠게 반박하는 무스카리, 이 두 사람 사이에서 은행가 가족은 애초의 계획을 실행하기로 결정했던 것이다. 무스카리는 같은 날 그들과 함께 산행길에 나섰다. 그런데, 호텔 식당에 있었던 키 작은 신부가 해안도시의 마차 역에 나타나 그들을 놀라게 했다. 신부는 자기도 볼일이 있어서 중부지방 산맥을 넘어가야 한다고 했지만,

프랭크로선 아무래도 며칠 전에 자신이 느꼈던 모호한 두려움과 신부의 충고를 관련시켜서 생각하지 않을 수 없었다.

마차는 안내인 에차가 현대적 감각으로 창안해낸 일종의 유람마차로 안이 꽤 널찍했다. 그는 과학적인 사고와 쾌활한 기지를 유감없이 발휘하여 이번 원정대를 지휘하고 있었다. 산적들에 대한 걱정은 그들의 생각이나 대화에서 사라져버렸다. 물론 형식적인 방위 차원에서 어느 정도의 무장은 하고 있었다. 안내인과 은행가의 아들은 장전한 권총을 소지했고, 무스카리는 소년처럼 들뜬 기분으로 검은 망토 속에 단검을 차두었다.

무스카리는 몸을 날려 마차 위로 뛰어올라 아름다운 영국 아가씨 옆에 자리를 잡았다. 그녀의 다른쪽 옆자리에는 브라운이라는 이름의 신부가 앉아 있었다. 그는 다행히도 과묵한 사람이었다. 안내인과 아버지와 아들은 뒷자리에 앉았다. 한창 신이 나 있는 무스카리가 자신이 굳게 믿고 있는 대로 위험이 닥쳐오리라고 떠들어대는 것을 들으면서 에델은 꼭 미치광이 같다고 생각했다. 그러나 과수원처럼 나무들이 무성한 바위산들을 지나서 가파른 비탈길을 흔들거리며 올라갈 때에는 여러 개의 태양이 빙빙 돌고 있는 자줏빛 하늘로 그와 그녀의 영혼이 단둘이서 끌어올려지는 듯한 느낌을 받았다. 흰 고양이가 기어가는 것처럼 이어져 있는 하얀 길이, 햇빛 한줄기 비치지 않는 깊은 낭떠러지 위에 팽팽한 밧줄처럼 걸쳐서, 멀리 보이는 산 꼭대기까지 올가미처럼 휘감겨 있었다.

아무리 높은 곳으로 가도, 불모지일 것 같은 산 속 어디든 꽃들이 만발하지 않은 데가 없었다. 바람이 살랑거리는 양지 바른 들판에는 물총새며 앵무새며 벌새들이 고운 빛깔을 뽐내며 날아다니고 있었고, 온갖 화사한 꽃들이 울긋불긋 피어 있었다. 초원이나 숲의 아름다움으로만 치자면 영국에 비할 곳이 없고, 산봉우리나 낭떠러지의 장엄한 풍치만 놓고 본다면 스노든 산과 글렌코 산이 최고일 것이다. 하지만 이곳에는 북유럽의 산들처럼 깎아지른 듯한 산봉우리의 경사진 면에 남부 유럽 특유의 자연 공원이 펼쳐져 있었고, 깊은 산골짜기에도 영국의 켄트 지방처럼 나무들마다 과실이 풍성하게 달려 있었다. 에델로서는 태어나 처음 보는 경치였다. 영국의 황량한 풍경에 배어 있는 냉기와 쓸쓸함이 여기에선 전혀 느껴지지 않았다. 그러기는커녕 지진으로 인해 부서진 궁전의 모자이크 장식이나, 폭파되어 별에까지 흩날린 네덜란드의 튤립 꽃밭 같다고나 할까.

"비치헤드에 있는 큐 왕립 식물원 같아요."

에델이 말했다.

"우리 이탈리아의 비밀, 화산의 신비이지요. 또한 과격하지만 결실을 맺을 수 있는 혁명의 비밀이기도 하고요."

"과격한 건 당신이에요."

그녀가 그에게 미소를 지어 보이며 말했다.

"그런데 아직 결실을 맺은 것이 없군요. 만약 오늘 밤에 죽는다면 결혼도 못하고 저 세상에 가는 바보꼴이 될 겁니다."

"당신이 여기 오신 게 제 탓은 아니잖아요."

어색한 침묵이 잠시 흐른 후 에델이 말했다.

"아니고말고요. 트로이의 멸망이 당신 탓이 아니듯이요."

그들을 태운 마차는 몹시 위태로워 보이는 산모퉁이를 지나고 있었다. 그 길 위로 날개 형상으로 절벽에 튀어나온 바위가 그들을 덮어 누르기라도 할 듯 위압적으로 드리워져 있었다. 좁은 길에 던져진 바위의 커다란 그림자 때문에 말들이 놀라 발버둥을 쳐댔다. 마부가 뛰어내려 말들의 머리를 붙잡고 달래 봤지만 소용없었고, 한 마리는 아예 앞발을 쳐들고 그 자리에 서버렸다. 뒷발로만 딛고 선 말은 소름끼칠 정도로 거대해 보였다. 그때 균형을 잃은 마차가 배처럼 기우뚱하더니 낭떠러지 아래로 곤두박질치기 시작했다. 무스카리는 자기에게 매달려 소리지르고 있는 에델을 한 팔로 꽉 끌어안았다. 그는 바로 이런 순간을 위하여 살아온 것이었다.

절벽들이 시인의 머리 위에서 자줏빛 풍차처럼 현란하게 빙글빙글 돌아가고 있을 때, 더욱 놀라운 일이 벌어졌다. 느리고 둔해 보이던 은행가 노인이 마차 안에서 벌떡 일어나더니 순간적으로 낭떠러지 밑으로 펄쩍 뛰어내렸다. 얼른 볼 땐 자살 행위나 마찬가지인 무모한 짓 같았지만 그것은 손해 없는 투자만큼이나 현명한 처사였다. 그가 뛰어내린 지점은 그가 안전하게 착지하도록 특별히 깔아두기라도 한 것처럼 잔디와 클로버가 무성한 곳이었다. 요크셔 출신의 이 은행가는 무스카리가 생각했던 것 이상으로 민첩하고 사리분별이 빠른 사람이었다. 다른 이들도 은행가를 따라, 그처럼 품위 있게 떨어지지 못하고 나동그라지긴 했으나, 어찌 됐든 운 좋게 뛰어내렸다. 뜻밖에 행로가 바뀌어버린 그들이 착지한 곳은 풀이 우거지고 꽃들이 피어 있는 우묵한 땅이었다. 말하자면, 푸른 벨벳 주머니와 같이 우묵하고 부드러운 풀밭 위로 굴러 떨어진 것이었다. 가지고 있던 짐들과 호주머니 속에 들어 있던 잡동사니들까지 죄다 쏟아져나와 풀밭 여기저기에 흩어져버린 것말고는 별다른 피해랄 것이 없었고, 다들 아무런 상처도 입지 않았다. 하지만 부서진 마차는 나무덤불에 뒤얽혀 있었고, 말들은 비탈길을 힘들게 달려 내려오고 있었다. 작은 덩치의 신부가 맨 먼저 몸을 일으키더니 바보같이 놀란 얼굴을 하고서 머리를 긁적였다. 프랭크는 신부가 혼잣말로 '왜 하필 여기로 떨어졌지?' 라고 중얼거리는 소리를 들었다.

신부는 눈을 깜박이며 주위에 흩어져 있는 잡동사니들을 둘러보다가 자기의 고물 우산을 얼른 집어들었다. 우산 옆에는 무스카리의 머리에서 벗겨진 챙 넓은 모자가 떨어져 있었다. 그리고 모자 옆에 아직 뜯어보지 않은 사업상의 편지 한 통이 떨어져 있었는데 겉봉에 씌어진 수신인 이름을 흘긋 보고 해로게이트에게 건네주었다. 다른 한쪽에는 에델의 양산이 풀숲 사이에 반쯤 묻혀 있었고, 그것 바로 옆에 길이가 5센티미터도 안 돼 보이는 이상한 유리병이 뒹굴고 있었다. 신부는 그것을 집어들었다. 그리고는 빠르고 조심스럽게 마개를 따서 냄새를 맡더니만 갑자기 그의 안색이 흙빛으로 변했다.

"하느님 맙소사! 아가씨 것이면 어쩌나! 슬픔이 벌써 그녀를 덮친 것일까? 좀더 알게 될 때까지 여기 넣어두어도 괜찮겠지."

신부는 나직이 중얼거리면서 유리병을 조끼 주머니에 집어넣었다.

그는 무스카리의 부축을 받으며 꽃무더기에서 일어나고 있는 에델을 안타깝게 바라보았다. 무스카리가 그녀에게 말했다.

"우리는 천국으로 떨어진 겁니다. 보세요. 인간들은 위에서 아래로 떨어지는 법인데, 우린 위로 떨어지지 않았습니까. 이

64

건 신들에게나 있을 수 있는 일이라구요."

갖가지 빛깔의 꽃들 사이에서 일어나는 그녀의 모습이 너무나도 아름답고 행복해 보여서 신부는 의심을 털고 생각을 바꾸었다.

"역시 이 독약은 아가씨 것이 아니야. 무스카리의 통속극 같은 취미에나 어울리는 것이지."

에델을 사뿐히 일으켜준 후, 무스카리는 무대 위의 배우처럼 우스꽝스럽게 절을 하더니 단검을 뽑아 말고삐를 내리쳐 끊었다. 그러자 말들이 굽히고 있던 발을 펴고 일어서서 벌벌 떨었다.

바로 그때, 너무나 놀라운 일이 일어났다. 얼굴은 햇볕에 새까맣게 타고 몸에는 누더기를 걸친 어떤 사내가 소리도 없이 덤불 속에서 나타나 말들을 붙들었던 것이다. 그는 날이 넓적한데다 휘어진 이상한 모양의 칼을 허리춤에 차고 있었다. 시인이 누구냐고 물었으나 그는 대답하지 않았다.

무스카리가 고개를 돌려 어찌할 바를 모르고 있는 일행들을 둘러보다가 또 한 명의 사내가 바위 뒤에 있다는 것을 알아챘다. 역시 햇볕에 탄 얼굴에 누더기를 걸치고 있는 그 사내는 팔꿈치를 괸 채 겨드랑이에 소총을 끼고 그들을 지켜보고 있었다. 무스카리가 눈을 들어 좀전에 일행이 굴러 떨어져온 길을 올려다보니 햇볕에 그을린 황갈색 피부의 사내들 넷이 아래쪽을 향해 총을 겨누고 있었다.

"산적들이다!"

무스카리는 반가운 것을 만나기라도 한 듯 들떠서 외쳤다.

"우리가 속았던 거야. 에차, 어서 저 마부 먼저 쏴버리게. 아직 벗어날 방법이 있을 거라구. 겨우 여섯 놈밖에 없으니까."

"마부는 해로게이트 씨의 하인이네."

에차가 주머니에 손을 찔러넣은 채 우두커니 서서 말했다.

"그렇다면 더욱 쏴버려야지. 돈에 팔려 주인을 배반했을 거야. 아가씨를 가운데에 두고 저기를 뚫고 나가세. 자, 돌진!"

시인이 소리질렀다.

그는 야생초와 들꽃들을 헤치며 대담하게 네 개의 총구를 향해 전진했다. 그러나 프랭크 이외에 아무도 그의 뒤를 따르지 않았다. 단도를 휘둘러대며 뛰던 그는 몸을 돌려 뒤에 남은 사람들을 향해 어서 오라고 손짓했다. 에차는 여전히 풀밭 한가운데서 손을 주머니에 찔러넣고 다리를 약간 벌린 채로 꼼짝않고 서 있었다. 얄궂은 그 이탈리아인의 야윈 얼굴이 저녁 햇살을 받아 더욱 길쭉해 보였다.

"무스카리, 자넨 나를 실패자라고 생각했어. 그리고 자네 자신은 성공했다고 생각했겠지. 하지만 자네보다 내가 더 성공한 거야. 역사에 더 큰 발자국을 남길 사람은 나니까. 자네가 펜으로 서사시를 쓰는 동안, 나는 행동으로 서사시를 보여주고 있었지."

에차가 말했다.

"잔말 말고 어서 오라니까! 계속 그러고 서서 헛소리나 늘어놓을 셈인가? 구해야 할 아가씨도 있고 자네를 도와줄 힘 센 남자도 셋이나 있는데 왜 겁먹고 있는 거야? 사람들이 자네를 뭐라고 하겠나?"

무스카리가 앞쪽에서 고함을 질렀다.

"사람들은 나를 몬타노라 부르더군. 내가 바로 산적들의 두목이야. 자, 제 여름 궁전에 오신 여러분들을 환영합니다."

그 안내인이 무스카리에게 지지 않을 만큼 우렁찬 목소리로 말했다.

그가 말하고 있는 동안 무기를 손에 든 다섯 명의 사내들이 소리 없이 덤불 속에서 나와 그의 명령이 떨어지기를 기다렸다. 그 중 한 사내는 커다란 종이 한 장을 손에 들고 있었다.

"우리가 소풍 나온 이 사랑스러운 동산은 이 아래에 있는 몇 개의 동굴들과 더불어 산적들의 천국이라고 알려져 있지요."

안내인 에차, 아니 산적 두목 몬타노는 여느 때와 다름없이 여유 있게, 그러나 음흉한 미소를 머금고 말을 이었다.

"여기가 내 주요 거점이오. 물론 당신들도 봤겠지만 이 요새는 저 윗길에서도 아래 골짜기에서도 보이지 않아요. 이곳은 난공불락의 지대일 뿐만 아니라 눈에 띄지도 않는다는 말이오. 난 주로 여기서 지내고 있고, 경찰이 여기까지 추적해온다면 여기서 죽을 작정이오. 피해 다니다 결국 붙잡히고 말 한심스러운 범죄자가 되긴 싫으니까. 난 최후의 총탄을 내 자신을 위해 남겨두고 있소."

모두들 벼락이라도 맞은 듯 넋이 나간 채 그를 물끄러미 보고 있었는데, 브라운 신부만은 안도의 한숨을 내쉬었다. 그는 주머니 속의 작은 유리병을 만지작거리며 중얼거렸다.

"하느님, 감사합니다! 아, 정말 다행이다. 그래, 그게 더 그럴 듯하지. 틀림없이 독약은 이 산적 두목의 것이야. 카토*가 그랬던 것처럼 살아서 붙잡히지 않으려고 가지고 다녔을 게야."

산적 두목은 어울리지 않게 정중한 어조로 이야기를 계속해 나갔다.

"자, 이제 이곳에 오신 손님 여러분들을 즐겁게 해드리기 위한 우호적 조건에 대해 말씀드릴 일만 남았군요. 예부터 전해

---

* Cato, Marcus Porcius(BC 95~BC 46). 고대 로마 공화정 말기의 정치가. 카이사르의 정적이다. BC 46년 아프리카의 타푸수스에서 폼페이우스(원로원측)가 패전하였다는 보고를 받자 우티카에서 스스로 목숨을 끊었다.

내려오는 몸값 의식에 관해서 새삼 상세하게 설명드릴 필요는 없을 줄 압니다. 그것을 이행해야 할 의무가 제게 있지요. 한데, 여러분들 중 일부만 이 의식에 필요합니다. 존경받아 마땅한 브라운 신부님과 저명하신 무스카리 씨는 내일 새벽에 풀어드리지요. 그리고 전초 기지까지 호송해드리도록 하겠습니다. 솔직히 말해서 시인이나 신부나 돈이 없는 사람들 아닙니까. 두 분에게는 아무것도 받아낼 게 없으니 고전 문학과 가톨릭 교회에 대한 우리의 존경심을 보여드리기로 하지요."

그는 잠시 말을 멈추고는 기분 나쁜 미소를 지어 보였다. 눈을 깜박거리며 그를 쳐다보고 있던 브라운 신부는 갑자기 열심히 귀 기울이는 척했다. 산적 두목은 부하가 들고 있던 커다란 종이를 받아들고 그것을 훑어보면서 다시 말을 이었다.

"나의 또다른 계획은 이 공고문에 잘 나와 있소. 잠시 후에 돌릴 테니 읽어보시오. 다 읽고 나시면 산골짝 모든 마을과 고갯길에 내걸도록 할 것이오. 여러분이 직접 확인해보실 수 있으니 장황한 말을 늘어놓아 지루하게 해드려선 안 되겠지요. 이 공고문의 요지는 이렇소. 첫째, 우리는 영국의 백만장자이자 금융계의 거물인 사무엘 해로게이트를 포로로 잡았다. 둘째, 그는 우리가 그의 몸에서 찾아낸 이천 파운드 상당의 지폐와 증서를 우리에게 양도했다. 자, 실제로 있지도 않았던 일을 공고하여 순진한 사람들을 속이는 것은 참으로 부도덕한 일이라 하지 않을 수 없습니다. 그러니 더 지체할 것 없이 실행에 옮길 것을 제안하는 바입니다. 해로게이트 씨, 지금 당장 주머니에 든 이천 파운드를 내놓으시오."

얼굴이 벌겋게 달아오른 은행가가 눈살을 심하게 찌푸리며 산적 두목을 노려보고 있었다. 굴러 떨어지는 마차에서 뛰어내릴 때 마지막 남은 정력을 모조리 소진한 탓인지, 그는 겁에 질려 있었다. 그의 아들과 무스카리가 산적들의 포위망을 뚫어보겠다고 대담하게 나아갈 때는 목매어 끌려가는 개처럼 꽁무니를 빼며 주저했다. 그리고 지금도 마지못해하며 벌벌 떨리는 손으로 윗옷 안주머니에 있던 문서와 봉투 뭉치를 꺼내 산적에게 건네주고 말았다. 무법자가 통쾌한 듯 외쳤다.

"좋습니다! 지금까진 아주 좋아요. 그럼 이제 곧 온 이탈리아에 알려지게 될 이 공고문의 요지로 다시 돌아갑시다. 셋째는 몸값에 관한 것이오. 셋째, 우리는 해로게이트 씨의 친지들에게 삼천 파운드를 요구한다. 헌데, 삼천 파운드라는 헐값을 요구해서 지대한 당신 일가를 모욕하는 것은 아닐는지 모르겠군요. 이렇게 화기애애한 우리 일당과 하루를 지내는 데 이 금액의 세 갑절이라도 치러야 하지 않겠습니까? 마지막으로 이 공고문은 몸값이 지불되지 않을 경우에 생길 수 있는 불상사에 관한 법적 문구로 끝맺고 있음을 덧붙여두겠소. 신사 숙녀 여러분, 이곳 산적들의 천국에 오신 여러분들을 따뜻한 마음으로 환영하는 바이며 술과 담배 등 모든 편의가 부족함 없이 준비되어 있음을 알려드리는 바입니다.”

그가 말하고 있는 동안에도 더러운 모자를 푹 눌러 쓰고 카빈 소총을 든 수상쩍은 사내들이 계속해서 꾸역꾸역 모여들고 있었다. 그쯤 되니 제아무리 무스카리라 해도 칼을 들고 대항하기엔 역부족이라는 것을 깨닫고 체념하지 않을 수 없었다. 주위를 둘러보니 에델이 아버지 곁으로 가서 위로해드리고 있었다. 아버지를 향한 진심 어린 애정이 아버지의 성공을 자랑스럽게 여기던 속물적인 허영심보다 강하면 강했지 못하지는 않았던 것이다. 무스카리는 사랑에 빠진 사람답게 그녀의 지극한 효성에 탄복했고, 그 때문에 더욱 애가 달았다. 그는 뽑았던 칼을 다시 칼집에 꽂아넣고는 자포자기의 심정으로 풀밭에 털썩 주저앉았다. 순간적으로 울화가 치민 무스카리는 독수리와 같은 얼굴을 가까이에 앉아 있던 신부에게로 돌리며 신랄하게 따져 물었다.

“아니, 이래도 날 허황한 몽상가라고 할 수 있겠습니까? 산적들이 더 많이 있을지 누가 압니까?”

“그럴지도 모르지요.”

브라운 신부가 애매하게 대답했다.

"무슨 소릴 하시는 겁니까?"

시인이 날카롭게 물었다.

"글쎄요. 당황스럽군요. 에차인지 몬타노인지 이름이야 뭐든지 간에 저 사람을 이해할 수가 없군요. 내가 보기엔 안내인 쪽이 더 어울릴 사람인데 산적이라니 납득이 안 가네요."

"어째서요? 맙소사! 틀림없이 산적이잖습니까."

시인이 고집스레 주장했다.

신부가 조용한 목소리로 되받았다.

"이상한 점이 세 가지 있습니다. 들어보시고 당신 의견을 말해주십시오. 우선 지난번에 해변의 식당에서 점심을 먹고 있을 때의 일을 말씀드리지요. 그때 네 분이 식당을 나갔지요. 당신과 에델 양은 이야기도 나누고 즐겁게 웃기도 하며 앞서 갔고, 해로게이트 씨와 안내인은 낮은 목소리로 몇 마디 주고받으면서 뒤따라갔습니다. 그런데 에차 씨가 한 말이 우연히 내 귀에 들리더군요. 이렇게 말합디다. '좋아요, 아가씨를 재미있게 해보지요. 충격받고 기절해버려도 저는 모릅니다.'

해로게이트 씨는 아무 대답도 않더군요. 뭔지 모를 의도가 숨어 있을 거라고 생각한 나는 그 순간의 충동에 이끌려 그녀의 오빠에게 가서 경고했어요. 누이동생의 신변에 위험한 일이 생기게 될 수도 있다고 말이지요. 구체적으로 어떤 위험인지는 나도 몰랐기 때문에 말해줄 수가 없었습니다. 그런데 만약 그 위험이라는 게 이렇게 산 속에서 인질로 잡히는 것이라면 이야기가 시시해져버려요. 산에 함정을 쳐놓고 고객을 유인하는 것이 에차의 목적이었다면, 그런 말을 할 리가 있었겠습니까? 그러니까 그건 아닐 겁니다. 그렇다면 안내인과 해로게이트 씨가 알고 있는, 에델 양의 머리 위에 드리워져 있는 재앙은 과연 무엇일까요?"

"에델 양에게 재앙이라니요!"

시인이 벌떡 일어나 앉으며 소리쳤다.

"어서 설명해주십시오, 어서요!"

신부는 잠시 생각에 잠겨 있다가 말을 꺼냈다.

"모든 수수께끼가 산적 두목을 중심으로 맴돌고 있습니다. 이제 두번째로 이상한 점을 말씀드리지요. 그는 피해자로부터 이천 파운드의 몸값을 그것도 즉석에서 받아낸 사실을 유난히 두드러지게 강조하고 있습니다. 왜일까요? 몸값을 받아내는 데 전혀 이득이 안 될 텐데 말입니다. 사실, 해로게이트 씨 집안의 친지들을 더 불안하게 할 만한 상황이란 돈이 궁한 산적들이 필사적으로 돈을 뜯어내려고 할 때가 아닐까요? 포로에게서 직접 돈을 받아낸 것을 몸값에 대한 요구보다 더 강조하여 공고문의 첫머리에 쓴 것이 이해가 안 갑니다. 그런데다 왜 에차, 아니 몬타노는 몸값을 받아내기도 전에 포로의 주머니에서 돈을 털어냈다는 점을 특별히 강조하여 전 유럽에 알리려고 하는 걸까요?"

"글쎄요, 저는 전혀 모르겠는데요."

무스카리는 검은 머리칼을 무심히 쓸어 올리며 말했다.

"설명을 해주신다더니 오히려 오리무중에 빠져들게 하시는군요. 세번째는 또 뭡니까?"

여전히 생각에 잠겨 있던 브라운 신부가 대답했다.

"세번째로 이상한 점은 바로 우리가 앉아 있는 이 풀밭입니다. 안내인, 그러니까 산적 두목은 왜 여기를 자기들의 주요 요새이자 낙원이라고 하는 걸까요? 확실히 여긴 위에서 굴러 떨어져도 다치지 않을 만큼 부드러운 풀밭인데다 경치도 정말 좋지요. 그가 말한 대로 골짜기나 산봉우리에서 보면 절대로 눈에 띄지 않는 곳이기도 하고요. 헌데, 제가 보기엔 은신처라면 모를까 요새로서 적당한 장소는 아닙니다. 이런 곳이 요새일 리가 없지요. 정말 이곳이 요새라면 세상에서 가장 형편없는 요새일 겁니다. 산을 넘을 때 지나게 되는 저 윗길에서는 여기가 훤히 내려다보이니까요. 경찰들도 십중팔구 저 윗길로 지나다닐 겁니다. 저들은 단 다섯 자루의 고물 소총을 가지고 반 시간 전부터 우리를 이곳에 꼼짝 못하게 잡아두고 있습니다만 군인들 일개 소대가 와서 공격한다면 이곳 전부를 완전히 날려버릴 수 있을 겁니다. 풀과 꽃이 무성한 이 호젓한 곳은 절대로 요새는 아닙니다. 무엇인지는 모르겠지만 하여튼 뭔가 다른 중요한 의미가 있는 곳이겠지요. 임시로 만든 무대이거나 천연의 배우 분장실 같기도 하고, 아니면 로맨틱한 희극의 한 장면 같기도 하고, 또 아니면……."

꿈을 꾸는 듯 멍하니 좀처럼 잡히지 않는 것을 애써 진지하게 생각해내느라 신부의 말이 길어지고 있었을 때, 날카롭고 예민한 동물적 육감을 지닌 무스카리가 산 쪽에서 무슨 소리가 나는 것을 들었다. 아직은 희미하게만 들려왔으나, 먼 곳으로부터 저녁 산들바람을 타고 그의 귓가에 들려온 그 소리는 분명히 말발굽 소리와 누군가의 외침 소리였다.

그 순간 경험이 없는 영국인들은 그 소리를 미처 듣지 못하고 있었지만 산적 몬타노는 위쪽 언덕으로 뛰어올라가서 나무 뒤에 몸을 숨기더니 길 너머를 계속 주시하는 것이었다. 그러고 있는 그의 모습은 너무나 이상해 보였다. 챙이 늘어진 괴상한 모자를 쓰고 있었고, 산적 두목답게 어깨에 비스듬히 걸쳐맨 띠에 채워놓은 칼이 대롱대롱 흔들리고 있었으며, 헝겊조각을 기워 만든 것 같은 윗옷 사이로 안내인으로서 입었던 체크

무늬 양복 깃이 삐죽이 나와 있었다.

그가 가무잡잡한 얼굴에 냉소를 띠고서 뒤를 돌아보더니 손을 번쩍 들어 신호를 보냈다. 다음 순간 그의 신호를 받은 부하들이 게릴라전 훈련을 방불케 하는 질서정연한 동작으로 여기저기에 흩어졌다. 그런데 그들은 산등성이의 길목을 점거하는 대신 나무나 산울타리 뒤로 가서 몸을 숨겼다. 적에게 들키지 않고 상황을 살피려는 것 같았다. 먼 데서 희미하게 들려오던 소리가 점점 가까워지며 산길에 크게 울려 퍼졌고, 명령을 내리는 사람의 목소리가 또렷이 들려왔다. 동요한 산적들은 욕설을 퍼붓고 투덜대면서 다시 한자리에 떼지어 모였다. 그들이 소총 방아쇠를 당기는 소리, 칼을 뽑아드는 소리, 바위에 칼집 내려놓는 소리 등등 야단스러운 금속성이 저녁 공기를 가득 채웠다. 이윽고 윗길 쪽에서 양측이 맞닥뜨렸는지 나뭇가지들 부러지는 소리, 말들이 울부짖는 소리, 사람들의 비명 소리가 들려왔다.

"구조대가 왔어요! 경찰들이 이곳을 급습한 겁니다. 자, 이제 우리도 자유를 위해 일어나 싸웁시다! 약탈자들에게 대항합시다! 모든 것을 경찰에게만 맡겨두지 맙시다! 그건 현대의 병폐입니다. 이 도둑놈들의 뒤를 칩시다. 경찰이 우리를 구출하러 왔으니, 여러분, 우리도 경찰들을 도와주러 갑시다!"

무스카리가 벌떡 일어나 모자를 흔들며 외쳤다.

시인은 나무 위로 모자를 던져두고 단검을 뽑아든 채 윗길을 향해 비탈을 기어오르기 시작했다. 프랭크 해로게이트도 벌떡 일어나 권총을 손에 쥐고 그를 따라 뛰어올라가다가 명령조로 자기를 불러 세우는 아버지의 쉰 목소리를 듣고 화들짝 놀라 멈춰 섰다. 해로게이트는 몹시 당황한 것 같았다.

"가지 말거라, 훼방놓지 말고 내버려둬."

해로게이트가 목멘 소리로 말했다.

"하지만 아버지, 이탈리아인이 저렇게 앞장을 서는데, 영국 인이 겁쟁이라는 소리를 들을 수는 없잖아요."

프랭크가 자못 진지하게 말했다.

"쓸데없는 짓이다, 운명은 그저 감수하면 돼. 모든 게 다 헛 수고야, 프랭크."

노인의 몸이 와들와들 떨렸다.

브라운 신부는 은행가를 지켜보고 있다가 자기도 모르게 손을 가슴 쪽으로, 아니 독이 든 작은 병 쪽으로 가져갔다. 순간 죽음을 계시하는 빛을 받은 듯 그의 얼굴이 밝게 빛났다.

한편 무스카리는 누가 협조를 하든 말든 상관없이 혼자서 비탈을 타고 올라가서는 윗길에 이르자마자 산적 두목의 어깨를 힘껏 내리쳤다. 몬타노는 휘청거리며 돌아섰다. 그 역시 칼을 뽑아들었지만, 무스카리가 아무런 말도 없이 그의 머리를 겨냥하여 칼을 휘둘러대자 살짝 피하며 무스카리의 칼을 막았다. 두 개의 칼날이 맞부딪치며 쨍그렁 소리를 내자, 산적 두목이 칼끝을 찬찬히 내리더니 웃음을 터뜨렸다.

"이 친구야, 이게 대체 뭐 하는 짓거린가? 이 넌더리나는 광대극도 곧 끝날 텐데 말야."

그가 이탈리아어로 기세 좋게 말했다.

"무슨 소리를 하는 거야, 이 사기꾼 도둑놈! 네놈은 사기꾼인데다 겁쟁이인 거냐?"

물불을 안 가리고 혈기에 날뛰던 시인은 거칠게 숨을 몰아쉬며 소리쳤다.

"그래, 내가 하는 일이라곤 사기치는 것밖엔 없지. 이래봬도 난 타고난 배우란 말야. 전엔 내 나름의 성격을 갖고 있었는지는 몰라도 어쨌든 지금은 다 잃어버렸어. 사실 난 진짜 안내인도 진짜 산적 두목도 아니라네. 여러 개의 가면일 뿐. 그런데 자네는 어떻게 가면과 결투를 하겠다는 건가?"

전 안내인은 재밌어 죽겠다는 듯 소년처럼 킬킬거리며 웃었다. 그리고는 길 위에서 벌어지고 있는 접전을 향해 등을 돌린 채 두 다리를 벌리고 섰다.

산 속에 어둠이 짙게 스며들어왔다. 싸움이 어떻게 진행되고 있는지 제대로 알아보기 어려웠지만, 말을 탄 키 큰 경찰들이 달려드는 산적 패거리들을 밀어내고 있는 것이 보였다. 어찌된 건지 산적들은 자신들의 적들을 죽이려고 하는 게 아니라 밀리고 또다시 밀쳐내고 하면서 계속 귀찮게 굴고 있는 것 같았다. 그것은 경찰의 통행을 방해하려고 버티는 거리의 군중들을 연상시킬 뿐, 냉혹한 무법자들의 최후의 저항과는 거리가 먼 광경이었다. 어리둥절해진 무스카리가 눈알을 실룩거리며 그 광경을 지켜보고 있을 때, 누군가가 그의 팔꿈치를 툭 쳤다. 돌아보니 커다란 모자를 쓴 땅딸보 신부가 서 있는데 그 모습이 작달막한 노아 같았다.

"얘기 좀 하지요, 무스카리 씨."

신부가 말을 걸어왔다.

"악의가 있어서 이런 말씀 드리는 것은 아니니까 불쾌하더라도 너그러이 봐주시오. 결국엔 이기게 되어 있는 경찰을 돕느니 차라리 다른 유익한 일을 하시면 어떨까요? 주제넘게 참견한다고 생각하지는 말아요. 근데, 뭐 하나 물어보겠습니다. 저 아가씨 좋아하십니까? 결혼해서 그녀를 위해 좋은 남편이 되어주고 싶을 만큼 좋아하시느냐 이 말입니다."

"네."

시인이 덤덤하게 대답했다.

"그녀도 당신을 좋아하나요?"

"그럴걸요."

시인의 대답은 여전히 덤덤했다.

"그렇다면 저리로 가서서 그녀 곁에 있어주십시오. 당신이 할 수 있는 모든 것을 다해서 그녀를 지켜주시고, 그녀가 원한다면 하늘의 별이라도 따다가 그녀에게 바치세요. 시간이 얼마 남지 않았으니까요."

"무슨 말입니까?"

시인이 깜짝 놀라며 물었다.

"가혹한 운명이 길에서 그녀를 기다리고 있어요."

"길에는 구조대말고 아무것도 없는데요."

무스카리가 고집스럽게 대꾸했다.

"참 내, 얼른 가라니까요. 구조대로부터 그녀를 구해내세요."

신부가 물러서지 않고 충고했다.

신부의 말이 끝날 때쯤 산적들이 풀밭 주위를 둘러싸고 있는 덤불 숲으로 한꺼번에 몰려들어갔다. 싸움에 패하여 정신없이 달아나는 산적들의 발에 덤불 숲이 완전히 짓뭉개졌다. 삼각모자를 쓴 기마 경찰대가 짓밟힌 덤불 숲으로 산적들을 쫓아 들어갔을 때, 또다른 명령이 떨어졌다. 누군가 말에서 내리는 소리가 나는가 싶더니 위로 젖혀진 모자를 쓰고 회색 수염을 뾰족하게 기른 경관 한 사람이 한 손에 문서를 들고 나타났다. 그가 서 있는 자리는 산적들의 천국으로 들어가는 입구였다. 한순간에 찬물을 끼얹은 듯 주위가 잠잠해졌다. 그 정적을 깬 것은 은행가의 거친 고함 소리였다.

"도둑맞았어! 도둑맞았다구!"

"아버지, 이천 파운드를 뺏기신 건 한 시간 전이잖아요."

아들이 깜짝 놀라 소리쳤다.

"이천 파운드가 아니라 작은 유리병을 말하는 거다."

은행가가 돌연 침착하게 말했다.

잿빛 수염을 기른 경관이 성큼성큼 풀밭을 가로질러 해로게이트 부자 쪽으로 다가왔다. 도중에 산적 두목과 마주치자, 그의 어깨를 껴안는 것도 그렇다고 때리는 것도 아니고 가볍게 쳐서 미는 것이었다. 그러자, 산적 두목이 비틀거리며 넘어졌다.

"이런 장난질을 하면 당신도 처벌받아."

경관은 그에게 한마디 해두고 다시 걸음을 옮겼다.

예술가 무스카리가 보기에 이 또한 독 안에 든 무법자를 체포하는 장면이라고는 도저히 생각할 수가 없었다. 경관은 해로게이트 부자 앞으로 와서 걸음을 멈추고는 이렇게 말했다.

"사무엘 해로게이트 씨, 헐 앤드 허더스필드 은행의 자본금을 횡령한 혐의로 당신을 체포합니다."

은행가는 직무상의 일로 동의를 하는 양 고개를 끄덕였다. 그리고는 잠시 생각에 잠기는 듯하더니 말릴 겨를도 없이 반쯤 몸을 돌려 한걸음에 낭떠러지의 가장자리로 가서 섰다. 다음 순간 그는 손을 번쩍 치켜들어 아까 마차에서 뛰어내리던 것과 똑같은 자세로 거기서 뛰어내렸다. 그러나 이번에는 밑에서 안전하게 받아줄 부드러운 풀밭이 없었다. 그는 수천 미터 아래의 계곡 바닥으로 떨어져 온몸의 뼈가 부서져버렸다.

이탈리아인 경관은 분하여 치를 떨면서도 적잖이 감탄하는 심정으로 브라운 신부에게 해로게이트에 관한 이야기를 들려주었다.

"과연 그자답습니다. 결국 우리 손에서 벗어났으니까요. 그자야말로 정말 대단한 도둑이었지요. 그자의 이번 계략은 전례가 없을 정도입니다. 회사 돈을 횡령해 이탈리아로 도주해 온 후 가짜 산적들을 매수해서 실제로 산적들에게 잡힌 것처럼 꾸몄습니다. 그렇게 해서 자신이 실종된 것으로 속일 수 있으니까요. 사실 경찰에선 몸값 요구를 그대로 믿기도 했습니다. 어이없게도 최근 몇 년 간 수차 그런 짓을 해왔다니까요. 어쨌든 가족들에겐 정말 안된 일입니다."

무스카리는 가엾은 에델을 데리고 그곳을 나왔다. 그녀는 그에게 꼭 달라붙어 있었다. 그후로도 오랜 세월 동안 그랬듯……. 무스카리는 이러한 비극적인 순간에도 웃음을 잃지 않았고 면목 없어진 에차에게도 우정 어린 말을 건넸다.

"이젠 어디로 갈 생각인가, 친구?"

"버밍엄으로 갈 거네."

배우는 담배 연기를 훅 내뿜으며 말했다.

"내가 미래주의자라고 자네에게 말하지 않았나? 내게 믿음이 있다면 그건 변화와 활발한 움직임과 그리고 매일 아침 새롭게 태어나는 것들에 대해서라네. 나는 그런 것들을 찾아서 맨체스터, 리버풀, 리즈, 헐, 허더스필드, 글래스고, 시카고, 그 어디든 활기에 찬 문명사회로 갈 것이네."

"오호라, 그러니까 진짜 산적들의 천국으로 가겠다는 거로군."

보라색 가발의 비밀

한 하인이, 열쇠 구멍을 통해서 국왕과 카 백작의

대화를 엿들어 진실을 알게 되었네. 그런데 열쇠

구멍에 대고 있었던 귀가 마치 마법에 걸린 듯이

점점 커지더니 괴물의 귀처럼 되어버렸다는 걸세.

그가 엿들은 비밀은 그토록 무시무시한 것이었나

보네. 그 하인은 영토와 금을 모아들여서 엑스무어

공작 집안의 시조가 되었는데…….

이 지방의 할머니들은 그것을

'에어 집안 악마의 귀' 라고 칭한다네.

〈개혁일보〉의 편집장 에드워드 너트는 아주 근면한 사람이었다. 그는 지금 자신의 책상에 앉아, 젊은 여직원이 치고 있는 경쾌한 타자기 소리를 들으며 우편물을 뜯어보기도 하고 몇몇 교정쇄를 읽어보기도 하고 있었다.

그는 약간 뚱뚱한 몸에, 하얀 피부를 가진 평범한 남자였다. 몸짓은 아주 단호하고, 입술은 굳게 다물어져 있었으며, 그의 어조는 어떤 결정을 내리는 것처럼 확실했다. 그러나 어린아이같이 둥글고 파란 눈에서 뿜어져나오는 눈빛은 다른 모든 특징들과 뚜렷한 대조를 이루고 있었다. 많은 신문기자들이 그렇듯, 그 역시 끊임없이 생기는 불안감에 익숙해져 있었다. 명예 훼손 소송을 당하지는 않을까, 광고주를 놓치지는 않을까, 오탈자가 있는 건 아닐까, 또 해고당하지는 않을까 등등의 불안은 그의 머릿속을 늘 떠나지 않고 있었다.

그의 하루하루의 생활은 신문사의 사주와 신문사를 유지하기 위해 고용했던 유능한 집필진들 사이에서 일어나는 여러 가지 갈등을 조정하는 것으로 이어졌다. 사주는 비누회사를 소유하고 있는 늙은이로, 도저히 어찌 해볼 수가 없는 세 가지 정신적 결함을 가지고 있는 사람이었다. 직원들 중엔 똑똑하고 경험이 많은 사람들도 있었고, 좀 곤란하게도 이 신문사의 정견에 열렬하게 찬동하는 이들도 있었다.

그런 사람들 중 누군가가 보낸 편지 한 통이 지금 에드워드 앞에 놓여져 있었다. 그는 왠지 이 편지를 뜯어보는 것을 망설이는 것처럼 보였다. 그는 푸른 눈을 반짝거리면서, 들고 있던 파란 펜으로 읽고 있던 기사를 교정하기 시작했다. '간통'이라는 말은 '부적절한 관계'로, '유대인'은 '이방인'으로 고친 다음 벨을 눌러서 그것을 위층으로 보냈다.

그러고 나서 좀더 신중한 태도로, 뛰어난 집필진 중 한 사람으로부터 온 편지를 뜯었다. 겉봉에는 데번셔의 소인이 찍혀 있었고, 편지의 내용은 다음과 같았다.

친애하는 너트,

자네가 유령기사와 난투기사를 동시에 다루고 있는 것을 알고 있네. 그런데 엑스무어의 에어 집안에서 일어난 괴사건에 관한 기사를 실어보는 것이 어떻겠나? 이 지방의 할머니들은 그것을 '에어 집안 악마의 귀'라고 칭한다네. 자네도 알다시피 그 가문의 주인은 바로 엑스무어 공작이지. 그는 지금은 몇 남아 있지 않은 보수적인 정통 토리당의 귀족정치주의자 중의 한 사람일세. 융통성이라고는 조금도 찾아볼 수 없는 폭군이지. 우리로서는 한번쯤 취재를 해볼 만한 인물이라네. 게다가 난 지금 그 괴사건을 조사중이네.

물론, 난 제임스 1세에 대한 그 케케묵은 전설을 믿고 있는 건 아닐세. 자네 역시 아무것도, 심지어 신문까지 믿지 않는 사람 아닌가? 그건 그렇고 그 전설이란, 아마 자네도 기억하겠지만, 영국의 역사에서 가장 잔혹했던 사건에 관한 것이지. 마녀의 고양이 같은 여자였던 프랜시스 하워드가 오버베리를 독살했던 것 말일세. 국왕은 모두를 공포에 떨게 한 그 사건의 불가사의한 점들을 밝혀내지 못해 결국 그 하수인들을 사면할 수밖에 없었지. 또 거기에는 마법의 힘이 그 사건에 작용했다는 설도 있네. 한 하인이, 열쇠 구멍을 통해서 국왕과 카 백작의 대화를 엿들어 진실을 알게 되었네. 그런데 열쇠 구멍에 대고 있었던 귀가 마치 마법에 걸린 듯이 점점 커지더니 괴물의 귀처럼 되어버렸다는 걸세. 그가 엿들은 비밀은 그토록 무시무시한 것이었나 보네. 그 하인은 영토와 금을 모아들여서 엑스무어 공작 집안의 시조가 되었는데, 그 괴물 같은 귀가 여전히 그의 집안에서 유전되고 있다고 하더군. 자네는 마법 따위는 믿지 않을 것이고, 만약 믿는다 해도 그런 걸 신문기사로 내보내지는 않겠지. 또 자네의 편집실에 기적이 일어난다 해도 입을 다물어버릴 테고 말이야. 요즘은 대다수의 주교들이 불가지론에 빠져 있으니까. 어쨌든 중요한 것은 그게 아니네. 문제는 엑스무어 공작과 그의 가문에 정말로 이상한 점이 있다는 사실이지. 그 귀도 관련이 되어 있을 것 같아. 상징으로든, 현혹시키기 위한 것이든, 아니면 질병의 형태로 나타난 것이든 간에 말이야. 전해오는 또 다른 전설에 의하면, 제임스 1세가 죽은 후에 왕당파 사람들이 머리를 길게 기르고 다니기 시작했는데 그래서 초대 엑스무어 경의 귀도 가려질 수 있었다고 하더군. 이 역시 지나친 상상에서 나온 것일 수도 있겠지.

하지만 그것을 내가 자네에게 일러주는 이유가 뭔지 알겠나? 우린 늘 귀족들의 샴페인이나 다이아몬드 따위를 구실로 귀족주의를 공격하는데, 그게 우리 실수인 것 같아. 사람들이 그런 지위에 있는 사람들을 동경하는 건, 그들이 풍족하게 생활하기 때문이야. 우리가 귀족들이 소유하고 있는 것이 귀족들을 행복하게 해주고 있다는 걸 인정해버리는 건 그들에게 오히려 머리를 숙이는 꼴이 되는 거야. 그래서, 일부 귀족 가문들의 분위기가 얼마나 음울하고 비인간적이며, 얼마나 사악한지를 밝히는 연재기사를 제안하네. 그 예가 될 만한 것들은 얼마든지 있네. 그 중에도 '에어 집안 악마의 귀'로 먼저 시작하는 게 좋을 듯싶어. 다음 주까지 그 사건의 진상을 전해주도록 하겠네. 이번 주말쯤에 아마도 자네에게 그 진실을 말해줄 수 있을 것 같네.

프랜시스 핀으로부터.

너트는 자신의 왼쪽 구두에 눈길을 주며 잠시 생각에 잠겼다. 얼마 후 그는 완전히 생기를 잃은 무미건조한 목소리로 말했는데, 마치 모든 음절이 한꺼번에 들리는 것만 같았다.

"발로 양, 핀 씨에게 지금 곧 편지를 써야겠소."

친애하는 핀,

재미있을 것 같네. 토요일까지 2회 분의 기사를 보내주게나.

E. 너트로부터.

그는 자신의 편지를 구술하는 데 마치 한 단어를 이야기하는 것처럼 거의 한꺼번에 말을 던졌고, 발로 양 역시 그의 입에서 튀어나오는 말들을 마치 한 단어인 것처럼 받아적었다. 그러고 나서 다시 그는 파란 펜을 집어들고 교정쇄에다 '초자연적인' 이란 단어를 '놀라운'으로, '찍소리 못하게 하다'는 표현을 '제 압하다'로 고쳤다.

그렇게 즐겁고 유익한 일에 몰두하며 하루하루 보내는 동안 어느새 토요일이 되었다. 너트는 매일 앉는 같은 책상에 앉아 같은 타이피스트에게 편지를 받아쓰게 하고 같은 파란 펜으로 핀 기자가 보내온 1회 분의 원고를 교정하기 시작했다.

그 기사는 상류사회에 퍼져 있는 절망에 대한 맹렬한 독설로 시작했다. 비록 필체는 거칠었지만 아주 훌륭한 영어로 쓰여진 기사였다. 편집장은 늘 그래왔듯이 그것을 몇 부분으로 나누어 소제목을 붙이는 일을 다른 사람에게 맡겼다. 수백 번도 더 고 쳐서 나온 소제목들은 '귀족 부인과 독약', '오싹한 귀', '에어 집안의 은둔' 등이었다. 그 제목들 아래의 내용은 핀이 첫번째 편지에서 언급했던 귀에 관한 전설로 시작하여 그가 나중에 발 견하게 된 진실들로 이어졌다. 그것은 다음과 같은 글이었다.

관례적으로 기자들은 기사의 결말 부분을 첫머리에 제목으로 쓰는 것이 보통이다. 그리고 저널리즘이라는 것이 아무개라는 사람이 있었는지조차 몰랐던 사람에게 아무개의 죽음의 소식을 말해주는 것과 같은 경우가 대부분인 것이 현실이다. 그러나 본 기자는 많은 신문사의 관례적 형태인 그러한 보도방식이 그다지 바람직하지 못한 것이라고 생각한다. 〈개혁일보〉는 바로 이 점에 있어서 보다 나은 본보기로 거듭나야 한다. 그렇기 때문에 나는 단계적으로 사건을 설명할 것이다. 등장인물들도 실명을 쓸 것이며 그렇게 함으로써 기사 내용의 진실성을 확보할 것이다. 그리하여 세상을 놀라게 할 충격적인 사실은 이 기사의 맨 끝에 나오게 될 것이다.

나는 데번셔에 있는 개인 소유의 한 과수원과 연결되어 있는 공공산책로를 걸어가고 있었다. 발길 닿는 대로 가다보니 데번셔의 특산물인 사과주를 만든다는 곳에 이르게 되었다. 그곳은 아주 길쭉하면서도 천장이 낮은 여인숙으로 작은 오두막 하나와 헛간 두 개가 전부였다. 지붕은 갈색과 회색 빛이 여기저기 섞여 있는 색이 바랜 짚으로 이어져 있었다. 그곳은 마치 선사시대부터 있어왔던 것처럼 오래되어 보였다. 문 바깥에 걸린 간판에 '푸른 용'이라고 쓰여 있었고 그 간판 아래에 오래 전부터 여인숙에서 쓰였을 법한 아주 오래된 탁자가 놓여져 있었다. 이 탁자에는 세 명의 신사가 둘러앉아 있었는데, 그들 모두 한 100년쯤 전 사람들처럼 보였다.

그들을 잘 알게 된 지금은 그들의 인상을 어렵지 않게 설명할 수 있다. 하지만 그때에는 그들 모두가 마치 사람의 몸을 가진 유령처럼 보였다. 그들 중에 덩치가 크고 또 탁자의 중앙에 앉아 있어서 제일 먼저 눈에 띄었던 사람이 있었는데, 그는 바로 내 맞은편에 앉아 있었다. 그는 키가 크고 뚱뚱했으며 온몸 전체를 검은 옷으로만 두르고 있었다. 불그스레한 얼굴은 마치 중풍에라도 걸린 것같이 보였고, 털이 듬성듬성한 눈썹을 찡그리고 있었다. 그를 다시 꼼꼼히 살펴보면서도 한물간 느낌을 지울 수 없었다. 그것은 그의 하얀 넥타이 모양이 구식이고 이마에 깊게 패인 주름살 때문이었던 것 같다.

탁자의 오른쪽 끝에 앉아 있었던 사내의 인상은 정확히 생각이 나지 않는다. 그는 둥근 얼굴에 갈색 머리칼, 들창코를 가진 어디서나 흔히 볼 수 있는 모습이었는데, 몸에 꼭 맞는 검은 신부복을 입고 있었다. 그의 옆 탁자 위에 놓인 챙이 넓고 접혀져 있는 모자가 놓여 있는 것을 보았을 때, 내가 왜 그의 모습이 어딘지 옛날 사람과 비슷하다고 생각했었는지를 알게 되었다. 그는 로마 가톨릭 신부였던 것이다.

다른 쪽 끝에 앉아 있었던 세번째 사내는 다른 두 사람보다 더 옛날 사람 같아 보였다. 그는 몸집이 호리호리하고 옷차림도 제일 볼품이 없었다. 그의 가늘고 기다란 사지는 옷을 입었다기보다는 그냥 꽉 조여져 있었다고 말해야 할 것 같았다. 아주 꽉 끼는 회색 소매와 바지에 기다란 팔다리를 억지로 쑤셔 넣은 것처럼 보였기 때문이다. 얼굴은 아주 길고 안색은 누르스름했으며, 전체적으로 독수리 같은 인상이었는데, 그 때문에 더욱 무뚝뚝하게 보였다. 오래 전에 유행하던 스타일의 상의 깃과 넥타이에 여윈 턱이 푹 파묻혀서 음울한 느낌까지 자아냈다. 머리카락은 그냥 갈색이 아니라 약간 칙칙한 적갈색이었고 누런 얼굴과 대조되어 보랏빛에 더 가깝게 보였다. 눈에 거슬리는 것은 아니었지만, 머리카락 색깔로는 흔치 않은 색인데다 부자연스러울 정도로 곱슬곱슬한 머리칼이 머리 전체를 다 덮고 있어서 눈길을 끌고 있었다. 그 모든 정황을 분석해보았을 때, 내가 처음부터 어딘지 예스럽다고 느꼈던 것은 구식의 긴 포도주 잔들과 한두 개의 레몬, 사기로 만든 기다란 파이프 때문일 거라는 결론이 내려졌다. 그리고 아마도 옛 전설에 관한 자료를 모으고자 하는 나의 목적이 있었던 것도 그런 느낌을 주는 데 한몫 했을 것이다.

나는 어지간한 일에는 단련이 된 아주 능숙한 기자였기에 굳이 뻔뻔스러움을 가장하지 않고도 그들과 같은 탁자에 앉아 사과주를 주문할 수 있었다. 검은 옷을 입고 있는 덩치 큰 사내는 꽤 학식이 있는 것 같았는데, 특별히 이 지방의 유물에 대해서 잘 알고 있었다. 그리고 검은 옷을 입고 있는 키 작은 신부는 말수가 적었지만 덩치 큰 사내보다 훨씬 폭넓은 교양으로 나를 놀라게 했다. 그들과 나는 아주 편하게 이야기를 주고받았다. 하지만 세번째 사내, 바로 꽉 끼는 바지를 입은 그 나이 든 사내는 내가 슬그머니 엑스무어의 공작과 그의 선조 이야기를 꺼낼 때까지 아주 거만한 태도로 나에게 약간의 거리를 두고 있었다.

　다른 두 사람은 그 이야기가 화제에 오르자 좀 당황하는 눈치였다. 그러나 세번째 사내는 그 전까지 굳게 지키던 침묵을 깨고 훌륭한 교육을 받은 신사답게 조심스러운 말투로 이야기를 해나갔다. 그는 기다란 파이프로 담배를 피우며 이야기를 꺼냈는데, 그것은 내가 살아오면서 들었던 것 중에 가장 끔찍한 것들이었다. 에어 가문의 사람 중 하나가 자신의 아버지를 목매달아 죽인 이야기, 또 다른 한 사람이 자신의 아내를 마차 뒤에 매달고 채찍으로 후려치며 온 마을을 돌아다닌 이야기, 또 누군가가 아이들이 가득 모여 있었던 교회에 불을 질렀다는 이야기 등등이었다. 그 중에는 신문에 싣기에 적당치 못한 이야기들도 있었다. 예를 들면 '문란한 수녀', '꺼림칙한 얼룩

개', '채석장에서 일어난 일' 등의 이야기였다. 이런 모든 불경스럽고 피비린내 나는 이야기들이 그 사내의 얇고 품위 있는 입술에서 새어나왔던 것이다.

맞은편에 앉아 있던 덩치 큰 사내는 그의 이야기를 멈추게 하려고 했다. 그러나 그는 그 노신사를 배려하려는 마음에서인지 이야기 중간을 불쑥 가로막거나 하지는 않았다. 탁자의 다른 쪽 끝에 앉아 있던 키 작은 신부는 당황해하는 기색은 별로 없었으나 탁자를 물끄러미 내려다보며 그 이야기를 귀담아 듣고 있는 것 같았다.

"선생은, 엑스무어 가문에 대해 별로 좋지 않게 생각하시나 보군요."

내가 이야기를 하고 있는 신사에게 말을 꺼냈다.

그의 얼굴에서 핏기가 가시는 듯하더니 입을 꼭 다물고 잠시 가만히 나를 바라보았다. 그러다가 갑자기 파이프와 유리잔을 탁자 위에 내리쳐서 깨뜨리고는 자리에서 벌떡 일어났다. 완벽할 정도로 신사다웠던 사람이 갑자기 악마가 불을 뿜는 것처럼 화를 내는 것이었다.

"여기 계신 분들이 내가 그 가문을 좋아할 이유를 가지고 있는가의 여부를 말해줄 것이오. 옛날 에어 가문에 내려진 저주는 이 지방 전체에 무겁게 뒤덮었고, 그것으로 인해 수많은 사람들이 고통을 받아왔소. 그들 중에 나만큼 고통받은 사람은 없을 것이오."

그렇게 말하고 나서 그는 떨어져 깨어진 유리조각을 발뒤꿈치로 자근자근 짓밟더니 황혼 속에서 푸르스름하게 빛나는 사과나무 사이로 성큼성큼 사라져버렸다.

"좀 색다른 분이군요. 엑스무어 가문의 사람들이 저분에게 어떤 짓을 했다는 겁니까? 도대체 저분은 누구죠?"

나는 다른 두 사람에게 말했다.

검은 옷을 입고 있던 덩치 큰 사내는 마치 기운 빠진 황소와 같이 거친 눈빛으로 나를 쏘아보았다. 처음에는 내가 한 질문을 이해하지 못하는 것 같더니, 다시 이렇게 되물었다.

"당신, 정말 그분이 누구였는지 몰랐습니까?"

내가 정말로 모른다고 말하자 잠시 침묵이 흘렀다. 이윽고 키 작은 신부가 여전히 탁자를 내려다보며 말했다.

"그가 바로 엑스무어의 공작이오."

혼란스러워진 머리를 미처 주체하기도 전에 신부는 상황을 수습하려는 듯 조용한 어조로 이렇게 덧붙였다.

"여기 이분은 멀 박사이시고 공작의 사서로 일하고 계십니다. 그리고 내 이름은 브라운입니다."

"하지만 만약 그 사람이 공작이라면 자신의 선조들을 왜 그렇게 나쁘게 얘기했던 겁니까?"

내가 더듬거리며 물었다. 그러자 브라운이라는 신부가 대답
했다.

"공작은 선조로부터 진짜로 저주를 물려받았다고 믿는 것 같
습니다."

그리고 그는 엉뚱한 말을 덧붙였다.

"가발을 쓰는 것도 그 때문이지요."

신부의 말뜻을 알아듣기까지는 잠시 시간이 걸렸다. 나는 다
시 두 사람에게 물었다.

"설마 그 이상한 귀가 나오는 전설을 말씀하시는 것은 아니
겠지요? 물론, 그 이야기는 저도 들어서 알고 있습니다. 하지만
그건 단순한 사실에다 미신을 꾸며넣은 것일 뿐이잖습니까. 가
끔 듣게 되는 몸을 절단한 이야기를 변형시킨 것은 아닐까 생
각했습니다. 16세기에는 죄인들의 귀 끝을 잘라내기도 했다는
군요."

"그렇지 않을 겁니다. 한쪽 귀가 다른 쪽 귀보다 유난히 큰
기형이 집안 대대로 되풀이하여 나타나는 현상이 일반적인 자
연과학의 법칙에서 벗어나는 것만은 아니지요."

키 작은 신부가 말을 받았다.

덩치 큰 사서는 이런 경우 자신은 어찌해야 좋을지 고심하는

듯 커다란 두 손에 벗겨진 이마를 파묻었다. 이윽고 그는 신음하는 듯한 소리로 말을 꺼냈다.

"당신은 공작을 오해하고 있습니다. 나는 공작을 변호해야 할 이유도 없고, 신의를 지켜야 할 이유도 없습니다. 그는 나뿐 아니라 다른 사람들에게도 폭군처럼 굴었습니다. 그가 소탈하게 이런 자리에 앉아 있었다고 해서 나쁜 의미에서 대단한 윗사람은 못 될 거라고 생각하지 마시오. 공작은 팔만 뻗으면 닿는 곳에 있는 종을 누르게 하려고 일 킬로미터 밖에 있는 사람을 불러오게 하는 사람이에요. 그 종도 자기에게서 세 걸음 정도 떨어진 곳에 있는 성냥을 가져오게 하려고 삼 킬로미터 밖에 있는 다른 사람을 부르기 위해서 누르게 하는 겁니다. 하인에게 지팡이를 들게 한다든가 오페라 글라스를 받쳐들고 서 있게 하는 일은 보통입니다."

"그런데 옷 손질하는 것만은 시종에게 시키지 않습니다. 왜냐하면 시종이 가발까지 손질하려 할 테니까요."

신부가 냉랭한 목소리로 끼어들며 말했다.

사서는 신부에게로 몸을 돌리더니 나의 존재는 잊어버린 듯 한참을 신부만 바라보고 있었다. 와인을 한잔 마셔서 약간 열이 올라 있는데다, 브라운 신부의 말에 적잖이 놀란 것 같았다.

"브라운 신부님, 그걸 어떻게 아셨습니까? 신부님 말씀이 맞아요. 그는 무슨 일이든지 스스로 하는 법이 없고 모든 세상 사람들을 다 동원해서라도 그 일을 시킵니다. 옷을 입는 것만 빼고요. 말 그대로 사막에서처럼 혼자 있을 수 있는 곳에서만 옷을 갈아입는답니다. 누가 되었든 그가 옷을 갈아입고 있을 때 방 근처에 있는 것이 발각되면 그 즉시 쫓겨나고 말지요."

"아주 재미있는 사람이군요."

내가 말했다.

"아니오. 그건 오해입니다. 공작은 그 저주 때문에 정말 고통스러워하고 있어요. 분명, 그로 하여금 수치심과 공포를 느끼게 하는 무언가가 그 보라색 가발 속에 감추어져 있을 것입니다. 그것을 보는 사람에게 저주가 내려질 그 무언가가 말이지요. 저는 그것이 일종의 형벌의 결과이거나 유전적인 신체의 불균형 같은, 단순한 선천적 기형이 아니라는 것도 알고 있었지요. 그건 훨씬 더 가혹한 것으로 인해 생겨난 것이었습니다. 누군가가 자기가 직접 목격했다면서 말해주었는데, 담이 꽤 크다는 사람이 그 비밀을 밝혀내보려고 하다가 결국엔 겁을 먹고 도망가버렸다고 하더군요."

멀 박사가 말했다.

내가 뭔가를 말하려고 입을 뗐으나 멀 박사는 여전히 내 존재는 잊고 있는 듯이 두 손으로 얼굴을 감싼 채 말을 이었다.

"신부님, 신부님에게 솔직하게 말씀드리는 이유는 저 가엾은 공작을 변호하려는 뜻에서이지 결코 그를 배반하려는 것은 아닙니다. 혹시 신부님께선 공작이 재산을 거의 다 잃었던 시절에 대해 들으신 적이 있습니까?"

신부는 고개를 가로 저었다. 그러자 사서는 이전에 자신의 자리에 있었던 그의 후원자이자 스승이었던 전임자로부터 들었던 이야기를 들려주었다. 사서는 그의 전임자를 맹목적으로 신뢰하는 것 같았다. 일반적으로 부유한 가문의 몰락에 대한 얘기들에 빠지지 않고 등장하는 고문 변호사가 역시 관련되어 있었다. 한데, 이 변호사가, 이런 표현이 적당한지는 모르겠지만, 아주 정당한 방식으로 남을 속이는 감각을 가지고 있었던 것이다. 그는 신탁금을 쓰는 대신, 공작의 부주의함을 이용해 그를 재정적으로 궁지에 몰리게 함으로써 공작이 집안의 실권을 넘겨주지 않을 수 없게 만들었던 것이다.

변호사의 이름은 아이작 그린이었는데, 공작은 늘 그를 엘리사*라고 불렀다. 아마, 변호사가 아직 서른을 넘기지 않은 나이였음에도 머리가 완전히 대머리였기 때문일 것이다. 그는 아주 빠른 속도로 출세가도를 달린 사람이었는데, 그 과정이 그다지

---

* 구약성서에 나오는 대머리 예언자.

깨끗하다고는 말할 수 없었다. 처음에는 경찰의 앞잡이인 밀정으로 시작해서 사채업을 하다가 나중에 그는 에어 가문의 법률 고문직을 맡게 되었다. 아까도 말했듯이 그는 마지막 일격을 날릴 준비가 될 때까지 자신의 입지를 단단히 굳혀나가는 분별력을 가지고 있었다. 그 마지막 일격이 가해진 것은 만찬회 자리에서였다.

전임 사서가 말하기를 자신은 자그만 체구의 변호사가 얼굴에 미소를 머금은 채 공작에게 재산을 반으로 나눌 것을 제안했던 그 순간의 모든 것을, 심지어 전등갓과 술병까지도 생생히 기억하고 있다고 했다 한다. 그 제안의 결과는 못 본 체하고 지나칠 만한 것이 아니었다. 아무 말 없이 죽은 듯이 입을 다물고 있던 공작이 과수원에서 유리잔을 박살냈을 때처럼, 갑작스럽게 술병을 들어 변호사의 대머리 위를 세차게 후려쳤던 것이다. 변호사의 정수리에는 삼각형의 붉은 상처가 남겨졌다. 변호사의 눈빛은 달라졌지만 입가엔 여전히 미소를 띠고 있었다. 그는 비틀거리며 일어나서는 참으로 그다운 반격을 가했다.

"일이 이렇게 되다니, 잘됐군요. 이젠 전 재산이 내 것이 될 테니까요. 법은 내 편이 되어줄 겁니다."

엑스무어 공작은 마치 다 타버린 재처럼 얼굴이 하얗게 변했다. 그러나 눈빛은 여전히 불타는 듯 이글거리고 있었다.

"법이 어쩌고 어째? 절대 네 손엔 한푼도 들어가지 않을 거야. 왜냐구? 만일 네놈이 내 재산을 차지하게 된다면 나는 이 가발을 네놈 앞에서 벗어버릴 테다. 네놈의 벗어진 대머리는 누구나 볼 수 있지만, 내 머리를 본 사람은 살아남을 수가 없어. 이 털 뜯긴 닭 같은 놈."

독자들은 엑스무어 공작의 이 말을 각자 나름대로 받아들이겠지만, 멀 박사의 이야기에 따르면 변호사는 불끈 쥔 주먹을 허공에 대고 한두 번 휘두른 후에는 그냥 순순히 물러가 다시는 이 지방 근처에 얼씬도 하지 않았다고 한다. 그후 사람들은 엑스무어 공작을 이 지방 영주이자 시장으로서보다도 마법사로서 그를 더욱 두려워하게 되었다고 한다.

멀 박사는 과장된 몸짓과 다소 편파적인 열정을 가지고 이야기를 했다. 남의 말 하기 좋아하고 허풍떨기 좋아하는 노인이 지어낸 이야기라고 볼 수도 있을 것이다. 하지만 이 기사의 1부를 끝내기 전에, 박사의 이야기에 신빙성을 주는 두 가지의 사실을 그를 위해서라도 분명히 언급해두고자 한다. 하나는 어느 늙은 약제사로부터 들은 것인데, 그린이라는 이름의 대머리 남자가 야회복 차림으로 찾아와서 이마에 삼각형 모양으로 나 있는 상처에 고약을 붙이고 갔다는 것이다. 또 한 가지는 법률상의 기록과 예전의 신문을 조사해본 결과 어떤 소송이 진행중이라는 것을 알게 된 것이다. 소송은 벌써 시작된 뒤였고, 그것은 바로, 그린이라는 한 남자와 엑스무어 공작의 가문 사이에서 벌어진 법률소송이었다.

〈개혁일보〉의 편집장 너트는 원고 위에 기사 내용과는 전혀 상관없는 것들을 놓고, 그 옆에다 이상하게 생긴 표시를 했다. 그리고는 크고 단조로운 목소리로 발로 양을 불렀다.

"핀 기자에게 보낼 편지를 받아쓰시오."

친애하는 핀,

기사는 좋은데, 제목을 몇 개 달기로 했네. 그리고 독자들이 그 로마 가톨릭 신부를 못마땅해할 것 같아서 강신술사 브라운 씨라고 고쳐놓았다는 것도 알고 있게나. 어쨌든 사건의 추이를 잘 지켜보게.

E. 너트.

그로부터 이틀쯤 후, 활동적이면서도 사리분별이 정확한 편집장은 핀 기자의 두번째 원고를 읽어보았다. 이야기를 읽어내려가는 동안 그의 파란 눈이 점점 동그랗게 커져가는 듯하였다. 이야기는 다음과 같이 시작되었다.

난 아주 놀랄 만한 사실을 발견하였다. 그것은 이전에 내가 기대했던 것과는 전혀 다른 것이며 분명 독자들에게 많은 충격을 던져줄 것이라고 여겨진다. 단언하건대, 이 기사는 전 유럽은 물론 미국과 영국의 식민지에서도 읽히게 될 것이다. 지금 하려는 이야기들은 모두 지난번 기사에서 말했던 나무탁자에서 들었던 것들이다.

그 모든 것은 브라운 신부가 있었기에 가능한 일이었다. 그는 아주 비범한 사람이었다. 덩치 큰 사서는 얼마 후에 자리를 떴는데, 아마도 자신이 너무 많이 떠벌렸다는 사실이 부끄러웠거나, 아니면 자신의 고용주가 몹시 화를 내며 가버린 것이 걱정되어서였을 것이다. 여하튼 그는 공작이 갔던 길을 따라 터벅터벅 걸어서 사라져갔다. 브라운 신부는 레몬 한 개를 집어들고는 즐거운 표정을 지으며 그것을 찬찬히 바라보았다.

"레몬 색깔이 참 예쁘군요. 공작의 가발에 대해 마음에 들지 않는 것이 딱 한 가지 있습니다. 바로 색깔이랍니다."

"무슨 말씀인지 모르겠군요."

내가 대답했다.

"공작은 자신의 귀를 가리지 않으면 안 되는 특별한 이유가 있습니다. 마이더스 왕처럼 말이죠."

신부는 좀 경박하게 보일 정도로 쾌활하게 말을 이어갔다.

"귀를 가리려면 놋쇠 판이나 가죽 귀가리개 같은 것보다는 가발을 쓰는 게 훨씬 낫겠지요. 그 점은 충분히 이해가 갑니다. 그런데 왜 진짜 머리카락처럼 보이지 않는 가발을 썼을까요? 그런 색깔의 머리카락은 세상 어디에도 없을 겁니다. 그건 머리카락이라기보다는 저녁놀에 물든 구름 같지요. 만약 그가 자신의 가문에 내려진 저주를 수치스러워했다면, 어째서 그것을 더 잘 감추지 않았을까요? 제가 한번 말해볼까요? 그건 그가 조금도 수치스러워하지 않기 때문입니다. 오히려 자랑으로 여기고 있는 거지요."

"하지만 자랑으로 여긴다고 보기엔 가발이 너무 흉하지 않나요? 가문의 저주도 그렇고요."

"잘 생각해보십시오. 당신 자신은 그런 것들에 대해서 진정 어떻게 느끼는지 말입니다. 당신이 다른 사람들보다 속물이라고 하는 것도 아니고 더 병적이라고 말하려는 것은 아닙니다. 하지만 아주 막연하게나마, 집안에 내려진 저주라는 게 그다지 나쁜 게 아니라고 생각하지 않습니까? 그 무서운 글라미스 집안의 상속자가 당신을 친구라고 불러준다거나, 바이런 집안 사람들이 자기네들 난행을 당신에게만 털어놓는다거나 하면 부끄러워하기보다 자랑스러워하지 않을까요? 귀족들에 대해서

106

너무 경직된 생각을 갖지 마십시오. 그 사람들의 머리도 우리들하고 똑같습니다. 슬픔을 무슨 자랑거리라도 되는 것처럼 자랑스레 내보이고 싶어하는 속물들이지요."

"정말 그렇군요. 저희 어머니 쪽 가문에도 반시*에 대한 전설이 있었지요. 생각해보니 내가 아주 힘든 시간을 보내고 있을 때, 그 전설이 위로가 되었던 것 같습니다."

내가 소리치듯 말했다.

"당신이 공작의 조상들에 대해 언급했을 때, 그의 얇은 입술에서 거침없이 뿜어져나오던 그 잔혹한 이야기들을 생각해보세요. 만약 그가 그것을 자랑스럽게 여기고 있지 않았다면, 어째서 처음 만난 사람에게 그렇게 무서운 이야기들을 들려주었겠습니까? 그는 자신이 가발을 쓰고 있다는 사실을 숨기려 하지 않았으며, 자신의 혈통, 집안의 저주, 집안 사람들이 저지른 범죄들 그 어느 것도 감추려 애쓰지 않았습니다. 그가 감추고 싶어했던 것은⋯⋯."

키 작은 신부의 목소리가 변하는가 싶더니, 주먹을 꼭 쥐었다. 두 눈은 잠에서 깬 올빼미처럼 점점 둥글게 커지면서 반짝거렸다. 그러다 그가 갑자기 탁자 위로 작은 폭발이라도 일어

---

*Banshee. 집안 사람의 죽음을 무서운 울음 소리로 예고한다는 아일랜드의 여자 요정.

나는 듯 말을 내뱉었다.

"그가 정말로 감추고 싶어했던 것은 바로 머리였습니다."

신부가 여기까지 말했을 때, 희미하게 빛나고 있는 나무들 사이로 공작이 조용히 다시 나타났다. 그는 사서와 함께 집의 모퉁이를 돌아 나오고 있었다. 우리의 말소리가 들리는 곳까지 다가오기 전에, 브라운 신부가 침착하게 덧붙였다.

"어째서 그는 자신의 보라색 가발과 관련된 비밀을 숨기려 하는 걸까요? 그건 사람들이 추측하고 있는 그런 비밀이 아니기 때문입니다."

집 모퉁이를 돌아서 가까이 다가온 공작은 위엄 있는 태도로 탁자의 상석에 앉았다. 사서는 어찌할 바를 몰라하며 커다란 곰이 뒷발로 서 있는 것처럼 어정쩡하게 서 있었다. 공작은 아주 진지한 어조로 신부에게 말을 걸었다.

"브라운 신부, 멀 박사가 일러주기를, 당신은 뭔가 요청할 것이 있어서 이곳에 왔다고 하더군요. 난 선조들의 종교를 더이상 믿지 않소. 하지만 그들을 위해 그리고 당신과의 친분을 생각해서라도 기꺼이 당신의 이야기를 들어줄 것이오. 우리 둘만 있기를 원한다면 말씀하시오."

나는 그 자리에서 비켜주는 것이 예의라는 것을 알았지만 직업의식이 발동하여 그냥 그대로 있고 싶었다. 신부는 어떻게 할지 잠시 고민하고 있던 나를 붙들었다. 내가 막 일어서려고 할 때 브라운 신부가 공작에게 이렇게 말했던 것이다.

"공작께서 저의 청을 허락하여주시거나 충고를 할 수 있는 자격이 주어진다면, 가능한 많은 사람들을 지금 이 자리에 참석시켰으면 합니다. 이 지역의 수백 명의 사람들, 심지어는 가톨릭 신자들마저도, 공작님이 속박당하고 있는 미신이라는 주술에 정신이 병들어 있습니다. 공작님이 그 주술을 풀어주십시오. 데번셔의 온 주민들을 여기에 불러놓고 당신이 그것을 하는 것을 보여줄 수 있었으면 합니다."

"내가 뭘 하는 것을 보여준단 말이오?"

공작이 눈썹을 치켜올리며 물었다.

"당신이 가발을 벗는 것 말입니다."

공작은 조금도 움직이지 않았다. 그러나 청원자를 바라보는 흐릿한 눈으로 인간의 얼굴에서는 한 번도 본 적이 없었던 것 같은 무시무시한 감정이 드러나 있었다. 그리고 연못에 비친 나무줄기처럼 부들부들 떨고 있는 사서의 굵은 다리가 내 눈에 들어왔다. 나는 우리 주변의 숲이 새들 대신 악마들로 가득 채워지고 있다는 상상을 머릿속에서 지울 수가 없었다.

공작이 어딘가 비인간적인 목소리로 동정하듯이 말했다.

"자비를 베풀어 당신의 청을 거절하겠소. 만약 내가 나 혼자

짊어져야 했던 그 무겁고 끔찍한 짐을 조금이라도 당신들과 나누려 한다면 당신들은 내 발목에 매달려 더이상 알고 싶지 않다고 울부짖을 것이오. 미지의 신의 제단에 쓰여진 것은 그 첫 글자 하나라도 읽으려 하지 마시오."

"난 그 미지의 신을 알고 있습니다."

키 작은 신부는, 마치 화강암으로 만들어진 탑 같은 확고한 믿음을 가지고 입을 열었다.

"그 이름도 알고 있습니다. 바로 사탄입니다. 진정한 신은 육신을 지니고 우리들 가운데 계십니다. 분명히 말해두지만 사람들의 마음을 현혹시키는 비밀은 사악한 것입니다. 사탄이 당신에게 무언가가 너무 무서운 것이라 보아서는 안 된다고 말하거든 그것을 보아야 합니다. 너무 끔찍하니 들어서는 안 된다고 말하더라도 그것을 들어야 합니다. 또한 어떤 진실을 견뎌낼 수 없을 거라는 생각이 들더라도 견뎌내야 합니다. 간청하오니, 지금 바로 이 자리에서 그 악몽과도 같은 저주의 비밀을 털어놓아주십시오."

그러자 공작이 낮은 목소리로 말했다.

"내가 그렇게 하면, 당신들이 믿고 당신들이 의지해서 살아가는 모든 것들이 시들어 죽어버릴 것이오. 그리고 당신들이 숨을 거두기 전 위대한 무(無)가 존재한다는 것을 깨닫게 될 순간이 올 것이오."

"십자가 위의 예수여, 우리를 악에서 구하소서. 가발을 벗으십시오."

브라운 신부가 말했다.

난 걷잡을 수 없는 흥분에 빠진 채 탁자에 몸을 기대고 있었다. 그런데 두 사람의 이상한 대화를 듣고 있자니, 한 가지 생각이 스치고 지나갔다. 곧이어 나는 이렇게 소리쳤다.

"공작, 어서 그 가발을 벗으시지요. 그렇지 않으면 내가 벗겨내고 말겠습니다."

폭행죄로 고소를 당하게 되었을지도 모르지만, 난 나의 행동을 후회하지 않는다. 공작이 똑같은 목소리로 그럴 수 없다고 대답했을 때, 난 그에게 덤벼들었다. 세 번인가 그를 붙잡고 안간힘을 썼지만, 그때마다 그를 돕는 지옥의 힘이라도 있는 것처럼 나를 떼어내었다. 그래서 나는 마지막으로 박치기를 시도했고, 결국 가발이 그의 머리에서 떨어지고 말았다. 가발이 떨어지는 순간, 나는 그것을 보지 않으려고 눈을 감았다.

공작 옆에 서 있었던 나는 멀 박사의 비명 소리에 다시 눈을 떴다. 그와 나의 눈길은 가발이 벗겨진 공작의 머리 위로 향해 있었다. 잠시 침묵이 흘렀다. 그 침묵을 깨뜨린 것은 멀 박사였다.

"이게 뭐야? 숨겨야 할 게 아무것도 없잖아. 보통 사람의 귀하고 똑같은데."

"그렇습니다. 숨겨야 할 게 아무것도 없다는 점을 숨겨야 했던 것이지요."

브라운 신부가 말했다.

신부는 그에게로 성큼 다가갔다. 그런데 왜인지 그의 귀는 거들떠보지도 않았다. 대신 좀 우스울 정도로 심각한 표정을 지으며 벗겨진 이마를 들여다보더니, 오래 전에 아문 삼각형 모양의 상처자국을 가리키며 말했다.

"결국 그린 씨가 공작의 전 재산을 차지했던 것이군요."

이제 나는 〈개혁일보〉의 독자들에게 이 사건에서 가장 놀라운 부분에 대해 이야기하려 한다. 페르시아의 동화에서나 볼 수 있을 법한 이 변신 장면은 내가 공작에게 덤벼든 것을 빼면, 그 시작부터 아주 완벽하게 합법적인 것이었다. 묘한 상처자국과 정상적인 귀를 가진 사내도 남의 이름을 사칭한 사기꾼은 아닌 것이다. 남의 가발을 쓰고 남의 귀를 자신의 귀인 것처럼 행세하긴 했지만, 결코 남의 보관(寶冠)을 가로챈 것은 아니었다. 그는 어떤 의미에서는 실제로 유일한 엑스무어 공작이다. 사건의 전말은 바로 이렇다. 늙은 공작의 귀는 실제로 약간 기형이었으며, 그것은 유전에 의한 것이었다. 그는 그것에 대해 병적으로 신경을 썼다. 그린에게 자신의 귀를 보면 무사하지 못하리라고 했던 공작의 말은 진심에서 우러나왔던 것이라고 생각해볼 수도 있다. 그런데 두 사람의 싸움은 뜻밖의 결말을 가져왔다. 그린은 자신의 법적 요구를 관철시켰고, 결국 공작의 영토를 손에 넣었다. 재산을 빼앗긴 공작은 자녀들과 함께 동반 자살을 하고 말았다. 얼마의 세월이 흐른 후 영국 정부가 엑스무어의 소멸한 작위를 부활시켰고, 그것은 가장 중요한 인물, 즉 재산을 실제로 소유하고 있는 사람에게 넘겨진 것이다.

이 사람은 봉건시대부터 전해내려온 귀족 집안의 전설을 이용하였다. 그리하여 수천 명의 영국 민중들은 불운의 별이 예로부터 점지해준 운명을 타고난 귀족 앞에서 두려움에 떨어야 했다. 그러나 실제로는 12년 전만 해도 경찰의 밀정이었으며 사채업을 하는 건달이었던 교활한 변호사 앞에서 떨고 있었던 것이다. 그 하급 변호사는 천성이 천박하여 귀족들의 전설을 부러워하고 동경했던 것이다. 이번 사건은 귀족제도의 모순을 드러내는 전형적인 예임에 틀림없다. 그리고 신께서 우리에게 용감한 사람을 보내주실 때까지 그 모순된 제도는 사라지지 않을 것이다.

너트 편집장은 원고를 내려놓고 평상시와는 다른 날카로운 목소리로 소리쳤다.

"발로 양, 핀 기자에게 보낼 편지를 받아쓰시오."

친애하는 핀,

자네 혹시 정신이 돈 게 아닌가? 우린 이 사건을 기사화할
수 없네. 내가 원했던 것은 흡혈귀나 암흑시대의 참혹했던
일들, 귀족과 미신이 얽혀 있는 이야기들이었어. 독자들은
그런 걸 좋아한단 말일세. 만약 자네의 원고를 기사화한다면
엑스무어 가문 사람들이 우리를 그냥 두지 않을 걸세. 무엇
보다 사이먼 경은 엑스무어 가문과 절친한 사람이고, 브래드
포드에서 우리 신문사를 후원해주는 유력자이네. 그가 자네
기사를 읽는다면 뭐라고 하겠나? 게다가 늙은 사주는 작년
에 귀족 작위를 얻지 못해서 안달이 나 있네. 내가 이런 정신
나간 글을 기사화해서 올해에도 그가 작위를 못 얻게 된다면
당장 내게 해고 통지를 보내올 걸세. 듀피는 또 어떻고. 그는
지금 '노르만 사람의 발뒤꿈치'에 관한 기사를 쓰고 있는데,
그 노르만 사람이 하급 변호사일 뿐이라면 어떻게 기사를 쓸
수 있겠나? 제발 정신 좀 차리게나.

E. 너트로부터.

발로 양이 덜커덕덜커덕 소리를 내며 경쾌하게 타이프를 치고 있는 동안, 너트는 핀의 원고를 꾸깃꾸깃 뭉쳐서 휴지통에 던져 넣었다. 그런데 습관은 어찌할 수 없는지 원고를 버리기 전에 자기도 모르게 원고 속의 '신'이라는 단어를 '상황'이라는 단어로 고쳐놓았다.

징의 신

"누군가를 죽이고 싶을 때 그 사람과

단둘이 있을 수 있는 곳으로 데려가는 것이

최상의 방법일까요?"

"누군가를 죽이려면 그렇게 해야 하지 않겠소?"

싸늘하고 스산한 어느 초겨울 오후, 금빛이라기보다는 은빛에, 아니 납빛에 가까운 햇살이 거리 가득 퍼져 있었다. 이런 날엔 을씨년스러운 사무실이나 나른한 거실에도 쓸쓸함이 묻어나겠지만, 에식스 해안 변두리 거리는 한층 더 쓸쓸한 분위기가 감돌고 있었다. 단조로운 거리에 변화를 주는 것이라곤 드문드문 늘어선 볼품없는 가로등과 그보다 더 보기 흉한 가로수들뿐이었기 때문에 더욱 삭막한 느낌을 자아냈다. 땅에 얇게 쌓여 있던 눈은 거의 다 녹았지만, 아직 남아 있는 눈 위로 다시 내린 서리가 얼어붙어서 역시 납빛을 띠고 있었다. 눈이 또 내린 건 아니지만 전에 내린 눈이 바닷가를 따라 하얗게 거품이 이는 물결과 평행을 이루며 쌓여 있었다.

바다는 꽁꽁 언 손가락에 불거진 핏줄처럼 선명한 검푸른 빛깔로 얼어붙은 듯 보였다. 사방을 다 둘러보아도 살아 숨쉬는 것이라곤 활기차게 걷고 있는 두 사람뿐이었다. 그 중 한 사람은 다리가 길어서인지 옆사람보다 훨씬 큰 걸음으로 성큼성큼 걷고 있었다.

　휴가를 즐기기에 마땅한 장소도 아니었고, 계절적으로도 그다지 좋은 시기가 아니었지만, 휴가를 자주 얻을 수 없었던 브라운 신부로서는 틈나는 시간을 휴일 삼아 지내야 했으므로 이것저것 가릴 처지가 아니었다. 그리고 그는, 한때는 범죄자였고 한때는 탐정으로 일하기도 했던, 그의 오랜 친구 플랑보와 언제든 동행하고 싶어했다. 신부는 이날 오래 전부터 한번 찾아가보리라 생각해왔던 예전의 근무지 콥홀 교구에 가려고 친구인 플랑보와 함께 해안을 따라 동북쪽 방향으로 걷고 있는 중이었다.

　3킬로미터 정도 더 걸어가자, 바닷가에 쌓아올린 제방이 보였다. 보기 흉한 가로등들은 그 수가 점점 적어졌고, 더 넓은 간격으로 떨어져 있었다. 장식을 더하긴 했어도 꼴사납긴 매한가지였다. 1킬로미터쯤 더 걸어갔을 때 브라운 신부는 빈 화분들이 줄지어 놓여 있는 꼬불꼬불한 길을 발견하고는 어리둥절해졌다. 정원이라기보다는 바둑판 무늬의 포장도로처럼 보이는 그 길은 키 작고 수수한 빛깔의 식물로 뒤덮여 있었고, 등받이가 장식된 의자들이 군데군데 놓여 있었다. 거기에서 그는 그다지 좋아하지 않던 바닷가 소읍의 분위기를 어렴풋이 느꼈고, 문득 고개를 돌려 바닷가에 쌓여 있는 둑 쪽을 보았을 땐 그런 느낌을 더욱 강렬하게 받았다. 그 둑 옆으로 멀리 희미하게 보이는 해수욕장에, 다리가 여섯 개 달린 거대한 버섯 모양의 커다란 야외무대가 세워져 있었던 것이다.

브라운 신부는 외투 깃을 세우고 목도리를 단단히 매면서 말했다.

"저쪽에 행락지가 있나 보군."

"그렇긴 한데, 사람들이 많이 찾아오는 곳은 아닌 것 같아요. 저런 행락지들은 겨울에도 한몫보려고 애를 쓰겠지만 브라이튼처럼 유명한 곳을 빼고는 잘되질 않을걸요. 아마 저긴 시우드일 거예요. 풀리 경이 손을 대고 있는 곳이죠. 크리스마스 때는 시칠리아 섬에서 가수들을 데려오더니, 이번에는 큰 권투시합을 개최한다는 얘기가 있더군요. 하지만 저렇게 시시한 곳은 바다에 처넣는 게 나아요. 철로에서 떨어져나온 객차처럼 황량하기 짝이 없으니 말이에요."

두 사람은 커다란 야외무대 아래로 가보았다. 신부는 무언가 그의 호기심을 끄는 이상한 점이라도 발견했는지 새처럼 고개

를 한쪽으로 갸웃 기울인 채 무대를 올려다보고 있었다. 무대
는 겉으로 보기엔 그럴싸해 보였지만, 아주 엉성하게 설치되어
있었다. 색을 칠한 여섯 개의 가느다란 나무기둥이 받치고 있
는 지붕은 금박이 입혀져 있었으며, 지붕 모양은 납작했다. 무
대 바닥은 북처럼 나무로 만든 둥그런 단에 얹혀져 있었고, 모
래사장 표면에서 1.5미터쯤 올라가 있었다. 금빛으로 번쩍거리
는 인공의 무대와 그 주위에 남아 있던 눈이 어우러져 빚어내
는 환상적인 분위기에는 두 사람 모두 매료되지 않을 수 없었
다. 그것은 예술적이면서도 이국적으로 보이기도 했으며, 플랑
보와 브라운 신부는 그것이 연상시켜주는 것을 막연하게나마
떠올려보려고 애를 썼다.

"맞아요, 이제 생각났어요. 이건 일본풍이에요. 산에 쌓인 눈
은 설탕처럼 보이고, 금박을 입힌 탑은 금가루를 발라놓은 생
강빵처럼 보이는 어느 일본 판화에서도 저것과 비슷한 분위기
가 났어요. 그러고 보니 작은 불교 사원이랑 비슷하군요."

플랑보가 마침내 입을 열었다.

"그렇다면, 신이라도 모셔져 있는지 한번 볼까?"

브라운 신부는 그답지 않게 민첩하게 몸을 날려 무대 위로
훌쩍 뛰어올라갔다.

"와, 대단한데요."

플랑보가 웃으며 말했다. 그리고는 순식간에 그도 무대 위에 올라섰다.

무대가 그렇게 높은 것은 아니었지만 육지와 바다가 멀리까지 한눈에 다 들어왔다. 내륙으로 눈을 돌리면 작은 겨울 들판이 잿빛 관목 숲에 가려져 보일 듯 말 듯하였고, 그 너머로 멀리 외딴 농가의 천장이 낮은 헛간들이 보였다. 그리고 더 멀리에 이스트앵글리아 평야가 아득히 바라보였다. 바다에서는 몇 마리의 갈매기들만 보일 뿐 돛단배나 생명의 자취를 느낄 만한 다른 무엇은 보이질 않았다. 그나마 갈매기들도 눈송이처럼 보였으며, 날고 있는 게 아니라 공중에 떠다니고 있는 듯했다.

그때 뒤쪽에서 들려온 외침 소리를 듣고 놀란 플랑보는 그쪽으로 몸을 홱 돌렸다. 그 소리는 예상했던 것보다 더 낮은 곳에서, 말하자면 그의 머리가 아니라 발꿈치에 대고 외친 것같이 들렸다. 바로 그 순간 눈앞의 광경을 보고 웃지 않을 수 없다. 어떻게 된 건지 브라운 신부가 서 있던 무대 바닥이 아래로 내려앉으면서 운 나쁜 작은 신부도 바닥 밑으로 빠져버린 것이었다. 한데, 그의 키가 적당히 컸다고 해야 할지, 적당히 작았다고 해야 할지 모르겠지만 부서진 나무판자의 구멍 밖으로 머리만 비죽 튀어나와 있어 잘린 채로 접시에 담긴 세례자 요한의 머리를 연상시켰다. 신부의 얼굴엔 당혹스러워하는 기색이 역력히 나타나 있었다. 아마 세례자 요한의 얼굴도 그랬으리라.

플랑보가 웃으며 말했다.

"이 나무판자가 썩어 있었던 모양이네요. 제가 서 있는 곳은 끄떡없는데 이상하군요. 신부님께서 썩은 부분을 디디셨나 봐요. 자, 제 손을 잡고 올라오세요."

그런데 신부는 올라오려 하지 않고 플랑보가 썩어 있었을 것이라고 말한 나무판자를 샅샅이 살펴보고 있었다. 그러던 신부가 갑자기 걱정거리라도 생긴 듯 얼굴을 찌푸렸다.

"어서 나오지 않고 뭐하세요, 나오기 싫으세요?"

햇빛에 그을린 커다란 손을 내밀고 기다리던 플랑보가 참지 못하고 소리를 질렀다.

브라운 신부는 부서진 나무판자 조각을 손에 들고서 친구의 재촉에는 아무런 반응도 보이지 않았다. 한참을 깊은 생각에 잠겨 있던 그가 마침내 입을 열었다.

"나가기 싫으냐고? 그래, 맞아. 오히려 좀더 들어가보고 싶네."

신부는 말이 끝나기가 무섭게 몸을 굽혀 바닥 밑 어둠 속으로 들어갔다. 너무 급하게 몸을 굽혀서인지 머리에 쓰고 있던 커다란 모자가 판자에 부딪혀 바닥에 떨어졌다. 신부는 사라지고 주인을 잃은 모자만 덩그러니 바닥에 남아 있었다.

플랑보는 다시 한번 육지와 바다를 바라보았으나, 눈처럼 차가운 바다와 바다처럼 평평한 눈 덮인 땅 외엔 아무것도 보이지 않았다.

그때 별안간 누군가 뛰어오는 발걸음 소리가 뒤쪽에서 들려오는가 싶더니 신부가 구멍에서 좀전에 떨어졌을 때보다 훨씬 더 빠르게 기어올라오고 있었다. 그의 얼굴엔 당황한 표정은 이미 사라지고 뭔가 굳게 결심한 바가 있는 듯 의연한 빛을 띠고 있었다. 순백의 눈빛이 반사된 탓인지 평소보다 조금 더 창백해 보이기도 했다.

"어떠세요, 이 사원의 신을 찾아내셨나요?"

"아니, 그보다 더 중요한 것을 발견했네. 산 제물 말이야."

"대체 무슨 소리를 하시는 거예요?"

깜짝 놀란 플랑보가 큰 소리로 물었다.

브라운 신부는 친구의 물음에는 아무런 대답도 하지 않고 눈살을 잔뜩 찌푸린 채 전경을 둘러보더니 갑자기 한 지점을 가리키며 물었다.

"저기 보이는 저 집은 뭐지?"

플랑보는 신부가 가리키는 곳을 보았을 때 농가 앞쪽에 주변의 나무들에 가려져 한쪽 귀퉁이만 드러난 건물 한 채가 있다는 사실을 처음으로 발견해냈다. 그다지 크지 않은 건물이었다. 바닷가에서 멀리 떨어져 있었는데, 번쩍거리는 장식으로 보아 야외무대나, 작은 정원, 등받이가 장식된 의자들과 마찬가지로 해수욕장의 가설설치물의 하나인 듯했다.

브라운 신부가 무대에서 뛰어내렸고, 플랑보도 뒤따라 뛰어내렸다. 두 사람은 방금 발견한 건물 쪽으로 걸어갔다. 건물에 가까워지면서 나무들이 차츰차츰 더 넓게 양옆으로 갈라져, 행락지에서 흔히 볼 수 있는 작은 호텔의 전체적인 모습이 눈앞에 드러났다. 호텔 전면은 금박으로 장식되어 있었고, 유리창에는 무늬가 들어가 있었다. 천박한 느낌의 그 호텔은 잿빛 바다의 풍경과 마녀 같은 잿빛 나무들 사이에서 울적하고 음산한 분위기마저 풍기고 있었다. 두 사람 모두 머릿속에 이런 호텔에선 음식이나 음료가 나와도 무언극에 쓰이는 가짜 햄이나 비어 있는 잔 같은 것이리라는 생각을 했다.

물론, 단지 두 사람의 생각이 그랬다는 것일 뿐 그렇게 확신하고 있었다는 것은 아니다. 그들이 호텔에 더 가까이 다가가니, 휴업중인 듯한 식당 앞에 철제의자가 줄줄이 놓여 있었다. 정원에 놓여 있던 것과 똑같았는데, 좀더 길어 보였다. 아마 손님들이 앉아서 바다의 경관을 조망할 수 있도록 놓아둔 모양이었지만, 이런 겨울 날씨에 그렇게 할 사람이 누가 있을까 싶었다.

그런데 맨 끝에 놓인 철제의자 앞에 자그마하고 둥근 식당용 탁자가 있었는데, 그 앞에는 까만 머리의 젊은 남자 하나가 모자도 쓰지 않은 채 꼼짝 않고 앉아서 바다를 응시하고 있었다. 탁자 위에는 샤블리 포도주 한 병과 아몬드와 건포도 한 접시가 놓여 있었다.

브라운 신부와 플랑보가 가까이 다가갔을 때도 마네킹인 것 마냥 꼼짝 않던 그가 더 가까이 다가가자 뚜껑을 열면 바로 튀어나오는 상자 속의 인형처럼 벌떡 일어나더니 공손하면서도 품위 있는 태도로 말했다.

"어서 오십시오, 손님. 지금은 식당에 종업원들이 없습니다만 간단한 음식은 제가 직접 만들어 드릴 수 있습니다."

"고맙군요. 당신이 이 호텔 주인이십니까?"

플랑보가 물었다.

"네. 저희 호텔 종업원들은 모두 이탈리아인들입니다. 그들 동포가 흑인을 쓰러뜨리는 것을 보게 해주는 게 좋을 것 같아서 가게 했어요. 누가 이길지는 두고 봐야 알겠지만요. 이탈리아인 말볼리와 흑인 네드의 권투시합이 있는 것은 알고 계시지요?"

까만 머리의 사내가 다시 부동자세로 선 채 대답했다.

"직접 음식까지 만드시게 할 수는 없겠지요. 제 친구에게 세리주 한 잔 갖다주시겠습니까? 몸도 녹이고 이탈리아인 선수의 우승을 비는 축배도 들 수 있을 테니까요."

브라운 신부가 말했다.

플랑보는 신부가 왜 셰리주를 시키는지 이해가 안 갔으나 반대는 하지 않았다. 그리고 부드러운 목소리로 고맙다고 말했다.

"셰리주 한 잔이요, 네, 갖다드리겠습니다. 혹시 기다리시게 되더라도 양해해주십시오. 아까 말씀드린 대로 종업원이 아무도 없어서요."

주인은 덧문까지 내려져 있는, 불 꺼진 식당 쪽으로 걸어갔다.

"안 마셔도 될 것 같으니 그만두십시오."

플랑보가 그의 등을 향해 외치자, 그는 뒤를 돌아보며 말했다.

"괜찮습니다. 열쇠도 있고, 어둡다고 문을 못 여는 것도 아니니까요."

"제가 괜히……."

그때 아무도 없는 텅 빈 호텔 안쪽에서 울부짖는 듯한 사람 목소리가 들려와 신부는 하던 말을 멈추었다. 외국인의 이름을 부르는 것 같았는데 또렷이 들리질 않고 천둥 소리같이 크게 울리기만 해서 제대로 알아들을 수가 없었다. 호텔 주인은 셰리주를 가지러 갈 때와는 달리 재빠른 속도로, 소리가 나는 쪽을 향해 뛰어갔다.

조금 뒤 주인이 돌아와 누구의 목소리였는지 알려주었고 그가 거짓을 말하는 사람은 아니라는 것이 곧이어 일어난 일을 통해 입증되었다. 플랑보와 신부에게는, 적막하고 텅 빈 호텔에서 별안간 들려온 이때의 고함 소리만큼 등골을 오싹하게 한 것도 없었다. 그들은 훗날에도 두고두고 이 순간에 대해 얘기하곤 했다.

"저희 호텔 요리사였어요! 요리사가 남아 있었던 것을 잊고 있었네요. 이제 곧 나갈 겁니다. 셰리주를 달라고 하셨지요?"

주인의 말이 끝나자마자 호텔 출입구에 요리사답게 하얀 캡을 쓰고 하얀 앞치마를 두른 거구의 사내가 나타났는데, 검은 얼굴이 유난히 두드러져 보였다. 플랑보는 최고 요리사들 대부분이 흑인이라는 얘기를 들은 적이 있어서 그 요리사가 흑인이라는 사실에는 그다지 놀라지 않았다. 다만 백인 주인의 부름에 흑인 요리사가 달려간 게 아니라, 흑인 요리사의 부름에 백인 주인이 달려갔던 것에는 어이없어했다. 하지만, 주방장은 본디 거드름을 부리는 법이라는 옛말이 떠오른데다, 무엇보다 주인이 셰리주를 가지고 왔기 때문에 다른 생각은 다 잊고 말았다.

"좀 이상하네요. 큰 권투시합이 곧 열리게 되어 있다는데 해변에 이렇게 사람이 없으니 말입니다. 몇 킬로미터를 걸어오는 동안 겨우 한 사람밖에 못 만났습니다."

브라운 신부가 말했다.

"사람들이 읍내의 다른 쪽에 있는 역에서 오기 때문일 겁니다. 여기에서 약 오 킬로미터쯤 떨어져 있지요. 다들 순전히 권투시합을 보러 오는 것이라 시합이 있는 날 밤이나 되어야 호텔에 든답니다. 더구나 요새는 바닷가에서 일광욕을 즐길 만한 날씨도 아니구요."

호텔 주인이 어깨를 으쓱하며 말했다.

"그럼 의자는 여기에 왜 갖다놓으셨죠?"

플랑보가 의자들을 손으로 가리키며 물었다.

"제가 여기 앉아서 망을 보고 있습니다."

주인이 무표정한 얼굴로 말했다. 그는 잘생긴 용모에 온화한 인상을 지닌 사람이었는데, 안색이 병적으로 누르스름했다. 입고 있는 검은 옷에는 별다른 특징이 없었지만, 약간 높이 치켜맨 검정색 넥타이에 꽂은 머리 부분에 기괴한 장식이 달린 금빛 핀이 눈길을 끌었다. 얼굴에도 이렇다 할 특징이 없었으나, 다만 신경성인지 한쪽 눈을 다른 쪽 눈보다 가늘게 뜨고 있었고, 그 때문에 더 크게 뜨고 있는 눈이 의안같이 보였다.

잠시 이어지던 침묵을 깨고 호텔 주인이 조용하게 물었다.

"오시는 동안에 한 사람을 만났다고 하셨는데, 어디쯤에서였습니까?"

"우연히도 여기서 가까운 저 야외무대 근처에서였어요."

신부가 대답했다.

의자에 앉아 남은 셰리주를 마저 마시려던 플랑보가 술잔을 내려놓고 벌떡 일어나 놀란 표정으로 친구를 바라보았다. 그리고는, 뭔가를 말하려고 입을 여는가 싶더니 곧 다시 다물어버렸다.

"정말 이상하군요. 어떻게 생긴 사람이었습니까?"

까만 머리의 사내가 생각에 잠기며 물었다.

"어두운 곳에서 보긴 했지만, 그 사람은……."

그때 요리사가 장갑을 끼며 밖으로 나왔다. 그가 곧 나갈 것이라고 했던 호텔 주인의 말이 입증된 것이었다.

그런데 좀전에 출입구에 잠깐 나타났을 때 흰색과 검은색으로만 보이던 것과는 달리 단추와 버클 장식이 화려하게 돋보이는 옷을 차려입고 있었다. 검고 커다란 머리 위엔 프랑스의 재담꾼들이 팔각 거울에 비유하곤 했던 검고 높직한 모자가 비스듬히 얹혀 있었다. 왠지 그 흑인과 그가 쓰고 있는 검은 모자가 비슷하게 닮아 있는 것 같았다. 피부색이 검어서 그런 것일 수도 있겠지만 그보다는 살갗이 반들반들하니 윤기가 흘러 여덟 개 혹은 그 이상의 각도로 빛을 반사하고 있기 때문이었다. 특이한 점이라 할 것은 아니지만 다리에 흰 각반을 두르고, 조끼 안쪽에는 하얀 셔츠를 입고 있었다. 단추 구멍에 꽂혀 있는 붉은 꽃은, 마치 그 구멍에서 싹을 틔워 솟아나온 듯한 느낌을 주었다. 그리고 한 손에 지팡이를, 다른 한 손에 시가를 들고 걸어나오고 있었다. 악의는 없지만 오만하게 보이는 그런 태도는 인종편견을 논할 때 빠짐없이 등장하는 것이었다.

"저들에게 린치를 가하는 게 경악할 일은 아니라는 생각이 들 때도 있어요."

플랑보가 흑인의 뒷모습을 바라보며 말했다.

"저는 어떤 지옥 같은 일이 벌어진다 해도 놀라지 않습니다. 그건 그렇고……."

브라운 신부가 다시 이야기를 계속하는 사이에, 흑인은 여전히 허세라도 부리는 듯 노란 장갑을 당겨 끼면서 해수욕장 쪽으로 씩씩하게 발걸음을 옮기고 있었다.

"어두운 데서 봤기 때문에 그 사람의 모습을 자세히 보진 못했습니다. 아무튼 턱수염과 콧수염을 구식으로 멋지게 길렀는데, 염색을 한 것인지 아니면 원래 그런 것인지 아주 까맣더군요. 외국의 금융업자들 초상화에서 흔히 보는 그런 수염처럼 말입니다. 걷고 있을 때 목에 두른 긴 자줏빛 스카프가 바람에 나부꼈는데 유모가 어린애들 목도리에 안전핀을 꽂아두듯 그 스카프도 핀으로 고정되어 있더군요. 하지만 그 핀은 안전핀이 아니었습니다."

신부는 잠시 말을 멈추고 바다를 물끄러미 바라보았다.

주인도 긴 철제의자에 꼼짝 않고 앉아 조용히 바다를 바라보고 있었다. 이때 그의 얼굴을 보고 있던 플랑보는 그의 한쪽 눈이 다른 한쪽보다 큰 것은 선천적인 것임을 확실히 알았다. 이번에는 두 눈 모두 크게 뜨고 있었지만, 계속해서 보고 있노라니 왼쪽 눈이 점점 커지는 것만 같았다.

"기다란 금빛 핀이었어요. 원숭이 머리 같은 게 새겨져 있더군요. 그런데 아주 이상하게 꽂혀 있었어요. 또 그는 코안경을 썼고, 폭이 넓고 까만……."

사내는 여전히 꼼짝 않고 바다를 바라보고 있었으나, 두 눈이 따로따로 플랑보와 브라운 신부에게로 향해 있는 것 같기도 했다. 바로 그때, 그가 번개처럼 빠른 동작으로 신부에게 달려들었다.

브라운 신부는 사내에게 등을 돌리고 있었기 때문에 순간적으로 뒤를 얻어맞고서 얼굴을 땅에 박고 죽을 수도 있었다. 플랑보도 역시 무기를 갖고 있지 않았다. 대신 커다란 갈색 손으로 긴 철제의자의 끝을 잡고 사형 집행인이 도끼를 내리치려고 할 때처럼 머리 위로 번쩍 들어올렸다. 수직으로 들어올려진 의자는 하늘에 닿을 만큼 긴 철제사다리처럼 보였다. 저녁 햇살에 길게 드리워진 플랑보의 그림자는 거인이 에펠탑을 휘두르고 있는 것 같은 형상이었다. 사내는 철제의자를 치켜든 플랑보를 보기도 전에 그의 그림자를 보고 기겁하여 날쌔게 몸을 피해 호텔 안으로 달아났다. 사내가 떨어뜨리고 간 단검만 남아 반짝거리고 있었다.

"어서 여기를 떠나십시다."

플랑보가 의자를 내동댕이치며 소리 질렀다. 그는 땅딸보 신부의 팔을 붙잡고 잿빛의 황폐한 뒤뜰을 달려내려갔지만, 뒤뜰에서 밖으로 통하는 문은 잠겨 있었다. 플랑보가 몸을 굽혀 문을 살펴보고는 말했다.

"문이 잠겨 있군요."

그때 관상용 전나무에서 까만 깃털 같은 잎새가 떨어져 내려와 플랑보가 쓴 모자챙을 스쳤다. 플랑보는 바로 전에 멀리에서 희미하게 들려온 총소리에 놀랐던 것보다 훨씬 더 놀랐다. 그 순간 멀리서 또 한 번의 총소리가 나는가 싶더니 그가 열려고 애쓰고 있던 문에 총알이 날아와 박히면서 문이 심하게 흔들렸다. 플랑보가 어깨에 힘을 잔뜩 주고 문을 밀어젖히자, 세 개의 경첩과 자물쇠가 한꺼번에 떨어져나갔다. 그는 마치 가자 성문을 들쳐 멘 삼손처럼 그 커다란 문을 떠메고 정원 바깥의 텅 빈 길로 나왔다.

플랑보가 정원 담 너머로 문짝을 내던졌을 때 세번째의 총소 리가 나면서 그의 발뒤꿈치 바로 뒤에서 눈과 흙먼지가 날렸 다. 플랑보는 아무 소리도 않고 작은 몸집의 신부를 번쩍 들어 어깨에 둘러메고는 길쭉한 다리를 바쁘게 움직여 시우드를 향 해 내달렸다. 그렇게 약 3킬로미터를 더 가서야 그는 신부를 내 려놓았다. 불바다가 된 트로이에서 구출된 안키세스*의 이야기 를 떠올리게 했다고는 해도, 들쳐메고 내달리는 꼴이나 업혀오 는 꼴이나 그다지 보기 좋지는 않았다. 하지만 브라운 신부는 뭐가 좋은지 히죽히죽 웃었다.

공격당할 염려가 없는 읍내의 변두리 거리까지 왔기 때문에 두 사람은 안심하고 천천히 걸을 수 있었다. 두 사람 모두 잠시 아무 말 않고 걷기만 했는데, 플랑보가 먼저 입을 열었다.

---

* Anchises. 트로이의 왕자 안키세스는 아프로디테와 나눈 사랑을 발설한 죄로 제우스에 의해 한쪽 다리가 불구가 되었다. 그가 아프로디테와의 사이 에서 낳은 아들 아이네아스는 오른쪽 다리에 어린 아들 아스카나우스를 매 달리게 하고, 절름발이 아버지 안키세스를 어깨에 앉힌 채 살아남은 트로이 인들을 이끌고 새로운 땅을 찾아 나섰다.

"대체 어찌 된 일인지 모르겠습니다. 아까 신부님께서 하신 얘기는 또 뭡니까? 누군가를 만났다고 하고 또 모습이 어땠다면서 세세하게 묘사하지 않았습니까. 제 눈으로는 신부님께서 누굴 만나시는 걸 본 적이 없는데 말입니다."

"어쨌든 만났었다네. 정말일세. 그 야외무대 밑에서 만났기 때문에 너무 어두워서 제대로 보진 못했지. 아까도 그 사람 모습을 정확하게 말했던 건 아니라네. 사실, 코안경은 몸에 깔려 부서져 있었고, 기다란 금빛 핀은 자줏빛 스카프가 아니라 심장에 꽂혀 있었지."

브라운 신부가 초조한 듯 손가락을 물어뜯으며 말했다.

"그렇다면 그 유리 눈알의 사내가 그 일과 관련이 있나 보군요."

플랑보가 나지막한 소리로 말했다.

"많이 관련되어 있으리라고 생각하지 않았는데…… 그 얘기를 했던 게 잘못이었네. 충동적으로 해버리고 말았지. 아무튼 이번 사건엔 뭔가 뿌리 깊은 어두운 음모가 있는 것 같아."

신부의 목소리가 떨리는 것으로 보아 몹시 불안해하고 있음을 알 수 있었다.

두 사람은 침묵을 지키며 걷고 또 걸었다. 땅거미 진 싸늘한 거리에 가로등들이 하나 둘 노란 불빛을 뿜어내기 시작했다.

읍내의 중심지가 가까워진 것이었다. 흑인 네드와 이탈리아인 말볼리의 권투시합을 알리는 크고 화려한 광고가 곳곳에 붙어 있었다.

"전 말입니다, 한참 못된 짓을 하고 다녔던 시절에도 살인만은 절대 하지 않았습니다. 그런데 그렇게 황량한 곳에서라면 누군가가 살인을 저질렀다 해도 어느 정도는 이해할 수 있을 것 같아요. 신조차 외면할 자연의 쓰레기통 같은 곳들을 많이 봐왔지만 그 야외무대처럼 흥겨워야 할 장소가 쓸쓸하게 버려져 있는 걸 볼 때 제일 가슴이 아파요. 그런 쓸쓸한 곳에 있다 보면 정신이 이상해져서 경쟁 상대를 죽여 없애고 싶은 마음이 생길 수도 있을 겁니다. 언젠가 서리 주의 아름다운 구릉지를 걸어서 돌아다녔던 적이 있습니다. 가시금작화와 종달새들을 보느라 넋을 잃고 걷다가 엄청나게 넓은 대지가 펼쳐져 있는 곳에 이르렀지요. 그런데 그곳에 거대한 건축물이 세워져 있었어요. 로마의 원형경기장처럼 층층이 앉을 자리가 있었는데, 갓 사온 편지꽂이처럼 텅 비어 있더군요. 그 위로 새 한 마리만 날고 있을 뿐이었죠. 그 건축물은 엡섬에 있는 대경기장이었어요. 그런 곳에는 두 번 다시 가고 싶지 않습니다."

플랑보가 말했다.

"엡섬 이야기를 하니까 생각났네. 자네, '서턴의 미스터리'

136

라고 불렸던 사건을 기억하나? 혐의를 받고 있던 두 명의 아이스크림 장수들이 서턴에 살고 있었기 때문에 그렇게 불렸는데, 그 두 사람은 결국엔 풀려났지. 그 사건은 한 사내가 그곳 부근의 구릉지에서 목이 졸려 죽은 채로 발견되었다고 알려졌지만, 사실은 그렇지 않았어. 나도 친구인 아일랜드 출신 경관이 말해줘서 알게 된 것이긴 한데, 시체가 발견된 곳은 구릉지가 아니라 엡섬의 대경기장이었지. 아래층의 문들 중 하나의 뒤쪽에 숨겨져 있었다고 하더군."

"끔찍하군요. 어쨌든 그 사건을 보더라도 제 견해가 틀리지 않은 셈이네요. 정말이지 철 지난 행락지만큼 황량한 곳은 없다니까요. 그 경기장이 그런 곳이 아니었다면 그 남자가 피살되지 않았을지도 모르지요."

"난 확신이 안 서네. 그가……."

브라운 신부가 말을 꺼냈다가 입을 다물었다.

"그가 피살된 것인지 아닌지 확신이 안 간다는 건가요?"

"왜 철 지난 행락지에서 살해된 것인지가 의문스러워. 이보게, 플랑보, 쓸쓸한 곳에서 살해되었다는 점이 오히려 이상하다고 생각되지 않나? 영리한 범인은 한적한 곳만을 택할 거라 확신하나? 그런 곳이야말로 남의 눈에 전혀 띄지 않기란 지극히, 아주 지극히 어려운 법이네. 인적이 드문 곳일수록 그만큼 남의 눈에 띄기가 더 쉽다는 말이야. 이번 사건에도 분명히 뭔가 다른…… 아, 여기가 파빌리온인가 팰러스인가 하는 광장이로군."

그들은 불빛이 환하게 밝혀진 작은 광장에 들어서 있었다. 거기서 가장 먼저 눈에 띈 것은 외관에 금박을 입힌 화려한 건물이었다. 그 건물 여기저기에 현란한 색의 포스터가 나붙어 있었고, 양 측면에는 말볼리와 흑인 네드의 엄청나게 큰 사진이 걸려 있었다.

신부가 곧장 건물 층계 쪽으로 가더니 쿵쿵거리며 올라가기 시작했다.

"신부님! 신부님께서 권투를 좋아하시는 줄은 몰랐어요. 권투시합을 보시려구요?"

플랑보가 놀라서 소리를 질렀다.

"시합은 열리지 않을 걸세."

브라운 신부가 대꾸했다.

두 사람은 입구 가까운 곳에 있는 방들과 더 안쪽에 있는 방들을 지나쳐서 시합장으로 들어갔다. 거기엔 높은 단에 로프를 둘러친 링이 있었고, 링 주위에는 수를 헤아리기 힘들 만큼 많은 일반석과 특별석들이 빽빽하게 놓여 있었다. 신부는 그 어느 것에도 눈길을 주지 않고 그냥 지나쳐가더니 '위원회'라는 폿말이 붙은 문 앞 책상에 가서야 걸음을 멈추었다. 신부는 사무원에게 풀리 경을 만나러 왔노라고 말했다.

사무원은 시합이 곧 시작되기 때문에 풀리 경은 매우 바쁘다고 설명했다. 그러나 브라운 신부는 얼굴에 미소를 짓고서 끈질기게 같은 말을 되풀이하였다. 대체로 공직자들은 그러한 경우에 대처하는 방법을 잘 알지 못한다. 그리하여 플랑보는 뭐가 어떻게 되어가는 건지 모르는 채로 어떤 사람의 면전에 서 있게 되었다. 그 사람은 방 밖으로 나가고 있는 또 다른 사람에게 할 일을 지시하고 있었다.

"사 라운드 후에 로프를 잘 봐야 하네. 그런데 당신들은 무슨 일로 왔소?"

풀리 경은 신사였다. 영국에 남아 있는 몇 안 되는 신사들이 대개 그렇듯 그도 역시 걱정거리가 많았다. 특히 돈 문제가 큰 걱정거리였다. 머리털의 반은 백색, 반은 황갈색이었고, 눈에는 열기가 가득했으며, 콧마루는 동상에 걸려 있었다.

"말씀드릴 게 있어서 왔습니다. 사람이 살해되는 것을 미연에 방지하기 위한 것이지요."

브라운 신부의 말에 풀리 경은 용수철에 튕겨지기라도 한 것처럼 의자에서 벌떡 일어났다.

"그런 참견 따위는 더이상 들어줄 수 없소! 무슨 위원회다,

종교단체다, 탄원이다 하면서 헛소리들이나 하고 있으니! 글러브도 끼지 않고 혈투를 벌이던 시절에도 성직자들은 있었소. 지금은 규정에 따라 글러브를 끼고 시합을 하기 때문에 시합중에 선수가 죽을 일은 절대로 없소."

"선수가 죽을 수도 있다는 게 아닙니다."

키 작은 신부가 말했다.

"그래요, 그렇단 말이지요! 그렇다면 대체 누가 죽는다는 거요? 심판이요?"

풀리는 어이가 없다는 듯 냉랭한 목소리로 반문했다.

"누가 죽게 될지는 저도 모릅니다. 제가 그걸 안다면 이렇게 경의 기분을 망쳐놓을 필요도 없겠지요. 그 사람이 피할 수 있게 도와주면 될 테니까요. 상금을 건 권투시합 자체를 나쁘게 생각하는 것은 아닙니다. 하지만 오늘 시합만큼은 중지시켜주실 것을 부탁드립니다."

브라운 신부가 정색을 하고 말했다.

"달리 하실 말은 없소? 시합을 보러 몰려들 이천 명의 사람들에게는 뭐라고 해야 하지요?"

풀리가 비아냥거리며 물었다.

"시합이 끝난 뒤엔 천구백구십구 명만이 살아남아 있을 거라고 말하면 되겠지요."

풀리가 플랑보를 보며 물었다.

"당신 친구분, 머리가 어떻게 되신 거 아니오?"

"그렇지 않습니다."

플랑보가 대답했다.

"이것 보시오. 나로선 그 여파를 염려하지 않을 수 없소. 이탈리아 사람들이 한떼로 말볼리를 응원하러 올 텐데, 아시다시피 교양머리라곤 없는 까무잡잡한 촌놈들 아닙니까. 지중해 연안의 시골에서 자란 놈들의 성깔이 어떤지를 새삼 설명해드리지 않아도 되겠지요. 오늘 시합을 중지한다고 발표한다면 이 코르시카 섬 사람들이 말볼리를 앞세우고 쳐들어올 게 뻔합니다."

풀리가 불안한 기색을 내비치며 말했다.

"풀리 경, 이것은 한 사람의 생사가 달린 문제입니다. 어서 사람을 불러 시합이 중지되었음을 발표하게 하십시오. 그리고 말볼리가 진짜 쫓아올지는 두고 봅시다."

신부가 말했다.

풀리는 어떻게 되나 두고 보자는 심사로 탁자 위의 벨을 눌렀다. 사무원이 즉각 방 안으로 들어왔다.

"관중들에게 중대한 발표를 해야 하네. 우선, 두 선수에게 시합이 연기될 것이라고 전해주게나."

사무원은 뭐에 홀린 듯한 표정으로 멍하니 서 있다가 밖으로 나갔다.

"그러나저러나 무슨 근거로 그런 말을 한 겁니까? 누구에게서 무슨 말을 들은 거요?"

풀리가 퉁명스러운 말투로 물었다.

"야외무대에서 알아냈지요. 아, 아닙니다. 그러니까 제 말은, 어떤 책에서도 읽었답니다. 런던의 헌책방에서 구한 것인데…… 아주 싼값에 말이죠."

브라운 신부가 머리를 긁적이며 대답했다.

신부는 주머니에서 가죽으로 장정된 작고 도톰한 책 한 권을 꺼냈다. 플랑보가 어깨 너머로 들여다본 그 책은 오래된 여행기였다. 한 면이 쉽게 펼쳐지도록 접혀져 있는 게 표시나 보였다.

브라운 신부가 큰 소리로 책을 읽기 시작했다.

"부두교의 예배 의식은……"

"무슨 교라고요?"

풀리가 물었다.

"부두교요."

신부는 음미하듯 반복하고 다시 읽기 시작했다.

"자메이카 이외의 지역에서 행해지는 경우엔 '징의 원숭이'

혹은 '징의 신'이라고 알려진 형식에 따른다. 이것은 남북 아메리카 대륙 각지에서 특히 백인과 비슷해 보이는 혼혈인들 사이에 성행하고 있다. 다른 형태의 악마숭배나 인신공양을 하는 의식과의 차이점은 제단 위에서 피를 흘리게 하는 대신 군중들 속에서 일종의 암살을 행한다는 사실이다. 귀가 따갑도록 요란하게 징이 울리고 나면 성지의 문이 열리고 원숭이 신이 모습을 드러낸다. 그리고 신도들의 열광적인 눈길이 그쪽으로 쏠린다. 하지만, 그후……."

그때 방문이 왈칵 열리더니 화려하게 성장을 한 흑인이 들어섰다. 여전히 실크 모자를 삐딱하게 기울여 쓴 채 눈알을 뒤룩거리고 있었다. 그가 원숭이 이빨 같은 앞니를 드러내며 소리쳤다.

"무슨 수작들이야? 흑인인 내가 받게 될 상금을 슬쩍하려는 거겠지. 저 쓰레기 같은 이탈리아 백인놈을 도와주려고 말이야."

"시합을 연기하려는 것뿐이오. 잠시 후에 나가서 설명해드리겠소."

풀리는 조용히 말했다.

"당신이 누군데?"

흑인 네드가 소리질렀다.

"풀리라고 합니다. 이번 시합의 조직위원장이지요. 자아, 이제 이 방에서 나가주시오."

풀리는 냉정한 태도로 대답했다.

"이자는 누구지?"

흑인 선수가 신부를 가리키며 거만하게 물었다.

"나는 브라운이라는 신부요. 나도 당신에게 충고 하나 해야겠군요. 여기서뿐만 아니라 이 나라에서 떠나는 게 좋을 겁니다."

권투선수는 잠깐 동안 신부를 노려보더니 놀랍게도 성큼성큼 밖으로 걸어나가 문을 쾅 닫고 사라져버렸다.

"자, 그런데, 레오나르도 다 빈치를 어떻게 생각하십니까? 아름다운 두발을 가진 이탈리아인 말입니다."

브라운 신부가 자신의 먼지투성이인 머리털을 쓸어 올리면서 말했다.

"이것 봐요, 당신의 말 한마디로 내가 떠맡게 된 책임이 얼마나 엄청난 것인지 아시오? 도대체 무슨 영문인지 좀더 자세히 이야기해줘야 하는 것 아닙니까?"

풀리가 다그쳐 물었다.

신부는 가죽 장정의 작은 책을 외투 주머니에 집어넣으며 말했다.

"옳은 말씀이십니다. 한데, 이 책을 읽어드린 것으로 어느 정도는 말씀드린 셈입니다. 방금 나간 그 흑인은 세상에 둘도 없을 위험한 인물이지요. 식인종의 본능을 지녔으면서도 유럽인에 못지 않은 두뇌를 가지고 있으니까요. 그자는 제 동족인 야만인들 사이에서 행해지던 살생의식을 매우 현대적이고 과학적인 방식으로 발전시켜 비밀 암살 결사대를 만들어냈습니다. 내가 그러한 사실을 알고 있다는 것을 그자는 모릅니다. 물론 확인한 바는 아닙니다만."

신부는 잠시 아무 말 없이 있다가 다시 이야기를 계속했다.

"누군가를 죽이고 싶을 때 그 사람과 단둘이 있을 수 있는 곳으로 데려가는 것이 최상의 방법일까요?"

차가운 눈으로 신부를 바라보던 풀리가 한마디 했다.

"누군가를 죽이려면 그렇게 해야 하지 않겠소?"

브라운 신부는 살인 경험이 많은 사람이나 되는 듯이 고개를 내저었다. 그리고는 한숨을 내쉬며 말했다.

"플랑보도 그렇게 말했습니다만 잘 생각해보십시오. 혼자뿐이라는 느낌이 강하게 들수록 정말 혼자일까 하는 의심이 생기기 마련입니다. 아무도 없는 곳에 혼자 서 있으면 사람들 눈에 띄기가 더욱 쉽지요. 고원에서 혼자 밭을 가는 농부나 깊은 골짜기에서 혼자 양을 지키고 있는 목동을 보신 적이 없나요? 해안 절벽을 따라 걷다가 그 아래 모래펄에 혼자서 걷고 있는 사람은 보신 적은 없으세요? 그가 게 한 마리를 죽이고 있다면 그것이 안 보일까요? 절대로, 절대로 그렇지 않습니다. 당신이나 나 정도의 지능을 가진 사람이라면 보는 사람이 아무도 없는 곳이란 있을 수 없다는 것쯤은 알 겁니다."

"하지만 다른 수가 없잖소."

"꼭 한 가지 방법이 있습니다. 사람들의 관심이 온통 다른 것에 쏠려 있는 틈을 노리는 겁니다. 엡섬의 대경기장 관람석 바로 가까운 곳에서 누군가가 다른 누군가의 목을 조르고 있다고 합시다. 관람석에 그들 외에 아무도 없다면 눈에 띄기가 쉽습니다. 예를 들자면, 산울타리 아래를 지나가던 떠돌이나 언덕 위로 차를 몰고 가던 운전사에게 목격될 수 있지요. 그러나 관람석이 사람들로 꽉 차 있는데다 그들이 응원을 보내느라 함성을 질러대고 있는 순간이라면 사정이 다를 것입니다. 경기장 입구 뒤쪽에서 아무에게도 들키지 않고 목을 조르거나 칼로 몸을 찌르는 짓을 순식간에 해치울 수 있습니다. 그리고……."

브라운 신부는 플랑보를 돌아보며 말을 이었다.

"야외무대 밑에 있던 사내의 경우도 마찬가지였습니다. 그는 구멍에 빠졌습니다. 우연히 생긴 구멍은 아니었지요. 그것도 가장 극적인 순간에 구멍에 빠졌습니다. 위대한 바이올리니스트의 연주나 명가수의 노래가 막 절정에 이르려 하는 그런 순간에 비유해서 말씀드릴 수 있겠군요. 아마 이번 권투시합에서도 시합중 케이오 펀치가 나왔을 때, 그 순간에 다른 한쪽에서 누군가를 케이오 시키려고 했을 것입니다. 흑인 네드가 '징의 신' 형식에서 응용해낸 책략이 바로 그것이에요."

"그렇다면, 말볼리는……."

"말볼리는 관련된 바가 없습니다. 물론 그에게도 이탈리아인 패거리들이 있겠지요. 하지만 성질이 난폭한 이들은 이탈리아인이 아닙니다. 흑인 혈통을 지닌 혼혈아들이지요. 우리 영국인들은 피부색이 검은 외국인들을 다 같은 족속으로 보는 경향이 있답니다."

브라운 신부가 미소를 머금으며 덧붙였다.

"게다가 영국인들은 가톨릭이 제시하는 도덕과 부두교가 꽃피워낸 것 사이의 차이점을 분명히 구분하려 하질 않아요."

봄날의 따사로운 햇살이 쏟아지는 시우드 해수욕장에 가족들, 이동탈의실, 떠돌이 설교사, 흑인 합창단 등이 시끌시끌하게 모여들고 있었을 때 두 친구, 브라운 신부와 플랑보가 그곳에서 다시 만났다. 그 이상한 비밀 결사대에 대한 추적도 그 결사대의 비밀스런 목적도 벌써 옛일이 되어 있었다. 비밀 결사대의 일당들은 모두 소탕되었으며, 호텔 주인은 시체가 되어 바다에 떠올랐다. 그의 오른쪽 눈은 평안히 감겨 있었으나, 왼쪽 눈은 크게 뜬 채로 달빛을 받아 유리구슬처럼 반짝이고 있었다. 흑인 네드는 2킬로미터쯤 달아나다가 뒤쫓아오는 네 명의 경찰들에게 주먹을 휘둘러 그 중 셋을 살해했다. 그리고, 남은 경찰 한 명이 놀라서, 아니, 겁에 질려서 어찌할 바를 모르고 있는 사이에 도망쳐버렸다. 영국의 모든 신문들이 경쟁적으로 그 사건에 대한 기사를 실었으며, 이후 한두 달간 대영제국의 주요 목표는 그 흑인 남자가 외국으로 달아나지 못하도록 영국의 모든 항구를 봉쇄하는 것이었다. 생김새가 조금이라도 비슷한 사람들은 전례 없이 철저하고 엄격한 조사를 받아야 했고, 피부색이 흰 사람들이라도 배를 타려 하면 혹시 분장한 것이 아닌가 하는 의심을 받아 승선하기 전에 얼굴을 문질러 보여야 하기도 했다. 영국 안의 모든 흑인들은 특별 규정에 적용되어 경찰에 자진 출두하도록 강요받았다. 출항하는 배는 아프리카에 산다는 전설상의 파충류인 바실리스크를 피하기라도 하듯이 흑인을 절대로 태우지 않았다. 사람들은 그 야만적인 비밀 결사대의 위력이 얼마나 무섭고 엄청난 것인지를 알게 되었던 것이다.

4월의 어느 날 플랑보와 브라운 신부가 시우드 바닷가 둑 옆을 다시 지나고 있을 때를 즈음하여 영국에서 흑인의 존재는 한때 스코틀랜드에서 그랬던 것과 비슷하게 여겨지고 있었다.

"아직 영국 안에 있을 거예요. 틀림없어요. 아무도 찾지 못할 어딘가에 숨어 있을 거라구요. 얼굴에 흰 칠을 하고 백인으로 분장해서 배 타고 해외로 도망가려고 했다면 진작 발각되었을 테니까요."

플랑보가 말했다.

"그래, 아주 영리한 자니까 자네 말대로 얼굴에 흰 칠을 하는 그런 수법은 안 쓰겠지."

"그렇다면 어떻게 하고 있을까요?"

"내 생각엔 말야, 얼굴을 더 검게 칠하고 있을 것 같아."

브라운 신부가 말했다.

둑 앞의 난간에 기대어 있던 플랑보가 웃으며 말했다.

"설마, 그럴 리가 있겠어요?"

역시 난간에 기댄 채 꼼짝 않고 있던 브라운 신부가 손가락을 들어 모래사장 쪽을 가리켰다. 그곳에서는 얼굴을 검댕으로 칠한 흑인들이 노래를 부르고 있었다.

글라스 씨는 어디에?

어떤 사소한 문제라 하더라도 자연의 큰 흐름에

비추어 생각해보는 것이 가장 좋습니다.

초겨울에도 시들지 않는 꽃이 있긴 하나

대개의 꽃들은 그때쯤이면 시들어버리고 맙니다.

젖지 않은 조약돌이 있다고 해도 바다의 조수는

계속해서 밀려가고 밀려오는 것이기 때문에

언젠가는 젖게 되어 있지요.

오라이언 후드 박사는 저명한 범죄학자이자 도덕적 성격장
애 전문가였다. 박사의 상담실은 스카버러 해안에 위치해 있었
다. 볕 잘 드는 창 밖으로는 북해(北海)가 끝없이 펼쳐져 있어
서, 마치 청록색 대리석으로 꾸며놓은 벽장식 정도로 보일 만
큼 단조로운 풍경을 연출하기도 했다. 단조로울 정도로 깨끗한
바다만큼이나 사무실도 지나칠 정도로 깔끔하게 정리되어 있
어서 더욱 그랬는지도 모른다. 그렇다고 해서 후드 박사의 상
담실이 사치품이나 시집 한 권 들이지 않은 건 아니었다. 다만,
이런 물건들이 본래 놓여진 자리 이외에 절대로 다른 곳에 있
어서는 안 될 것 같아 보일 뿐이었다. 방은 상당히 호사스러웠
다. 주문 제작한 탁자 위에 최고급 시가가 열 갑 정도 놓여 있었

는데 가장 독한 것은 벽 쪽으로 또 가장 순한 것은 창문 쪽으로 배치돼 있었다. 그 옆으로는 최고급 술들이 담긴 술병들이 늘 함께 놓여 있었는데, 눈썰미 있는 사람이라면 병 속의 위스키나 브랜디, 럼주의 양이 언제 보아도 줄어들지 않는다는 것을 알아챘을 것이다. 책으로 말하자면, 방의 왼쪽 벽에 전집으로 된 영문학 고전들이 빽빽이 채워져 있었고, 오른쪽 벽에는 영국과 외국의 생리학자들의 저서가 꽂혀 있었다. 왼쪽의 책장에서 초서나 셸리의 시집 한 권을 빼내기라도 하면 앞니 하나가 빠진 사람을 보는 듯 불안해질 것 같았다. 그가 책을 읽지 않는 사람이라고 말하는 것은 아니다. 그 책들을 모두 읽었을지도 모른다. 어쨌거나 그 책들은 오래된 교회의 독서대에 사슬로 연결되어 있는 성경책을 보듯이 그 자리에 붙어 있는 것 같은 분위기를 풍기고 있었다. 오라이언 박사는 자신의 개인 서가를 공공도서관이나 되는 듯 장식하고 있었다. 서정시와 발라드가 가득 꽂혀 있는 책장에서 술과 담배가 놓인 탁자까지 뭔가 엄격하고 체계적인 분위기가 방 안을 둘러싸고 있었다.

박사의 전문분야 서적들이 꽂혀 있는 책장과 건드리기만 해도 깨질 것 같은 기괴한 화학, 역학 관련 다양한 실험 도구들이 놓인 다른 탁자들에도 이교도적인 분위기가 흘러나오고 있었다.

오라이언 후드 박사는 지리 교과서 식으로 말하자면 동쪽으로는 북해가, 서쪽으로는 사회학 및 범죄학 서적으로 꽉 찬 책장이 경계를 이루는 긴 방 안에서 한쪽 끝에서 다른 한쪽 끝으로 왔다갔다하고 있었다. 그는 똑같은 벨벳 옷을 입어도, 화가들과는 달리 아주 단정하게 차려입고 있었다. 머리카락은 희끗희끗 세긴 했지만 여전히 숱이 많고 굵었으며 건강했다. 갸름한 얼굴은 혈색이 좋았고 뭔가를 기대하는 듯한 표정을 띠고 있었다. 박사가 북해 해변에 자리를 잡은 것은 순전히 건강상의 이유에서였지만, 바다에서 느껴지는 엄숙하면서도 불안한 분위기가 그와 그의 상담실과 잘 어울리는 것도 사실이었다.

　그때, 운명의 여신이 장난이라도 친 것인지, 바다에 면한 길고 딱딱한 그 방과 방 주인과는 놀랍도록 정반대인 사람이 찾아와 문을 두드렸다. 무뚝뚝하나 정중한 박사의 대답이 떨어지자 문이 열리면서 볼품없이 땅딸막한 남자가 휘청거리며 방 안으로 들어왔다. 손에 든 모자와 우산을 큰 짐이라도 되는 양 버거워하는 것 같았다. 흔해 보이는 검정우산은 더이상 수리할 수 없을 정도로 오래된 낡은 물건이었고 챙이 넓은 검정 모자는 영국에서는 자주 볼 수 없는 가톨릭 신부들이 쓰는 모자였다. 방 안에 선 그 남자는 너무나 못생기고, 무능해 보였다.

　박사는 놀라움을 진정시키며 손님을 지켜보았다. 엄청나게 커다란 바다 짐승이 방 안으로 기어들어왔다 해도 박사는 그렇게 대했을 것이다. 손님은 승합마차 안에 간신히 비집고 들어와 앉은 뚱뚱한 날품팔이 여자들이 그렇듯, 숨을 몰아쉬면서도 얼굴에 희색을 띠고 싹싹해 보이는 태도로 박사를 쳐다보았다. 마음이야 박사의 상담실을 힘들게 찾아온 것에 대해 자축이라도 하고 싶었겠지만 수선스러운 몸짓들은 우스꽝스럽게 보일 뿐이었다. 그의 모자가 손에서 떨어져 카펫 위에서 굴렀고 묵직한 우산은 무릎 사이로 미끄러져서 쿵 소리를 내며 떨어졌다. 그는 모자를 잡으려다가 다시 우산을 집어들려고 몸을 숙였다. 그 와중에도 둥그런 얼굴에 여전히 미소를 띠운 채 이렇게 말했다.

"저는 브라운이라고 합니다. 실례를 한 건 아닌지요. 실은 맥내브 여사의 일로 이렇게 찾아온 것입니다. 박사님께서 곤경에 처한 사람들의 문제를 해결해주신다는 말을 들었습니다. 혹여 실례를 범했다면 용서해주십시오."

팔을 뻗어 모자를 손에 잡은 그는 고개를 몇 번이고 숙여가며 절을 했다.

"무슨 말씀인지 모르겠군요."

후드 박사는 냉정한 태도로 대답했다.

"방을 잘못 찾으신 것 같소. 나는 오라이언 후드 박사요. 내가 하는 일은 거의 전적으로 학문적이고 교육적인 것들이오. 경찰에게서 까다롭고 중요한 사건의 수사를 맡아달라는 요청을 받은 적은 가끔 있습니다만."

"하지만, 이건 정말로 중요한 사건입니다."

브라운이라는 그 땅딸막한 남자가 박사의 말을 가로챘다.

"아 글쎄, 처녀 쪽 어머니가 두 사람의 약혼을 허락해주지 않겠다는 겁니다."

그는 천연덕스럽게 웃으며 의자에 등을 기대고 앉았다.

후드 박사는 눈살을 찌푸렸지만, 두 눈은 화가 나서인지 흥미가 당겨서인지 밝게 빛나고 있었다.

"무슨 말씀을 하시려는 건지 이해할 수가 없군요."

브라운이라는 손님이 말했다.

"두 사람이 결혼하고 싶어해요. 매기 맥내브 양과 젊은 제임스 토드헌터 군이 결혼하기를 원한다 이 말이지요. 이보다 더 중요한 일이 있겠습니까?"

오라이언 후드 박사는 과학 방면에서는 위대한 업적을 이루었을지 모르나 그 대신 많은 것들을 희생시켜야 했다. 어떤 이들은 건강을 잃었다고 했고, 또 어떤 이들은 신앙을 잃었다고도 했다. 하지만 유머감각까지 완전히 잃어버린 것은 아니었다. 천진난만한 신부의 청원을 듣고 박사는 낄낄거리며 웃었다. 그리고는 환자를 무시하는 의사 같은 태도를 취하며 안락의자에 몸을 파묻고 앉았다.

"브라운 씨, 사적인 문제에 관한 부탁을 이렇게 개인적으로 받아본 건 십사 년 반 만에 처음 있는 일이오. 런던 시장이 베푼 연회 석상에서 프랑스 대통령을 독살하려고 한 사건이 마지막이었지요. 이번엔 당신이 아는 매기라는 여자가 토드헌터라는 친구를 약혼자로서 적당한 사람인지 아닌지 알아보고 싶어하는 문제인가 보군요. 좋습니다, 브라운 씨. 난 박정한 사람은 아니오. 이번 일을 맡아보겠소. 맥내브 여사의 가정에 프랑스와 영국의 국왕에게 했던 것 못지않게, 아니 십사 년의 시간이 헛되진 않을 테니 그보다 더 나은 최상의 조언을 드리도록 하겠습니다. 마침 오늘 오후엔 할 일도 없고 하니 자초지종을 들어봅시다."

그는 침착하게 말했다.

브라운 신부는 아주 간단하게, 기묘할 정도로 간소하지만 흠잡을 데 없이 따뜻하게 고마움을 표시했다. 네 잎 클로버를 찾으러 함께 들판으로 가준 큐 왕립 식물원의 원장에게라기보다는 휴게실에서 성냥을 빌려준 낯모르는 사람에게나 할 그런 정도의 인사였다. 여하튼 진심이 담긴 감사의 말을 마치자마자 숨도 안 돌리고 바로 이야기를 꺼내놓았다.

"아까도 말씀드렸지만 제 이름은 브라운입니다. 그건 그렇고, 시내 북쪽의 변두리에 집들이 드문드문 있는 거리를 아시지요? 저는 거기 너머에 있는 작은 성당의 신부입니다. 바닷가에 마치 바다의 벽처럼 쭉 이어져 있는 그 거리의 맨 끝 가장 한적한 구역에 교우인 맥내브라는 미망인이 하숙을 치며 살고 있습니다. 아주 정직한 부인이지요. 성미가 좀 거친 편이긴 하지만요. 부인에게 딸이 있는데, 그 딸과 부인 사이에 또 부인과 하숙인들 사이에…… 뭐 양쪽 다 떠도는 얘기들이 많이 있답니다. 지금은 하숙인이 한 명뿐인데, 바로 토드헌터라는 젊은이입니다. 그런데 이 젊은이 때문에 말썽이 생긴 겁니다. 그가 하숙집 딸과 결혼하고 싶어하거든요."

"그 집 딸은 어떻습니까? 딸도 결혼을 원하나요?"

후드 박사는 속으로는 무척 재미있어하면서도 내색하지 않고 물었다.

"물론 딸도 그 젊은이와 결혼하고 싶어하지요."

브라운 신부는 꼿꼿이 앉으려고 애쓰면서 목소리를 높여 말했다.

"그래서 문제가 아주 복잡하게 꼬여버렸습니다."

"고약한 문제인가 보군요."

후드 박사가 중얼거렸다.

"제가 아는 한 제임스 토드헌터는 아주 성실한 젊은이입니다."

신부는 이야기를 계속했다.

"그래도 사람 속을 누가 알겠습니까. 피부색은 거무스름하고 체구가 작은 친구인데 아주 영리합니다. 원숭이처럼 민첩하고, 배우처럼 말끔히 면도하고 다니는데다 타고난 아첨꾼처럼 친절한 성품을 지녔지요. 돈도 꽤 많은 것 같은데 무슨 일을 해서 돈을 버는지는 아무도 모릅니다. 맥내브 부인은 뭔가 무서운 일, 어쩌면 위험한 다이너마이트와 관련된 일을 하고 있을 거라고 믿고 있습니다. 설령 그렇다 해도, 그다지 조심할 것도 시끄러울 것도 없는 그런 종류일 겁니다. 그 젊은이가 하는 일이라곤 방문을 걸어 잠그고 들어앉아 몇 시간이고 무언가를 열심히 연구하는 것말고는 없거든요. 얼마간 혼자만의 시간이 필요해서이니 기다려달라고, 결혼식 전까지는 모든 것을 설명하겠다고 말하긴 했다더군요. 더이상은 아는 게 없어요. 맥내브 부인이 여기 오셨다면 좀더 많은 것을 말해줄 수도 있겠지요. 아시겠지만 모르는 것이 많을수록 지어낸 이야기들이 잡초처럼 무성하게 자라나는 법 아니겠습니까. 방 안에서 두 사람의 목소리가 들렸는데 막상 문을 열어보니 토드헌터 혼자 있더라는 얘기도 있고, 큰 키에 실크 모자를 쓴 수상한 남자에 관한 이야기도 있습니다. 사람들 말로는 그자가 분명히 바닷속에서 나왔다고 하더군요. 황혼녘에 바다 안개를 헤치고 바다에서 걸어나와 모래사장을 조용히 가로질러 맥내브 부인 집의 작은 뒤뜰까지 갔다는 겁니다. 거기서 토드헌터의 방 창문 너머로 둘이 대화를 나누는 것을 본 사람이 있습니다. 대화가 말다툼으로 번졌는지 토드헌터가 화를 내며 창문을 쾅 닫아버렸고, 실크 모자를 쓴 남자는 다시 바다 안개 속으로 사라졌다는 거예요. 이 이야기에는 신비화된 면이 없진 않죠. 제가 보기엔 맥내브 부인은 자기가 지어낸 이야기가 더 신빙성이 있다고 여기는 것 같아요. 부인은 토드헌터의 방구석에 커다란 궤짝이 하나 있는데 낮 동안에는 자물쇠로 채워져 있고, 밤이 되면 다른 한 남자가 거기에서 기어나온다고 하더군요. 이 정도니 닫혀 있는 토드헌터의 방문이 온갖 괴상망측한 것들이 나오는 〈천일야화〉의 문같이 되어버렸다고 해도 과장은 아니지요. 하지만 제가 보기엔 그 젊은이는 응접실 괘종시계처럼 꼼꼼하고 아주 착해요. 하숙비도 꼬박꼬박 거르지 않고 치르고, 술은 정말로 한 방울도 마시지 않는 금주주의자랍니다. 매기의 어린 동생들과도 얼마나 잘 놀아주는지 몰라요. 그러다가 맥내브 부인의 맏딸인 매기 양이 그를 좋아하게 되었고, 결국 두 사람이 내일 성당에서 결혼식을 올리겠다고 하는 바람에 문제가 심각해진 겁니다."

거창한 이론에 얽매여 있는 사람은 대체로 그 이론이라는 것을 아주 사소한 일에까지 적용시키려고 하기가 쉽다. 짐짓 친절이라도 베푸는 듯이 순진한 신부의 이야기를 들어주고 있던 위대한 전문가 후드 박사는 좀더 친절을 베풀기로 했다. 안락의자에 편안히 자리잡고 앉더니 약간 다른 데에 마음이 가 있는 듯이 들리는 어투로 강의를 시작했다.

"어떤 사소한 문제라 하더라도 자연의 큰 흐름에 비추어 생각해보는 것이 가장 좋습니다. 초겨울에도 시들지 않는 꽃이 있긴 하나 대개의 꽃들은 그때쯤이면 시들어버리고 맙니다. 젖지 않은 조약돌이 있다고 해도 바다의 조수는 계속해서 밀려가고 밀려오는 것이기 때문에 언젠가는 젖게 되어 있지요. 과학적 견지에서 볼 때 모든 인간사는 멸망이나 이동으로 이어지는 움직임의 연속입니다. 겨울엔 파리들이 떼죽음을 당하고 봄이면 새들이 돌아오는 것처럼 말입니다. 그런데 역사의 근원은 종족에 있습니다. 종족이 종교를 만들어내고, 종족이 법을 만들고, 윤리적인 분규를 일으키는 것입니다. 흔히 켈트족이라고 불리는 그 야만적이고 촌스러운 종족이 아주 좋은 예입니다. 지금은 소멸해가고 있지요. 당신이 아는 맥내브 가족은 켈트족의 표본이에요. 작은 키에 피부는 까무잡잡하며 헛된 환상에 사로잡혀 떠돌아다니는 혈통을 이어받고 있으니 어떤 일이건 너무나 쉽게 미신적으로 해석해버리는 겁니다. 실례되는 말입니다만 당신과 당신 교회에서 하는 모든 미신적인 설명들도 그들은 다 받아들이고 있지 않습니까. 그런 사람들인지라 구슬픈 소리를 내는 바다가 뒤에 있고 이해할 수 없는 말들을 웅얼거리는, 또 실례되는 말을 하게 됐네요, 그런 교회가 앞에 있는 환경에 둘러싸여 살면서 너무나 간단한 사건을 두고 별 희한한 이야기들을 지어내는 것도 당연하다 하지 않을 수 없죠.

당신은 당신이 맡고 있는 작은 교구에 대한 책임감 때문에라도 두 사람의 목소리가 들렸다거나 바다에서 키 큰 사나이가 걸어나왔다거나 하는 이야기로 겁에 질려 있는 맥내브 부인에게 그렇게 신경이 쓰이시나 봅니다. 하지만 과학적 상상력을 가진 사람이라면 맥내브 부인 일족, 말하자면 방랑자 종족이 전 세계에 여기저기 흩어져서 천편일률적인 모습으로 살아가고 있다는 것을 알 겁니다. 수없이 많은 맥내브 부인들이 수없이 많은 가정을 이루고 주변사람들의 찻잔에 불건전한 상상력을 똑똑 떨어뜨리고 있다는 것을 말입니다. 또한……."

박사가 미처 말을 마치기도 전에 문 밖에서 다급하게 부르는 목소리가 들려왔다. 누군가가 치맛자락 스치는 소리를 내며 복도를 따라 허둥지둥 달려오나 싶더니 문이 열리고 젊은 처녀가 들어왔다. 고상하게 차려입고는 있었지만 급하게 뛰어와서인지 옷매무새가 흐트러져 있었고 얼굴은 발갛게 상기되어 있었다. 바닷바람에 거칠어진 금발, 스코틀랜드인처럼 약간 높게 튀어나온 광대뼈, 불그스레한 뺨만 빼고는 나무랄 데 없는 미인이었다. 그녀는 무슨 지시라도 내리는 것처럼 퉁명스럽게 사과했다.

"방해해서 죄송하긴 하지만 당장 신부님을 뒤쫓아오지 않을 수 없었어요. 생사가 달린 문제거든요."

브라운 신부는 당황해하며 일어났다.

"아니, 무슨 일인데 그러지요, 매기 양?"

"제임스가 살해되었어요. 그렇다는 걸 증명할 수 있어요."

처녀는 여전히 숨을 헐떡거리며 대답했다.

"글라스라는 남자가 또 제임스를 찾아왔어요. 제가 둘이서 이야기하는 소리를 방문 밖에서 똑똑히 들었다구요. 분명히 목소리가 달랐어요. 제임스는 목젖에서 울리는 저음을 내는데, 그 남자의 목소리는 높고 떨렸어요."

"글라스라니요?"

어리둥절해진 신부가 되물었다.

"그 남자 이름이 글라스예요."

처녀는 성급하게 대답했다.

"문 밖에서 들었어요. 돈 때문이었는지 두 사람이 심하게 말다툼을 하고 있었는데 제임스가 몇 번인가 '좋아, 글라스' '안돼, 글라스' '둘, 셋, 글라스' 하고 말했거든요. 제가 너무 말을 길게 했네요. 빨리 같이 가주세요. 아직 시간이 있을 거예요."

"무얼 할 시간이 있다는 겁니까? 글라스라는 사람과는 돈 문제 때문에 그렇게 위급한 상황에 처하게 된 거요?"

흥미로운 표정으로 유심히 지켜보던 후드 박사가 물었다.

"제가 문을 부수고 들어가려고 했지만 그러지 못했어요."

처녀가 짤막하게 대답했다.

"그래서 뒤뜰로 달려나가서는 창턱에 간신히 기어올라 방 안을 들여다보았어요. 어두컴컴하고 아무도 없나 싶었는데 제임스가 한쪽 구석에 웅크리고 누워 있는 것이 보였어요. 약에 취해 있는 것 같기도 했고 질식한 것 같기도 했어요."

"큰일났군."

브라운 신부가 자꾸만 손 밖으로 빠져나가려고 하는 모자와 우산을 챙겨들고 일어났다.

"사실 이 신사분께 아가씨 문제를 말씀드리고 있던 참이었어요. 이분 생각은……."

"많이 바뀌었습니다. 이 아가씨는 내가 생각했던 것과는 달리 켈트족 특성을 갖고 있지 않군요. 다른 볼일은 없으니 모자를 쓰고 당신들과 같이 나가서 거리 산책이나 하겠소."

　박사는 근엄한 목소리로 말했다.

　잠시 후 세 사람은 적막한 거리 변두리에 있는 맥내브 부인 집 근처에 이르게 되었다. 처녀는 등산가처럼 힘차고 숨가쁘게, 범죄학자는 표범처럼 빠른 면도 없진 않았지만 우아한 걸음걸이로 한가롭게 거닐듯이, 신부는 그저 빨리 열심히만 걷고 있었다. 신부의 말대로 그곳 변두리 지역은 스산하고 황량한 분위기가 감돌았다. 바닷가를 따라 죽 이어져 있던 집들도 거기서부터는 더 드문드문해졌다. 오후의 햇살은 아직은 이른 시간이었는데도 시뻘겋게 깔려오는 저녁 땅거미에 자리를 내주고 있었고, 검붉게 물든 바다는 불길하게 느껴지는 소리를 속삭이며 넘실거렸다. 모래사장에 닿아 있는 맥내브 부인의 집 뒤뜰에는 말라비틀어진 시커먼 나무 두 그루가 놀라 두 손을 하늘로 치켜들고 있는 악마의 형상으로 서 있었다. 맥내브 부인이 세 사람을 맞이하기 위해 여윈 두 팔을 벌리며 달려나왔는데 부인의 얼굴이 어둠에 묻혀 있어 그 모습이 꼭 마녀 같았다. 부인이 날카로운 목소리로 자기가 지어낸 이야기들을 섞어가며 딸의 이야기를 끝도 없이 늘어놓는 동안 박사도 신부도 별 대답 없이 듣고 있었다. 부인은 사람을 죽인 글라스와, 감히 자기 딸과 결혼하겠다고 해놓고선 결혼도 못하고 살해당해버린 토드헌터, 둘 다에게 복수하고 말겠다며 맹세까지 했다. 그들은 집 앞의 좁은 통로를 지나 뒤편에 있는 토드헌터의 방 앞으로 갔다. 거기서 후드 박사는 예부터 탐정들이 잘 쓰는 수법으로 문에 어깨를 세게 부딪쳐서 안으로 밀어젖혔다.

열린 방 안으로 처참한 파국의 광경이 드러났다. 누가 보더라도 그 방은 두 명의, 아니 어쩌면 그 이상의 사람들이 소름 끼치리만큼 격하게 싸움을 벌인 현장임을 한눈에 알아볼 수 있었다. 카드놀이를 하다 말았는지 탁자 위와 방바닥 여기저기에 카드들이 흩어져 있었다. 그리고 포도주 잔 두 개가 사이드 테이블 위에 놓여 있었고, 또 하나의 잔은 바닥에서 산산조각이 난 채 유리로 만든 별처럼 반짝거리고 있었다. 거기서 얼마 떨어지지 않은 곳에 긴 나이프라고 해야 할지 짧은 검이라고 해야 할지 아무튼 화려한 장식이 새겨진 손잡이가 달린 칼 한 자루가 떨어져 있었는데, 뒤쪽의 음침한 창문으로 스며들어오는 어스레한 빛이 무딘 칼날 위에서 반사되고 있었다. 창 밖으로는 납빛으로 무겁게 가라앉은 바다를 배경으로 서 있는 시커먼 나무가 보였다. 창문 반대편 구석 쪽에 신사용 모자가 바로 조금 전 머리에서 벗겨져 떨어진 것처럼 나동그라져 있었는데, 그것을 보고 있으려니 아직도 굴러다니고 있는 것만 같았다. 그 뒤 구석에 밧줄에 꽁꽁 묶인 제임스 토드헌터가 감자자루같이 내동댕이쳐져 있었다. 입에는 스카프가 물려져 있었고, 팔꿈치와 발목엔 밧줄이 예닐곱 겹으로 단단히 묶여 있었다. 그러나 그의 갈색 눈동자는 이리저리 두리번거리고 있었다.

후드 박사는 잠시 문 앞 깔개 위에 서서 이 소리 없는 폭력의 현장을 넋을 잃고 바라보았다. 그러다가 성큼성큼 안으로 들어가서는 실크 모자를 집어들어 묶여 있는 토드헌트의 머리에 조심스레 씌웠다. 그것은 너무 커서 그의 머리를 다 가리고 어깨까지 닿을 정도였다.

"글라스 씨의 모자로군요."

박사가 모자를 들고 되돌아서며 말했다. 그는 휴대용 돋보기로 모자의 안쪽을 자세히 들여다보았다.

"글라스 씨는 없고 모자만 남아 있는 것을 어떻게 설명해야 할까요? 글라스 씨는 옷차림에 꽤 신경쓰는 사람인 것 같네요. 이 모자는 최신은 아니지만 유행하는 스타일인데다 솔질도 잘 되어 있고 반들반들하게 광이 나도록 닦여 있어요. 나이 지긋한 멋쟁이 신사일지도 모르죠."

"아니, 세상에 저 사람 먼저 풀어주지 않고 뭐 하시는 거예요?"

맥내브 양이 소리쳤다.

"다 이유가 있어서 '나이 지긋한'이라고 한 겁니다. 물론 확실한 건 아닙니다만. 제가 말씀드릴 그 이유라는 것도 억지로 갖다 붙인 것처럼 들릴지 모르겠군요. 머리카락은 사람마다 정도의 차이는 있어도 늘 조금씩 빠집니다. 벗어놓은 지 얼마 안 된 모자를 돋보기로 보면 아주 작은 머리카락이라도 발견되기 마련인데 이 모자에는 한 오라기도 없습니다. 그렇다면 글라스 씨가 대머리일 거라는 추측을 할 수 있겠지요. 아가씨, 진정하시고 좀 참으세요. 자, 이 점을 아까 맥내브 양이 생생하게 묘사했던 고음의 떨리는 목소리와 함께 놓고 생각해봅시다. 대머리라는 점과 노인들이 화를 낼 때 흔히 내는 그런 목소리를 냈었다는 점으로 종합해볼 때 나이가 지긋할 것이라고 추론해볼 수 있겠지요. 나이가 꽤 있다 해도 체력이 좋고 키도 분명 클 겁니다. 그가 지난번에 창가에 나타났던 때의 얘기에 근거를 두자면 실크 모자를 쓴 키가 큰 남자여야 말이 될 듯한데요. 좀더 확실한 근거를 보여드리지요. 방바닥에 이렇게 깨진 포도주 잔 조각들이 흩어져 있습니다. 그런데 조각 하나가 벽난로 옆의 높은 선반 위에 떨어져 있습니다. 만일 토드헌터 군처럼 키가 작은 사람이 이 잔을 깨뜨렸다면 저렇게 높은 곳에 조각이 떨어질 수 없었을 겁니다."

박사가 말했다.

"그건 그렇고, 이제 토드헌터 군을 풀어주어도 되겠지요?"

브라운 신부가 묻자 박사는 다시 말을 이었다.

"이 잔들로 알 수 있는 게 또 있습니다. 글라스 씨가 대머리가 된 건 나이 때문이기보다는 방탕한 생활 탓일 수도 있습니다. 토드헌터 군은 조용하고 검소한 사람인데다 금주가라고 들었습니다. 평소에 이 카드와 포도주 잔들을 사용하지는 않을 테고 특별한 손님을 대접하기 위해 내놓았겠지요. 하지만 달리 생각해보면, 이 잔들은 토드헌터 군의 것일 수도 있고 아닐 수도 있습니다. 어쨌든 술은 없었을 텐데요, 그렇다면 이 잔들에 무엇을 담으려고 했을까요? 글라스 씨가 휴대용 병에 넣어 가지고 다니는 고급 브랜디나 위스키였을 겁니다. 이제, 그가 어떤 유형의 인물일지 상상이 가십니까? 키가 크고, 나이는 지긋하고, 닳고 닳은 사람이긴 했어도 최신 유행의 옷차림을 하고 다니는, 노는 것과 독한 술을 좋아하는, 아니 더 정확하게 말하면 지나치게 좋아하는 사람입니다. 글라스 씨는 사교계에서도 꽤 알려져 있을 사람일 겁니다."

"이봐요, 그이를 풀어줘야 하니까 비켜주세요. 안 그러면 뛰어나가서 경찰을 부르겠어요."

젊은 처녀가 소리질렀다.

"조급하게 경찰을 부를 일은 아니오, 맥내브 양. 브라운 신부, 진심으로 부탁드리건대 당신 교우들을 좀 진정시켜주십시오. 나를 위해서가 아니라 그들을 위해서 말이오. 자, 글라스 씨의 생김새와 성격은 어느 정도 알았습니다. 그렇다면 토드헌터 군에 대해서는 어떤 사실들을 알고 있습니까? 대체로 세 가지입니다. 검소하고, 돈도 꽤 있으며, 비밀을 지니고 있다는 점. 주로 이런 점들을 가진 사람들이 공갈 협박의 대상이 되기 쉽다는 건 누구나 알 만한 겁니다. 낡은 옷으로라도 멋을 부리고, 방탕한 생활에 젖어 있으며, 화가 나면 새된 소리를 질러대는 글라스 씨가 토드헌터 군의 돈을 갈취하려고 했으리란 것도 불 보듯 뻔합니다. 입을 다물어주는 조건으로 돈을 뜯어내려다가 생긴 비극의 두 주인공이 바로 이들입니다. 비밀이 있는 한 사람은 점잖은 젊은이고, 비밀을 눈치챈 또 한 사람은 부자들을 등쳐먹는 사기꾼입니다. 오늘 여기에서 만난 이 두 사람은 말다툼을 하다가 주먹을 쓰고 흉기까지 휘두르며 싸우게 되었던 것입니다."

박사는 근엄하게 말했다.

"밧줄을 풀어주실 건가요?"

처녀가 단호하게 물었다.

후드 박사는 실크 모자를 보조탁자 위에 조심스럽게 올려놓고는 밧줄에 묶여 있는 토드헌터 쪽으로 다가갔다. 박사는 그의 몸을 움직여보고 어깨를 잡아 반쯤 돌려보기까지 하면서 유심히 살펴보더니 이렇게 대답했다.

"경찰이 수갑을 가지고 와서 채울 때까지 밧줄은 그대로 두는 것이 좋겠습니다."

"무슨 뜻인가요?"

멍하니 방바닥을 내려다보고 있던 브라운 신부가 둥그런 얼굴을 들면서 물었다.

박사는 방바닥에 떨어져 있던 짧지도 길지도 않은 특이한 칼을 집어들고 찬찬히 살펴보면서 대답했다.

"당신들은 토드헌터 군이 묶여 있는 것을 보고 글라스 씨가 그를 묶어놓고 도망친 것으로 성급하게 결론을 내리셨습니다. 하지만 네 가지 점에서 그와 같은 결론은 옳다고 볼 수 없습니다. 첫째, 글라스 씨처럼 옷차림에 신경쓰는 사람이 모자를 두고 나갈 리가 있겠습니까? 자기 발로 나갔다면 말입니다. 둘째……."

여기까지 말하고 그는 창가로 걸어갔다. 그리고 말을 이었다.

"이 창문이 유일한 출구입니다. 그런데 안쪽에서 잠겨 있습니다. 셋째로, 이 칼날 끝 부분에 피가 조금 묻어 있는데, 토드헌터 군의 몸에는 아무 데도 상처가 없습니다. 따라서 죽었는지 살았는지는 모르지만 상처를 입은 건 글라스 씨 쪽입니다.

이런 점들이 신빙성이 있는 것은 협박을 당하는 사람이 협박하는 사람을 죽이려고 했을 가능성이 더 크기 때문입니다. 협박하는 사람이 황금알을 낳아주는 거위나 다름없는 상대방을 죽이려는 짓은 하지 않을 테니까요. 자아, 이것으로 대강 사건의 전모를 밝혀드렸다고 생각합니다."

"하지만 밧줄은 왜 그냥 두어야 하나요?"

멍한 표정으로 감탄해 마지않으며 박사의 말을 듣고 있던 브라운 신부가 눈을 크게 뜨고 물었다.

"아, 밧줄 말이오? 맥내브 양이 굉장히 조급해하는데, 좋아요, 말씀드리지요. 내가 밧줄을 풀어주지 않는 것은 지금 당장에라도 토드헌터 군 자신이 스스로 풀 수 있기 때문입니다."

"네?"

박사의 말을 듣고 있던 이들은 저마다 다른 음성으로 놀라움을 드러냈다.

"밧줄의 매듭을 모두 확인해봤습니다."

후드 박사는 조용히 말을 이었다.

"저는 밧줄을 매는 방법에 대해 조금 알고 있습니다. 범죄학의 한 분야이니까요. 저 매듭은 상대방이 아닌 토드헌터 군 자신이 매어놓은 것이고 스스로 풀 수도 있습니다. 싸움의 희생자는 가엾은 글라스 씨인데 자기가 희생자인 것처럼 몸에 밧줄을 묶어두고 우리를 속이려고 한 겁니다. 글라스 씨의 시체는 뜰 어딘가에 묻혀 있거나 굴뚝에 처박혀 있을지도 모르겠군요."

침묵이 무겁게 내려앉으며, 방 안은 어두워져갔다. 바닷바람에 흔들리는 뒤뜰의 나뭇가지들은 전보다 앙상하고 시커멓게 보였고, 어쩐지 창가로 더 가까이 다가와 있는 것 같았다. 그 나무들을 보노라면 비극의 희생자인 악한, 실크 모자를 쓰는 무서운 사내가 바닷속에서 나왔던 것처럼, 거대한 문어나 오징어 같은 바다 괴물들이 비극의 종말을 보기 위해 긴 다리들을 꿈틀대며 바다에서 기어올라온 것은 아닌가 싶었다. 어디를 보아도 인간의 행위 중 가장 병적이랄 수 있는 공갈 협박의 기운이 짙게 깔려 있었다. 검은 상처에 검은 고약을 붙이는 것과 같은, 죄를 감추려는 죄로 인한 것이었다.

작은 체구의 신부는 늘 얼굴에 만족스러운 표정을 띠고 다니는데, 조금 희극적으로 보이기까지 했다. 그런 그가 갑자기 호기심이 생긴 듯 얼굴을 찡그렸다. 신부가 처음에 보여준 천진난만한 호기심이 아니었다. 그것은 어떤 생각이 반짝 떠올랐을 때 생기는 호기심이었다.

"다시 한번 말씀해주시겠습니까? 그러니까 토드헌터 군이 혼자서 자기 자신을 묶고 또 혼자서 풀 수도 있다는 말인가요?"

신부는 자못 진지하게 물었다.

"그렇소."

박사의 대답을 들은 브라운 신부가 갑자기 소리를 질렀다.

"하느님 맙소사! 어떻게 그게 가능한지 모르겠군요."

어떤 충동에 사로잡혔는지 그는 토끼처럼 허겁지겁 토드헌터에게로 달려가 반쯤 가려진 그의 얼굴을 찬찬히 들여다보았다. 그러다 사람들을 향해 약간 얼빠져 보이는 자신의 얼굴을 돌리더니 흥분한 목소리로 외쳤다.

"그렇군요! 이 젊은이의 얼굴은 보지 않으셨습니까? 눈을 한번 보세요!"

박사와 처녀는 신부의 시선이 닿아 있는 곳을 바라보았다. 토드헌터의 얼굴 아래쪽 반은 검정 스카프로 가려져 있어서 보이지 않았지만 얼굴 위쪽을 보니 격렬하게 기를 쓰고 있는 것을 알아챌 수 있었다.

"눈빛이 이상해요. 너무해요. 괴로워하잖아요."

처녀는 속상해하며 소리쳤다.

"아니, 그렇지 않아요. 눈빛이 이상한 건 맞습니다만 눈 언저리에 잡힌 주름살로 판단컨대 심리적으로 비정상적인 상태에 있다는 것을……."

박사의 말에 신부가 외쳤다.

"무슨 소리를 하세요. 웃고 있는 게 안 보이시나요?"

"웃고 있다니요! 도대체 뭐가 우스워서 웃고 있다는 말입니까?"

깜짝 놀란 박사가 물었다.

"저어, 너무 정곡을 찌르는 건 아닌가 싶지만 박사님 때문인 것 같습니다. 모든 것을 알고 나니 저도 좀 우스워지고 말았네요."

브라운 신부가 미안해하며 대답했다.

"뭘 알았다는 거요?"

화가 치미는 것을 참으며 박사가 물었다.

"토드헌터 군이 하는 일이 뭔지 이제 알겠습니다."

신부가 대답했다.

그는 발을 질질 끌며 방 안을 돌아다니면서 갖가지 물건들에 멍한 눈길을 던짐과 동시에 바보 같은 웃음을 터뜨렸다. 그의 행동을 지켜보고 있던 사람들은 몹시 당황해했다. 그는 실크 모자를 보면서 몹시 웃었고, 깨어진 유리잔을 보고는 더 야단스럽게 웃어댔다. 칼 끝에 묻은 피를 보았을 때는 저러다 숨 넘어가지 않을까 싶을 정도로 포복절도를 하는 것이었다. 이윽고 그는 부아가 나 있는 전문가에게로 몸을 돌려 열광적으로 외쳤다.

"후드 박사님, 당신은 위대한 시인이십니다! 있지도 않은 존재를 창조해내신 거니까요. 단순한 사실들만 캐내는 것보다야 훨씬 더 신성한 일이지요. 정말이지, 사실들 따위는 좀 진부하고 시시한 것 아니겠습니까?"

"무슨 얘기를 하시는 건지 모르겠군요. 내가 제시한 사실들은 물론 불완전하긴 하겠지만 모두 필연적인 추론에 따른 것입니다. 직관, 뭐 시적이라는 표현을 더 좋아하신다면 시적이라고 해두지요. 아무튼 그것으로 알아낸 부분도 있겠지만 거기에 상응하는 세부적인 것들이 아직 확인되지 않은 것뿐입니다. 글라스 씨가 없는 것은······."

박사가 다소 거만한 태도로 말했다.

"그래요, 바로 그겁니다."

키 작은 신부는 열심히 고개를 끄덕였다.

"글라스 씨가 없다는 것, 바로 이 점이 첫번째로 염두에 두고 있어야 할 것이지요. 제가 보기에 그는 없습니다."

신부는 다시 말을 이었다.

"글라스 씨 같은 사람은 애초에 없었습니다."

"이 마을에 없다 이 말이오?"

박사가 다그치듯 물었다.

"어느 곳에도 있지 않다는 겁니다. 말하자면 자연계에서 존재하질 않는다는 거죠."

"글라스 씨가 없다니, 정말로 그렇게 생각하시오?"

박사는 비죽 웃으며 물었다.

"애석한 일이긴 합니다만…… 좋습니다. 증거들이야 수없이 많지만 첫번째로 발견한 증거, 그러니까, 우리가 이 방에 들어왔을 때 맨 먼저 눈에 들어온 물건부터 생각해봅시다. 글라스 씨가 존재하지 않는다면 이 모자는 대체 누구 것이오?"

후드 박사는 경멸이 섞인 웃음을 터뜨리며 물었다.

"토드헌터 군의 것이지요."

"맞지도 않는 것을 어떻게 쓴다는 겁니까?"

박사는 큰 소리로 화를 내며 물었다.

브라운 신부는 더할 수 없이 온화한 표정으로 고개를 가로저으며 대답했다.

"그가 쓰고 다닌다고 말씀드리진 않았습니다. 그의 모자라고만 했지요. 굳이 정확한 표현을 원하신다면 그가 가지고 있는 모자라고 말씀드릴 수 있습니다."

"뭐가 어떻게 다르다는 거요?"

코웃음을 치며 박사가 물었다.

온순하기만 한 신부가 처음으로 짜증난 듯한 표정을 짓더니 언성을 높여 대답했다.

"거리로 나가 가장 가까운 모자 가게에 들러보시면 누구의 모자라는 말과 누가 가지고 있는 모자라는 말이 어떻게 다른지 알게 되실 겁니다."

"모자 파는 사람이야 새 모자를 팔아 돈을 번다고 치고, 토드 헌터 군이 이 낡은 모자를 가지고 있어봤자 얻을 게 뭐가 있소?"

"토끼요."

브라운 신부가 곧바로 대답했다.

"뭐라고요?"

박사가 소리쳤다.

"토끼, 리본, 사탕과자, 금붕어, 오색 테이프들 말입니다. 밧줄로 속이고 있는 것을 보시고도 모르셨군요. 칼도 그렇습니다. 겉으로 보기엔 박사님 말씀대로 상처 난 데가 없습니다만 안쪽에 상처가 있을 겁니다."

"옷으로 가려진 부분을 말씀하시는 건가요?"

맥내브 부인이 정중하게 물었다.

"토드헌터 군 몸 안을 말하는 겁니다."

"무슨 소리 하시는 거예요!"

맥내브 부인이 짜증스레 말했다.

브라운 신부가 차분하게 설명했다.

178

"토드헌터 군은 전문 마술사나 복화술사, 밧줄 빠져나오기의 명인이 되기 위해 연습하고 있었던 겁니다. 모자는 마술을 부릴 때 사용하지요. 모자에 머리카락이 붙어 있지 않은 건 나이에 맞지 않게 일찍 대머리가 되어버린 글라스 씨가 썼기 때문이 아니라 아무도 쓴 적이 없었기 때문이지요. 술잔 세 개로도 마술을 부릴 수 있습니다. 그것들을 번갈아 던지고 받는 것을 연습하다가 아직 서투른 탓에 한 개가 천장에 부딪쳐 깨진 겁니다. 칼도 설명해드리지요. 칼 삼키기야말로 마술사의 직업적인 의무이자 자랑거리입니다. 헌데, 그것 역시 연습 단계인지라 목구멍 쪽에 칼끝이 살짝 스쳤던 겁니다. 그래서 몸 안에 상처가 있는 거죠. 얼굴 표정을 보니 상처가 심하진 않은가 봅니다. 데번포트 형제처럼 밧줄을 풀고 빠져나오는 마술도 연습하고 있었는데, 막 밧줄을 풀려던 참에 우리가 방 안으로 뛰어들어왔던 겁니다. 카드도 물론 마술 도구이지요. 공중에 던져 날리는 묘기를 연습하느라 카드들이 방바닥에 흩어져 있는 것이고요. 토드헌터 군이 자신이 하는 일을 비밀에 붙인 이유는 마술에 쓰는 속임수를 비밀로 해야 했기 때문입니다. 마술사들은 다들 그렇게 하지요. 그런데, 한번은 실크 모자를 쓴 어떤 할 일 없는 인간이 뒤 창문 쪽으로 와서 방 안을 엿보았는데, 그걸 안 토드헌터 군이 화를 내며 쫓아버린 적이 있었습니다. 그 단순한 사건을 가지고 우리 모두 실크 모자를 쓴 글라스 씨라는 망령이 토드헌터 군의 삶에 음침한 그늘을 던지고 있는 것처럼 생각했던 겁니다."

"하지만 두 사람의 목소리가 들렸는데요?"

매기 양이 신부를 빤히 쳐다보며 물었다.

"복화술로 말하는 것을 들어본 적이 없나요? 처음에는 자기 목소리로 말하고, 대답할 때는 아가씨가 들었던 것처럼 날카롭게 째지는 부자연스러운 목소리로 말하는 거랍니다."

한참 동안 침묵이 흘렀다. 부드러운 듯하면서도 모호한 미소를 머금고 있는 키 작은 신부를 계속 주시하고 있던 후드 박사가 이윽고 말을 꺼냈다.

"정말 재치 있는 분이시군요. 책으로 쓰여진 어떤 것도 이보다 더 멋지게 전개되지는 못할 겁니다. 그렇지만 설명 못 하신 것이 딱 하나 있습니다. 글라스라는 이름 말입니다. 토드헌터 군이 글라스 씨라고 부르는 것을 맥내브 양이 똑똑히 들었다고 했지요."

브라운 신부는 어린애같이 낄낄 웃으면서 말했다.

"그거요, 그건 이 황당한 이야기 가운데 가장 황당한 부분에 속한다고 볼 수 있어요. 우리 마술사 친구가 세 개의 술잔을 번갈아 던졌다가 받을 때마다 큰 소리로 세었던 겁니다. 실수로

놓쳤을 때는 말을 덧붙이고요. 이렇게요. 하나, 둘, 셋, 글라스 하나 놓치고, 하나, 둘, 글라스 하나 놓치고……."

방 안이 다시 조용해졌다. 그러다 갑자기 모두들 동시에 웃음을 터뜨렸다. 그들이 한참 웃고 있을 때, 구석에서 토드헌터 군이 흡족해하며 밧줄을 풀어내고는 멋들어지게 내던졌다. 그리고는 방 한가운데로 가서 절을 하더니 호주머니에서 무언가를 꺼내들었다. 파랑과 빨강 두 색으로 인쇄한 큼직한 광고지였다. 거기에는 이런 광고 문구가 적혀 있었다.

세계 제일의 마술사, 곡예사, 복화술사,

인간 캥거루 잘라딘의 완전 최신 마술쇼 박두.

장소 : 스카버러 엠파이어 공원.

시간 : 오는 월요일 8시 정각.

시저의 얼굴

제가 그 동전을 움켜쥐고 바다를 향해

내달려갈 때, 귓가에선 저희 집안 문장에 새겨져

있는 늙은 은백색 사자가 으르렁거리고,

시저의 독수리들이 요란하게 날개를 퍼덕이면서

날아와 날카로운 쇳소리를 내며 저를

쫓아오는 것 같은 느낌이 들었어요.

브롬턴인지 켄싱턴인지 기억이 안 나지만 그곳 어딘가에 커다란 집들이 끝도 없이 늘어선 거리가 있었다. 겉으로 보기엔 호화로워도 안은 아무도 살지 않는 빈 집들이 많았고 그래서인지 묘비들이 줄지어 있는 것같이 보이기도 했다. 현관으로 이어지는 계단들은 피라미드의 측면처럼 가팔랐고, 현관문 주변도 혹시나 미라가 나와 문을 열지나 않을까 두려워 문을 두드리기가 망설여질 만큼 어두컴컴했다. 그런 집들이 망원경으로 보지 않으면 그 끝이 안 보일 정도로 길게 연달아 붙어 있어서 더욱 음산하게 느껴졌다. 그 거리를 지나는 행인이 있었다면 그 집들을 따라 아무리 걷고 또 걸어도 비슷하게 생긴 집들만 끝없이 보이고 집들 사이의 골목이나 모퉁이 같은 곳은 절대로 볼 수 없으리라 생각했겠지만, 단 한 군데 그런 곳이 있었다. 행인도 그곳을 보았다면 환호성을 질렀으리라. 큰 저택들이 줄줄이 이어져 있는 이 거리, 문에 난 틈새처럼 좁디좁은 골목이 딱 한 곳 있었던 것이다. 두 채의 대저택 사이에 있는 그 골목 어귀에는 마굿간을 개조하여 만든 아주 작은 선술집이 자리 잡고 있었다. 좁은 골목이었지만 그 정도의 공간적 여유는 있었던 것이다. 큰 저택을 차지하고 사는 부자들이 고용인인 마부들에게 가게를 낼 수 있도록 허용해준 최소한의 공간이기도 했다. 구질구질하고 꾀죄죄한 집인데도 생기가 가득했고, 주위의 집들에 비해서 아주 작고 미미해서 오히려 자유로움이 느껴지기도 했다. 거대한 잿빛 석조 건물들 틈에서 훤히 불 밝히고 있는 그 집은 마치 거인들 발 밑에서 살아가는 난쟁이들의 집 같았다.

가을이 깊어가는 어느 날 저녁에 그 집 근처를 지났던 사람이라면 거리 쪽으로 나 있는 창문의 붉은 커튼을 반쯤 젖힌 채 천진스런 도깨비 같은 것이 얼굴을 내밀고 밖을 응시하는 것을 보았을 것이다. 사실, 그 얼굴은 전혀 해로울 일 없는 사람의 얼굴, 다시 말해 브라운이라고 하는 신부의 얼굴이었다. 신부는 전에는 에식스의 콥홀에서 봉직하다가 그 무렵에 런던에 와서 머물고 있었다. 신부의 친구이자 어느 정도 공식적인 탐정인 플랑보는 맞은편에 앉아 최근에 자신이 해결했던 그 근처 일대의 사건에 대해서 최종적으로 기록하는 중이었다. 두 사람이 함께 창가에 놓인 탁자를 사이에 두고 앉아 있었는데, 그때 신부가 커튼을 젖히며 바깥을 내다보았던 것이다. 그는 어떤 낯선 이가 창 밖으로 지나가는 것을 보고 난 후 젖혔던 커튼을 다시 내려놓았다. 신부는 눈을 동그랗게 뜨고 유리창 위에 흰색으로 씌어진 커다란 글씨들을 잠시 쳐다보더니 옆 탁자 쪽으로 눈길을 돌렸다. 거기에는 막일꾼으로 보이는 사내와 빨강 머리의 젊은 아가씨가 각각 맥주와 치즈 그리고 우유 한 잔을 앞에 놓고 앉아 있었다. 신부는 친구가 수첩을 덮는 것을 보고 조용히 말했다.

"자네, 시간이 있으면 저 가짜 코를 달고 있는 사내 뒤를 따라가주겠나?"

플랑보가 놀라서 신부를 쳐다보았다. 빨강 머리 아가씨도 신부를 쳐다보았는데, 단순히 놀라는 정도가 아닌 듯했다. 그녀는 올이 굵은 옅은 고동색 천으로 만든 수수한 옷을 입고 있었는데도 부잣집 숙녀 같았고, 다시 보면 좀 지나치다 싶게 오만해 보이기도 했다.

"가짜 코를 달고 있는 사내라니, 그 사람이 누군데요?"

플랑보가 물었다.

"나도 잘 몰라. 그러니 자네가 좀 알아봐주게. 부탁하네. 그는 저쪽으로 내려갔네."

브라운 신부가 엄지손가락으로 어깨 너머를 가리켰다.

"아직 가로등 세 개를 못 지나고 있을 거야. 어디로 가는 건지만 알면 되네."

플랑보는 어리둥절해하는 건지 재밌어하는 건지 모를 묘한 표정을 지으며 잠시 신부를 바라보더니 자리에서 일어났다. 그리고는 그 육중한 체구로 난쟁이집 같은 선술집의 작은 문을 밀어젖히고 나가 황혼 속으로 사라졌다.

브라운 신부는 주머니에서 작은 책을 한 권 꺼내 열심히 읽기 시작했다. 그는 옆 탁자에 앉아 있던 빨강 머리 아가씨가 자리에서 일어나 맞은편에 앉는 것을 전혀 의식하지 못하고 있는 듯했다. 그녀는 몸을 앞으로 기울이며 나지막하지만 또렷한 목소리로 신부에게 물었다.

"왜 그런 말씀을 하셨나요? 가짜 코인 것을 어떻게 아셨죠?"

신부가 무거워 보이는 눈꺼풀을 들고 난감한 듯이 눈을 깜박거리며 그녀를 보고 있다가 뭔가 미심쩍어하는 눈길로 유리창에 씌어진 흰 글씨들을 다시 쳐다보았다. 젊은 아가씨도 신부의 눈길을 좇아 글씨들을 보았는데, 곧 몹시 당황하는 표정을 지었다.

"아니오, '셀라'(Sela)라면 성경의 시편에 나오는 말인데, 그렇게 씌어 있는 게 아닙니다. 나도 아까는 무심히 그렇게 읽었는데, '에일즈'(Ales, 맥주)라고 씌어 있는 겁니다."

그녀의 생각을 읽은 브라운 신부가 말했다. 그러자 빨강 머리 아가씨는 신부를 똑바로 쳐다보며 물었다.

"어떻게 읽든 그게 뭐가 중요하죠?"

생각에 잠긴 듯하던 신부가 시선을 돌려 여자의 옷소매를 찬찬히 뜯어보기 시작했다. 소매 끝자락 둘레에 예술미가 엿보이는 세련된 무늬가 수놓아져 있는 것으로 보아 그녀가 입고 있는 옷은 평범한 여인네들의 작업복이 아니라 미술을 공부하는 사람의 작업복 같아 보였다. 그것을 본 신부는 여러 가지 많은 것들을 생각해보느라 망설였던 건지 한참 후에야 그것도 무척 더듬거리면서 그녀의 물음에 답했다.

"그러니까, 말하자면 이런 겁니다. 이 선술집은 밖에서 보기에는…… 그러니까 들어와서 보면 아주 괜찮은 곳이지만…… 그런데, 숙녀분들은, 대체로 그렇게 생각하지 않지요. 제 말은, 숙녀들은 이런 곳을 일부러 골라서 들어오지는 않을 거라는 얘깁니다. 단지……."

"단지 뭐요?"

"단지 우유를 마시려고 들어온 게 아닌 몇몇 불운한 숙녀들을 빼고 말입니다."

"참 특이한 분이시네요. 도대체 왜 그런 말씀을 하시는 거예
요?"

"폐를 끼치려는 생각은 추호도 없습니다. 다만 제가 아가씨
를 도와드리려면 미리 아가씨에 대해서 알고 있어야 하지 않을
까 싶을 뿐이지요. 물론 아가씨께서 제게 도움을 요청하실 경
우에 해당하는 얘기입니다만."

신부는 아주 친절하게 대답했다.

"어째서 제가 도움을 받아야 하는 거죠?"

신부는 꿈꾸는 듯한 표정으로 독백하듯이 말했다.

"아가씨가 여기에 온 것은 형편이 어려운 친구들을 만나기
위해서는 아닐 겁니다. 그랬다면 아가씨 댁에서 만났겠지요.
또, 어디가 아파서 온 것도 아닌 듯합니다. 역시 그랬다면 이 집
주인 아주머니에게 그렇다고 말했을 테니까요. 아가씨는 아주
품위 있는 분이시고 또…… 아픈 데는 없는 것 같긴 한데 별로
행복해 보이지가 않군요…… 이 거리는 모퉁이길 하나 없이
길게 이어져 있고 길 양쪽의 집들은 모두 문이 닫혀 있지
요…… 아무리 생각해봐도 아가씨는 만나고 싶지 않은 누군가
가 길 저쪽에서 오는 것을 보고는 석조 건물들만 늘어서 있는
이 스산한 거리에 숨을 만한 데가 이 집밖에 없어서 여기로 들

어왔을 겁니다. 창 밖을 내다보고 있다가 우연히 보았는데, 아가씨가 들어온 후에 바로 어떤 사내가 이 앞을 지나가더군요…… 그 사내는 그다지 질이 좋아 보이지 않았습니다…… 아가씨는 착하게 보이고요…… 그래서 만일 그 사내가 아가씨를 괴롭히려 들면 아가씨를 도와야겠다고 마음먹고 있었습니다. 그뿐입니다. 아까 나갔던 제 친구는 곧 돌아올 겁니다. 이런 동네에서는 아무리 돌아다녀봤자 아무것도 찾아낼 수 없을 테니까요…… 그러리라는 건 아까부터 알고 있었지요."

"그럼 그분을 왜 내보내셨죠?"

그녀는 호기심에 가득 차서 몸을 앞으로 내밀며 물었다. 도도하고 성급해 보이는 그녀의 얼굴은 발그레하니 혈색이 좋았고 로마인이나 마리 앙투와네트처럼 콧날이 오똑했다.

신부는 처음으로 빨강 머리 아가씨의 얼굴을 빤히 바라보며 말했다.

"아가씨가 내게 말할 기회를 주려고 그랬지요."

그녀는 화가 나서 벌겋게 상기된 얼굴로 신부를 쳐다보았다. 마음속에 뭔가 불안한 것이 있는 것 같았는데도 눈과 입가에는 애써 웃는 표정을 지어 보이며 아무렇지도 않은 듯이 대답했다.

"그렇게 저와 이야기를 나누고 싶으셨다면, 제 질문에 대답해주시겠군요."

그녀는 잠시 머뭇거리다가 다시 말을 이었다.

"그 남자의 코가 가짜라고 생각하신 이유가 무엇인지 말씀해 주셨으면 좋겠어요."

"밀랍은 이런 날씨엔 얼룩이 생기거든요."

브라운 신부가 간단하게 대답했다.

"하지만 그 남자의 코는 비뚤어져 있을 뿐이에요."

빨강 머리 아가씨가 항변했다.

신부는 빙긋 웃으며 말했다.

"멋을 부리려고 가짜 코를 붙인 게 아니니까요. 그 사내는 아마 자기의 진짜 코가 너무 멋있어서 그런 가짜 코를 붙였을 겁니다."

"왜죠?"

그녀가 고집스럽게 물었다.

"그 동요 제목이 뭐였더라? '마음이 비뚤어진 사람이 있었네. 그는 비뚤어진 길을 걸어갔네……' 뭐 이런 가사인데요. 제 생각엔 아까 그 사내도 자기의 비뚤어진 코를 따라가다가 그만 비뚤어진 길로 걸어가버린 것 같군요."

신부가 멍한 표정으로 말했다.

"아니, 그가 무슨 짓을 저질렀다는 말씀이세요?"

그녀는 바르르 몸을 떨며 물었다.

"아가씨에게 억지로 말해달라고 하고 싶진 않습니다만, 그 점에 대해서는 저보다 아가씨가 더 잘 알고 계실 것 같은데요."

브라운 신부가 조용하게 말했다.

그녀는 벌떡 일어나 주먹을 불끈 쥐고는 그대로 나가버릴 듯이 꼼짝도 않고 서 있었다. 그러다가 꼭 쥐고 있던 주먹을 천천히 풀며 다시 자리에 앉더니 자포자기한 심정으로 말했다.

"정말이지 신부님처럼 특이한 분은 처음 봤어요. 하지만 왠지 절 도와주실 수 있을 것 같은 느낌은 드네요."

"우리 인간들이 가장 두려워하는 건 출구 없는 미로를 헤매는 것이지요. 그래서 무신론이 악몽과도 같은 겁니다."

신부가 낮은 목소리로 말했다.

"신부님께 왜 제 이야기를 해야 하는지는 저도 모르겠지만 어쨌든 모든 걸 다 말씀드리겠어요."

그녀는 낡아빠진 식탁보를 만지작거리며 자신의 이야기를 들려주기 시작했다.

"신부님은 속물적인 것과 그렇지 않은 것을 구분하실 수 있으시겠죠. 그러니까 제가 저희 집안을 전통 있는 명문이라고 말하는 게 단지 제 이야기를 시작하기 위해서라는 걸 알아주셨으면 해요. 사실 제가 위험하게 된 것도 '높은 신분에는 그만한 의무가 따른다'는 제 오빠의 고매한 이상 때문이랍니다. 제 이름은 크리스타벨 카스테어즈예요. 저희 아버진 로마시대 동전 수집가로 유명하신 카스테어즈 대령이시죠. 신부님도 그분에 대해 들어보신 적이 있으실 거예요. 아버지가 어떤 분이셨는지는 제가 표현하기 힘들 거 같으니까, 제가 할 수 있는 표현 중 제일 가까운 비유로 설명드릴게요. 아버지는 로마시대 동전에 비유해서 말씀드릴 수 있어요. 그만큼 멋지고 순수하시고 아주 고귀한 분이셨어요. 하지만 금속처럼 차갑고 시대에 뒤떨어지는 분이시기도 했어요.

가문의 상징인 문장보다도 당신이 수집하신 동전들을 더 아끼시고 자랑스러워하셨지요. 무엇보다도 유언장에 그분의 성품이 제일 확연히 드러났어요. 아버지는 슬하에 오빠 두 분과 저 이렇게 삼 남매를 두셨는데, 그 중에 장남인 큰오빠 자일즈와는 사이가 별로 안 좋으셨어요. 결국 약간의 돈을 주고는 오스트레일리아로 보내버리셨죠. 그리고는 큰오빠에게 준 것보다는 좀 적은 액수의 돈과 동전 소장품 일체를 차남인 작은오빠 아서에게 물려준다는 유언장을 남기셨답니다. 아서 오빠가 아버지께 보여드린 효성과 곧은 마음, 그리고 캠브리지 대학에서 수학과 경제학에 훌륭한 성적을 받은 것을 치하하는 뜻으로 그렇게 하셨던 거예요. 거의 대부분의 재산은 저에게 물려주셨는데 아마 저를 못마땅하게 여기셨기 때문에 그런 엄청난 유산을 남겨주신 게 아닌가 싶어요.

아마 아서 오빠가 꽤 불만이 많았을 거라고 짐작하시겠지만 오빠는 아버지와 판에 박은 듯 똑같은 사람이에요. 예전에는 아버지와 비슷한 데가 별로 없었는데, 아버지의 동전 소장품을 물려받은 이후로는 이교도 사제가 신전에 자신의 모든 것을 바치듯 완전히 그것에만 빠져서 지냈어요. 아버지가 그러셨던 것처럼 로마시대 동전을 카스테어즈 가문의 명예와 한데 묶어 맹목적으로 숭배하는 것 같았어요. 게다가 그 동전들을 지키려면 로마인들의 미덕인 검소함을 실천해야 한다고 믿었어요. 모든 쾌락에 대해서 완전히 관심을 끊고 자신을 위해서도 절대로 돈을 쓰지 않았지요. 말하자면 오로지 동전 소장품만을 위해 살았어요. 식사도 굳이 예복으로 갈아입지 않아도 되도록 아주 간소하게 하곤 했어요. 낡아빠진 갈색 실내복을 입고 노끈으로 묶은 갈색 종이꾸러미들 사이를 어슬렁거리는 것이 아서 오빠가 하는 일의 거의 전부라고 해도 과언이 아니었죠. 그 종이꾸러미들은 오빠 외엔 아무도 손댈 수 없었지요. 오빠가 입고 있는 실내복의 끈이며, 장식 술, 거기다 오빠의 창백하고 야윈 얼굴과 우아한 표정을 보고 있으면 마치 고행하는 수도승 같았어요. 하지만, 이따금씩은 멋진 신사복으로 차려입을 때도 있었어요. 수집품을 하나 더 늘리려고 런던의 상회에 갈 때뿐이었지만 말이에요.

신부님이라면 젊은 사람의 마음을 이해하실 거라고 믿고 말씀드리는 건데 저는 그런 것에 넌더리를 내고 있었답니다. 저도 고대 로마인들의 생활 방식이 훌륭했을 거라고는 생각해요. 하지만, 전 아서 오빠와는 달라요. 즐길 것들은 즐기면서 살아야지 안 그러고는 못 배기는 성격이거든요. 저는 연애도 많이 하고 가끔 어리석은 짓들을 하기도 한답니다. 제 성격이나 이 빨강 머리는 어머니 쪽 혈통을 물려받은 것 같아요. 가엾은 큰오빠 자일즈도 저랑 비슷했는데, 못된 짓을 저질러서 감옥에 갈 뻔하기까지 했죠. 동전 따위를 애지중지하는 집안 분위기가 큰오빠를 그렇게 만들었다고 생각해요. 그런데 자일즈 오빠보다 더 나쁜 짓을 한 건 저였어요.

좀 어처구니없는 이야기를 해드리게 됐네요. 신부님은 현명하신 분이니까 그런 답답한 집안에서 살아가는 열일곱 살 철부지 여자애가 지루함을 덜기 위해 무슨 짓을 했을지 짐작이 가실 거예요. 실은, 얼마 전에 너무나 무서운 일로 정신적으로 충격을 받아서, 지금도 제 자신의 감정을 어떻게 추스려야 할지를 모르겠어요. 저희 가족은 웨일스 남부의 작은 해변에서 살고 있는데 저희 집에서 한 두세 집쯤 떨어진 집에 퇴역한 해군

대령이 살고 계세요. 그분에게는 저보다 다섯 살 위인 아들이 한 명 있는데, 그는 자일즈 오빠가 오스트레일리아로 떠나기 전까지 친하게 지냈던 친구였죠. 이름은 모르셔도 상관없겠지요. 그래도 이왕 모든 걸 말씀드리기로 했으니 이름도 말씀드릴게요. 그의 이름은 필립 호커예요. 우리는 함께 새우를 잡으러 나가곤 했죠. 우린 서로를 사랑한다고 믿었고, 또 서로에게 사랑한다고 말했어요. 어쨌든 그는 진심으로 절 사랑하고 있다고 말했고, 저도 그를 사랑하는 제 마음이 진실이라고 생각했답니다. 그의 머리칼은 구릿빛에다 곱슬곱슬하고, 바닷바람에 거칠어진 얼굴은 매처럼 생겼어요. 그의 생김새를 말씀드린 건 다른 이유에서가 아니라 제 이야기에 꼭 필요할 것 같아서예요.

어느 여름날 오후였어요. 필립과 작은 새우를 잡으러 바닷가에 나가기로 약속한 날이었죠. 그런데 아서 오빠가 구입한 지 얼마 안 된 동전들을 거실에서 집 뒤편에 있는 박물관 겸 서재로 쓰고 있는 음침한 곳으로 한 번에 한두 개씩 천천히 옮겨다 놓고 있었어요. 저는 속으로 조바심 내면서 그 일이 끝날 때까지 거실 앞에서 지켜보며 기다리고 있었지요. 오빠가 마지막 동전까지 모두 다 옮기고 나서 서재의 문을 닫는 소리를 들은 후에 새우 잡는 그물과 큼직한 베레모를 챙겨들고 몰래 밖으로 빠져나왔어요. 그런데, 창가에 있는 의자 위에서 오빠가 빠뜨린 동전 한 닢이 반짝거리고 있는 게 눈에 띄었어요. 구리 동전이었는데, 거기엔 시저의 얼굴이 새겨져 있었죠. 그 빛깔이며 길고 굵은 목, 매부리코의 윤곽선까지 필립 호커의 모습과 너무나 흡사했어요. 마치 호커의 초상화를 보는 것 같았어요. 그 동전을 가만히 보고 있자니 문득 기억나는 게 있었죠. 자일즈 오빠가 필립에게 그와 꼭 닮은 얼굴이 새겨진 동전이 있다고 말해준 적이 있었는데, 그때 필립이 그것을 무척 갖고 싶어했답니다. 신부님, 바로 그 동전을 눈앞에 두고 제가 얼마나 흥분했을지, 제 머릿속이 어떤 어리석은 생각들로 꽉 차버렸을지 상상이 가시나요?

그 동전은 요정들이 제게 가져다준 선물처럼 여겨졌고, 그것을 가져다가 필립에게 준다면 결혼반지는 아니라도 우리 두 사람이 영원히 맺어지게 될 것만 같았어요. 그러나 대체 내가 무슨 짓을 하려는 건가 하는 생각이 든 순간, 제 몸이 거대하고 무시무시한 구렁텅이 속으로 한없이 빨려 들어가는 기분이 들었답니다. 무엇보다도 만일 아서 오빠가 알게 되면 어떻게 될지를 생각해보니 불에 뜨겁게 달궈진 쇳덩어리를 만지는 것만큼이나 견디기 힘들었어요. 카스테어즈 집안의 사람이, 그것도 자기 집안의 보물을 훔치는 도둑이 되다니! 그런 엄청난 짓을 저지른 벌로 제가 마녀처럼 화형에 처해지더라도 아서 오빠는 잠자코 보고만 있을지도 몰라요. 하지만, 오빠가 그렇게 냉혹하게 돌변해버릴지도 모른다는 생각이 들자 오히려 저의 마음속에선 낡고 하찮은 골동품 따위에 지나치게 세심하게 공을 들이는 것에 대해 오래 전부터 느껴오던 반발심과 바다에서 저를 찾아 부르고 있는 젊음과 자유에의 동경이 솟구쳐오르더군요. 바깥에선 햇살이 밝게 빛나고 바람이 불고 뜰에 핀 노란 가시금작화는 유리창을 톡톡 두드리고 있었지요. 생명을 지니고 자라는 금빛 꽃송이가 온 천지의 황야에서 저를 향해 손짓하고 있는 듯했답니다. 반면에 아서 오빠가 그토록 소중히 여기는, 생명도 없고 빛도 잃어 우중충한 금, 동, 놋쇠 동전들에는 세월이 지날수록 점점 더 먼지만 쌓여가게 될 거라 생각했어요. 그러니까, 결국 자연과 카스테어즈 집안 골동품이 맞붙게 된 셈이었죠.

물론 자연이 카스테어즈 집안의 소장품에 이겼어요. 그렇지만, 제가 그 동전을 움켜쥐고 바다를 향해 내달려갈 때, 카스테어즈 집안의 족보뿐만 아니라 로마제국 전체가 제 어깨를 무겁게 내리누르는 것 같았어요. 귓가에선 저희 집안 문장에 새겨져 있는 늙은 은백색 사자가 으르렁거리고, 시저의 독수리들이 요란하게 날개를 퍼덕이면서 날아와 날카로운 쇳소리를 내며 저를 쫓아오는 것 같은 느낌이 들었어요. 그런데도 마음만은 어린아이들이 날리는 연처럼 자꾸자꾸 높이 솟아올랐답니다. 마침내 메마른 모래언덕을 넘어 축축한 모래펄에 이르렀어요. 벌써 와서 기다리고 있던 필립은 바다 쪽으로 백 미터쯤 더 들어간 곳에서 반짝거리는 얕은 물에 발목을 담근 채로 서 있더군요. 하늘엔 붉은 저녁놀이 끝없이 펼쳐져 있었고, 겨우 발목까지만 찰 정도의 얕은 물이 팔백 미터 가량이나 길게 뻗어 있던 바다는 진홍빛으로 활활 타오르는 듯했지요. 저는 얼른 구두와 양말을 벗어던지고 얕은 물로 뛰어들어가 저만치 떨어진 곳에 서 있던 필립에게로 철벅거리며 갔습니다. 잠깐 뒤돌아서서 주위를 둘러보니 드넓은 바닷가 모래펄에 필립과 저 그렇게 단둘뿐이더군요. 저는 그의 곁에 다가서서 시저의 얼굴이 새겨진 동전을 그에게 주었습니다.

그런데 바로 그 순간에 멀리 모래 언덕에서 한 사내가 저를 지켜보고 있는 것만 같은 생각에 사로잡혀 소름이 오싹 끼쳤어요. 저는 신경과민이 되어 그런 거라며 자신을 달랬죠. 그 사내는 멀리 떨어진 곳에 있었기 때문에 하나의 검은 점으로만 보였을 뿐이었고 꼼짝도 않고 서서 고개를 한쪽으로 돌린 채 뭔가를 바라보고 있는 것 같기는 해도, 그가 보고 있는 대상이 저라는 뚜렷한 증거는 없었어요. 배나, 지는 해나, 아니면 갈매기들, 그것도 아니면 그와 우리가 있는 곳 사이의 바닷가 기슭 여기저기에 눈에 띄는 사람들을 바라보고 있었을 수도 있었겠죠. 그러나 제가 처음에 직감했던 것이 맞았다는 걸 곧 알게 되었어요. 사내가 우리를 향해 모래펄을 가로질러 기운차게 걸어오고 있더라구요. 가까이에 왔을 때 보니 거무스름한 피부에 턱수염을 길렀고 검은 안경을 쓰고 있었어요. 머리에 쓴 낡은 검정 모자에서부터 발에 신은 검정 구두에 이르기까지 전부 검은색 차림이더군요. 초라하긴 해도 아주 깔끔해 보였어요. 그런데 그는 조금도 주저하지 않고 바다로 들어오더니 한 곳만을 향해 날아드는 총알처럼 곧장 제게로 다가왔답니다.

그가 그처럼 소리도 없이 갑작스럽게 육지와 바다의 경계를 넘어 저에게로 다가왔을 때 제가 얼마나 놀라고 두려웠는지 말로는 다 설명할 수가 없어요. 그는 마치 절벽 끝에서 한 걸음도 멈춰 서지 않고 그대로 발을 내딛어 허공을 밟고 걸어오는 듯했어요. 땅 위에 단단히 서 있던 집이 하늘로 날아오르거나, 사람 머리가 굴러 떨어지는 것을 보는 것 같기도 했고요. 사실, 그는 물에 구두를 적시며 걸어오고 있을 뿐이었지만 제게는 자연의 법칙 정도는 전연 개의치 않는 악마같이 보였죠. 다만 한순간이라도 물가에서 망설였더라면 그렇게 보이지도 않았을 텐데 말이에요. 게다가 광활하게 펼쳐진 바다 앞에서 보이는 것이라고는 저밖에 없다는 듯 줄곧 저만 쏘아보고 있더군요. 필립은 그때 몇 미터 떨어진 곳에서 제 쪽으로 등을 보이며 그물을 치고 있었죠. 낯선 사내는 제 앞 이 미터쯤 앞에, 바닷물이 무릎 밑까지 오는 데까지 다가와 멈추어 섰어요. 마침내 그가 목소리를 가다듬더니 또렷한 발음으로 '죄송합니다만, 색다른 것이 새겨진 그 동전을 다른 곳에 기증하실 수는 없겠습니까?'라고 묻더군요.

한 가지를 제외하고는 그에게 특별히 이상한 점은 없었어요. 검은색으로 보였던 안경은 푸른빛이 도는 반투명한 것이었고, 그 속으로 비쳐 보이는 그의 시선은 의뭉스럽게 흘금거리는 것 없이 저를 향해 똑바로 고정되어 있더군요. 시커먼 턱수염은 그렇게 길지도 텁수룩하지도 않았지만, 뺨 바로 아래쪽에서부터 나 있었기 때문인지 얼굴 전체에 털이 굉장히 많은 것처럼 보였어요. 안색은 누르께하거나 창백하기는커녕 너무나도 밝고 건강해 보였어요. 하지만 이유는 몰랐지만 그의 얼굴을 보고 있자니 왠지 분홍색과 흰색의 밀랍으로 만들어 붙인 듯한 느낌이 들어 몸서리가 쳐지더라구요. 정말로 이상했던 것 한 가지가 바로 그의 코였어요. 다른 부분의 모양은 괜찮았는데, 끝 부분이 약간 비스듬하게 휘어 있었죠. 아직 말랑말랑했을 때 누가 장난감 망치로 살짝 두드려놓은 것처럼 말이에요. 기형이라고 할 순 없겠지만 제게는 너무나 불쾌하고 무섭게 느껴졌죠. 저녁 햇살에 붉게 물들어 있는 바다에 우뚝 서 있는 그 모습이 얼마나 무시무시하던지, 꼭 핏빛 바다 속에서 으르렁대며 솟아나온 사악한 바다 괴물처럼 보였다니까요. 비뚤어진 코끝이 왜 그렇게까지 제 상상력을 자극했는지는 저도 모르겠어요. 그 코가 손가락처럼 움직일지도 모른다는 생각까지 들었답니다. 그런 생각을 하니까 정말 코가 움직이는 것만 같았어요.

그는 다시 거만한 말투로 '조금만 협조해주신다면 가족들에게 알리지 않고 처리해드리겠습니다' 하고 말하더군요.

그 순간 제가 구리 동전을 훔쳐온 사실을 미끼로 그 사내가 협박하고 있다는 것을 깨닫게 되었지요. 그와 동시에 그때까지의 모든 미신적인 공포와 의혹은 싹 사라져버렸고 대신 실제적인 의문이 제 마음을 뒤흔들었습니다. 물론 대체 그가 어떻게 알았을까 하는 의문이었죠. 제가 그것을 훔쳤던 것은 충동적인 것이었고 옆에 보는 사람은 아무도 없었어요. 집 밖으로 빠져나와서도 보는 사람이 있는지, 뒤따라오는 사람이 있는지 확인했었거든요. 혹 그런 사람이 있었다 해도 엑스레이라도 쓰지 않고서야 어떻게 제 손에 쥐어진 동전을 볼 수 있었겠어요. 멀리 떨어진 모래 언덕에 서 있었던 사람이 제가 필립에게 건네준 게 뭐였는지 알아본다는 것도 화살을 쏘아 파리의 한쪽 눈을 맞히는 동화 속 이야기만큼이나 있을 수 없는 일이었죠.

저는 달리 어떻게 해야 할지 몰라 필립을 불렀어요.

'필립, 이분이 무엇을 원하시는지 당신이 물어봐줄래요?'

그물을 치다 말고 머리를 들어 제 쪽을 바라다보는 필립의 얼굴이 기분이 언짢아서인지 창피해서인지 빨개져 있었어요. 하지만 전 허리를 굽히고 힘들게 일해서이거나 저녁 노을 때문에 그럴 것이라고 생각했죠. 필립은 그 사내에게 '여기서 썩 꺼져요'라고 퉁명스럽게 한마디 던진 후에 제게 따라오라는 손짓을 하며 기슭 쪽으로 걸어갔어요. 사내는 더이상 거들떠보지도 않더군요. 그런데 필립이 모래 언덕 아래에 돌로 쌓아놓은 방파제로 올라서더니 집 쪽으로 방향을 바꿔 걸어가는 것이었어요. 우린 젊은데다 울퉁불퉁하고 해초가 덮여 미끈거리는 방파제를 따라 걷는 것에 익숙해 있었던 터라 그 악마 같은 사내가 따라오기 힘들어할 거라고 생각했던 모양이에요. 그런데 그 사내가 말투만큼이나 점잖은 걸음걸이로 우리 뒤를 따라오는 거예요. 천천히 걷고 있는 것 같은데도 제 뒤에 바짝 붙어 따라오면서 착 가라앉아 있는 가증스러운 목소리로 똑같은 말을 끈질기게 되풀이했어요. 우리가 모래 언덕까지 거의 다 왔을 때 필립이 더는 참을 수가 없었는지 갑자기 돌아서서 사내에게 '그만 돌아가는 게 어때, 지금은 당신하고 얘기할 시간 없으니까'

하고 말했어요. 그리고는 사내가 잠시 머뭇거리다 입을 열어 뭔가를 말하려 하자 필립이 그의 입 언저리로 주먹을 날려 후려치더군요. 사내는 모래 언덕 아래로 굴러 떨어지고 말았죠. 내려다보니 온몸에 모래를 뒤집어쓴 채 다시 기어올라오고 있었어요.

어찌 되었든 저는 마음이 한결 편해졌답니다. 한편으로 생각하면 그 일 때문에 제가 더 위태로운 상황에 처하게 된 건지도 모르지만 말이에요. 한데, 필립은 여느 때 같으면 자기가 한 일을 뽐내며 의기양양해했을 텐데 웬일인지 그러지 않았어요. 제게도 전처럼 다정하게 대해주기는 했지만 계속 침울한 얼굴을 하고 있었죠. 왜 그러느냐고 물어보려 했지만 그는 자기 집 앞에 이르자 곧 저와 헤어져 집으로 들어가버렸어요. 그런데 집 안으로 들어가기 전에 이상한 말을 했어요. 여러 가지 사정상 동전을 다시 제자리에 갖다놓는 것이 좋겠다며 당분간만 자기가 가지고 있겠다고 하더군요. 그리고는 엉뚱하게도 자일즈 오빠가 오스트레일리아에서 돌아온 것을 아느냐고 물었어요."

그때 선술집의 문이 열리면서 두 사람 앞에 놓인 탁자에 탐정 플랑보의 거대한 그림자가 드리워졌다. 브라운 신부가 가벼우면서도 능란한 말솜씨로 아가씨에게 그를 소개하고, 여러 사건들에 있어서 그가 발휘하고 있는 수완을 간단히 언급하자마자, 그녀는 자신도 모르게 아까 하고 있던 이야기를 계속하려고 했다. 그런데, 이때 인사를 마치고 자리에 앉은 플랑보가 신부에게 조그만 쪽지를 건네주었다. 브라운 신부는 좀 놀라는 표정으로 그것을 받아 읽었다. 거기에는 '푸트니 마페킹 거리 379번지 와가와가 가(街)로 마차를 타고 갔음' 이라고 씌어 있었다. 그녀가 다시 이야기를 시작했다.

"갖가지 생각들로 머릿속이 복잡해진 저는 가파른 비탈길을 걸어 집으로 돌아갔어요. 미처 생각들이 정리되기도 전에 현관 앞에 도착했는데 그 앞에 우유통이 놓여 있는 게 보이더군요. 그런데 코가 비뚤어진 그 사내가 거기에 서 있지 않겠어요. 우유통이 그냥 놓여 있는 건 하인들이 모두 외출중이라는 걸 의미했죠. 아서 오빠가 집 안에 있을지 모르지만 늘 그렇듯이 갈색 실내복 차림으로 침침한 서재에 틀어박혀서는 초인종이 울리든 말든 신경을 안 쓸 테니까 집 안에는 저를 도우러 나와줄 사람이 아무도 없는 셈이었어요. 설령 오빠가 초인종 소리를 듣고 나와준다 해도 동전을 훔친 것이 탄로나게 되면 큰일이잖아요. 하는 수 없이 저는 그자의 손에 이 실링을 쥐어주면서 잘 생각해볼 테니 이삼 일 뒤에 다시 오라고 했어요. 제 말에 못마땅해하긴 했지만 생각했던 것보다는 고분고분하던걸요. 아마 좀전에 필립에게 얻어맞아서 켕기는 것이 있었던 모양이에요.

돌아가는 사내의 등에 모래가 군데군데 남아 반짝거리고 있더군요. 그걸 보니 복수라도 한 듯 야릇한 쾌감이 느껴지더라구요. 그는 여섯 집쯤 지나서 모퉁이를 돌아 사라졌어요.

저는 곧 집 안으로 들어가 차를 끓였고 조용히 생각할 시간을 가지려고 뜰이 내다보이는 거실 창가에 가서 앉았어요. 뜰은 그때까지도 저녁놀에 붉게 물들어 있더군요. 하지만 제 마음이 너무 산만해져 있던 터라 잔디며 화분이며 화단 같은 것들이 제대로 눈에 들어오질 않았어요. 그랬으니 그가 제 눈에 띄었을 때 더욱 충격을 받지 않을 수 없었던 거죠.

제가 좀전에 쫓아버린 그 사내, 아니 그 괴물이 뜰 한가운데에 꼼짝도 않고 서 있는 것이었어요. 어둠 속에 나타나는 핏기 없는 유령들 이야기는 많이 읽어봤지만, 정말이지 그자보다 더 끔찍하고 무서운 것이 있을까 싶더군요. 그는 저녁 햇살을 받으며 서서 긴 그림자를 던지고 있었고 얼굴빛은 창백한 게 아니라 밀랍으로 만든 이발소의 마네킹 얼굴처럼 허옇게 보였답니다. 그는 그런 얼굴로 제 쪽을 바라보고 있었어요. 튤립 같은 크고 화려한 꽃들 사이에 가만히 서서 그러고 있는 그 모습이 얼마나 섬뜩하고 소름끼치는 것이었는지 말로는 표현이 안 되요. 뜰 한가운데에다 동상 대신 밀랍으로 만든 상을 세워놓은 것 같더라구요.

그런데 그자는 제가 창가에서 다른 데로 자리를 옮기려는 것을 보고는 재빨리 뜰 뒷문으로 도망쳐버렸어요. 뒷문이 열려 있던 걸로 봐선 그자가 들어올 때 그 문으로 들어왔던 게 분명해요. 아무튼 바다로 서슴없이 걸어 들어오던 그 자신만만함은 간데없이 그렇게 겁을 먹고 달아나버리는 것을 보니 어느 정도 안심이 되었지요. 한편으로는 제가 모르는 어떤 이유로 아서 오빠와 대면하게 되는 것을 피하려고 그랬던 것은 아닐까 하는 생각도 들더군요. 마음이 좀 편안해진 저는 혼자 조용히 저녁을 먹었습니다. 아서 오빠가 동전들을 정리하고 있을 땐 방해하지 않는 게 일종의 불문율이었으니까요.

그후엔 긴장도 풀리고 해서 필립에 대한 생각에 푹 잠겨 있었던 것 같아요. 어쨌든 유쾌한 기분으로 창문을 물끄러미 바라보고 있었지요. 그 창문에는 커튼이 달려 있지 않았고, 밤이 되어 밖이 어두웠기 때문에 유리창이 새까맣게 보였어요. 그런데 창문 바깥쪽 면에 뭔가가 붙어 있는 게 보이더라구요. 처음엔 달팽이인 줄 알았는데 자세히 보니까 엄지손가락 같은 거예요. 엄지손가락 지문과 같은 소용돌이 무늬가 있었거든요. 전또다시 공포에 휩싸였지만 용기를 내어 창가로 달려갔어요. 하지만 곧 비명을 내지르며 뒷걸음치고 말았답니다. 아서 오빠는 분명 제 비명 소리를 들었을 거예요.

그것은 엄지손가락도 달팽이도 아니었고, 유리창에 밀착시킨 비뚤어진 코끝이었어요. 창에 닿아서인지 허옇게 보였어요. 처음엔 코끝만 보였는데, 나중에 눈과 얼굴이 유령처럼 희미하게 보이더군요. 그 눈은 안쪽에 서 있던 절 노려보고 있었어요. 저는 얼른 덧문을 쾅 닫고 제 방으로 뛰어 올라가 문을 걸어 잠갔습니다. 그런데 정신없이 방으로 달려가다가 우연히 보았는데, 아까 그 창문의 옆 창문에서도 달팽이 같은 것이 보이더군요.

결국 아서 오빠에게 가는 게 가장 좋을 것 같았어요. 그 괴물이 고양이처럼 집 주위를 살금살금 돌아다니고 있는 걸 보면 단순히 협박만 하려는 게 아니라 그보다 더 악랄한 목적을 가지고 있을지도 모르니까요. 오빠는 신사이니까 당장은 위험에 처한 절 지켜줄 거라는 생각이 들었어요. 저주의 말을 퍼부으며 절 집에서 내쫓아버릴지언정 그건 나중의 일이니까요. 한 십 분쯤 이 궁리 저 궁리 하다가 저는 층계를 내려가 오빠 방으로 가서 노크를 한 뒤 안으로 들어갔어요. 거기서 결정적으로 가장 끔찍한 광경을 보게 될 줄은 꿈에도 몰랐죠.

오빠의 의자엔 아무도 앉아 있지 않았어요. 오빤 나가고 없었던 거죠. 그런데 비뚤어진 코의 그 사내가 오빠가 돌아오기를 기다리는 건지 모자를 벗지도 않은 채 램프 불빛 아래서 오빠의 책을 읽고 있는 것이었어요. 독서에 여념이 없는 듯이 태연한 표정을 짓고 있더군요. 그자의 얼굴에서 유독 코끝만 코끼리 코처럼 왼쪽에서 오른쪽으로 끊임없이 움직이고 있는 것 같았어요. 저를 쫓아다니며 감시하고 있을 때도 물론 무서웠지만, 제가 방 안에 들어왔는데도 모르는 척하고 있는 것을 보니 더욱 끔찍하고 무서웠답니다.

전 큰 소리로 비명을 질렀지만 별로 도움이 안 됐어요. 제가 다음 순간에 무엇을 했는지 아세요? 제가 갖고 있던 돈을 모조리 그자에게 줘버렸답니다. 그 돈에는 상당한 액수의 지폐도 있었는데, 제 것이긴 해도 쉽게 손이 가지 않아 쓰지 않고 두었던 것이지요. 그자는 기분 나쁜 말들을 길게 늘어놓더니 유감스럽지만 그걸로 참아주겠다는 말을 남기고 방에서 나갔습니다. 혼자 남은 저는 완전히 파산해버린 듯한 기분으로 앉아 있었어요. 아서 오빠는 자주 그렇듯이 그날도 동전을 사러 갑자기 런던으로 가고 없었던 것인데, 밤늦게 싱글벙글하는 얼굴로 돌아와서는 카스테어즈 소장품을 한층 더 빛내줄 최고급 동전을 싸게 구입할 수 있을 것 같다고 했어요. 오빠가 기분이 몹시 좋았기 때문에 저는 용기를 내서 동전 한 개를 몰래 가지고 나갔던 사실을 고백하기로 마음먹었습니다. 하지만 오빠가 계속 자기의 계획에 대해서만 얘기하는 바람에 제 얘기를 꺼낼 틈이 안 생기더군요. 오빠는 물건의 매매가 아직 확정되지 않았으니 골동품 가게 근처에 잡아둔 숙소로 함께 가자며 서둘러 짐을 싸라고 하더군요. 저는 엉겁결에 한밤중에 오빠를 따라나섰고 결국 그렇게 해서 그 못된 사내에게서 멀어질 수 있었죠. 하지만 필립에게서도 멀어진 것이기도 했어요…… 그날 밤 오게 된 이곳에 상당 기간 길게 머물게 되어, 오빠는 가끔 사우스 켄싱턴 박물관에 갔고, 저도 뭔가 새로운 것을 하고 싶어 미술학교에 등록했어요. 그리고 오늘 저녁에 거기서 돌아오는 길에, 생각만 해도 소름이 돋고 혐오스럽기 짝이 없는 그 사내가 길고 황량한 이 거리를 걷고 있는 것을 보게 된 거랍니다. 그 뒷이야기는 신부님이 말씀하신 대로예요.

한 가지만 더 말씀드리죠. 저는 도움받을 자격이 없는 사람이에요. 벌을 받아야 한다면 불평 없이 달게 받겠어요. 죄를 지었으니 벌을 받는 게 마땅하지요. 하지만 저로서도 대체 어떻게 그런 일이 일어날 수 있는지 도저히 이해할 수가 없어서 머리가 터질 지경이에요. 초자연적인 힘이라도 써서 제게 벌을 주고 있는 걸까요? 제가 바닷가에서 필립에게 조그만 동전을 준 사실은 도대체 어떻게 알게 되었을까요?"

"이해하기 힘든 일이긴 하네요."

플랑보가 말했다.

"꼭 그런 것만은 아닙니다. 카스테어즈 양, 앞으로 한 시간 반 뒤에 찾아뵐 테니 숙소에 가 계시겠습니까?"

브라운 신부가 침울한 표정으로 말했다.

그녀는 잠시 신부를 바라보고 있다가 자리에서 일어나 장갑을 끼며 말했다.

"네, 그럼 그곳에서 뵙겠어요."

그리고는 곧바로 선술집에서 나갔다.

그날 밤 탐정과 신부는 이번 사건에 관한 이야기를 나누며 두 오누이가 머물고 있다는 풀햄의 숙소로 걸음을 옮겼다. 그 숙소는 아무리 임시 거처라고는 하지만 카스테어즈 집안의 오누이가 지내기에는 너무나도 초라해 보이는 곳이었다.

"물론 피상적으로 볼 땐 오스트레일리아에서 갑작스럽게 돌아온 그 큰오빠라는 사람에 대해 먼저 생각해볼 수 있어요. 전에 말썽을 일으킨 적이 있다던데 이번 사건도 자기 패거리들과 함께 저지른 것일 수도 있지 않을까요? 하지만 무엇 때문에 그런 것인지 그 이유를 모르겠습니다. 만약에……."

"만약에 뭐?"

신부가 참을성 있게 물었다.

플랑보가 목소리를 낮추면서 말했다.

"만약 그녀의 애인이 이 사건과 관련이 있다거나 고약한 악당이라고 가정해보면 납득이 됩니다. 오스트레일리아에서 온 큰오빠는 호커가 동전을 갖고 싶어한다는 것을 알고 있었어요. 그리고 호커가 그것을 손에 넣게 된 사실도 알게 되었고요. 혹시 호커가 건너편 모래사장에 있던 그 사내에게 아니, 자신의 대리자에게 신호를 보냈던 것은 아닐까요?"

"그랬을 수도 있지."

신부가 감탄하며 맞장구를 쳤다.

플랑보는 계속해서 열심히 말했다.

"또 한 가지 주목할 만한 게 있어요. 호커는 자기 애인이 수상한 자에게 모욕을 당했는데도 잠자코 있다가 '부드러운 모래 언덕까지 가서야' 한 대 쳤단 말입니다. 울퉁불퉁한 바위가 많은 곳에서 때리면 한패인 그자가 다칠까 봐서 그랬겠지요."

"정말 그랬을 수도 있겠군."

브라운 신부가 고개를 끄덕였다.

"자아, 그럼 처음부터 다시 생각해볼까요? 이 사건에는 적어도 세 사람이 관련되어 있습니다. 자살은 한 사람이면 되고, 살인은 두 사람이면 되지만, 협박하여 돈을 뜯어내려면 적어도 세 사람은 필요하거든요."

"왜지?"

"왜냐고요? 당연한 것 아닌가요? 비밀을 폭로하겠다고 협박

212

하는 사람, 협박당하는 사람, 또 비밀을 듣고 놀라게 될 사람, 그렇게 세 사람은 있어야지요."

플랑보가 큰 소리로 말했다.

신부는 한참을 생각에 잠겨 있다가 입을 열었다.

"자네의 논리에는 한 가지가 빠져 있네. 이론상으로는 세 사람이 필요하지만, 실제로는 두 사람으로도 충분해."

"어떻게요?"

플랑보가 물었다.

"비밀을 듣게 될 사람과 협박하는 사람이 동일인인 경우도 있으니까. 가령 어떤 부인이 금주주의자 행세를 하며 술집에 드나드는 남편에게 마치 다른 사람인 양 편지를 써서 아내에게 사실을 폭로하겠다고 협박할 수도 있지 않겠나? 또는 아버지가 아들에게 노름을 하지 말라고 해놓고 교묘하게 변장하여 아들 뒤를 밟은 다음 아버지에게 일러바치겠다고 협박할 수도 있을 테고. 친구, 이번 사건에선 말야……."

"설마! 신부님이 생각하시는 게……."

플랑보가 외쳤다.

이때 누군가가 오누이의 숙소 앞 계단에서 힘차게 뛰어내려 왔다. 가로등 불빛 아래에 비친 그의 얼굴을 보니 로마 동전에 새겨진 시저와 영락없이 닮아 있었다.

"카스테어즈 양이 당신들이 오실 때까지 집 안으로 들어가지 않겠다고 하네요."

호커는 인사도 없이 불쑥 말을 건넸다.

"그녀로선 밖에서 기다릴 수밖에 없었겠지요. 안 그렇습니까? 더욱이 당신이 곁에서 돌봐주고 있으니까요. 보아하니, 당신은 사태를 이미 짐작하고 있었던 것 같군요. 그렇지요?"

브라운 신부가 확신을 갖고 말했다.

"그렇습니다. 바닷가에서는 어렴풋이 짐작만 했을 뿐이지만 지금은 확실히 알고 있어요. 제가 바닷가에서 그를 가볍게 쳤던 것도 그래서였습니다."

호커는 낮은 목소리로 대답했다.

플랑보는 카스테어즈 양으로부터 현관문 열쇠를, 그리고 호커로부터는 동전을 받아들고 신부와 함께 텅 빈 집 안으로 들어갔다. 그런데 거실에 한 사내가 서 있었다. 브라운 신부가 선술집 앞으로 지나가는 것을 보았던 바로 그 사내가 막다른 궁지에 몰린 사람처럼 벽에 기대어 서 있었던 것이다. 검은 외투를 벗고 갈색 실내복으로 갈아입은 것말고는 아까 신부가 보았을 때의 모습과 달라진 게 없었다.

"저희가 이렇게 온 것은 이 동전을 주인에게 돌려주기 위해서입니다."

브라운 신부가 공손히 말하면서 비뚤어진 코의 사내에게 동전을 건넸다.

그러자 플랑보가 눈을 휘둥그렇게 뜨며 물었다.

"이자도 동전 수집가인가요?"

"이분이 바로 아서 카스테어즈 씨이네. 좀 특이한 동전 수집가이시지."

신부가 단호한 어조로 말했다.

사내의 얼굴빛이 싹 달라졌고, 그 때문에 얼굴에 붙어 있는 비뚤어진 코가 더욱 꼴사납게 두드러져 보였다. 그런 상황에서도 그는 위엄을 잃지 않으려는 듯이 애써 침착하게 말했다.

"일이 이렇게 된 이상 내가 카스테어즈 집안의 명예를 손상시킬 생각은 추호도 없다는 것을 보여주겠소!"

말을 마치자마자 그는 잽싸게 몸을 돌려 방 안으로 들어가 문을 쾅 닫았다.

"그를 잡아!"

브라운 신부가 그렇게 소리치며 몸을 날렸지만 의자에 걸려 넘어질 뻔했다. 플랑보가 손잡이를 잡아 비틀어 문을 열었으나 이미 너무 늦은 뒤였다. 그는 정적에 싸인 방 안으로 걸어들어가 전화로 의사와 경찰을 불렀다.

빈 약병이 바닥에 뒹굴고 있었고, 탁자 너머에는 갈색 실내복을 입은 사내가 찢어진 갈색 종이꾸러미들 사이에 드러누워 있었다. 꾸러미 하나를 들어올리니 동전들이 쏟아져나와 굴러 흩어졌다. 그런데 그것들은 로마의 동전들이 아니라 현재 유통되고 있는 영국의 주화들이었다.

신부가 시저의 얼굴이 새겨져 있는 청동빛깔의 동전을 집어들며 말했다.

"이것이 카스테어즈 집안의 소장품 가운데 유일하게 남아 있는 동전이네."

잠시 말없이 서 있던 신부는 여느 때보다 더욱 부드러운 어조로 말을 이었다.

"그의 아버지는 고약하게도 그에게 너무 잔인한 유산을 남긴 것일세. 그는 아버지를 원망했어. 자기 몫으로 로마시대의 돈이 남겨진 것이 싫었고 진짜 돈을 원했으니까. 결국 유산으로 받은 동전들을 조금씩 팔아서 돈을 모았을 뿐만 아니라, 돈을 모으기 위해 비열한 수단도 마다하지 않을 정도로 조금씩 타락해갔어. 심지어는 변장을 하고 가족까지 협박했지. 그는 오스트레일리아에서 돌아온 형까지 지난날의 하찮은 범죄를 미끼로 협박했어. 푸트니의 와가와가 가로 마차를 타고 갔던 것도 그런 목적이 있어서였지. 또한 자신만이 알고 있던 일, 누이가 로마 동전을 훔쳤던 그 일을 미끼로 누이를 협박했네. 카스테

216

어즈 양이 멀리 모래 언덕에 서 있던 그를 보고 뭔가 이상하다고 느꼈던 것도 그가 그녀의 오빠였기 때문이야. 아무리 먼 곳에 있더라도 전체적인 풍모와 걸음걸이를 보고 누군지 짐작하는 일이 그다지 어려운 것은 아니네. 완벽하게 변장한 얼굴은 가까이에서 본다 해도 정체를 알아내기가 쉽지 않지만 말야."

한동안 침묵이 흘렀다. 이윽고 플랑보가 성이 난 듯한 목소리로 말했다.

"그럼, 위대한 고대 화폐학자요 동전 수집가인 그가 야비한 수전노에 지나지 않았다는 건가요?"

브라운 신부가 그를 달래려는 듯 인자한 어투로 말했다.

"뭐가 다르겠어? 동전 수집가는 괜찮고, 수전노는 나쁘다는 법은 없지 않을까. 두 경우 모두에서 배울 수 있는 점이라면…… 너희는 우상을 만들지 말며 그것을 예배하거나 섬기지 말라…… 자, 이제 가엾은 두 젊은이들을 보러 가세나."

"힘든 일이 있긴 했지만 두 사람은 아주 잘 살아가겠지요."

존 불노이의 기이한 범죄

인간의 육체가 하늘을 날지 못하는 것처럼

인간의 영혼으로서는 어찌할 수 없는 일이

있는 법이지요.

칼훈 키드는 아주 젊은 신사였지만 얼굴은 매우 늙어 보였다. 검푸른 머리카락에 검은 나비넥타이를 매고 다니는 그는 무언가를 향한 열정이 깃들어 있었음에도 불구하고 메마른 인상을 풍겼다. 그는 〈웨스턴 선〉이라는 미국의 유력 일간지의 영국 특파원이었다. 이 일간지는 '떠오르는 석양'이라는 유머러스한 별칭으로도 불렸는데, 그것은 키드가 '미국 시민들이 조금만 더 분투한다면 서쪽에서 태양이 뜨게 될 것이다'라고 쓴 선언적 글에서 비롯된 것이었다. 하지만 보다 보수적인 관점에서 미국의 저널리즘을 조롱하는 사람들은, 그것의 결점을 메워주는 모순적인 측면을 간파하지 못했던 것이다.

미국의 저널리즘은 영국에선 이제 볼 수 없는 천박하고 속된 표현을 사용하기도 하지만, 동시에 영국의 신문들이 모르는, 아니 다루기 어려워하는 진지한 정신적 문제에 대해 흥미로운 관점을 보여주기도 하였다. 〈웨스턴 선〉에는 매우 진지한 문제를 익살스럽게 다룬 기사들이 많이 실렸다. 인물난에 철학자 윌리엄 제임스가 '따분한 윌리'로 소개되기도 하고 실용주의자들과 권투선수들 사진이 나란히 등장하기도 했던 것이다.

무명의 옥스퍼드 출신 존 불노이가 〈자연 철학〉이라는 읽기 어려운 학술계간지에 다윈의 진화론에서 나타난 취약점에 관한 논문을 실었을 때, 영국의 신문들은 그것에 대해 아무런 기사도 내보내지 않았다. 옥스퍼드에서는, 비교적 안정적인 우주는 이따금씩 변동을 일으킨다는 그의 이론이 큰 유행처럼 번져, '지각변동이론'이라는 명칭까지 얻었는데도 말이다. 하지만 미국의 신문들은 그의 주장을 아주 획기적인 것으로 받아들였고, 특히 〈웨스턴 선〉은 많은 지면을 할애하여 존 불노이와 그의 이론을 소개했다. 앞에서도 이미 미국 저널리즘의 모순을 언급했지만 이 경우도 예외가 아니었다. 지적이고 열정적으로 쓰인 기사가, 글도 잘 모르는 미치광이가 멋대로 붙여놓은 것 같은 제목을 달고 신문에 실리곤 했던 것이다. 제목들은 예컨대 '다윈의 실수─비평가 불노이의 지적: 다윈은 충격을 고려하지 않았다'라거나, 아니면 '사상가 불노이, 지각변동은 지속

되어야 한다고 주장' 등이었다. 그리하여 〈웨스턴 선〉의 기자 칼훈 키드는 그 특유의 우울한 표정에다 나비넥타이를 맨 채, 불노이가 사는 옥스퍼드 교외의 작은 저택으로 찾아가 그를 만나라는 임무를 받았다. 다행히 불노이는 자신이 관련된 기사의 제목이 그런 식인지는 전혀 모르고 있었다.

그 철학자는 좀 멍한 태도로 인터뷰에 응하겠다고 하고는 약속 시간을 그날 저녁 9시로 정하였다. 한여름의 태양이 지면서 컴노아와 그 주변의 나지막한 산 위로 붉은 저녁놀이 드리워졌다. 낭만적인 데가 있는 미국인 기자 키드는 길도 확실히 몰랐고, 주변의 풍경에 마음이 끌리기도 하여, '챔피언 암즈'라는 중세풍의 허름한 술집을 발견하고는 여러 가지를 물어보자는 생각에 그곳으로 들어갔다.

술집 입구에서 벨을 누르자 조금 뒤에야 문이 열렸다. 손님이라고는, 숱 많은 빨간 머리에 헐렁하고 보기 흉한 옷차림을 한 깡마른 사내뿐이었다. 그는 싸구려 위스키를 마시고 있었는데, 피우고 있는 시가는 최상품이었다. 마시고 있는 위스키는 물론, '챔피언 암즈'에서는 최상품이었다. 시가는 아마 그가 런던에서 가지고 왔을 것이다. 차림새로 보자면 왠지 무미건조해 보이는 미국인 기자의 복장과는 달리 그의 평상복에서는 냉소적인 분위기가 풍겼다. 하지만 그가 펼쳐놓은 수첩과

연필, 그리고 끊임없이 경계하고 있는 듯한 푸른 눈에서 느껴지는 인상은 그 역시 기자일 거라고 짐작하게 했고, 그 짐작은 들어맞았다.

"실례합니다만, 그레이 커티지로 가려면 어디로 가야 합니까? 그곳에 불노이 씨가 살고 있다고 들었습니다만."

키드는 미국인 특유의 예의를 갖추어 물었다.

"이 길을 따라서 몇 미터만 내려가면 됩니다. 나도 곧 그리로 갈 겁니다. 하지만 먼저 펜드라곤 파크에 가서 좀 즐길 생각이지요."

빨간 머리의 사내는 시가를 입에서 떼어내면서 대답했다.

"펜드라곤 파크요?"

"클로드 챔피언 경의 저택입니다. 당신도 거길 가려고 온 게 아닙니까? 내가 보기엔 당신도 기자 같은데."

사내가 키드를 올려다보며 물었다.

"저는 불노이 씨를 만나려고 왔습니다."

"나는 불노이 씨 부인을 만나려고 왔소. 하지만 집에서는 부인을 만날 수 없을 것 같더군요."

사내는 불쾌한 웃음을 지어 보였다.

"지각변동이론에 관심이 있으십니까?"

미국인 기자가 물었다.

"이론보다는 지각변동 자체에 관심이 있지요. 그리고 얼마 안 있어 어떤 지각변동이 일어나게 될 것입니다. 내가 하는 일은 더러운 장사나 다름없소. 하지만 난 깨끗한 척하지는 않을 거요."

사내는 우울한 목소리로 말하고는 바닥에 침을 뱉었다. 그런 천박한 행동에도 불구하고, 그가 훌륭한 교육을 받으며 자라온 신사라는 것을 알아챌 수 있었다.

미국인 기자는 좀더 주의 깊게 사내를 관찰하였다. 얼굴은 파리하고 여위었지만, 언제든 폭발해 나올 수 있는 엄청난 열정이 숨어 있는 것 같았고, 영리하고 예민한 듯한 인상을 풍기기도 하였다. 옷차림은 좀 투박하고 소탈했으며, 가늘고 기다란 손가락에는 문장이 새겨진 반지가 끼워져 있었다. 대화를 나누다, 그의 이름은 제임스 댈로이이고, 파산한 어느 아일랜드 지주의 아들이라는 것을 알게 되었다. 그는 스스로가 정말로 혐오하는 〈스마트 소사이어티〉라는 저속한 신문사에서 기자로 근무하고 있는데, 때로는 스파이 같은 괴로운 임무를 맡기도 한다고 했다.

유감스럽게도, 〈스마트 소사이어티〉는 〈웨스턴 선〉이 그토록 높이 평가하고 있는 다윈에 대한 불노이의 이론에 아무런 관심을 보이지 않고 있었다. 댈로이는 이혼법정에서나 결말이 날

법한, 그레이 커티지와 펜드라곤 파크 사이에서 벌어진 어떤 스캔들의 냄새를 맡고 이곳에 온 것 같았다.

클로드 챔피언 경은 〈웨스턴 선〉의 독자들에게 불노이 못지 않게 잘 알려져 있는 인물이었다. 그러나 키드가 생각하기에, 챔피언 경과 불노이가 서로 친분이 있다고 하는 것은 마치 교황과 더비 경마의 우승주자가 서로 잘 안다고 할 때처럼 모순되는 것 같았다. 키드는 전부터 챔피언 경에 대한 얘기를 들어왔고, 그에 대한 기사를 쓴 적도 있었다. 아니, 그에 대해 아는 척을 했다고 해야 더 정확할 것이다. 그가 들은 바에 의하면 클로드 챔피언 경은 '영국의 10대 명사 가운데 가장 영리하고 가장 부유한 사람'이며 요트를 타고 전 세계를 일주하는 대단한 스포츠맨이자 히말라야 산맥에 관해서 몇 권의 책을 써낸 위대한 여행가였다. 그는 선거에서 압승을 거둔 보수당 의원으로, 미술, 음악, 문학, 그리고 무엇보다도 연기를 취미 삼아 즐겼다. 미국인이 아닌 사람들이 보기엔 그는 정말 대단한 인물이었다. 잡식성의 교양과 끊임없는 자기 선전을 즐기는 그는 르네상스 시대의 군주를 연상시켰다. 위대하고 정열적이며 아마추어인 그에게서 우리가 흔히 '딜레탕트'라고 표현하는 경박함은 찾아볼 수 없었다.

새까만 이탈리아인의 눈을 가진 어디 하나 흠잡을 데 없는 클로드 챔피언 경의 옆얼굴은 마치 매처럼 날카롭게 보였으며, 〈스마트 소사이어티〉와 〈웨스턴 선〉에 종종 사진이 실리곤 했다. 그의 모습은 어느 누가 보아도 야심으로 황폐해진 것 같아 보였다. 키드는 챔피언 경에 대해서 상당히 많은 것을 알고 있었다. 솔직히, 알아야 할 것 이상으로 많은 것을 알고 있었다고 할 수도 있을 것이다. 하지만 지각변동이론의 창시자인 존 불노이와 허세 부리기 좋아하는 귀족 클로드 챔피언 경이 친한 친구 사이라는 것은 상상이 안 되었다. 그러나 댈로이의 말로는, 그것은 어디까지나 사실이었다. 그들 두 사람은 학창 시절부터 함께 사냥을 다녔고, 비록 부유한 대지주와 가난한 무명의 학자로 사회적인 지위는 달랐지만 변함없이 계속 친밀한 관계를 유지하고 있었다. 게다가 불노이의 집은 펜드라곤 저택의 정문 바로 옆에 위치하고 있었다.

하지만 두 사람이 앞으로도 친구로 지낼 수 있느냐는 질문에 대답하기 곤란한 상황이 벌어지고 있었다. 한두 해 전에 불노이는 미모의 유명 여배우와 결혼을 했다. 내성적이고 무뚝뚝한 그였지만 아내에게는 헌신적인 사랑을 바쳤다. 그런데 챔피언 경의 저택과 불노이의 집이 너무나 가까워서 저 변덕스러운 유명 인사 챔피언 경에게 비열한 행동을 할 기회가 주어지고 말았던 것이다. 챔피언 경은 자기 선전 기술을 거의 완벽하게 터득하고 있는 사람이었다. 그는 불명예스러운 일을 저지르고도 자랑스레 과시하고 싶어했으며 그것이 세상에 알려지는 데서 별난 즐거움을 느끼는 것 같았다. 펜드라곤 저택의 하인들은 불노이 부인에게 쉴새없이 꽃다발을 가져다 날랐고, 불노이의 집 앞에는 불노이 부인을 데리러 온 마차며 자동차가 항상 세워져 있었다. 게다가 챔피언 경은 밤마다 정원에서 무도회며 가장 무도회를 열어 불노이 부인을 초대해놓고 그녀가 사랑과 미의 여신이라도 되는 양 떠받들었다. 키드가 불노이와 만나기로 했던 날 밤에도 클로드 챔피언 경이 〈로미오와 줄리엣〉의 야외공연을 열기로 되어 있었다. 클로드 경이 로미오 역할을 맡았고, 줄리엣 역할은 누가 맡았는지 굳이 이름을 말할 필요가 없을 것이다.

"언젠가는 큰일이 터질 거요. 불노이 씨가 매수당할지도 모르죠. 아니, 아니에요. 그렇지 않을 겁니다. 워낙 융통성이 없는 사람이니까요. 너무 고지식하다는 건 미련하단 얘깁니다. 어쨌든 그가 어떻게 나올지는 아무도 모르지요."

빨간 머리의 젊은 사내가 자리에서 일어나면서 몸을 약간 떨며 말했다.

"불노이 씨는 굉장히 지적인 사람입니다."

칼훈 키드가 굵은 목소리로 말했다.

"압니다. 하지만 아무리 지적이라 해도, 그렇게까지 아둔할수는 없을 거요. 이제 가봐야 하지 않습니까. 나도 곧 출발할 겁니다."

댈로이가 대답했다.

소다수와 우유 한 잔을 비우고 난 후 칼훈 키드는 위스키와 담배를 즐기고 있는 냉소적인 정보 제공자를 뒤에 남겨둔 채, 그레이 커티지를 향하여 걸어갔다. 해는 완전히 저물어 하늘이 검푸른 빛으로 물들었고 간간이 별들이 반짝거렸다. 곧 달이 떠오르려는지 왼쪽 하늘이 조금 더 밝게 보였다.

그레이 커티지를 높이 둘러치고 있는 가시나무 울타리가 펜드라곤 파크의 소나무들과 말뚝 울타리에 너무 가까이 붙어 있어서, 키드는 처음에 그곳을 펜드라곤 파크의 문지기 집으로 착각하였다. 하지만 나무로 만든 좁다란 문 위에 '존 불노이'라는 이름이 쓰여진 것을 보고, 이 사상가와의 약속 시간이 되었음을 확인한 후 안으로 들어가 현관문을 두드렸다. 그의 집은 들어와서 보니, 밖에서 받았던 인상에 비해 훨씬 크고 호화스러워 분명 문지기 집과는 비교될 수 없었다. 뜰에는 개집과 벌통이 마치 영국식 전원생활의 상징인 양 놓여 있었고, 무성하게 자란 배나무 뒤로는 달이 떠오르고 있었다. 정원에 들어서는 그를 보고도, 개집에서 나온 개는 전혀 짖지 않고 멍한 눈으로 보고만 있었다. 현관문을 열고 나온 사람은 수수한 차림새의 나이 지긋한 하인이었다. 그는 좀 무뚝뚝하면서도 위엄이 있어 보였다.

"주인님께서 죄송하다는 말씀을 전해드리라고 하셨습니다. 갑자기 급한 일이 생기셔서 출타하셨습니다."

하인이 말했다.

"하지만 이것 봐요, 난 미리 약속을 하고 왔단 말입니다. 어디로 가셨는지 알고 있소?"

기자가 언성을 높여 물었다.

"펜드라곤 파크에 가셨습니다."

하인은 약간 침울한 표정을 지으며 대답하고는 문을 닫으려 했다.

키드는 깜짝 놀라 애매하게 물었다.

"혹시, 부인과…… 아니 다른 사람들과 함께 가셨습니까?"

"아닙니다. 혼자 집에 계시다가 가셨습니다."

하인은 짤막하게 대답하고는 손님에 대한 예의를 아는지 모르는지 거칠게 문을 닫아버렸다.

뻔뻔스러움과 예민함이 묘하게 섞인 미국인 기자는 몹시 약이 올랐다. 그는 털이 하얀 늙은 개와, 머리가 크고 반백이며 선사시대부터 입어온 듯 낡아빠진 와이셔츠를 입고 있던 늙은 집사, 하늘에서 꾸벅꾸벅 졸고 있는 달, 그리고 약속 하나 제대로 안 지키는 정신나간 철학자까지 불러모아 한 줄로 세워놓고 제대로 행동하는 게 어떤 것인지 가르쳐주고 싶은 욕망을 강하게 느꼈다.

"그런 식으로 행동하니 아내가 멀어지지. 그러나저러나 한바탕 소란을 피우러 간 모양인데 이 몸도 어서 현장으로 가봐야겠군."

칼훈 키드는 혼자서 중얼거렸다.

그는 열려 있는 문으로 나와서 모퉁이를 돌아 검은 소나무들이 길게 늘어선 가로수 길을 터벅터벅 걸어갔다. 얼마 안 가 나타난 펜드라곤 파크의 정원에는 영구차를 장식하는 깃털처럼 검은 소나무들이 가지런히 심어져 있었다. 하늘에서는 별들이 빛나고 있었다. 문학적인 연상을 좋아하는 키드의 머릿속에는 '까마귀숲'이라는 단어가 반복해서 떠올랐다. 소나무숲이 까마귀 깃털색과 비슷하기 때문이기도 했지만, 한편으로는 월터 스콧의 위대한 비극에나 묘사되었을 법한 형언하기 어려운 어떤 분위기가 서려 있어서이기도 했다. 그것에는 18세기에 이미 사라져버린 무언가가 풍겨내는, 축축한 정원과 깨어진 항아리, 영원히 가시지 않을 부정, 현실적이지 않아 치유될 수도 없는 슬픔이 배어 있었다.

키드는 다시, 어둡고 잘 정돈되어 있으며 비극적 분위기가 가득한 길을 따라 걸어 올라갔다. 그런데 앞쪽에서 누군가의 발소리가 들리는 것 같아, 깜짝 놀라며 걸음을 멈추었다. 눈앞엔 길 양편으로 나란히 늘어서 있는 검은 소나무숲과 그 사이에 쐐기 모양으로 펼쳐져 있는 밤하늘, 그리고 언뜻언뜻 비치는 별빛만이 보일 뿐이었다. 처음에는 그저 자신의 상상 때문에 잘못 들은 것이거나, 자신의 발걸음 소리가 메아리쳐 들린 것이라고만 생각했다. 하지만 앞으로 더 걸어나갈수록, 분명히 누군가 다른 사람의 발소리일 거라는 판단을 굳히게 되었다. 유령일지도 모른다는 생각이 막연히 들면서 피에로처럼 허연 얼굴에 검은 반점이 있는 유령의 모습이 머릿속에 생생하게 그려졌을 땐 섬뜩했다. 문득 고개를 들어서 보니 세모꼴로 보이는 검푸른 밤하늘의 꼭대기 부분이 점점 밝아지면서 푸른빛이 더하여지고 있었다. 그는 자신이 거대한 저택과 정원을 밝히는 불빛에 가까워지고 있기 때문이라는 사실은 깨닫지 못하고 있었다. 다만 주변의 분위기가 조금씩 더 강렬해지고 있다고만 느낄 뿐이었다. 그리고 이 음울한 풍경 속에 스며 있는 격렬함과 비밀스러움은 어디에서 기인한 것일지 생각해보았다. 그것에 대한 답은 찾지 못했지만 곧 웃음을 터뜨렸다. '지각변동'에서 느껴지는 분위기와 비슷하다는 생각이 들어서였다.

소나무숲 사이에 난 길을 따라서 한참을 걸었을 때 키드는 갑자기 마법에라도 걸린 듯 우뚝 멈춰 서더니 그 자리에서 꼼짝도 하지 않았다. 이야기 속으로 빨려 들어간 것같이 느껴졌던 것이다. 원래 인간들은 이상하고 낯선 것에 금방 익숙해지기에, 조화롭지 못한 무언가가 빚어내는 불협화음에도 쉽게 익숙해진다. 사실 그런 불협화음을 들어야 잠을 이루는 때도 있는 것이다. 또한 그런 때에 정상적이고 조화로운 소리를 듣게 된다면, 그 소리에 놀라 깨어나고 만다. 여하튼 잊혀진 옛날 이야기에나 나올 법한 일이 지금 그가 발 딛고 서 있는 현실 세계에서 일어났다.

칼 한 자루가 새까만 소나무 숲 너머에서 달빛을 받아 번쩍거리면서 날아왔던 것이다. 옛날 이곳에서 일어난 수많은 결투에서 쓰였을 것 같은, 날이 좁고 유난히 번쩍거리는 칼이었다. 그것은 그의 한참 앞쪽에 떨어졌는데 커다란 바늘처럼 보였다. 그는 놀란 토끼처럼 황급히 그곳으로 뛰어갔다. 고개를 숙이고 자세히 보니 자루와 손 보호대에 모조인 듯한 커다란 붉은 보석들이 박혀 있었다. 그런데 칼날에는 붉은 피가 묻어 있었다.

소름끼치게 놀란 키드는 고개를 들어, 저 번쩍거리는 칼이 날아왔던 쪽을 바라보았다. 그리고 어두운 소나무와 전나무숲이 끊긴 곳에, 큰길과 직각을 이루는 작은 길 하나가 나 있음을 발견했다. 그 길로 들어서니 불 켜진 저택과 연못이며 분수가 한눈에 들어왔다. 하지만 그는 그런 것들에 오래 시선을 두지 않았다. 더 흥미로운 볼거리가 있었기 때문이었다.

경사지를 층층으로 깎아 만든 정원에서 제일 가파르게 경사를 이룬 부분에 그림처럼 아름답게 꾸며진 작은 언덕이 있었다. 잔디로 덮여 있는 그 언덕은 둥근 지붕 모양이어서 커다란 두더지집같이 보이기도 했다. 그 주위는 장미 울타리가 세 겹으로 동심원을 이루며 둘러쳐져 있었고 중앙의 가장 높은 부분에는 해시계가 설치되어 있었다.

해시계의 바늘은 상어의 등지느러미처럼 어두운 하늘을 향해 꼿꼿하게 세워져 있었고 무심한 달빛이 작동을 멈춘 해시계를 비추고 있었다. 그런데 키드는 아주 잠시 동안이었지만 해시계 주변에서 무언가가 움직이는 것을 보았다. 그것은 분명 사람의 형체였다.

한순간 달빛에 그의 모습이 드러났을 때 키드는 그가 누구인지 금세 알아보았다. 그의 옷차림은 너무나도 이상했다. 진홍색 바탕에 금빛의 수를 놓은 천이 그의 목덜미에서 발 뒤꿈치까지를 꽉 조이듯 감싸고 있었다. 하늘을 향해 치켜든 하얀 얼굴은 깔끔하게 면도가 되어 있어 부자연스러울 정도로 젊어 보였고, 바이런 같은 매부리코를 가지고 있었으며, 검은 곱슬

머리에는 흰머리가 드문드문 섞여 있었다. 그는 바로 클로드 챔피언 경이었다. 키드는 그의 초상화를 자주 보았기 때문에 단번에 그를 알아볼 수 있었다. 그런데 붉은 옷을 괴상하게 걸쳐입은 챔피언 경은 비틀거리다 해시계 위로 쓰러지더니 다음 순간 경사면을 데굴데굴 굴러 떨어져 미국인 기자의 발치에서 멈추었다. 그의 한쪽 팔이 힘없이 떨리고 있었다. 전체적인 차림새에 별로 어울리지 않게 화려한 금장식이 붙어 있는 소매를 보고 키드는 연극 〈로미오와 줄리엣〉을 생각해냈다. 몸에 꼭 끼는 붉은 옷은 연극 공연을 위해 입고 있었을 것이다. 하지만 그가 굴러 떨어진 경사면에 길게 나 있는 붉은 핏자국은 연극과는 아무 상관이 없었다. 정말로 칼에 찔린 것이었다.

사태를 깨달은 칼훈 키드는 연거푸 소리를 질렀다. 그런데 이때 다시 한번 유령의 발걸음 소리 같은 것이 들려오더니 이윽고 누군가가 가까이 와서 섰다. 키드는 그가 누구인지 알아보았지만 무서움이 가시지는 않았다. 댈로이라고 이름을 밝혔던 그 기자가 끔찍하리만큼 조용하게 자신의 뒤를 쭉 따라온 것이었다. 불노이가 자신이 정해놓은 인터뷰 약속을 지키지 않는 사람이라면, 댈로이는 정하지도 않았던 면회 약속을 지키러 온 것 같은 불길한 분위기를 풍기고 있었다. 달빛 아래서 모든 사물이 평상시와는 다른 색으로 보였는데, 빨간 머리에 둘러싸인 댈로이의 창백한 얼굴은 하얗다 못해 푸르러 보였다.

이 모든 무시무시한 일들에 키드는 이성을 잃고 비명을 지르고 말았다.

"네놈 짓이지, 네놈 짓이야! 이 잔인한 놈 같으니!"

제임스 댈로이는 기분 나쁜 미소를 입가에 흘렸다. 그런데 댈로이가 말을 꺼내기도 전에, 쓰러져 있는 사내가 다시 팔을 움직였다. 칼이 떨어진 쪽으로 팔을 뻗으려고 하는 것 같았다. 그는 신음을 한 뒤 안간힘을 쓰면서 이렇게 말했다.

"불노이…… 불노이…… 불노이가…… 나를 질투한 나머지…… 그놈은 질투심이 많았소. 그놈은 질투심이…… 정말……."

키드는 좀더 분명히 듣기 위해 고개를 숙였다. 겨우 알아들은 말은 이러했다.

"불노이가…… 내 칼을…… 나에게 던졌어……."

챔피언 경의 손은 다시 한번 칼이 있는 쪽을 향해 힘없이 흔들리더니 이내 툭 소리를 내며 바닥에 떨구어지고 말았다. 이것을 본 키드의 가슴 깊은 곳에서 통렬한 감정이 솟구쳐올랐다. 그런 감정은 미국인들의 진지함에 맛을 더해주는 소금 같은 것이었다.

"이봐요, 어서 가서 의사를 데려와요. 이 사람은 죽었습니다."

키드가 명령하듯이 날카롭게 말했다.

"신부도 부릅시다. 챔피언 가의 사람들은 천주교도니까 말이오."

댈로이가 무심한 태도로 말했다.

키드는 죽은 사람 옆에 무릎을 꿇고 앉아 심장이 아직 뛰고 있는지 살펴보기도 하고, 머리를 들어올리기도 하면서 그를 소생시키려는 마지막 노력을 기울이고 있었다.

댈로이가 의사와 신부를 데리고 나타났을 때 이미 손을 쓰기엔 너무 늦어버렸다는 것을 인정하지 않을 수 없었다.

"당신이 왔을 때도 이미 손 쓸 수 없는 상황이었나요?"

콧수염과 구레나룻을 기른 의사가 키드를 수상쩍어하는 눈초리로 바라보며 물었다.

"그런 셈이죠. 경을 살려내진 못했지만 난 아주 중요한 것을 들었습니다. 경은 살인자의 이름을 밝혔습니다."

키드가 느릿느릿 대답했다.

"살인자가 누구입니까?"

양미간을 찌푸리며 의사가 물었다.

"불노이 씨입니다."

칼훈 키드가 대답했다.

어두운 표정으로 키드를 쏘아보고 있던 의사의 이마가 점점 붉게 상기되었다. 그러나 키드의 말에 반박하지는 않았다. 이때, 뒤편에 서 있는 키 작은 신부가 조용히 물었다.

"불노이 씨는 오늘 밤 펜드라곤 파크에 오지 않은 걸로 알고 있는데요."

"그 점에 대해서도 제가 진상을 말씀드릴 수 있을 것 같군요. 그렇습니다. 존 불노이 씨는 오늘 저녁 내내 자신의 집에 있을 예정이었지요. 거기서 저를 만나기로 약속이 되어 있었으니까요. 하지만 그는 계획을 바꿔 집에서 나갔습니다. 그리고 한 시간쯤 전에 이 빌어먹을 장소로 오게 된 것입니다. 그의 집사에게서 들었습니다. 경찰이 소위 단서라고 부르는 것을 이미 확보하고 있다고 생각되는데…… 경찰을 부르러 사람을 보냈습니까?"

미국인 기자가 다소 거친 목소리로 말했다.

"보냈소. 하지만 아직 다른 사람들에게는 알리지 않았습니다."

의사가 대답했다.

"불노이 부인도 모르고 계십니까?"

제임스 댈로이가 물었다. 그 순간 키드는 그의 일그러진 입술을 한방 쳐버리고 싶은 이상한 욕망이 들끓어오르는 것을 느꼈다.

"아직 말하지 않았으니까 당연히 모르겠지요."

의사가 퉁명스럽게 대답했다.

신부는 숲길로 걸어나가 칼을 집어들고 돌아왔다. 땅딸막한 신부의 손에 쥐어진 칼은 우스꽝스러울 정도로 큼지막했다.

"곧 경찰들이 오겠지만…… 누구 손전등 가지고 계신 분 있으십니까?"

신부가 공손하게 물었다.

키드가 주머니에서 손전등을 꺼냈다. 그것을 받아든 신부는 칼날의 중간쯤을 비추더니 눈을 깜박거리며 찬찬히 살펴보았다. 그리고는 칼자루의 끝은 쳐다보지도 않고 의사에게 칼을 넘겨주었다.

"이제 저는 이곳에 있을 필요가 없을 것 같군요. 그럼 이만 실례하겠습니다."

신부는 한숨을 쉬며 인사의 말을 한 뒤 뒷짐을 지고 불노이 집 쪽으로 터벅터벅 걸어갔다. 커다란 머리를 앞으로 숙인 채 걸어가는 것을 보니 뭔가를 곰곰이 생각하고 있는 듯했다.

남아 있던 다른 사람들은 서둘러 펜드라곤 파크의 문지기 집으로 향했다. 거기 가서 보니 경감과 경관 두 명이 문지기와 이야기를 나누고 있었다. 한편 신부는 소나무가 양 옆으로 가득 늘어서 있는 어두컴컴한 길을 점점 더 천천히 걷다가 불노이 집의 계단 앞에 이르자 걸음을 멈추었다. 자신 쪽으로 누군가 조용히 걸어오고 있었다. 아름다운 귀족 유령의 출현을 기대했던 칼훈 키드를 만족시켰을 만한 미모의 인물이 신부를 향해 다가오고 있었다. 르네상스 시대풍의 은빛 공단 옷을 입고 있는 젊은 여인이었다. 금발을 두 갈래로 길게 땋아 내렸고 얼굴이 너무나도 창백하여 상아나 금으로 만든 그리스 시대의 조각상처럼 보였지만 눈만은 반짝반짝 빛나고 있었다. 여인의 목소리는 낮았지만 또렷했다.

"브라운 신부님이신가요?"

"네. 그렇습니다."

신부가 정중히 대답했다. 그리고는 그녀를 바라보며 곧바로 이렇게 물었다.

"부인은 챔피언 경에 대해 알고 계신 듯한데요?"

"그걸 어떻게 아셨어요?"

부인이 되물었다.

신부는 부인의 질문에 대답하지 않고 또다른 질문을 던졌다.

"남편분은 만나셨습니까?"

"제 남편은 지금 집에 있어요. 그이는 이 일과 아무런 관련이 없어요."

이번에도 신부는 부인의 말에 대꾸하지 않았다. 그러자 부인은 격렬한 감정을 얼굴에 드러내며 신부에게 더 가까이 다가갔다.

"신부님께 말씀드릴 게 있어요. 정말로 그이는 아무 짓도 하지 않았습니다. 신부님도 그렇게 생각하시지요?"

부인은 걱정스런 마음이면서도 입가에는 미소를 지어 보였다.

브라운 신부는 자신을 빤히 바라보고 있는 부인을 한참 동안 엄숙하게 마주 바라보다가 더욱 엄숙하게 고개를 끄덕여 보였다.

그러자 부인이 말했다.

"브라운 신부님, 이제 제가 알고 있는 모든 것을 말씀드릴게요. 그런데 그전에 신부님은 왜 다른 사람들처럼, 우리 그이가 범인이라고 결론 내리지 않으셨는지 먼저 알고 싶어요. 무슨 말씀을 하셔도 괜찮아요. 저는…… 저는 사람들이 남편에 대해서 어떤 식으로 오해하고 있는지 이미 다 알고 있답니다."

부인의 질문에 신부는 좀 당황한 듯했다. 그녀는 손으로 이마를 문질러대면서 말했다.

"두 가지 사소한 점들 때문이지요. 그 중 하나는 정말로 아주 사소한 것이고 또 다른 한 가지는 좀 모호한 것입니다. 하지만 그렇다 하더라도, 그 점들은 불노이 씨가 살인자가 아니라는 것을 증명하기에 충분합니다."

신부는 무표정한 둥근 얼굴을 들어 멍하니 하늘의 별들을 바라보면서 말을 이었다.

"먼저 다소 모호할 수 있는 저의 생각에 대해 말해드리겠습니다. 전 모호한 생각이야말로 아주 중요하다고 여긴답니다. 분명하게 드러나지 않는 것들이 오히려 제게 확신을 주지요. 제 생각에 모든 불가능한 것들 중에서 가장 불가능한 것은 바로 도덕적으로 불가능한 것입니다. 부인의 남편에 대해 제가 속속들이 알고 있는 것은 아닙니다만, 그의 도덕성을 놓고 볼 때 다른 사람들이 생각하듯 이번 범죄를 저질렀을 가능성은 거의 없습니다. 그렇다고 불노이 씨가 악한 면이 전혀 없는 사람이라는 뜻은 아닙니다. 누구나 악인이 될 수 있지요. 자신이 마음먹는 만큼 악해지는 거니까요. 우리는 스스로 도덕적 의지를 조절할 수 있지요. 타고난 천성이나 행동양식 같은 것은 마음대로 바꿀 수가 없지만 말입니다. 불노이 씨라고 해서 절대로 살인을 저지르지 않으리라는 법은 없지만 어쨌든 이번 살인사건은 그가 저지른 것이 아닙니다. 그는 낭만적인 칼집에서 로미오의 칼을 끄집어낼 위인이 못 되니까요. 또한 해시계를 제단 삼아 그 위에서 자신의 적을 칼로 죽이거나, 시체를 장미꽃 사이에 버려두거나, 범행에 사용된 칼을 소나무숲에 던질 위인은 더더욱 아니지요. 만약에 불노이 씨가 누군가를 살해한다면 그는 아주 조용하게 처리해낼 겁니다. 포도주를 열 잔째 마신다거나 그리스 삼류 시인의 시를 읽을 때와 같이 말입니다. 낭만적인 배경은 불노이 씨와는 어울리지 않아요. 그런 것은 오히려 챔피언 경과 잘 어울리지요."

"아!"

부인은 다이아몬드처럼 반짝이는 눈으로 신부를 바라보았다.

"사소한 것이란 바로 이겁니다. 칼에 지문이 남아 있었습니다. 유리나 강철같이 매끄러운 표면 위에 생긴 지문은 꽤 시간이 흐른 뒤에도 확인할 수 있지요. 지문은 칼날 중간쯤에서 발견되었습니다. 누구의 지문인지는 알 수가 없습니다만 도대체 왜 칼날의 중간 부분을 잡았을까요? 그 칼은 길이가 꽤 깁니다. 그렇기 때문에 적을 찌를 때에 유리한 칼이지요. 대부분의 경우 적과의 싸움에서는 장검이 유리해요. 한 사람의 적을 제외하고는 말입니다."

"한 사람의 적을 제외하고요?"

부인은 신부의 말을 되풀이하여 물었다.

"장검보다 단검을 이용해야 더 쉽게 찌를 수 있는 적은 오직 한 사람뿐입니다."

"알아요. 자기 자신이지요."

긴 침묵이 흐른 뒤에 신부가 조용히 말을 꺼냈다.

"그럼, 제 추리가 맞나 보군요. 클로드 챔피언 경은 자살하였습니까?"

"네, 그래요. 전 그가 자살하는 것을 목격했어요."

부인은 핏기가 가신 얼굴로 말했다.

"그가 죽은 것은…… 부인을 사랑했기 때문인가요?"

어이없어하는 표정이 부인의 얼굴을 스쳤다. 그것은 신부가 예상했던, 연민이나 후회, 부끄러움 따위와는 거리가 먼 표정이었다. 그녀는 갑자기 목소리에 힘을 주면서 거침없이 말했다.

"경은 저에게는 아무 감정이 없었어요. 다만 제 남편을 증오했을 뿐이지요."

"왜지요?"

먼 하늘을 바라보던 신부가 부인 쪽으로 고개를 돌리며 물었다.

"그가 남편을 증오한 것은…… 왜냐하면…… 아, 너무도 이상하게 들릴 것 같아서, 어떻게 말씀드려야 할지 모르겠군요."

"말씀해보세요."

브라운 신부는 침착하게 부인의 말을 기다렸다.

"내 남편이 그를 증오하지 않았기 때문이에요."

브라운 신부는 고개를 끄덕이며, 부인의 말에 귀를 기울였다. 신부에게는 소설 속에 나오는, 혹은 실제의 탐정들과 다른 점이 있었다. 그는 자신이 완벽하게 이해하고 있는 것을 일부러 이해하지 못하는 척하지 않았다.

불노이 부인은 자신을 얻어 신부에게 한 걸음 더 가까이 다가갔다. 그리고는 이야기를 시작했다.

"제 남편은 아주 훌륭한 사람이에요. 클로드 경은 성공했고 명성을 떨쳤지만 훌륭한 사람은 못 되죠. 제 남편은 크게 성공하지도 못했고, 세상에 이름을 알리지도 못했지만, 그런 것을 꿈꾸지도 않았어요. 자기가 담배를 피운다고 해서 유명해지지는 않을 것처럼, 사상가로서 유명해질 거라는 기대도 전혀 안 했답니다. 그이는 세속적인 면에서는 백치나 다름없어요. 한마디로 훌륭한 백치인 셈이죠. 그이는 학창시절에 그랬던 것처럼 늘 한결같이 클로드 챔피언 경을 좋아했어요. 어린애들이 마술 공연을 보고 감탄하는 것과 비슷한 마음으로 말이에요. 하지만 챔피언 경을 부러워하지는 않았어요. 챔피언 경은 그이가 자신을 부러워하게 되기를 바랐죠. 하지만 그이가 절대로 챔피언 경을 부러워하지도 시기하지도 않자, 챔피언 경은 결국 정신 이상을 일으켜 자살까지 한 거예요."

"그렇군요. 이제 이해가 됩니다."

"아니, 모르셨단 말이에요? 집도 그렇고, 이 모든 것이 다 한 가지 목적만을 위해서 꾸며진 것이었어요. 챔피언 경은 자기 집 문 앞에 작은 집을 만들어놓고 거기에 존을 살게 했죠. 그이가 스스로를 실패자라고 느끼게 하려고 말이지요. 하지만 그이는 결코 패배감을 느끼지 않았어요. 그런 것에 전혀 신경쓰지 않았으니까요. 챔피언 경은 존이 꾀죄죄한 차림새로 있을 때나, 변변찮은 음식을 차려놓고 식사하고 있을 때를 골라서 불쑥 찾아오곤 했어요. 그때마다 무슨 회교도 국가의 왕이 행차하는 것처럼 보이게 하려고 휘황찬란한 선물을 내놓거나, 사람들을 여럿 이끌고 와서 뻐기곤 했죠. 그러면 그이는 곁눈으로만 흘끗 보면서 별 생각 없이 기분 좋게 받아들이기도 하고 거절하기도 했어요. 그렇게 오 년의 세월이 흘렀지만, 그이는 머리털 하나 까딱하지 않았어요. 그 사이 클로드 경은 편집광이 되어버렸고요."

신부는 이 부분에서 성경 구절을 인용하여 말했다.

"하만은 왕이 자기를 어느 고관 대작보다 높은 자리에 앉혀주었음을 자랑하고 나서 말하기를 '그런데 대궐 문간에 앉아 있는 모르드개라는 그 유대인 녀석만 눈에 띄면 속이 뒤집힌단 말이야'라고 했지요."*

불노이 부인은 이야기를 계속했다.

"저는 남편을 설득하여 그이의 이론의 일부를 논문으로 완성시키도록 했고 제가 그것을 잡지사에 보냈습니다. 그런데 그후에 위기가 닥쳐왔어요. 남편의 논문이 주목을 끌기 시작했던 거예요. 특히 미국에서요. 어떤 신문사에서는 인터뷰를 요청하기도 했습니다. 거의 매일 인터뷰를 하면서 사는 챔피언 경은 자신의 라이벌이 최근에 성취한 작은 성공담을 듣게 되었을 때, 그나마 극단적인 증오심을 억눌러주고 있던 마지막 고리가 완전히 끊어져버렸어요. 그 이후에 그는 제게 미친 듯이 애정 공세를 퍼붓기 시작했고 그 소문이 이 근방 사람들의 입방아에 오르내리게 되었지요. 그가 제게 접근하는 것을 왜 그냥 내버려두었는지 궁금하시겠죠? 그의 애정공세를 거절하려면, 남편에게 사정을 설명해야 할 텐데 그럴 수가 없었어요. 인간의 육체가 하늘을 날지 못하는 것처럼 인간의 영혼으로서는 어찌할 수 없는 일이 있는 법이지요. 아무도 제 남편에게 그것을 설명해줄 수 없었을 거예요. 누군가가 그이에게 '챔피언 경이 당신

---

* 에스델 5장 13절.

의 아내를 넘보고 있습니다' 라고 일러준다 해도, 그이는 그저 좀 천박한 농담이겠거니 하고 넘겨버릴 거예요. 그이의 머릿속엔 그런 말들이 비집고 들어갈 틈이 없으니까요. 그이는 오늘 밤 이곳에 와서 우리의 연극을 볼 예정이었어요. 그런데 막 집에서 나오려 할 때, 남편은 그냥 집에 있겠다고 했어요. 시가를 피우면서 재미있는 책을 읽고 있었거든요. 제가 챔피언 경에게 남편이 오지 못한다고 말해주었어요. 그것이 결정타였죠. 그 편집광은 심한 절망에 빠졌고, 칼로 자기 몸을 찔렀어요. 불노이가 자기를 죽인다고 악마처럼 울부짖으면서 말이에요. 결국 질투심을 일으켜보려고 안달을 하다가 제 스스로 질투심을 못 이기고 끝내 저렇게 정원 한구석에 싸늘한 시신이 되어 누워 있게 된 것이지요. 제 남편은 지금쯤 식당에서 책을 읽고 있을 거예요."

또 침묵이 흘렀다. 이윽고 신부가 입을 열었다.

"부인의 이야기는 잘 들었습니다. 그런데 한 가지 말씀드릴 게 있어요. 불노이 씨는 지금 식당에서 책을 읽고 있지 않습니다. 미국인 기자가 불노이 씨를 만나러 갔는데, 집사로부터 펜드라곤 파크에 가시고 집에 안 계시다는 말을 들었다고 하더군요."

부인은 충격을 받은 듯 눈을 휘둥그렇게 떴다. 하지만 혼란

스러워한다거나 두려워하는 게 아니라 어리둥절해하는 것 같
았다.

"네? 뭐라고요? 그럴 리 없어요. 하인들은 다들 연극을 보러
갔고 집엔 아무도 없었어요. 그리고 우린 집사를 두지 않는걸
요."

브라운 신부는 깜짝 놀라서 마치 팽이가 도는 것처럼 몸을
반 바퀴 뱅그르르 돌렸다. 신부는 전기 충격으로 다시 소생한
사람처럼 소리쳤다.

"뭐, 뭐라고요? 가만, 그럼 제가 지금 댁으로 가면 불노이 씨
를 만나 뵐 수 있겠군요."

"지금쯤 하인들도 모두 돌아와 있을 거예요."

그녀는 신부의 반응을 의아하게 여기며 말했다.

"알겠어요. 알았습니다."

신부는 활기에 찬 목소리로 대답하고는 불노이의 집을 향해
총총히 걸어갔다. 그는 조금 가다가 부인을 돌아보며 말했다.

"그 미국인 기자 좀 붙잡고 있어주겠습니까? 그렇지 않으면,
'존 불노이의 범죄'라는 제목의 기사를 온 나라 사람들이 다 읽
게 될 테니까요."

"아직 이해를 못하셨나 보군요. 남편은 그런 일에 전혀 신경
을 안 써요. 미국이라는 나라가 실제로 있는지도 모르고 있을

거예요."

브라운 신부가 벌통과 졸고 있는 개 한 마리가 있는 불노이의 집에 이르자, 몸집이 자그마한 하녀가 나와 신부를 식당으로 안내해주었다. 부인의 말대로 불노이는 식당에서 갓을 씌운 램프 옆에 앉아 책을 읽고 있었다. 그의 팔꿈치 옆에는 포도주 병과 잔이 놓여 있었고, 시가에는 재가 털리지 않은 채 길게 붙어 있었다.

'최소한 삼십 분 이상은 여기 있었겠군.'

브라운 신부는 속으로 생각했다. 불노이 씨는 저녁식사가 치워진 후에도 자리에 계속 앉아 있었던 것 같았다.

"일어나지 마십시오, 불노이 씨. 연구하고 계시는 데 본의 아니게 제가 방해가 된 것은 아닌지 모르겠군요."

신부는 그만의 쾌활하면서도 단조로운 목소리로 말했다.

"아니오. 전 〈피 묻은 엄지손가락〉이라는 소설을 읽고 있을 뿐입니다."

불노이는 웃지도 찡그리지도 않은 채 대답했다. 브라운 신부는 부인이 훌륭하다고 표현했던 그의 무관심이 어느 정도인지 알 수 있었다. 그는 자신과 별로 어울리지 않는 선정적인 대중소설을 읽고 있었다고 해도 변명 한마디 덧붙이지 않을 사람이었다. 존 불노이는 덩치가 크고 행동이 굼뜬 사람이었다. 머리는 크고 묵직해 보였으며 머리털은 백발이 섞여 있었는데 그나마 드문드문 벗겨져 있었다. 그는 닳아 해진 구식 야회복을 입고 있었는데, 그가 그날 밤 원래의 계획을 실행했다면 그 옷을 입고 줄리엣 역을 연기할 부인을 보러 펜드라곤 파크에 갔을 것이다.

"〈피 묻은 엄지손가락〉을 읽고 계셨든 지각변동이론을 연구하고 계셨든 간에 당신이 하고 계시던 일을 오랫동안 방해하지는 않겠습니다."

브라운 신부는 입가에 미소를 띠며 말했다.

"제가 이곳에 온 이유는 오늘 밤 당신이 저지른 범죄에 관해 몇 가지 물어볼 것이 있어서입니다."

신부를 물끄러미 바라보고 있던 불노이의 널찍한 이마가 점점 붉어졌다. 그 모습을 보니 마치 생전 처음으로 당혹스런 순간을 경험하는 사람처럼 보였다.

"아주 기이한 범죄를 저지르셨습니다. 살인보다도 더 기이한 범죄를 말입니다. 때로는 큰 죄보다 작은 죄를 고백하기가 더 힘들지요. 그러나, 바로 그렇기 때문에 작은 죄를 고백하는 것이 매우 중요합니다. 당신이 저지른 범죄는 사교계의 여인들이라면 일주일에 여섯 번도 더 저지를 아주 사소한 것입니다만 작은 죄를 고백하는 것도 흉악한 범죄라도 고백해야 하는 것처럼 힘들게 느끼고 있을 겁니다.”

“고백을 하면 바보가 된 것처럼 느껴집니다.”

불노이가 천천히 말했다.

“그래요. 하지만 바보가 된 것처럼 느끼는 것과 실제로 바보
가 되는 것은 다르지요.”

“난 내 자신을 비판하는 데 별로 익숙하질 않습니다…… 아
무튼 의자에 앉아 이 책을 읽고 있었을 때 난 일요일 한낮을 즐
기는 아이가 된 것처럼 아주 행복했소. 너무나 안락하고도 영
원한…… 아, 뭐라 표현해야 할지 잘 모르겠군요…… 손을 뻗
으면 닿는 곳에 시가와 성냥이 있고…… 그건 평온함일 뿐만
아니라 충만함이었습니다. 이 책을 네 번쯤 읽고 났을 때였는
데 초인종이 울렸지요. 하지만 난 단 일 분이라도 의자에서 일
어나고 싶지 않았어요. 정말로 내 몸이, 내 근육이 그렇게 하고
싶어하질 않았던 겁니다. 그래도 지구를 들쳐메는 것 같은 심
정으로 의자에서 일어났지요. 집엔 나말고 아무도 없었으니 말
이오. 현관문을 여니 웬 사내가 수첩을 펼쳐 들고 입은 반쯤 벌
린 채로 서 있었습니다. 순간 미국인 기자와의 인터뷰 약속이
떠올랐습니다. 그 젊은 기자는 가운데 가르마를 탔더군요. 그
런데 그 살인사건은…….”

“저도 그 기자를 만났습니다.”

브라운 신부가 말했다.

"난 살인을 저지르지 않았소. 단지 거짓말을 했을 뿐이오. 그 기자에게 내가 펜드라곤 파크에 가고 없다고 말한 뒤 문을 닫아버렸지요. 신부님, 내게 죄가 있다면 그것뿐이오. 그 죄에 대해 고행을 과하실 생각이십니까?"

불노이는 조심스럽게 말을 이었다.

"아무것도 과하지 않을 겁니다."

브라운 신부는 자신의 묵직한 모자와 우산을 챙겨 들면서 재미있어하는 표정을 지었다. 그리고 이렇게 덧붙였다.

"제가 여기에 온 것은 당신이 치르게 될지도 모를 고행을 면하게 해주기 위해서랍니다."

"그럼, 제가 운 좋게 면하게 된 고행은 어떤 겁니까?"

불노이가 웃으면서 물었다.

"교수형이지요."

크레이 중령의 샐러드

자비를 빌어도 소용 없을 것이다.

그대는 자유의 몸으로 돌아가야 한다. 이후엔

한 올의 머리칼이 칼처럼 그대를 벨 것이요,

한 번의 호흡이 독사처럼 그대를 물 것이며,

어디에서고 흉기가 나와 그대를 덮칠 것이다.

그리하여 그대는 몇 번이고 거듭하여

죽음을 당할 것이니라.

어느 서늘한 아침, 신비롭고 신선한 느낌을 풍기는 새벽빛이 비쳐들면서 희뿌옇게 깔려 있던 안개가 서서히 개이고 있을 때, 브라운 신부는 미사를 마치고 집으로 돌아가고 있었다. 여기저기에 회색 분필로 그려져 있는 것같이 보이던 나무들이 다시 목탄으로 그려지기라도 하듯 하나 둘 제 모습을 선명하게 드러내고 있었다. 그가 걷고 있던 교외 길가로 나무들보다 더 드문드문하게 떨어져 있는 집들의 윤곽이 조금씩 드러나자, 오다가다 만난 사람들이 사는 집들, 그리고 이름을 알고 있는 이들의 집들이 신부의 눈에 들어왔다. 그 집들의 창문이나 현관문들은 모두 닫혀 있었다. 그곳에 사는 이들은 그처럼 이른 시각에 일어나는 사람들이 아니었고, 더욱이 새벽미사를 볼 사람들도 아니었던 것이다. 그런데 신부가 베란다와 잘 가꿔진 정원이 여러 개나 있는 멋있는 저택 옆을 지나가고 있었을 때 거기서 어떤 소리가 들려왔다. 그것은 분명 권총이나 카빈총 같은 소형 화기를 발사할 때 나는 소리였다. 하지만 신부가 그 소리만을 듣고 놀라서 걸음을 멈춘 것은 아니었다. 바로 뒤이어 희미한 소리가 여섯 번에 걸쳐 들려왔던 것이다. 처음에는 그 소리들이 메아리일 것이라고 생각했지만 다시 생각해보니 앞서 들렸던 총소리와 전혀 달랐던 것 같기도 했다. 신부는 그와 비슷한 소리로 사이펀*으로 소다수 만들 때 나는 소리, 어떤 동물이 내는 소리, 억지로 웃음을 참을 때 나는 소리 등을 떠올려보았으나, 그런 종류의 소리는 아닐 거라고 생각했다.

브라운 신부는 두 사람을 한 몸에 합쳐놓은 듯한 사람이었다. 말하자면, 그는 앵초처럼 겸허하며 괘종시계처럼 꼼꼼한 면이 있어 아무리 하찮은 의무사항들이라도 성실하게 이행하고, 매일 반복되는 일상에 변화를 줄 생각 같은 것은 결코 하지 않는 사람이었다. 반면에, 사색가로서의 그는 단순하면서도 강인하여 일단 생각에 빠져들면 그것을 멈추게 할 수 있는 것은 아무것도 없었다. 물론 지적인 범위 안에서 그 생각은 늘 자유

---

* Syphon. 높은 곳에 있는 액체를 용기를 기울이지 않고 낮은 곳으로 옮기는 관.

로운 방향으로 흘렀다. 그는 심지어 무의식 속에서조차 스스로에게 물을 수 있는 모든 것을 물어본 후에 가능한 많은 대답들을 생각해보려고 했으며, 그에게 있어 그러한 사고의 과정은 숨쉬기나 혈액순환과 마찬가지로 자연스러운 것이었다. 허나, 그는 자기의 본분에 어긋나는 선까지 행동을 밀고 나가는 것을 삼갔다. 그렇게 다른 두 개의 면이 지금 그 안에서 투쟁을 벌이고 있었다. 자신이 나설 일이 아니라고 스스로를 타이르며 새벽길을 다시 터벅터벅 걸어가면서도 머릿속으로는 거의 본능적으로 그 이상한 소리가 무엇이었을지 생각해보느라 이런저런 가설들을 세웠다 풀었다 하고 있었던 것이다. 그렇듯 생각에 잠겨 걷고 있는 사이 어스레한 빛을 머금고 있던 지평선이 은빛을 띠기 시작하더니 이내 주위가 훤하게 밝아왔다. 그 순간 신부는 아까 지나쳐온 저택이 인도에서 오래 거주했던 푸트남이라는 육군 소령의 집이며, 자신과 같은 교파에 속하는 말타 섬 출신의 원주민 요리사가 그 집에서 일하고 있다는 사실을 생각해냈다. 또한 총기 발사가 중대한 사건일 수도 있고, 자신이 관여하는 것이 합당한 도리일 거라는 생각이 들기도 했다. 그는 발길을 돌려 그 집 쪽으로 다시 걸어갔다. 그리고 정원문으로 들어가서 현관으로 향했다.

　정원 문과 가옥 본채 사이의 중간 지점에 나지막한 헛간 같은 것이 튀어나와 있었는데, 나중에 알고 보니 그것은 커다란 쓰레기통이었다. 모서리 언저리에 사람의 형체가 얼핏 보였다. 그는 몸을 숙이고 주위를 기웃거리고 있었다. 처음에는 엷게 깔린 안개에 가려 희미한 윤곽으로만 보였지만, 가까이 다가가니 그 모습이 뚜렷하게 드러났다. 몹시 건장한 남자였다. 푸트남 소령은 대머리에 목이 굵었으며 키는 작았지만 어깨가 떡 벌어진 사람이었다. 뜨거운 동양에서 오래 살아서인지 얼굴이 겉늙어 있었다. 워낙 성격이 쾌활한지라 어쨌든 갑자기 찾아온 방문자를 보고 놀랐거나 의아하게 여겼을 터인데도 싱글싱글 웃으며 맞아주었다. 그는 종려잎으로 만든 커다란 모자를 머리 뒤쪽으로 젖혀 쓰고 있었는데, 그것은 그의 얼굴과는 전혀 어울리지 않는 후광을 연상시켰다. 그 외에 진홍색과 황색 줄무늬가 선명하게 나 있는 잠옷을 입고 있는 것말고 달리 눈에 띄는 것은 없었다. 그 잠옷은 보기에는 강렬한 색이었지만, 이른 아침에 입기엔 그다지 따뜻해 보이지 않았다. 아무래도 집 밖으로 급하게 나온 듯했다. 그가 인사를 생략한 채 큰 소리로 불쑥 물었다.

"아까 그 소리를 들으셨습니까?"

신부는 그의 물음에 별로 놀라지 않았다.

"네. 무슨 일이라도 생긴 건지 알아볼까 해서 이렇게 들렀습니다."

소령은 구스베리 열매처럼 생긴 눈으로 신부를 쳐다보며 물었다.

"무슨 소리였다고 생각하십니까?"

"총소리 같던데, 메아리가 좀 특이하더군요."

신부가 약간 주저하다가 대답했다.

소령은 아무런 대꾸도 하지 않고 여전히 툭 튀어나온 눈으로 신부를 쳐다보고 있었다. 그때 현관문이 왈칵 열리면서 점점 엷어져가는 새벽 안개 속으로 가스등 불빛이 쏟아져나왔다. 그리고, 또 한 사람이 잠옷 차림을 한 채 정원으로 거의 구르다시피 뛰어나왔다. 그 사람은 키가 크고 비쩍 말랐지만 운동 선수처럼 다부져 보였다. 입고 있는 잠옷은 흰색 바탕에 옅은 레몬색 줄무늬가 있는 것으로, 소령이 입은 것과 같이 열대지방풍이면서도 그보다는 세련된 느낌을 주었다. 그 사람의 몸은 비록 여위었지만 얼굴이 잘생겼고, 피부도 소령보다 더 거무스름하게 그을려 있었다. 옆얼굴은 독수리를 연상케 했고, 두 눈은 움푹 들어가 있었으며, 새카만 머리칼과 그에 비해 훨씬 연한 빛깔의 콧수염이 묘한 대조를 이루고 있었다. 그의 용모에 관한 이러한 세세한 점들은 브라운 신부가 한가한 때에 다시 떠올려본 것이었고, 그 순간에 신부의 눈에 들어온 것은 오직 한

가지뿐이었다. 그것은 그 사내의 손에 쥐어진 권총이었다.

"크레이! 자네가 총을 쏘았나?"

소령이 그 사내를 노려보며 소리쳤다.

"그래, 내가 쏘았네. 자네도 내 입장에 있었다면 그렇게 했을 걸세. 만약 가는 데마다 악마가 쫓아와 자네를 거의……."

검은 머리칼의 남자가 격한 어조로 응수했으나, 소령이 황급히 그의 말을 가로막았다.

"이분은 브라운 신부님이시네."

그리고는 신부를 보며 말했다.

"언제 만나신 적이 있는지 모르겠습니다만, 이쪽은 영국 포병대의 크레이 중령입니다."

"말씀은 많이 들었습니다. 한데, 중령님 총에 맞은 것이 있습니까?"

"그런 것 같습니다."

크레이 중령이 정색하며 말했다.

"그자가…… 그자가 쓰러졌나? 아니면 소리라도 질렀나? 그것도 아니면 혹시……."

푸트남 소령이 목소리를 낮추어 물었다.

크레이 중령은 묘한 눈초리로 소령을 빤히 바라보고 있다가 대답했다.

"그놈이 어떻게 했는지 그대로 얘기해주지. 재채기를 하더군."

브라운 신부가 한 손을 이마 쪽으로 들어 올렸다. 생각나지 않던 이름이 문득 떠올랐을 때 사람들이 흔히 취하는 몸짓이었다. 신부는 그제야 아까 들었던 소리가 소다수 만드는 소리도 개가 킁킁거리는 소리도 아닌 다른 소리라는 것을 알게 된 것이었다.

"뭐라구? 군용 권총을 맞고 재채기를 했다는 얘기는 생전 처음 들어보는군."

소령이 눈을 휘둥그렇게 뜨면서 말했다.

"저도 처음 듣습니다. 어쨌든 대포를 쏘지 않은 게 다행이네요. 그랬더라면 독감에 걸렸을지도 모르니까요."

브라운 신부가 들릴 듯 말 듯한 소리로 말했다. 그는 잠시 주저하다가 덧붙여 물었다.

"도둑이었습니까?"

"안으로 들어가시지요."

푸트남 소령이 단호한 어조로 말하고는 앞장서서 집 안으로 들어갔다.

그렇게 이른 아침시간에는 흔히 그렇듯이 집안이 바깥의 하늘보다 훨씬 더 환해 보였다. 소령이 현관에 켜져 있던 가스등 하나를 끈 후에도 마찬가지였다. 브라운 신부는, 축하연이라도 있는지 식탁에 만찬이 차려져 있는 것을 보고 놀랐다. 냅킨은 동그랗게 접혀서 고리에 끼워져 있었고, 접시마다 그 옆에는 갖가지 모양의 와인 잔이 여섯 개씩이나 놓여 있었다. 아침까지 전날 밤의 연회 음식을 치우지 않고 그냥 두는 것은 드문 일이 아니겠지만 이른 새벽부터 온갖 진수성찬을 새로 차려놓았으니 이상히 여길 만도 했다.

신부가 현관에 선 채로 머뭇거리고 있을 때 푸트남 소령은 그의 옆을 스쳐 황급히 달려가서는 화가 난 눈으로 식탁 위를 훑어보았다. 그러다 이내 침을 튀기며 말했다.

"은그릇들이 죄다 없어졌습니다!"

그는 분한 나머지 숨까지 헐떡거렸다.

"생선 나이프랑 포크도 없어졌구요. 오래된 양념병도 없어지고, 은으로 된 크림 단지마저 없어져버렸어요. 브라운 신부님, 보세요! 도둑이 들었는지 어쨌는지 이제 대답해드릴 수 있겠군요."

"이건 다 눈가림을 위한 것일 뿐이야. 그자들이 이 집에 들어와서 귀찮게 구는 이유는 내가 잘 알고 있지. 그 까닭이 뭔지 자네보다 내가 더 잘 알고 있단 말일세."

크레이 중령이 고집스럽게 말했다.

소령은 병든 아이를 달래기라도 하듯 크레이 중령의 어깨를 토닥거리며 말했다.

"도둑이 들었던 거야. 틀림없이 도둑짓일 거라구."

"독감에 걸린 도둑이라…… 이 부근을 수색해보면 금방 잡아낼 수 있겠군요."

브라운 신부가 말했다.

소령이 침울한 표정으로 고개를 저으며 말했다.

"벌써 멀리 달아나버렸을 겁니다."

그때, 권총을 손에 들고 불안스러운 듯 서성거리던 중령이 다시 정원으로 나갔다. 그가 나가는 것을 보고 소령이 쉰 목소리로 속마음을 털어놓았다.

"저 친구가 무분별하게 총을 쏜 것은 아닌가도 싶고, 또 그것이 법에 저촉되는 일일 수도 있을 테니 당장은 경찰을 부르기가 곤란하겠군요. 솔직히 말씀드리면, 저 친구, 미개한 땅에서 오래도록 살아서 그런지 때때로 터무니없는 것들을 상상하기도 한답니다."

"언젠가 소령님께서 저분이 인도의 어느 비밀 단체가 자신을 뒤쫓고 있는 것으로 믿고 있다는 얘기를 제게 해주신 적이 있지요."

푸트남 소령이 고개를 끄덕여 보이면서 동시에 어깨를 으쓱거렸다.

"저 친구 뒤를 따라 밖으로 나가보는 게 좋겠습니다. 뭐라고 했지요? 재채기? 아무튼 그 소리를 다시 듣게 되는 일은 없어야 할 테니까요."

두 사람은 아침 햇살 속으로 나왔다. 그땐 이미 하늘 아래의 모든 것들이 찬란한 햇빛을 받고 있었다. 크레이 중령은 큰 키의 몸을 거의 두 겹으로 접은 것처럼 구부리고서 자갈과 잔디의 상태를 세심하게 살펴보고 있었다. 소령이 그가 있는 쪽으로 조용히 다가가는 사이 신부는 천천히 몸을 돌려 집 옆으로 돌아가서 아까 보았던 쓰레기통 앞까지 갔다.

그는 거기에 멈춰 선 채 그 볼썽사나운 것을 잠시 동안 바라보았다. 그리고는 바로 앞으로 바짝 다가가서 뚜껑을 열고는 머리를 안으로 들이밀었다. 그러자 먼지며 더러운 쓰레기들이 쓰레기통 위쪽으로 넘쳐 나왔다. 머리를 쓰레기통 안에 처박고 있는 모습이란 참으로 가관이랄 수밖에 없겠지만 브라운 신부는 그런 자기의 모습에 신경쓸 사람이 아니었다. 그는 무슨 신비로운 기도라도 드리듯이 한참을 꼼짝도 않고 그러고 있다가 다시 머리를 들어 올렸다. 머리칼에 재가 묻어 있었지만, 그는 아무렇지도 않다는 듯 유유히 걸어갔다.

신부가 다시 정원으로 돌아갔을 때 그곳에 한 무리의 사람들이 있었다. 그들은 햇빛이 안개를 걷어냈듯이 자신들의 병적인 면들을 떨쳐내버린 것같이 보였다. 하지만 여전히 이성적으로 기운을 차린 것 같지는 않고 디킨스의 소설에 나오는 인물들처럼 우스꽝스럽게 보일 뿐이었다. 푸트남 소령은 그 사이에 집 안으로 들어가서 옷을 갈아입었는지 셔츠에 바지를 입고 진홍색 허리띠를 두르고 있었으며, 얇고 각이 잡힌 상의를 걸쳐 입고 있었다. 그렇게 차려입은 그의 붉은 얼굴에 인정미 넘치는 표정이 떠올라 있는 것 같기도 하였다. 그는 요리사에게 무언가에 대해 강한 어조로 이야기하고 있었다. 말타 섬 태생인 요리사의 까무잡잡한 피부색과 초췌한 얼굴이 눈처럼 하얀 모자며 옷과 묘한 대조를 이루고 있었다. 소령의 장기가 요리였으니 요리사가 그렇게 근심 걱정에 시달린 듯한 얼굴을 하고 있는 것도 당연할 듯싶었다. 소령은 요리에 대해서라면 요리가 본업인 사람보다 아는 것이 더 많았다. 그런 그가 오믈렛의 맛에 대해 이야기할 자격이 있다고 인정해주는 사람이 오직 한 사람 있었으니, 바로 친구인 크레이 중령이었다. 생각이 거기에 미쳤을 때 브라운 신부는 중령이 있는 곳을 찾았다.

중령의 모습을 본 신부는 깜짝 놀라지 않을 수 없었다. 날이 이미 환하게 밝았고, 사람들 모두 옷을 갖춰입고 마음을 새롭게 하고 있는 시각이었다. 그러나 이 키 크고 잘생긴 중령만은 여전히 잠옷 차림에 부스스한 머리를 하고 무릎과 손바닥으로 정원을 기어다니면서 도둑의 자취를 찾고 있었던 것이다. 도둑을 못 잡은 것이 분해서인지 이따금씩 손으로 땅을 치기도 했다. 신부는 잔디밭에서 네 발 짐승처럼 기어다니고 있는 중령의 모습이 애처로워서인지 눈썹을 치켜올렸다. 소령이 그에게 말한 것처럼 '터무니없는 것들을 상상' 하는 정도가 아니라 그 이상으로 심각한 상태일지도 모른다는 생각을 그때 처음으로 했다.

요리사와 미식가가 있는 쪽에 함께 있던 제3의 인물은, 브라운 신부도 안면이 있는, 소령의 피후견인이자 가정부인 오드리 왓슨이었다. 앞치마를 두르고 소매를 걷어붙인 야무진 모습으로 보아서는 피후견인이라기보다 가정부에 더 가까웠다.

"그것 보세요. 구식 양념병 같은 것은 치워버리자고 늘 말씀드렸는데 듣지 않으시더니만."

그녀가 잔소리를 하고 있었다.

"내가 구식이라서 그런지 그런 것이 맘에 드는 걸 어떡해. 게다가 그건 다른 물건들과도 잘 어울렸잖아."

푸트남 소령이 달래듯 말했다.

"그래서 다른 물건들도 같이 없어졌나 보군요. 그건 그렇고, 다들 도둑맞은 일을 걱정하지 않으실 거라면, 저도 점심 걱정을 하지 않겠어요. 어차피 오늘은 일요일이라서 시내에 식초며 다른 필요한 것들을 사러 보낼 수도 없으니까요. 그런데, 어쩌죠? 인도에서 살다 오신 분들께선 자극적인 양념 없이는 소위 만찬이라는 것을 즐기시질 못하잖아요. 소령님께서 올리버에게 저를 음악미사에 데려가도 좋다고 하지만 않으셨어도 제가 어떻게 해볼 텐데. 미사는 열두 시 반은 되야 끝나요. 중령님도 그때쯤에는 가실 거고, 두 분께서 저 없이 어떻게 하고 계실는지 안심이 안 되네요."

"아니, 우리 둘이 얼마든지 할 수 있어. 요리사 마르코에게 양념이란 양념은 모두 있는데다가 오드리도 이젠 알고 있겠지만 험한 곳에서 지냈을 때 우린 스스로들 알아서 잘 차려 먹었잖아. 오늘 하루는 쉬어. 매일같이 일만 할 수는 없는 것 아니겠니? 그리고 음악을 듣고 싶어했잖아."

소령이 다정한 눈길로 그녀를 바라보았다.

"성당에 가고 싶은 것뿐이에요."

그녀가 약간 매정한 말투로 말했다.

오드리 양은 언제까지나 아름다움을 잃지 않을 것 같은 여인이었다. 그 아름다움이 꾸밈이나 분위기에서가 아니라 머리와 이목구비의 골격 자체에서 느껴지는 것이기 때문이었다. 하지만 비록 아직 중년의 나이에 접어든 것도 아니고, 머리칼도 티치아노*의 그림에 나오는 여인들처럼 탐스럽고 윤기가 흐르는 적갈색이라고는 해도, 입 언저리나 눈가에는 비바람에 모서리가 닳아버린 그리스 신전처럼 풍상에 시달린 흔적이 고스란히 배어 있었다. 사실상 좀전에 그녀가 몹시 중대한 일이나 되는 듯이 얘기하고 있던 집안일의 작은 어려움 같은 것은 비극적이기보다는 희극적인 편에 속하는 것이었다. 브라운 신부는 그들 사이에 오고 간 대화에서 소령 못지 않은 미식가인 크레이 중령은 점심 전에 떠나야 한다는 것과 주인인 푸트남 소령이 옛 친구를 고별 잔치도 없이 보낼 수 없어서 아침상을 특별하게 차리게 했다는 걸 알았다. 오드리 양이 아침 미사에 가 있는 동안 그들은 아침식사를 할 예정이었다는 것을 짐작할 수 있었다. 오드리 양은 그녀의 오랜 친구이자 친척인 올리버 오먼 박사와 함께 성당에 가기로 되어 있었다. 오먼 박사는 다소 신랄한 데가 있는 과학자였으나 음악을 열광적으로 좋아하여 음악을 듣기 위해서라면 성당에 가는 것도 마다하지 않는 사람이었다. 상황은 대충 이러했는데, 어느 것도 오드리 양의 얼굴에 서려 있는 슬픔과 관련이 있어 보이진 않았다. 그래서 브라운 신부는 거의 무의식적인 본능으로 잔디밭 여기저기

* Vecellio, Tiziano(1488~1576). 16세기 이탈리아 르네상스의 대표적인 베네치아파 화가. 적갈색 머리의 여성을 자주 그렸다.

를 자세히 들여다보고 있는 미치광이 같은 중령에게로 다시 눈길을 보냈다.

브라운 신부가 가까이 다가가자 중령은 헝클어진 검은 머리칼을 갑자기 뒤로 휙 젖혔다. 그의 얼굴엔 신부가 가지 않고 계속 남아 있는 것이 놀랍다는 듯한 표정이 떠올라 있었다. 사실, 브라운 신부는 그만이 알고 있는 어떤 이유 때문에 예의가 아닌 줄 알면서도 필요 이상으로 아니, 염치없다고 생각될 만큼 거기에서 꽤 오래 꾸물거리고 있었던 것이다.

"나 참! 신부님도 다른 사람들처럼 내가 미쳤다고 생각하고 있는 겁니까?"

중령이 눈을 부라리며 소리쳤다.

"그럴 수도 있겠다고 생각했습니다만, 그렇지 않다는 쪽으로 생각이 바뀌었습니다."

땅딸보 신부가 침착하게 대답했다.

"그게 무슨 말입니까?"

크레이 중령이 거칠게 물었다.

"진짜로 미친 사람은 자신의 병적인 면을 더 자라게 하고 악화시키지요. 절대로 떨쳐내려 하지 않습니다. 그런데 당신은 도둑의 자취를 찾으려고 애를 쓰고 있어요. 어디에도 없는 것을 말입니다. 당신은 자신의 병적인 면과 싸우고 있는 거예요.

다시 말해, 어떤 미치광이도 바라지 않는 것을 바라고 있다 이겁니다."

"대체 내가 뭘 바란다는 거지요?"

"자신이 잘못 생각하고 있음을 스스로 증명하고 싶어하는 거지요."

이 말을 들은 크레이 중령은 펄쩍 뛰어서라고 해야 할지, 휘청거리면서라고 해야 할지 아무튼 갑자기 일어나서는 격앙된 눈초리로 신부를 뚫어지게 보았다.

"빌어먹을! 하기야 신부님 말씀이 맞습니다. 저 사람들은 도둑이 은그릇 같은 것만 노렸을 거라고 생각하고 좀체 내 말을 믿지 않아요. 내가 일부러 자기들처럼 생각하지 않는다는 듯이 말입니다! 그녀까지도 내게 따지고 들더군요."

여기까지 말하고 그는 고개를 돌려 오드리를 바라보았는데, 신부는 중령이 누구를 보는지 보지 않고도 알 수 있었다.

"오드리는 누구 다친 사람도 없는데 도둑에게 총을 쏜 것은 너무 잔인한 짓 아니냐, 가엾고 순박한 원주민들을 괴롭히더니 속에 악마가 든 것은 아니냐 하면서 항의하더군요. 하지만 나도 전엔 착한 사람이었습니다…… 푸트남 못지 않게 착한 사람이었단 말입니다."

중령은 잠시 멈췄다가 다시 말을 이었다.

"좋습니다. 신부님은 한 번도 뵌 적이 없는 분이지만, 제 이야기를 처음부터 해드릴 테니 들어보시고 판단해주십시오. 친구인 푸트남과 저는 같은 막사에서 지냈습니다. 저는 아프가니스탄 국경지대에서 공훈을 세운 후에 연대장이 되었습니다. 다른 동료들에 비해 승진이 빨랐던 셈이지요. 하지만 우리 둘 다 상이군인 신세가 되어 고국으로 돌아오게 되었습니다. 오드리와 전 약혼했던 사이라 오드리의 피후견인인 푸트남까지 세 사람이 함께 돌아왔습니다. 그런데 오는 도중에 여러 가지 일들이 발생했습니다. 아주 이상한 일들이었지요. 그 때문에 결국, 푸트남은 저희들의 약혼을 취소하고 싶어했고, 오드리마저도 저를 멀리하더군요. 전 그들의 의도를 알고 있었습니다. 저를 어떻게 생각하는지도 알고 있었고요. 신부님도 아마 알고 계시겠지요.

그 이상한 일들이 무엇이었는지 말씀드리죠. 귀국 하루 전날 인도의 어느 도시에 묵고 있을 때였습니다. 제가 푸트남에게 트리키노폴리 시가를 구하고 싶다고 말했더니, 자기 숙소의 맞은편에 있는 작은 상점에 가보라고 일러주더군요. 나중엔 그가 거짓말을 한 게 아니라는 걸 알긴 했지만, '맞은편'이라는 말은 훌륭한 저택의 맞은편에 대여섯 채의 누추한 집들이 늘어서 있는 경우라면 아주 애매한 뜻이 되어버리는 겁니다. 전 엉뚱한 집으로 들어가고 말았지요.

　잘 열리지 않는 문을 겨우 열고서 들어갔는데, 안이 아주 캄캄하더군요. 그런데 돌아서서 다시 나와야겠다고 생각한 바로 그 순간에, 등뒤에서 문이 쾅 닫히더군요. 마치 셀 수 없이 많은 빗장이 한꺼번에 닫히는 듯한 소리를 내면서 말입니다. 전 달리 어떻게 할 도리가 없어 앞으로 걸어갔습니다. 어두컴컴한 복도를 지나면 또 다시 어두컴컴한 복도가 나왔어요. 그렇게 몇 개인가 복도를 지났을 때 층계가 보였습니다. 층계 위로 덧문이 있었는데, 동양식의 정교한 무늬가 새겨진 철제 빗장으로 잠가놓았더군요. 물론 어두워서 보이지는 않았고, 제가 손으로 더듬어보았을 때 그 무늬의 정교함을 알게 된 것입니다. 아무튼 전 그 빗장을 벗겨 문을 여는 데 성공했습니다. 문을 열고 들어간 곳도 어둡기는 마찬가지였습니다. 하지만 안쪽에선 수없이 많은 작은 램프들이 초록빛을 띤 미광을 발하고 있었습니다. 그 불빛으로는 그곳이 엄청나게 큰 건물의 지하실일 거라는 짐작만 할 수 있었을 뿐입니다. 그런데 제 눈 바로 앞에 산처럼 보이는 무언가가 있었습니다. 그것이 우상이라는 것을 깨달았을 때, 그리고 제가 서 있던 자리가 거대한 돌 제단이라는 것을 알게 되었을 때 저는 정말이지 그 자리에 쓰러질 뻔했습니다. 그 우상이 제게 등을 보이고 있었기 때문에 더 끔찍했지요.

사람과 비슷한 형상은 아니었던 것 같습니다. 머리통이 작고 납작한데다, 꼬리가 달린 것인지 다리가 하나 더 붙은 것인지 모르겠지만 아무튼 뭔가 기다란 것이 몸통 뒤쪽으로 쑥 나와 있었으니까요. 그런데 그것이 보기 흉한 커다란 손가락처럼 거대한 돌 한가운데에 새겨진 상징을 가리키고 있었습니다. 저는 그 비밀문자 같은 것의 의미가 무엇일까 생각해보면서 어스레한 빛 속에 서 있었습니다. 그때 더욱 무섭고 끔찍한 일이 일어났어요. 제 등뒤 사원 벽에 있던 문이 조용히 열리면서 검은 옷을 입은 사내가 들어왔던 것입니다. 그 사내는 구릿빛 얼굴에 상아처럼 흰 이를 드러내며 웃고 있었는데, 그 웃고 있는 입 모양이 어쩐지 얼굴에다 새겨넣은 것같이 보였습니다. 다른 어떤 것보다도 그가 유럽인의 복장을 하고 있었다는 점이 가장 혐오스러웠습니다. 수의를 입은 성자나 벌거벗은 고행자가 나타났더라면 차라리 마음이 놓였을 겁니다. 그 사내의 모습은 악마들이 온 천지에 날뛰고 있다는 암시를 주는 것 같았으니까요. 나중에 겪고 보니 정말로 그렇더군요.

그 사내는 입가에 계속 미소를 띠운 채 이렇게 말했습니다. '만일 그대가 원숭이님의 발만을 보았다면 우리는 그대에게 은

272

혜를 베풀어 고통을 준 후에 죽게 하였을 것이다. 또한 그대가 원숭이님의 얼굴을 보았다 해도 역시 우리는 관대하게 그대에게 고통을 준 후에 살려주었을 것이다. 그러나 그대가 원숭이님의 꼬리를 보았으니 우리는 그대에게 가장 무거운 형벌을 내리지 않을 수 없다. 그대는 자유의 몸으로 여기서 나가게 될 것이다.'

그의 말이 끝나자마자 조금 전 제가 애를 써서 열었던 그 철제 빗장이 자동으로 열리는 소리가 들렸습니다. 또 제가 지나쳐 온 컴컴한 복도들 끝에 바깥의 큰길 쪽으로 난 묵직한 문의 빗장이 저절로 벗겨지는 소리도 들려왔습니다.

이때 사내가 여전히 웃음 띤 얼굴로 말했습니다.

'자비를 빌어도 소용 없을 것이다. 그대는 자유의 몸으로 돌아가야 한다. 이후엔 한 올의 머리칼이 칼처럼 그대를 벨 것이요, 한 번의 호흡이 독사처럼 그대를 물 것이며, 어디에서고 흉기가 나와 그대를 덮칠 것이다. 그리하여 그대는 몇 번이고 거듭하여 죽음을 당할 것이니라.'

그 말을 하고 난 후 그는 등뒤에 있던 문으로 사라졌고, 저는 바깥의 거리로 나왔습니다."

크레이 중령이 잠시 말을 멈추었다. 브라운 신부는 겉치레 없이 잔디밭에 앉아서 데이지 꽃을 따기 시작했다.

중령이 다시 이야기를 계속했다.

"물론 푸트남은 불안해하는 저를 조롱했습니다. 자기 상식으로는 이해가 안 간다면서 말입니다. 그리고 그때부터 저의 정신상태를 의심하고 있습니다. 그날 이후에 있었던 세 가지 일들을 간단하게 말씀드릴 테니 우리 두 사람 중 누가 옳은지 판단해주십시오.

첫번째의 사건이 일어났던 곳은 인도의 어느 마을이었습니다. 밀림 지대의 변두리에 있는 마을인데 제가 저주를 받았던 사원에서, 그 사원이 있던 도시에서, 또 그 이상한 족속으로부터 수백 킬로미터 떨어져 있는 곳이었지요. 깜깜한 한밤중에 잠에서 깬 저는 특별히 생각하는 것 없이 침대에 누워 있었는데, 갑자기 실이나 머리카락 같은 것이 제 목을 간질이면서 지나가는 게 느껴졌습니다. 저는 반사적으로 몸을 움츠렸고, 사원에서 들었던 말을 다시 떠올려보지 않을 수 없었습니다. 일어나서 불을 켜고 거울을 보니 목에 한 줄로 길게 상처가 나 있고 거기서 피가 나고 있더군요.

두번째 사건은 귀국 길에 묵었던 포트 사이드의 여관에서 일어났습니다. 그때 우리는 함께 고국으로 돌아오고 있었습니다. 그 여관은 술집과 골동품 가게가 딸려 있는 곳으로, 원숭이교를 상기시킬 만한 것들은 없었습니다. 물론 그런 곳이라면 원숭이 상이라든가 부적 같은 것은 있을 법했지요. 어쨌든 거기서 저주가 실현되었습니다. 그때도 캄캄한 밤중에 잠이 깨었습니다. 숨을 쉬는 것이 말 그대로 독사가 물어뜯는 것처럼 느껴졌기 때문에 깜짝 놀라 일어났습니다. 너무나 섬뜩했지요. 저는 살아 있으면서도 죽어가는 고통을 느꼈습니다. 사방 벽에 머리를 찧어대다가 유리창에 들이받아 급기야는 창 밑 정원으로 떨어지고 말았습니다. 먼젓번에는 잠결에 목을 긁어 상처를 냈을 것이라고 하던 푸트남도 새벽녘에 의식을 잃고 잔디밭에 쓰러져 있던 저를 발견하고 나서부터는 좀더 심각하게 생각하는 듯한 눈치였습니다. 하지만 그가 심각하게 여긴 것은 저의 정신상태였지 제 이야기는 아니었지요.

세번째 사건은 말타 섬에서 일어났습니다. 요새로 쓰였던 어느 고성에 묵고 있을 때였지요. 침실은 바다가 내려다보이는 곳에 있었는데, 바다 앞에 흰 외벽이 가로놓여 있지 않았다면 바닷물이 침실 창턱까지 출렁거리며 차오를 것 같았습니다. 저는 또 잠에서 깨어났습니다. 그때는 주위가 그리 캄캄하진 않았어요. 창으로 다가가서 바깥을 내다보니 하늘에 보름달이 떠 있었습니다. 달이 밝아서 성벽에 새가 앉아 있었거나 수평선에 배가 떠 있었더라도 분명 보였을 겁니다. 그런데 제가 본 것은 막대기나 나뭇가지 같은 것이었습니다. 그것은 저 혼자 하늘에서 빙글빙글 돌다가 제 방 창문으로 날아들어왔습니다. 그리곤 좀전까지 제가 누워 있던 침대 옆의 램프를 박살내버렸습니다. 이상한 모양의 그 막대기는 동양의 어떤 야만족들이 전투용 무기로 사용하는 것이었지요. 한데, 그것은 사람이 던진 게 아니었습니다."

브라운 신부는 만들고 있던 데이지 화환을 내던지고 깊은 생각에 잠긴 듯한 표정으로 자리에서 일어났다.

"혹시 푸트남 소령이 가지고 계신 동양의 물건들 중에 골동품이나 우상, 아니면 무기 같은 것들은 없습니까? 사건 해결에 도움이 될 수 있을지도 모르겠네요."

"그런 건 많이 있긴 한데 별 도움은 안 될 겁니다. 아무튼 그의 서재에 가볼까요."

그들이 집안으로 들어왔을 때 오드리 양은 성당에 갈 채비를 하느라 장갑의 단추를 채우고 있었다. 그녀 옆을 지나가려는데 아래층에서 요리사에게 요리법 강의를 하고 있는 푸트남 소령의 목소리가 들려왔다. 소령의 서재에 들어섰을 때는 뜻밖의 인물을 만나게 되었다. 그는 실크 모자에 외출복 차림을 하고 있었으며 탁자 위에 책을 펼쳐놓고 열심히 읽고 있었다. 인기척을 느끼자 그는 무슨 떳떳치 못한 짓이라도 하고 있었던 것처럼 책을 떨어뜨리며 돌아앉았다.

크레이 중령은 신부에게 그를 오먼 박사라고 정중히 소개하면서도 얼굴에는 불쾌한 기색을 역력히 드러냈다. 그것을 본 브라운 신부는 오드리 양이 알고 있든 모르고 있든 두 사람이 서로 연적이라는 것을 직감했다. 신부는 별다른 이유 없이 오먼 박사를 미워하는 중령의 마음이 어느 정도는 이해가 갔다. 오먼 박사는 참으로 멋지게 차려입고 있었다. 동양인같이 피부가 가무잡잡한 편이었지만, 이목구비는 아주 수려했다. 그런데 뾰족하게 기른 턱수염에 기름을 잔뜩 바르고 작은 손에 장갑을 낀 모습이나 어딘지 변조한 것 같은 목소리는 아주 부자연스러워 보였다. 브라운 신부는 그런 이에게도 자비심을 가지고 대해야 한다고 스스로를 타일러야만 했다.

크레이 중령은 오먼 박사가 검은 장갑을 낀 손에 작은 기도서를 들고 있는 것을 보고 몹시 거슬린다는 듯 무례한 말투로 말했다.

"당신이 그렇게 경건한 사람인지 미처 몰랐군요."

오먼은 중령의 말에 가볍게 웃어 보였다. 그러나 악의가 담겨 있는 웃음은 아니었다.

"저는 이쪽에 관심이 더 많답니다."

그는 아까 읽고 있다가 떨어뜨렸던 큼직한 책을 다시 집어들며 말했다.

"약품 용어 사전입니다. 성당에 가지고 가기엔 너무 크지요."

그러고 나서 그는 그 큰 책을 덮었는데, 왠지 당황하고 서두르는 듯한 기미가 엿보였다.

신부가 화제를 돌리기 위해서 물었다.

"여기 있는 창들과 다른 물건들은 모두 인도에서 가져온 것이겠죠?"

"인도뿐만 아니라 세계 각지에서 가져온 것들입니다. 내가 알기로 푸트남 소령은 멕시코, 오스트레일리아, 또 식인종이 산다는 섬에서도 오랫동안 군인으로 복무했었으니까요."

박사가 대답했다.

"소령이 요리법을 배운 곳이 식인종이 사는 섬은 아니었으면 좋겠군요."

브라운 신부가 벽에 걸려 있는 스튜 냄비며 그밖에 진기한 주방용구들을 훑어보면서 말했다.

그때 화제의 주인공이었던 소령이 서재 안으로 얼굴을 들이밀었다. 쾌활하게 웃고 있는 그의 얼굴은 바닷가재처럼 새빨갰다.

"크레이, 어서 나와. 자네를 위해서 점심식사가 준비되어 있네. 그리고 성당에 가실 분들, 종이 울리고 있으니 서두르세요."

크레이 중령은 옷을 갈아입기 위해 위층으로 올라갔고, 오면 박사와 오드리 왓슨 양은 엄숙한 표정을 짓고서 성당으로 가는 다른 무리들과 함께 큰 길로 나섰다. 한데, 오면 박사가 두 번이나 뒤를 돌아보며 집을 유심히 살피고, 심지어는 다시 한번 보려고 큰 길 모퉁이로 되돌아오기까지 하는 것이었다.

그것을 목격한 신부는 당혹스러워하는 표정을 지으며 중얼거렸다.

"저 사람이 쓰레기통에 갔을 리는 없을 텐데. 저런 차림으로 그런 데 갔을 리가 없어. 혹시 오늘 꼭두새벽에 갔던 건가?"

브라운 신부는 사람들을 대할 때 기압계만큼이나 민감하게 반응했지만, 이날은 코뿔소처럼 둔해진 것 같았다. 엄격한 것이든 무언의 것이든 어떤 사회적 관례에 비추어 보더라도 인도에서 오랫동안 함께 지냈던 친구들끼리 점심을 드는 자리에 끼여 있는 것은 예의가 아니었다. 그런데도 그는 재밌긴 하나 별 필요 없는 이야기를 끊임없이 늘어놓으며 자리를 지키고 앉아 있었다. 점심을 들고 싶어서 남아 있는 것 같지도 않다. 훌륭한 영양식인 카레 케저리*와 연이어 고급 포도주가 함께 나올 때도 신부는 금식 기간이라 먹을 수 없다고 하면서 빵

---

*kedgeree. 쌀·달걀·양파·콩·향신료 등을 재료로 한 인도 요리. 유럽에서는 생선을 곁들인다.

한 조각을 우적우적 씹어먹고 큰 컵에 담긴 냉수를 한모금 찔끔 마시고는 더 이상은 입에 대지 않았다. 하지만 말은 무척 많이 했다.

"자, 제가 샐러드를 만들어드리지요. 저는 못 먹지만 두 분을 위해서 맛있게 만들어드리겠습니다. 거기 있는 양상추 좀 건네주시겠어요?"

신부가 큰 소리로 말했다.

"이것 참, 유감스럽네요. 샐러드를 만들려면 겨자, 식초, 기름 같은 것들도 있어야 하는데 양념병을 도둑맞았으니 필요한 재료 중에 이 양상추밖에 없군요."

성격 좋은 소령이 말했다.

"예, 그렇지요."

브라운 신부가 모호하게 대답했다.

"저는 늘 그런 일이 일어날 것을 염려하고 있었답니다. 그래서 항상 양념을 가지고 다니지요. 샐러드를 너무나 좋아하거든요."

신부가 조끼 주머니에서 후추통을 꺼내어 식탁 위에 올려놓자 두 사람은 깜짝 놀랐다.

"도둑이 왜 겨자까지 가져갔는지 궁금하네요."

신부는 다른 주머니에서 겨자병을 꺼냈다.

"이것은 겨자로 만든 반죽입니다. 또 이건 식초이고요. 식초랑 갈색 종이를 어디다 쓴다고 했더라? 기름은 왼쪽 주머니에다 넣어두었는데……."

양념을 만들기라도 하는 듯이 혼자서 수다스럽게 얘기하고 있던 신부가 갑자기 말을 멈추었다. 다른 사람들은 아무도 보지 못하고 있었던 것을 보았기 때문이었다. 그는 어떤 검은 형체에 눈길을 주고 있었다. 그 검은 형체는 햇볕 드는 잔디밭에 서서 식당 안을 들여다보고 있는 오먼 박사였다. 신부가 침착성을 되찾기도 전에 크레이 중령이 말을 꺼냈다.

"신부님, 정말 놀랍군요. 강론을 이런 식으로 재미있게 하신다면 꼭 들으러 가고 싶네요."

그의 목소리가 약간 달라져 있었다. 말을 마친 그는 의자 깊숙이 몸을 기대어 앉았다.

"아, 양념을 가지고도 강론할 수 있습니다. 한 알의 겨자씨와 같은 믿음과 머리에 기름을 부어 신성하게 해주는 사랑에 대하여 들어보셨습니까? 식초에 관한 이야기는 어떻습니까? 군인이라면 어느 누구도 그 고독한 병사를 잊을 수 없을 겁니다. 그 병사는 날이 저물자……."

브라운 신부는 엄숙한 표정을 지으며 말했다.

그때 크레이 중령이 몸을 앞으로 조금 내밀며 식탁보를 움켜

잡았다.

샐러드를 만들고 있던 브라운 신부는 자기 옆에 있는 커다란 물컵에다 겨자를 두 숟갈 떠 넣었다. 그리고는 벌떡 일어나 지금까지와는 달리 큰 목소리로 말했다.

"이걸 마셔요!"

그와 동시에 정원에 꼼짝 않고 서 있던 박사가 냅다 뛰어와 창문을 열어젖히며 외쳤다.

"제가 도와드릴까요? 독이 이미 온몸에 퍼진 것은 아닙니까?"

"하마터면 그럴 뻔했지요."

브라운 신부의 입가에 희미한 미소가 떠올라 있었다. 구토제가 제대로 효과를 나타냈기 때문이었다. 크레이 중령은 의자에 누워 가쁘게 숨을 몰아쉬고 있었지만 어쨌든지 간에 살아 있었던 것이다.

붉은 얼굴이 더욱 시뻘게져 있던 푸트남 소령이 벌떡 일어나더니 목이 쉬게 소리를 질렀다.

"살인이다! 경찰을 불러오겠습니다!"

신부는 소령이 모자걸이에서 종려잎으로 만든 모자를 잡아내려쓰고 현관 밖으로 허둥지둥 달려나가는 소리를 들었다. 이어서 정원 문이 쾅하고 닫히는 소리도 들려왔다. 하지만 신부는 크레이 중령의 상태를 지켜보며 가만히 서 있을 뿐이었다. 잠시 아무 말 없이 있던 그가 조용히 말했다.

"길게 말씀드리지는 않겠습니다. 그러나 궁금해하시는 것은 말씀드려야겠지요. 당신에게 내려진 저주 따위는 없습니다. 원숭이 신 사원의 일도 우연의 일치였거나 사기였을 것입니다. 사기친 사람은 백인입니다. 가볍게 살짝 스치고도 피가 나게 했던 흉기는 한 가지뿐입니다. 바로 그 백인이 손에 들고 있던 면도칼이지요. 방 안에 눈에 보이지 않는 강력한 독가스를 가득 채웠던 것도 그렇습니다. 그 백인이 가스 마개를 열었던 것이죠. 창 밖으로 던졌을 때 허공에서 방향을 바꾸어 옆방 창문으로 되돌아오는 막대기도 단 한 가지 종류밖에 없습니다. 오스트레일리아 원주민들의 무기인 부메랑이 바로 그것이지요. 소령의 서재에 그런 것들이 있더군요."

브라운 신부는 밖으로 나가서 오면 박사와 잠시 이야기를 나누었다. 조금 뒤 오드리 왓슨 양이 달려오더니 크레이 중령이 누워 있던 의자 옆에 쓰러지듯이 무릎을 꿇고 앉았다. 신부의 귀에 두 사람이 주고받는 이야기가 들리지는 않았으나 둘의 얼굴 표정으로 보아서는 놀라긴 했어도 불행해 보이지는 않았다. 박사와 신부는 정원 문 쪽으로 천천히 걸어갔다.

"소령도 오드리 양을 사랑하고 있었나 봐요."

신부가 한숨을 쉬며 말했다. 박사가 고개를 끄덕이자 이렇게 덧붙였다.

"박사님은 도량이 넓은 분이시더군요. 아주 훌륭한 일을 해주셨습니다. 그런데 어떻게 눈치채셨습니까?"

"사소한 것이었지만 그게 마음에 계속 걸려서 교회에서도 안절부절못하고 있다가 아무 일도 없는지 확인하러 돌아왔던 겁니다. 푸트남 소령의 서재 탁자에 있던 책이 독약에 관한 것이었거든요. 펼쳐져 있는 장을 읽어보니, 어떤 인도산 독약은 독성이 강하고 흔적을 찾기는 어렵지만 흔하게 쓰이는 구토제로도 쉽게 해독시킬 수 있다고 씌어진 구절이 있었습니다. 그가 서재를 나가기 전에 그 구절을 읽었던 것이겠지요."

"그리고 양념병에 구토제를 넣어둔 것을 기억해냈던 겁니다. 맞아요. 그래서 도둑이 들었던 것처럼 속이려고 다른 은그릇들과 함께 그 양념병을 쓰레기통에다 내버렸지요. 제가 쓰레기통에서 모두 다 찾아냈답니다. 제가 식탁에 올려놓은 후추통을 한번 보세요. 작은 구멍이 뚫려 있을 겁니다. 크레이 중령이 쏜 총탄이 후추통을 뚫고 지나가는 바람에 후추가 쏟아졌고 그래서 범인이 재채기를 했던 것입니다."

잠시 침묵이 흘렀다. 이윽고 오먼 박사가 얼굴을 잔뜩 찌푸리며 말했다.

"소령이 경찰을 부른다더니 시간이 많이 걸리네요."

"아니면 경찰이 소령을 찾는 데 시간이 걸리는 것일 수도 있겠지요? 그럼, 안녕히!"

브라운 신부의 옛날 이야기

흰 족제비 털을 가진 늑대들,

왕관을 쓴 까마귀들과 제왕들,

이들이 벌레처럼 무수히 많으나

삼형제는 이들을 제압하리라.

독일 제국의 일부를 이루고 있는 그림같이 아름다운 공국 하일리히발덴슈타인은 장난감처럼 작은 왕국이었는데, 근래에 와서 프러시아의 통치하에 들어가게 되었다. 그로부터 오십 년쯤 뒤인 어느 여름날, 플랑보와 브라운 신부는 그곳의 한 광장에서 그 지방 특산물인 흑맥주를 마시고 있었다. 빈번했던 전쟁과 끔찍했던 학살이 아직도 사람들의 기억 속에서 지워지지 않고 생생하게 남아 있었다. 그러나 왕국을 잠깐이라도 둘러보고 나면 어린아이 같은 순진함이 여전히 나라 곳곳에 배어 있다는 인상을 지울 수가 없었다. 이 동화극같이 아기자기한 왕국은 독일의 군주국들 가운데에서도 가장 매력적이라 할 수 있는 곳이었다. 눈부시도록 화창한 날씨 때문인지, 무수히 늘어선 초소들에서 보초를 서고 있는 독일 병사들은 독일제 장난감 병정들처럼 보였고, 햇살을 받아 금빛으로 반짝거리는 성벽은 금가루를 입힌 생강빵처럼 보였다. 하늘은 포츠담 못지 않게 푸르렀는데 마치 어린아이가 싸구려 청색 물감을 아낌없이 풀어서 칠해놓은 듯 아주 새파란 빛깔이었다. 야윈 회색 줄기를 드러내고 있는 나무들조차 싱싱하게만 보였다. 새파란 하늘을 배경으로 줄기 위에 돋아나 있는 분홍빛의 꽃봉오리들이 어린 아이들 같아 보여서 그랬을 것이다.

평범한 외모에 대체로 실질적인 면을 중시하면서 살아가는 브라운 신부도 낭만적인 기질이 아주 없는 것은 아니었다. 그는 대개의 아이들처럼 자신의 백일몽을 혼자서만 간직하였다. 그는 그토록 상쾌하고 청명한 날에 아름다운 도시의 풍경을 보고 있으려니 마치 동화의 세계 속에 들어온 것 같은 느낌을 받았다. 브라운 신부는 플랑보가 걸을 때마다 항상 손에 들고 다니면서 휘둘러대는 무시무시한 지팡이 칼*을 어린애처럼 좋아했었는데, 지금 그 지팡이 칼은 큼직한 맥주잔 옆에 꼿꼿이 세워져 있었다. 신부는 졸음이 오고 정신이 몽롱한 상태에서 자기가 가지고 다니는 낡아빠진 우산의 뭉툭한 꼭지를 바라보고

---

* 지팡이 속에 칼이 들어 있음.

있다가 문득 아이들 그림책에 나오는 도깨비 방망이를 어렴풋이 떠올렸다. 그리고는 뭔가 재미있는 얘깃거리가 없을까 하고 궁리하기 시작했다. 물론 소설로 쓰려는 것은 아니었다.

"이런 곳에서는 모험다운 모험을 할 수 없을 것 같네. 모험을 하기에 딱 알맞은 배경을 갖추고 있긴 한데, 무서운 진짜 칼이 아니라 종이로 만든 칼로 하는 싸움 정도나 하게 되지 않을까 싶군."

신부가 말을 꺼냈다.

"신부님께서 잘못 생각하고 계시는 겁니다. 여기 사람들은 칼로만 싸우는 게 아닙니다. 칼 없이도 사람을 죽이지요. 그보다 더 지독한 일도 일어나고요."

플랑보가 말했다.

"아니, 그게 무슨 소린가?"

"총을 쏘지 않고 사람을 죽이는 곳은 유럽 전체에서 이곳밖에 없을 거라는 말이지요."

"그럼, 화살을 쏘아서 죽인다는 건가?"

"머리에 총알이 박혀 있었던 사건을 말하는 겁니다. 신부님, 이 나라의 저 군주에 관한 얘기를 모르십니까? 이십 년쯤 된 풀리지 않은 미스터리이지요. 신부님도 기억하고 계시겠지만 이곳은 비스마르크가 국토 통일 정책을 시행하던 초창기에 강제로 합병되었습니다. 하지만 그렇게 간단하게 된 것은 아니었지요. 프러시아 제국은 그로센마르크의 오토 공을 이곳에 보내어 통치권을 주었습니다. 제국에 이득이 되도록 하려는 의도에서였지요. 저기 있는 미술관에서 오토 공의 초상화를 보셨지요? 머리칼이나 눈썹은 한 올도 없고, 독수리처럼 얼굴 전체에 주름살이 잡혀 있지만 잘생긴 노신사였습니다. 그런데 그에게는 여러 가지 골치 아픈 일들이 많았습니다. 그 얘기를 해드리지요. 그는 교묘한 전술로 혁혁한 공훈을 세운 바 있는 군인이었지만, 이 작은 왕국을 다스리는 일이 그다지 수월하지가 않았고, 그 유명한 아른홀트 삼형제와의 게릴라전에서도 여러 차례 패하고 말았지요. 스윈번은 그의 시에서 애국 게릴라 전사들인 아른홀트 삼형제를 이렇게 노래하고 있어요.

> 흰 족제비 털을 가진 늑대들,
> 왕관을 쓴 까마귀들과 제왕들,
> 이들이 벌레처럼 무수히 많으나
> 삼형제는 이들을 제압하리라.

정확하진 않지만 아마 그런 시였던 걸로 기억합니다. 이 삼형제 중 한 사람인 파울이 비열하게 배신하고 오토 공의 시종장 자리에 앉는 조건으로 반란군의 비밀을 모조리 넘겨주지만 않았던들, 이 왕국을 강제 합병하려는 정책은 결코 성공하지 못했을 겁니다. 그런 일이 있은 후에, 스윈번의 시에서 칭송되고 있는 세 영웅들 가운데 진짜 영웅인 루드비히는 도시가 함락될 때 칼을 손에 든 채로 장렬하게 전사했습니다. 막내 하인리히는 두 형들에 비해 겁이 많고 마음이 약한 편이어서, 배신자가 되지는 않았어도 은둔자처럼 세상으로부터 몸을 숨겼습니다. 퀘이커교와 비슷한 기독교의 정적주의*로 개종한 후에는 가진 것을 가난한 이들과 나눌 때를 제외하고는 사람들과의 교제를 일체 끊고 지냈죠. 소문으로 들은 건데 얼마 전까지만 해도 이 부근에서 그의 모습이 간간이 눈에 띄었다고 하더군요. 거의 장님이 다 되어가지고 백발의 머리는 엉망으로 헝클어진 채 검은 망토를 입고 다니는데, 얼굴 표정만큼은 놀라울 정도로 평화로워 보였다고 합니다."

"나도 알고 있네. 한 번 만난 적이 있거든."

플랑보가 조금 놀라면서 신부의 얼굴을 바라보았다.

"신부님께서 이곳에 다녀간 적이 있으신 줄은 몰랐습니다. 그럼 그 삼형제에 대해서 신부님도 저만큼 알고 계시겠군요.

---

*Quietism. 17세기 후반의 종교적 신비주의.

어쨌든, 아른홀트 형제의 이야기는 제가 아는 선에서는 다 했습니다. 세 형제 중에서 하인리히만이 살아남았죠. 또, 그는 그 반란극에 참가한 모든 등장인물 중 유일한 생존자이기도 했습니다."

"오토 공도 역시 죽었단 말인가?"

"죽었죠. 그건 확실하게 말할 수 있습니다. 오토 공은 말년에 이르러 독재자들이 흔히 그렇듯 신경쇠약 증세를 보이기 시작했습니다. 성 주위에 주야로 배치시키는 정규 경비병의 수를 몇 배로 늘려가더니 결국에는 경비 초소의 수가 도시 전체의 가옥보다 더 많을 정도가 되었지요. 그리고 조금이라도 수상쩍어 보이는 사람들은 무자비하게 총살시켰습니다. 그는 수없이 많은 방들로 이루어진 거대한 미궁의 중앙에 있는 작은 방에만 틀어박힌 채 살았다고 하더군요. 그 방 안에 금고나 전함처럼 강철을 댄 또 하나의 방 같은 것을 만들어놓고 그 밑바닥에 자신의 몸만 겨우 들어갈 크기의 구멍을 뚫어놓았다는 이야기도 있습니다. 말하자면 무덤을 무서워하다 자진해서 무덤이나 다름없는 곳으로 들어간 셈이지요. 그는 이 정도에서 그치지 않았어요. 반란군이 진압된 이후 주민들은 무기를 소지하지 못하게 되어 있었는데, 오토 공은 어떤 정부에서도 비슷한 예를 찾아볼 수 없을 만큼 말 그대로 완전한 무장해제를 지시했습니다. 그 무장해제령은 잘 조직된 관리들에 의해서 이 손바닥만한 지역 전체에 걸쳐 철저하고 엄격하게 실행되었고요. 그리하여, 오토 공은 인간의 힘과 과학으로 확인할 수 있는 한 그 누구도 하일리히발덴슈타인으로 장난감 총 한 자루도 가지고 들어오지 못할 것이라는 확신을 갖게 되었지요."

"인간의 과학이란 그렇게 확신을 줄 만한 건 못 될 텐데."

브라운 신부가 머리 위의 나뭇가지에 달린 불그스름한 꽃봉오리들을 바라보면서 말했다.

"사물을 정의하는 말과 그 안에 함축적으로 내포된 의미 사이에는 차이가 있기 마련이네. 무기라고 하면 뭘 지칭하지? 흔해빠진 살림도구로 얻어맞고 죽는 사람도 있는데 말이야. 찻주전자는 물론이고 보온병으로도 아마 가능할걸. 반면, 고대 브리튼 족에게 연발 권총을 들이댄다 한들 그것이 무기인 줄 알리가 없겠지. 물론 한 방 쏘아 보이면 이야기가 달라지겠지만. 누군가가 전혀 무기같이 보이지 않는 무기를 가지고 들어왔을지도 몰라. 골무처럼 보이는 것일 수도 있겠지. 그런데 그 총알은 특이한 것이었나?"

"그건 모르겠습니다. 전 단편적인 것들밖에는 모르거든요. 그것도 옛친구인 그림에게 들어서 알고 있는 것들이지요. 그림은 독일 경찰국에서 일한 아주 유능한 탐정이었는데, 저를 잡으려고 했었지요. 나중엔 제가 그를 잡아버렸지만요. 그때 제게 재미있는 이야기들을 많이 들려줬습니다. 그는 여기서 오토 공에 대한 조사를 담당하고 있었거든요. 그런데 총알에 대해서 물어본다는 걸 잊어버렸지 뭡니까. 그림의 이야기에 따르면 사건의 경위는 이렇습니다."

플랑보는 말을 멈추고 많은 양의 흑맥주를 단숨에 들이킨 다음 다시 이야기를 계속했다.

"사건이 일어났던 날 밤 오토 공은 그가 꼭 만나보고 싶어했었던 몇 명의 방문객들을 맞이하기 위해 그가 늘 지내던 방에서 나와 다른 방으로 가기로 되어 있었습니다. 그 방문객들은 예로부터 금이 나온다고들 했던 이 근처 바위산을 조사하기 위해 파견된 지질학자들이었죠. 금에 대한 그 소문 덕에 이 작은 공국이 오랫동안 높은 수준의 신용도를 유지해왔고, 강대국의 군대로부터 끊임없는 공격을 받으면서도 이웃 나라들과 계속 교섭할 수 있었다고 하더군요. 그런데 아무리 자세하게 조사를 해도 금은 발견되지 않았습니다. 지금까지도 마찬가지고요."

"장난감 총마저 찾아낸다는 이들이 조사했는데도 말이지. 그런데 배신자 파울은 뭐하고 있었지? 그가 오토 공에게 말해줄 게 없었을까?"

브라운 신부가 피식 웃으며 말했다.

"그는 아무것도 모른다고 주장했어요. 그것만은 자기 형제들이 얘기해주지 않았다면서 말이지요. 위대한 영웅 루드비히가 죽어갈 때 남겼다는 말을 들어보면 파울이 알면서도 모른다고 잡아뗐던 것은 아닌 듯합니다. 루드비히는 숨을 거두기 직전에 파울을 가리키면서 하인리히에게 '저 녀석에게 말해준 것은 아니겠지?' 라고 물었다네요. 그것이 그의 마지막 말이었지요. 아무튼 파리와 베를린에서 온 저명한 지질학자들과 광물학자들은 자기네들 명성에 걸맞게 번쩍거리는 차림새를 하고 이 궁전에 찾아왔습니다. 왕립학회의 연회에 가본 적이 있는 사람이라면 과학자들만큼 훈장 차는 것을 좋아하는 사람들도 없다는 사실을 알 겁니다. 모임은 아주 성대히 치러졌고, 늦은 시간까지 진행되었죠. 신부님, 시종장의 초상화도 보았을 테니 기억하고 있으시겠죠. 검은 눈썹에 진지한 눈매, 의미 없는 미소를 짓고 있는 그 얼굴을 말입니다. 그 시종장은 한참 후에야 초대된 사람들은 모두 다 있는데도 정작 오토 공의 모습이 보이지 않는다는 것을 알았습니다. 그는 바깥쪽에 있는 모든 방들을 이 잡듯이 뒤지며 찾아보았죠. 그러다가 문득 오토 공이 발작적으로 두려움에 사로잡히곤 했다는 사실을 기억해내고는 가장 안쪽에 있는 방으로 황급히 달려갔습니다. 그러나 그 방도 역시 텅 비어 있었어요. 그는 그 방의 한가운데에 있는 강철로 둘러싼

방의 문을 힘들여 열어보았지만 거기도 마찬가지로 비어 있었지요. 그는 밑바닥에 있는 구멍 안까지 들여다보았습니다. 나중에 시종장이 말한 바에 의하면 그 안이 너무도 깊어서 진짜 무덤 같아 보였다고 하더군요. 아무튼 그가 그러고 있었을 때 바깥쪽에 있는 방들과 복도들로부터 울부짖는 소리에 이어 웅성거리는 듯한 소리가 들려왔습니다.

처음엔 멀리 성 바깥에서 군중들이 모여 떠들어대는 소리가 그곳까지 울려 퍼져온 것 같았는데, 그 소리가 점점 가까워지면서 더욱 또렷하게 들려왔습니다. 그러나 여러 소리들이 서로 겹쳐 무슨 말인지 분명하게 알아들을 수 없었습니다. 마침내 어떤 말소리가 아주 뚜렷하게 들려오더니 다음 순간 한 남자가 시종장이 있던 방 안으로 뛰어들어와 아주 짤막하게 소식을 전해주었지요.

그로센마르크와 하일리히발덴슈타인의 오토 공이 성 바깥의 음침한 숲에서 쓰러져 있는 채로 발견되었다는 거였습니다. 두 팔은 쭉 뻗어 있고 얼굴은 하늘에 뜬 달을 향하고 있었다고 합니다. 엉망으로 부서진 관자놀이와 턱에서 피가 계속 흘러내리고 있었는데, 그 부분만 마치 살아 있는 물체처럼 움직이는 듯했다더군요. 그는 손님들을 맞으려고 흰색과 황색으로 된 제복을 입고 있었습니다. 그런데 견대(肩帶)가 잔뜩 구겨진 채 그의 옆구리 쪽에 놓여 있었다고 하더군요. 이미 숨은 끊어져 있었기 때문에 어떻게 해볼 도리가 없었지요. 어찌 됐든 간에 항상 가장 깊숙한 방에서만 숨어 지내던 그가 왜 아무런 무기도 지니지 않은 채로 혼자서 그런 숲에 나가 있었는지가 수수께끼였지요."

"시체를 발견한 사람은 누구였나?"

브라운 신부가 물었다.

"헤드비히 폰 뭐라던데, 아무튼 궁정에서 일하는 어떤 처녀였어요. 들꽃을 따느라고 숲에 있었다던데요."

"꽃을 따긴 땄다던가?"

신부가 머리 위에 베일처럼 덮여 있는 나뭇가지들을 멍하니 바라보며 물었다.

"네. 시종장이었든가 그림이었든가 아무튼 누군가가 말해주었던 게 분명히 기억나네요. 웬 여자의 비명 소리가 나서 사람들이 그쪽으로 달려가보았더니, 그 처녀가 봄꽃을 손에 들고 피투성이인 시체를 들여다보고 있었다지요. 참으로 끔찍했대요. 어쨌든 문제는 어떻게 손을 써보기도 전에 오토 공이 죽어버렸다는 것이었습니다. 그 소식을 궁정에 전달해야 했음은 물론이고요. 그 소식으로 인해 궁정 안의 사람들이 받은 충격은 너무나 엄청난 것이었습니다. 프러시아의 고위급 인사들은 말할 것도 없고 외국서 온 손님들, 특히 채광 전문가들은 극심한 의혹과 흥분에 휩싸였지요. 그리고 금을 찾아내는 일이 사람들이 생각했던 것보다 훨씬 거창하게 진행될 예정이었다는 것이 곧 밝혀졌습니다. 전문가들과 고위급 관리들에게 막대한 상금과 국제적 특전이 약속되어 있었다고 합니다. 이런 소문까지 돌았어요. 오토 공이 비밀의 방을 만들고 막강한 군대를 동원해 방호하게 했던 것은 민중이 두려워서가 아니라 개인적으로 조사할 것이 있어서……."

"아, 꽃은 줄기가 길었다고 하던가?"

플랑보가 눈을 둥그렇게 뜨고 신부를 쳐다보았다.

"신부님은 정말 희한한 분이시군요! 그림이 강조해서 말했던 게 바로 그 점이었어요. 그 사람 말이, 이 사건에서 가장 흉하게 보였던 것은 피도 총알도 아니고 너무 짧은 줄기였다는 겁니다."

"물론 그랬겠지. 다 큰 처녀가 꽃을 딸 때는 줄기를 충분히 길게 두고 따는 법이네. 만약 어린애들처럼 꽃 부분만 잡아서 뜯어냈다면……."

신부가 하던 말을 멈추고 잠시 망설였다.

"그랬다면요?"

"그랬다면 몹시 초조한 상태에서 정신없이 뜯어냈던 것이라고 볼 수도 있겠지. 그러니까, 사건 현장에 계속 있었으면서 나중에 거기에 온 것처럼 꾸몄을 수도 있다는 거야."

"신부님께서 무슨 생각을 하고 계시는 알겠어요."

플랑보가 침울한 표정을 지으면서 말했다.

"하지만 그런 것말고 수상쩍은 점이 또 있다고 해도, 한 가지 사실 앞에서는 다른 근거들이 아무런 소용이 없을 겁니다. 그 처녀는 일절 어떤 무기도 갖고 있지 않았습니다. 신부님께서 아까 말씀하셨듯이 다른 것들, 이를테면 견장 같은 것으로 죽일 수도 있었겠지요. 하지만 오토 공은 총에 맞아서 죽었습니다. 그러니 그가 어떻게 살해되었는지가 아니라 어떻게 총에 맞았는지가 의문점이지요. 아직은 아무도 풀어내지 못했습니다. 처녀는 철저하게 몸수색을 당했지요. 그 사악하고 늙은 시종장 파울 아른홀트의 조카딸이자 피보호자이긴 해도 혐의를 받고 있었으니 어쩔 수 없었죠. 그녀는 기질이 다분히 낭만적인 사람이었기 때문에 집안에 전해 내려오는 혁명가적 열정에 공감하고 있는 것은 아닐까 하는 의심도 받았습니다. 하지만 아무리 낭만적인 기질을 가졌다고 해도 총도 없이 커다란 총알을 상대의 턱이나 머릿속에 박아넣을 수는 없지 않겠습니까? 총알은 두 개가 발사되었는데 총은 없다, 신부님, 신부님께서 이 문제를 한번 풀어보시겠습니까?"

"총알이 두 개라는 것은 어떻게 알았지?"

"머리에 한 개의 총알이 박혀 있었고, 견대에 또 한 개의 총알이 뚫고 간 구멍이 있었으니까요."

브라운 신부가 별안간 이맛살을 찌푸리며 물었다.

"그 총알을 찾았다고 하던가?"

플랑보가 약간 놀라는 기색을 보였다.

"그건 기억이 안 나는데요."

"가만! 가만! 가만!"

브라운 신부가 정신을 집중하려는 것인지 이맛살을 더욱 찌푸리며 외쳤다. 그리고는 이렇게 덧붙여 말했다.

"기분 나쁘게 여기지는 말게. 잠깐 생각할 시간이 필요해서 그러니까."

"알겠습니다."

플랑보는 웃으며 대답하고 남은 맥주를 마저 마셨다. 가벼운 산들바람이 새싹이 터오르기 시작한 나무들을 살랑살랑 흔들고, 하얀 조각구름들을 하늘 높이 밀어 올리고 있었다. 그래서인지 하늘이 더욱 푸르러 보였고 하늘 아래 모든 풍경들에 운치가 더해진 듯했다. 구름들은 하늘나라에 있는 아기방 창문으로 날아가는 아기 천사들이었는지도 모른다. 성에서 가장 오래된 드래곤 타워는 맥주잔처럼 기괴하게 서 있었지만 친근하게 느껴졌다. 다만 탑 너머로 오토 공이 피살된 채 쓰러져 있었던 숲이 가물거리고 있었다.

"그 헤드비히라는 처녀는 결국 어떻게 되었나?"

신부가 한참만에 입을 열었다.

"슈바르츠 장군과 결혼했어요. 그 장군의 다소 낭만적이라고 할 수 있는 경력에 대해서는 신부님께서도 들은 바 있으시겠지요? 자도바와 그라블로트에서 수훈을 세우기 전부터 이미 두각을 나타냈던 사람이지요. 사실, 그야말로 일개 사병에서 장군으로 출세한 것인데 이곳이 아무리 독일에서 가장 작은 공국이라고 해도 그런 경우는 정말 보기 드물지요."

브라운 신부가 갑자기 몸을 똑바로 하고 앉았다.

"사병에서부터라고!"

신부는 휘파람이라도 불 것처럼 입술을 비죽 내밀었다.

"허, 그거 참 이상한 이야기로군! 사람을 죽이는 방법도 얼마나 희한한지! 하지만 다른 방법이 없었을 것 같기도 해. 그래도 미워하는 마음이 그렇게 지속……."

"무슨 말씀이신지…… 오토 공을 어떻게 죽였다는 거죠?"

플랑보가 물었다.

"견대로 죽였네."

브라운 신부가 조심스럽게 말했다. 플랑보가 그럴 리가 있겠느냐고 이의를 제기하자 다시 덧붙여 말했다.

"알고 있네, 알고 있어. 총알에 대한 건 알고 있다니까. 견대 때문에 죽었다고 해야 좀더 정확한 표현이겠군. 물론 병 때문에 죽었다는 말처럼 자연스럽게 들리지는 않겠지."

"신부님 머릿속에 무슨 생각이 떠오르신 것 같시만 오토 공의 머릿속에 박혀 있던 총알은 어떻게 설명하실 건가요? 아까도 말했듯이 목이 졸려 죽었을 수도 있습니다. 하지만 총에 맞았다고요. 누가, 무엇으로 쐈을까요?"

"자신이 명령을 내렸던 거야."

"자살했다는 말인가요?"

"자의로 총에 맞아 죽었다는 뜻은 아니네. 자신이 내린 명령에 의해서 그렇게 되었다는 것일세."

"대체 신부님께서 세운 가설은 뭔가요?"

브라운 신부가 소리내어 웃었다.

"난 지금 휴가 여행중이라구. 가설 같은 것은 안 세웠네. 다만 여기 있으니까 재미있는 동화들이 생각나는군. 괜찮다면 내 이야기나 들어보게."

생강빵처럼 생긴 작은 탑 위에 솜사탕 같은 조각구름이 걸려 있었고, 갓난아기의 손가락 같은 분홍빛 꽃봉오리들이 달려 있는 나뭇가지가 그 조각구름까지 가 닿을 듯이 높다랗게 뻗어 있었다. 파랗던 하늘이 밝은 보랏빛으로 물들기 시작할 때쯤 브라운 신부가 이야기를 시작했다.

"어느 음산한 밤이었어. 비가 오고 난 후였는데, 아직도 빗방울이 뚝뚝 떨어지고 있던 나뭇가지에 벌써 이슬이 맺히기 시작하고 있었지. 그로센마르크의 오토 공은 성의 옆문으로 살며시 빠져나와 부리나케 숲속으로 걸어들어갔네. 셀 수 없이 많은 경비병들 중 하나가 그에게 경례를 했지만 그는 미처 알아보지 못했어. 누가 자신을 알아보는 것도 원하지 않았겠지. 비에 젖어 잿빛으로 흐려진 커다란 숲속에 들어서자 마치 늪에 빠져든 것처럼 자신의 모습이 보이지 않으리란 생각에 안심이 되었어. 일부러 성 주변에서 가장 인적이 드문 길을 택하여 나온 것인데, 생각했던 것보다 오가는 사람들이 많았거든. 참견하기 좋아하는 이 나라 관료들이나 외교관들이 뒤쫓아올 염려는 없었어. 그 자신도 충동에 이끌려 갑작스레 뛰쳐나온 거였으니까. 성에 내버려두고 온 예복 차림의 외교관들은 하나같이 시시한 사람들뿐이라서, 그들 없이도 자기 혼자서 해낼 수 있으리라는 생각했던 거라네.

오토 공의 대단한 열정은 죽음에 대한 공포라는 비교적 숭고한 동기에서가 아니라 황금에 대한 지나친 집착에서 비롯된 것이었어. 그는 황금에 관한 전설 때문에 그로센마르크를 떠나

304

하일리히발덴슈타인을 침공했던 거야. 황금을 차지하고 싶은 욕심에서, 오직 그 한 가지 이유 때문에, 삼형제 중 한 사람을 매수해 배신하도록 만들고, 이 나라의 영웅을 잔인하게 살해했던 것이지. 배신자인 시종장을 오랫동안 심문해온 것도 마찬가지 이유에서였어. 결국은 아무것도 모른다고 발뺌하는 배신자의 말이 진실이라는 것을 확인하게 되었지. 그래서 그는 마음은 안 내켰지만 조사비를 쓰고 또 현상금까지 걸어두었네. 어떻게든 황금을 찾아내기만 한다면 더 큰돈이 굴러들어오게 될 테니까 말야. 그날 밤 마치 도둑놈처럼 몰래 성에서 빠져나온 것도 바로 황금 때문이었지. 그토록 집착해온 황금을 차지할 수 있는 또 다른 방법을 생각해냈던 것일세. 그것도 많은 돈을 들이지 않아도 되는 방법을 말이지.

오토 공은 꾸불꾸불한 산길을 따라 걸어올라갔어. 그 길이 끝나는 지점에 도시를 굽어보고 있는 산등성이가 있었고 그 산등성이를 따라 기둥처럼 우뚝 솟아 있는 바위들 사이에 은둔자가 거처하는 곳이 있었지. 그곳은 가시나무로 울타리를 둘러친 동굴이었는데, 위대했던 삼형제 중 막내가 바로 그곳에서 오랫동안 세상을 등지고 몸을 숨겨 살아가고 있었던 것일세. 오토 공은 그 사람이라면 황금이 있는 곳을 알려줄 것이라고 생각했어. 거부할 까닭도 없을 것이라고 여겼던 거지. 사실, 그 은둔자는 황금이 어디에 있는지 오래 전부터 알고 있었지만 한 번도 그것을 찾으려 한 적은 없었어. 은둔생활을 하면서 재물과 쾌락을 멀리하기 전부터도 워낙에 황금 같은 것을 찾아다닐 사람이 아니었으니까. 오토 공은 과거엔 서로 적이었지만 지금은 은둔자가 아무도 적으로 삼지 않는다는 신조가 있다는 걸 알고 있었네. 아마 그런 것에 호소를 하면 그 사람으로부터 황금의 비밀을 캐낼 수 있으리라 생각했겠지. 비록 수많은 군사들을 동원해 물샐틈없는 경계망을 쳐놓고 있긴 했지만, 오토 공은 겁쟁이가 아니었네. 두려움보다는 탐욕이 그의 마음속에 더 강하게 도사리고 있었어. 뭐, 두려워할 게 있었던 것도 아니었지. 이 나라 어디에도 공용(公用) 이외의 무기는 없을 거라고 확신하고 있었으니까. 더구나 몇 년 동안이나 두 시골 늙은이들을 하인으로 두고 산 속에서 나물만 뜯어먹으면서 사는 자가 무기 같은 것을 가지고 있을 리 없다는 것은 백 배쯤 더 확신할 수 있었지. 오토 공은 얼굴에 오싹한 미소를 띤 채 자기 발 아래로 등불이 환하게 밝혀져 있는 장방형의 미궁을 내려다보았네. 눈길이 닿는 곳마다 자기 편이 되어줄 병사들이 소총을 들고 경계를 하고 있지만, 적에게는 화약 한 줌도 없을 것이라는 생각을 하면서 말야. 산에서 아주 가까운 곳에 경비대가 배치되어 있어서 그가 소리를 지르면 병사들이 산 위로 뛰어올라올 것이고, 숲이며 산등성이에도 당연히 순찰대가 돌고 있었어. 강 건너 멀리 희미하게 보이는 숲에도 소총 부대가 깔려 있어 적들에겐 도시로 통하는 어떤 우회로도 허용이 되지 않았지. 성에서 동쪽 문, 서쪽 문, 남쪽 문, 북쪽 문과 각 문을 연결하는 네 개의 면 전체에 보초병이 뺑 둘러서서 지키고 있었어. 그 정도니, 그는 염려할 필요가 없었지.

산등성이로 올라와 지난날의 적이 살고 있는 처소가 얼마나 무방비 상태인지 보게 되었을 때 그것은 더욱 분명해졌네. 그가 발 딛고 있었던 곳은 삼면이 깎아지를 듯한 험한 바위산 꼭 대기의 평평한 암반이었는데, 그 앞에 푸른 가시나무로 뒤덮여 있는 검은 동굴이 있었네. 동굴 입구가 너무 낮아서 사람이 그 안으로 들어갈 수 있을까 의심스러울 지경이었지. 동굴의 양옆으로 깎아지른 듯한 낭떠러지가 있었고, 그 아래로 안개에 싸인 계곡이 끝없이 펼쳐져 있었어. 그가 서 있던 곳 근처에 낡은 성서대가 아니 독서대라 해야 하나, 아무튼 그런 게 세워져 있었고, 그 위에 몹시 무거워 보이는 독일어 성경책이 놓여 있었네. 청동으로 만든 것인지 구리로 만든 것인지는 모르겠지만 그 성서대는 꽤 지대가 높은 그곳에서 비바람의 침식을 받아서 인지 푸르스름하게 녹이 슬어 있었어. 그것을 본 오토 공은 생각했지. '만약 저들에게 무기가 있다고 하더라도 지금쯤은 녹이 슬어버렸을 거야' 라고. 산꼭대기 너머의 하늘에 떠 있던 달이 조용한 새벽의 분위기를 자아내고 비는 완전히 그쳐 있었지.

그런데 성서대 뒤로 계곡을 가로질러 보이는 곳에 어떤 늙어빠진 노인이 서 있었네. 그 노인이 입고 있는 검은색의 긴 옷은 주위의 절벽처럼 빳빳하게 수직으로 드리워져 있었는데 하얀 머리칼과 가냘픈 목소리는 바람결에 묻혀 함께 떠돌고 있는 것만 같았어. 노인은 종교적인 의식의 하나로 성경 구절을 낭독하고 있었네. 이렇게 시작하는 구절이었지. '그들은 그들의 군마를 믿고……'

'선생.'

하일리히발덴슈타인의 공이 그답지 않게 지극히 공손한 어조로 말을 건넸네.

'잠깐 선생과 이야기를 나누고 싶소이다.'

'……그들의 전차를 믿으나, 우리는 우리 주 하느님의 이름을 믿나니……'

노인은 힘없는 목소리로 계속 읽어나갔지. 그의 마지막 말은 거의 들리지 않았네. 그는 아주 경건한 태도로 성경책을 덮고는 앞을 보지 못하는 것처럼 손으로 더듬어 성서대를 잡았지. 그러자 노인의 두 하인이 입구가 낮은 동굴 속에서 곧바로 뛰어나와 그를 부축해주는 것이었네. 두 하인 모두 노인이 입고 있는 것과 비슷한 빛 바랜 검은 옷을 입고 있었지만 머리칼은 백발이 아니었어. 둘 다 크로아티아 혹은 마자르 출신의 농부들이었는데, 인상이 무척이나 투박스러워 보였고 눈을 계속 깜박거리고 있었어. 이 두 사람을 본 오토 공의 마음이 처음으로 불안해졌지만 그의 용기와 외교적인 감각은 흔들림이 없었네.

오토 공이 노인에게 말했지.

'선생의 형님께서 그 끔찍했던 포격전에서 전사하신 이후로는 한 번도 뵙지 못한 것 같군요.'

노인이 골짜기 저편을 바라보면서 말했어.

'우리 형제들은 모두 죽었소.'

다음 순간에 그는 축 늘어진 쇠약한 몸과 고드름처럼 눈썹 위로 흘러내린 하얀 머리칼을 오토 공 쪽으로 돌리고는 이렇게 덧붙여 말했지.

'보다시피, 나 또한 죽은 몸이오.'

오토 공은 자신의 감정을 억제하면서 노인을 달래려고 이렇게 말했네.

'지나간 전투의 기억으로 선생을 괴롭히려고 이곳에 온 것은 아니라는 것을 이해해주시오. 그 일에 대해 누가 옳고 그른지를 따지고 싶지는 않소. 다만, 최소한 한 가지 점에서만큼은 내가 틀리게 생각하지 않았다는 것을 꼭 말씀드리고 싶군요. 당신이 언제나 옳았다는 것 말입니다. 선생의 집안에 대해 어떠한 말이 세상에 떠돌든 황금에 마음이 동하여 행동한 것이라고 생각할 사람은 아무도 없을 것이오. 선생 자신이 그런 의혹을 말끔히 없애시고……'

검정색의 낡고 긴 옷을 입고 있는 노인은 얼굴에 지혜의 빛을 띠고 촉촉하게 젖은 푸른 눈으로 오토 공을 빤히 바라보고 있었네. 하지만 '황금'이라는 말이 나오자 은자는 무언가를 잡으려는 듯이 손을 내뻗으면서 얼굴을 산 쪽으로 돌려버리며 말했지.

'저자가 황금이라는 말을 했다. 율법에 어긋나는 말을 했어. 어서 입을 다물게 하라.'

오토 공은 전형적인 프러시아 사람답게 성공은 단순한 요행으로 얻어지는 것이 아니라 타고난 자질과 수완으로 쟁취하는 것이라고 생각하는 사고방식을 가지고 있었네. 자신을 비롯해 자신과 비슷한 부류의 사람들이 다른 사람들을 끊임없이 정복하는 것을 당연하게 여기고 있었던 것이지. 그러니 놀라움이라는 감정에 익숙지 않았을 뿐만 아니라, 다음 순간에 자신에게 일어난 일에 대해서도 전혀 방비가 안 된 상태였네. 그는 깜짝 놀라서 몸이 뻣뻣하게 굳어버렸어. 그가 은둔자의 말에 대답하려고 입을 연 바로 그 순간, 느닷없이 질기면서도 부드러운 재갈이 입에 물려지고 지혈대 같은 것이 머리에 칭칭 감겨졌기 때문이었지. 자신의 입에 재갈을 물린 것은 헝가리 출신의 두 하인이며 그 재갈은 자신의 견대라는 것을 깨달은 것은 사십 초쯤 지난 다음이었어.

노인은 다시 청동으로 만든 무거운 성서대 앞으로 힘없이 몸을 옮겼네. 그리고는 천천히 성경책의 책장을 넘기며 무언가를 찾는 것이었어. 그의 태도는 왠지 보는 이로 하여금 소름끼치게 만들었지. 마침내 야고보서를 찾아냈을 때 그는 소리내어 읽기 시작했어.

'혀는 작은 지체로되……'

노인의 이상한 음성에 섬뜩해진 오토 공은 황급히 몸을 돌려 그가 올라왔던 산길을 정신없이 달려 내려갔네. 궁전을 향해서 절반쯤 줄달음쳐 간 후에 목과 턱에 졸라맨 견대를 벗겨내려고 했지. 하지만 아무리 애를 써도 벗겨지지가 않았어. 재갈을 묶은 하인들은 머리 뒤에 매듭을 어떻게 지으면 풀기 어려운지 알고 있었던 것일세. 그의 두 다리나 두 팔은 묶여 있지 않았기 때문에 영양처럼 뛰어다닐 수도 있었고, 손짓을 해서 신호를 보낼 수도 있었지만 말은 할 수가 없었지. 벙어리 귀신이라도 들린 듯 말일세.

성을 에워싸고 있는 숲 근처에까지 왔을 때 비로소 그는 말을 하지 못하게 된 것이 무엇을 의미하는지 또 왜 그들이 자기를 그렇게 만들어놓았는지를 깨달았네. 그는 다시 한번 등불이 환히 밝혀진 장방형의 미궁을 내려다보았어. 허나, 이번에는 얼굴에서 미소가 사라지고 없었네. 올라오면서 내려다볼 때 느꼈던 기분을 아이러니하게 두려운 마음으로 되새겨보고 있었던 것이니까. 눈길이 닿는 곳 어디에나 자기 군대가 보초를 서고 있었지만 그가 보초병의 눈에 띄게 되어 누구냐는 물음에 대답을 못하면 당장에 사살될 것이 뻔했지. 경비병들이 숲이며 산등성이에 정기적으로 순찰을 돌고 있었으니 아침까지 숲속에 숨어 있을 수도 없는 노릇이었고. 적이 숨어들어올 만한 우회로를 막기 위해서 멀리에까지 소총부대가 배치되어 있었다고 했지? 그러니 아무리 멀리 돌더라도 성 안으로 들어갈 수가 없는 처지였네. 소리를 지를 수만 있다면 자기의 병사들이 산 위로 달려와 도와주겠지만, 아무 소리도 낼 수가 없었던 것이지.

달이 은빛을 더해가며 하늘 높이 떠올라 있었고, 하늘은 성 주변에 늘어선 거뭇거뭇한 소나무들 사이로 검푸른 밤의 빛깔을 선명하게 발산하고 있었네. 오토 공이 전엔 한 번도 눈여겨본 적이 없는 커다란 깃털처럼 생긴 꽃들이 달빛을 받아 밝게 빛나 보이기도 하고 또 바래어 보이기도 하며 피어나 있었지. 나무 뿌리 둘레를 휘감아 돌듯이 무리 지어 피어 있는 꽃들의 모습이란 이루 형언할 수 없을 만큼 환상적이었어. 그런데 부자연스러운 속박상태에서 벗어나지 못하고 있던 오토 공에게 온전한 정신이 붙어 있을 리는 없었겠지? 하여튼 그 숲속에 서 있으면서 그는 무언가 이상한 것을 생각해내었네. 그것은 독일의 동화였지. 그는 반쯤 정신이 나간 상태에서 자기가 지금 다가가고 있는 곳은 귀신의 성이라고 상상했어. 자기 자신이 귀신인 건 깜빡 잊고 말야. 그리고 어렸을 적에 엄마에게 뒤뜰에 곰이 살고 있느냐고 물어보았던 것도 문득 떠올랐다네. 그는 그 꽃이 악귀를 물리쳐줄 부적이라도 되는 듯이 꽃을 따려고 걸음을 멈추었어. 한데, 꽃의 줄기가 뜻밖에 아주 질겼는지 따낼 때 뚝 하는 소리가 났어. 꺾은 꽃을 조심스레 견대에다 꽂아두려던 순간에 '거기 누구냐?' 하고 외치는 소리가 들려왔네. 그제야 그는 견대가 있어야 할 자리에 있지 않다는 것을 기억해냈지.

그는 소리를 지르려고 애를 썼지만 아무 소리도 낼 수가 없었어. 다시 누구냐는 소리가 들려왔고, 잠시 후에 총알이 공기를 가르는 쇳소리를 내면서 날아왔어. 곧이어 그 총알은 목표물을 맞추었고, 주위에 갑작스럽게 정적이 감돌았지. 그로센마르크의 오토 공이 동화 나라의 숲속에 평화로이 누워 있게 된 것일세. 더 이상은 황금이나 강철 같은 것으로 못된 짓을 하지 못하게 된 것이지. 은색 색연필로 그려놓은 듯한 달만이 죽은 자가 입고 있던 제복의 화려한 장식과 이마에 새겨진 주름살을 비추어주었네. 주여, 그의 영혼에 자비를 내리소서.

경비대의 엄한 규정대로 총을 쏘았던 보초는 자신이 쏜 것이 무엇인지 확인하기 위해 달려가보았네. 그 보초는 슈바르츠라는 이름의 병사로 이 사건 이후에 군인으로서 이름을 날린 사람이지. 그가 발견한 것은 제복을 입은 대머리의 사나이였어. 견대로 마치 복면처럼 얼굴을 싸매고 있어서 감기지 않은 두 눈만이 달빛을 받아 섬뜩하게 반짝거리고 있었어. 총알은 재갈을 뚫고 들어가 입에 명중했지. 견대에도 총알 구멍이 나 있는데 머리에 박힌 총알 외에 또 하나의 총알이 왜 안 보였는지 이제 풀렸지? 젊은 슈바르츠는 아마 그 이상한 비단 띠를 풀어내어 풀밭에 내던졌을 거야. 그리하여 자기가 죽인 사람이 누군지 알았겠지.

그 다음에 무슨 일이 있었는지는 모르겠네. 어쨌든 나는 그 작은 숲에 한 편의 동화가 있었다는 것만은 믿고 싶네. 비록 끔찍스러운 사고가 일어나긴 했지만. 그 헤드비히라는 젊은 처녀 말인데, 그녀가 구해준 병사를 전부터 알고 있었고 결국 결혼까지 하게 된 것인지 아니면 우연히 숲에 나왔다가 그 사건을 목격하게 되고 그날 밤 이후로 두 사람의 교제가 시작되었던 것인지는 영원히 알 수가 없을 것 같네. 그러나 나중에 영웅이 된 병사와 결혼할 자격이 있는 여장부였음은 틀림없으리라고 보네. 대담하고도 현명한 일을 해냈으니까 . 그녀는 그 보초병을 설득하여 초소로 돌아가게 했어. 그렇게 하면 아무도 그와 그 끔찍한 사건을 연결해서 생각하지 않을 테니까. 사실 그는 소리치면 들릴 만한 거리 내에 배치된 충성스럽고 모범적인 오십 명의 보초병들 가운데 한 명이었을 뿐이지. 그녀 혼자 시체 옆에 남아서 얼마쯤 있다가 비명을 질렀어. 물론 그녀도 그 사건과 관련될 염려는 없었지. 총을 지니고 있지도 않았고 또 지니고 있을 수도 없었으니까 말야…… 그 두 사람이 행복하게 지내길 바라네."

브라운 신부가 활짝 웃으며 자리에서 일어났다.

"이제 어디로 가실 건가요?"

플랑보가 물었다.

"자기 형제를 배신했던 그 시종장의 초상화를 다시 한번 보러 갈 생각이네. 배신을 두 번 하면 배신의 정도가 가벼워지기라도 하는 건지 궁금하거든."

브라운 신부는 백발에 검은 눈썹을 가진, 그리고 경고하는 빛을 띤 검은 눈동자와는 어울리지 않게 입가에 핑크 빛 미소를 띠고 있는 사내의 초상화 앞에 서서 오랫동안 생각에 잠겨 있었다.

펜드라곤 가문의 몰락

"난 아무것도 믿지 않습니다. 과학적인 것을
좋아하니까요."

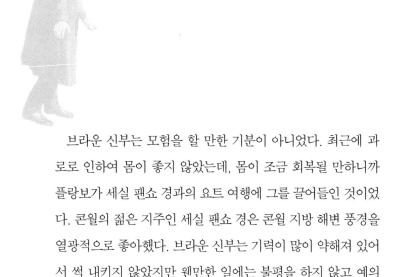

브라운 신부는 모험을 할 만한 기분이 아니었다. 최근에 과로로 인하여 몸이 좋지 않았는데, 몸이 조금 회복될 만하니까 플랑보가 세실 팬쇼 경과의 요트 여행에 그를 끌어들인 것이었다. 콘월의 젊은 지주인 세실 팬쇼 경은 콘월 지방 해변 풍경을 열광적으로 좋아했다. 브라운 신부는 기력이 많이 약해져 있어서 썩 내키지 않았지만 웬만한 일에는 불평을 하지 않고 예의를 지키는 사람이라 아무 말 않고 그 여행에 따라나섰다.

두 사람이 서쪽 하늘에 퍼져 있는 제비꽃 빛깔의 저녁놀과 그 빛으로 물들어 있는 화산암 바위들을 보며 경탄하고 있을 때 신부도 그들에게 맞장구쳐주었다. 플랑보가 어떤 바위를 가리키며 용 같다고 했을 때도 그는 그쪽을 보면서 정말로 그렇다고 동의해주었다. 팬쇼 경이 흥분한 목소리로 멀린*처럼 생긴 바위가 저기 있다고 외쳤을 때에도 그는 그것을 바라보며 고개를 끄덕여주었다. 플랑보가 구불구불한 강으로 들어가는 어귀에 우뚝 서 있는 바위를 가리키며 요정의 나라로 들어가는 문 같지 않느냐고 물었을 때에도 그는 그렇다고 대답해주었다. 신부는 또한 중요한 것이든 하찮은 것이든 별 흥미를 느끼지 못한 채 무미건조하게 듣고 있었다.

키잡이가 '두 눈이 빛나고 있으면, 배는 안전해요. 그러나 한쪽 눈을 깜빡이면, 배는 침몰하고 말지요'라고 말했다. 플랑보는 팬쇼 경에게 키잡이가 말한 것은 두 눈을 부릅뜨고 빈틈없이 조심해야 한다는 뜻일 거라 했다. 그러나 팬쇼 경은 플랑보에게, 그게 아니라 강둑에서 가까운 곳에 있는 등대와 멀리 있는 등대의 불빛이 나란히 보이면 배가 올바른 항로에 무사히 들어선 것이고 한쪽 불빛이 다른 불빛에 가려져 보이지 않는다면, 배가 암초 위에 있는 것이므로 난파당할 위험이 있음을 뜻한다고 설명해주었다.

팬쇼 경은 또 이 고장에는 진기한 이야기나 전설이 많아서 전설의 본고장이라 해도 과언이 아니라고 자랑스레 말했다. 그

---

* Merlin. 아서 왕 이야기에 나오는 마법사이자 예언자.

의 말에 따르면 콘월에서도 특히 이 지방의 선박 조종술은 데 번셔와 비교도 안 되고 엘리자베스 여왕의 월계관을 받아 마땅한 곳이었다. 이곳의 작은 섬들에서 배출된 수많은 훌륭한 선장들에 비하면 드레이크 제독은 풋내기 선원 정도에 지나지 않을 거라는 칭찬까지 잔뜩 늘어놓았다. 그러자 플랑보가 웃으면서 해양 모험 소설인 〈서쪽을 향하여!〉의 제목은 동쪽의 데 번셔 사람들이 서쪽의 콘월에 와서 살고 싶어한다는 의미인 모양이라고 농담을 했다. 팬쇼 경은 농담하지 말라면서 콘월의 선장들은 과거에도 영웅들이었고, 지금도 역시 영웅들이라고 진지하게 대답했다. 팬쇼 경은 지금은 은퇴하여 혼자서 사는 늙은 제독의 얘기를 꺼냈다. 그 제독은 온갖 모험으로 가득 찬 격렬한 항해로 인해 영광의 상처를 많이 입었으며, 젊은 시절에 발견한 태평양 군도가 현재 세계지도에 추가되어 있다고 했다.

세실 팬쇼 경은 좀 투박스럽긴 하지만 즐겁고 유쾌한 열정을 지닌 젊은이였다. 옅은 빛깔의 머리칼엔 윤기가 흘렀고, 옆얼굴의 윤곽은 아주 뚜렷했다. 소년들처럼 허세를 부리기도 하였으나 기질적으로는 소녀처럼 섬세한 면이 많았다. 여하튼 떡 벌어진 어깨에 까만 눈썹이 난 얼굴로 거드름을 피우는 플랑보와는 좋은 대조를 이루었다.

브라운 신부는 기차에 탄 피곤한 승객이 선로 위를 스치는 기차바퀴 소리를 무심히 듣거나, 침대에 누운 환자가 벽지의 무늬를 멍하니 보고 있을 때처럼 주위의 것들을 듣거나 보고 있었다. 회복기에 있는 환자의 기분이란 언제 좋아지고 언제 나빠질지 예측할 수 없는 것이겠지만 브라운 신부가 의기소침해져 있는 까닭은 아무래도 그가 강물에 익숙지 않기 때문인 것 같았다.

　강어귀가 병목처럼 좁아지면서 물결도 잔잔해지고 차가웠던 공기가 따뜻한 육지의 공기와 섞이기 시작하자 그제야 그는 생기를 되찾고 어린아이처럼 신기해하며 주변을 둘러보았다. 해가 막 진 참이라 하늘도 강물도 아직 빛나고 있었으나 땅과 그 위에서 자라는 모든 것들은 그저 까맣게만 보였다. 이날 저녁의 모든 풍경 속에는 무언가 아주 독특한 분위기가 풍기고 있었다. 자연과 인간 사이를 가로막고 있는 반투명 유리가 걷혀진 것만 같았다. 이런 때에는 어두운 색깔이 흐린 날에 보는 밝은 색깔보다 훨씬 더 화사하게 보였다. 물속의 진흙마저 우중충한 회색 빛이 아닌 고운 호박색으로 보였다. 멀리 산들바람에 하늘거리는 거뭇거뭇한 나뭇가지들은 여느 때라면 칙칙한 검푸른 색으로 보였겠지만 이때는 선명한 빛깔의 제비꽃들이 한데 무리 지어 있는 것처럼 보였다. 누가 마술을 부려놓기라도 한 듯 선명하고 강렬한 색채를 띠고 있는 주위의 풍경과 그것에 깃들어 있는 비밀스럽고 낭만적인 분위기에 도취되어 있다 보니 브라운 신부의 감각이 조금씩 되살아났다.

그들이 탄 작은 요트 정도는 쉽게 지나갈 수 있을 만큼 강은 폭이 넓고 또 깊었다. 그런데 강이 곡선을 이루며 점점 좁아지고 있었고, 강 양쪽의 언덕에 있는 나무들이 길게 가지를 뻗어 강 위로 둥근 다리 모양을 만들어놓아, 배가 그 밑을 지날 땐 마치 중세 기사담에 나오는 듯한 골짜기를 거쳐 기사담의 최후의 장소인 터널을 지나고 있는 듯하였다. 이러한 주위의 풍경들은 단순한 눈요기를 떠나서 브라운 신부를 기운나게 해주는 공상의 대상이 되었다. 사람의 모습은 숲에서 해온 땔감을 어깨에 메고 강둑을 따라 걸어가던 몇몇 집시들말고는 볼 수가 없었다. 그런데 이런 외딴 시골에선 보기 힘든 광경이 눈에 들어왔다. 머리가 검은 어떤 젊은 여인이 모자도 쓰지 않은 채 카누를 타고 있었던 것이다. 브라운 신부가 집시들이나 그 여인에게 주의를 기울이고 있었다 해도 다음 순간에 보게 된 기이한 광경은 그들을 모두 잊게 만들기에 충분했다.

강이 점점 넓어지는가 싶더니 나무들로 덮여 있는 물고기 모양의 작은 섬으로 인해 물살이 양쪽으로 갈라졌다. 그 섬이 그들이 타고 있던 배와 똑같은 속도로 반대편에서 그들을 향해 다가오고 있는 것처럼 느껴졌다. 마치 뱃머리가 높은, 아니 좀 더 정확히 말해서 높은 굴뚝이 달린 배처럼 보였다고 할까. 아주 가까운 거리에 이르게 되었을 때 굴뚝처럼 보인 것이 무엇인지 알게 되었다. 그들이 기억할 수 있는 어떤 것과도 달랐고, 무슨 용도인지 전혀 감을 잡을 수 없었다. 폭에 비해서 길이가 높은 편이라 탑처럼 보이기도 했다. 목조로 만들어진 것 같았는데, 전체적으로 균형이 제대로 잡혀 있지 않았을 뿐만 아니라 기이한 모습이었다. 판자나 들보들 중 일부는 고급 재질의 떡갈나무로 되어 있었는데, 몇 개는 최근에 잘라낸 나무인 것 같았다. 그밖에 잣나무로 된 것들도 있었고, 그 중엔 타르로 검게 칠해놓은 나무들도 많이 눈에 띄었다. 그렇게 검게 칠해진 들보들은 비뚤비뚤하게 걸쳐져 있거나, 십자형으로 교차시켜 놓았거나 하여 대충 얼기설기 만든 것 같은 느낌을 주었다. 창문이 한두 개 있었는데 구식이긴 해도 나름대로 정성을 들여서 색을 칠하고 납으로 된 창살을 달아놓은 것 같았다. 배에 타고 있던 세 사람 모두 그 건축물을 보면서 모순된 기분을 느끼고 있었다. 그것이 낯익어 보이기도 하고 또 전혀 색다른 것으로 보이기도 했기 때문이었다.

브라운 신부는 신비로운 것이 눈앞에 있을 때에도 그 신비감이 어디에서 오는 것인지 냉정하게 분석하곤 하였다. 지금도 그는 그 건물에서 풍기는 특이한 느낌은 건물 자체와 그다지 어울리지 않는 자재들이 사용된 데서 기인한 것이라 생각하고 있었다. 이를테면 주석으로 만든 모자나, 체크무늬 천으로 만들어진 프록코트처럼 말이다. 그는 어디선가 갖가지 재목들을 그런 식으로 맞추어 지은 건축물을 보았던 것을 기억해냈다. 그러나 그것도 지금 보고 있는 건물처럼 저렇게 심한 불균형한 형태는 아니었다. 잠시 후, 수풀 사이로 언뜻 비친 것들이 그의 궁금증을 해결해주었고, 신부는 만족의 웃음을 지었다. 그 건축물은 검은 들보가 바깥쪽으로 드러나 있는 오래된 목조가옥이었다. 그런 건물은 영국의 여러 곳에 있긴 하지만, 대부분의 사람들은 '런던의 옛 풍경' 혹은 '셰익스피어 시대의 영국' 같은 전시회에서나 볼 수 있었다. 신부는 그 가옥이 잠깐 비치는 사이 비록 오래된 것이긴 해도 살기 편하게 잘 손질된 시골집인 것을 알게 되었고, 앞뜰에 화단이 있는 것도 보았다. 그 집은 그것을 짓고 나서 남은 재목들을 가지고 아무렇게나 만들어놓은 듯한 탑과는 전혀 딴판으로 보였다.

"저게 뭐지?"

여전히 탑을 쳐다보고 있던 플랑보가 중얼거렸다.

팬쇼 경은 두 눈을 반짝이며 의기양양하게 대답했다.

"어떻습니까? 이런 곳을 본 적이 없으시지요? 그래서 제가 이리로 안내한 거랍니다. 자 이제 콘월의 뱃사람들에 대해 제가 말씀드렸던 게 과장된 얘기가 아니라는 것을 확인하실 수 있을 겁니다. 이곳은 비록 제독으로 진급하기 전에 퇴역하긴 했지만, 우리가 제독이라고 부르는 펜드라곤 경의 땅입니다. 롤리*와 호킨스**의 모험담은 데번셔 사람들에겐 잊혀진 옛 이야기에 불과하겠지만 펜드라곤 가문의 사람들은 아직도 생생하게 기억하고 있답니다. 만약 엘리자베스 여왕이 무덤에서 일어나 금빛 찬란한 배를 타고 이 강가로 찾아온다면, 여왕은 벽에 댄 판자며 창틀, 식탁 위의 접시까지, 집안 구석구석의 모든 것들이 그녀가 살았던 시대의 것과 똑같은 집에서 제독의 영접을 받게 될 것입니다. 그리고 정찬을 들면서 제독이 작은 배로도 새로운 대륙을 발견할 수 있다고 열렬히 이야기하는 것을 듣겠지요."

"그리고 여왕은 정원에 이상한 것이 있다는 것도 알게 되겠지요. 여왕의 르네상스적인 심미안을 만족시킬 만한 것을 말입니다. 엘리자베스 시대 양식의 건축물은 나름의 매력이 있지요. 하지만 저렇게 작은 탑이 솟아 있는 것은 그 시대의 건축 양식에 거스르는 것 같군요."

---

* Raleigh, Walter(1554~1618). 영국의 군인이자 탐험가.
** Hawkins, Richard(1560~1622). 영국의 항해가이자 모험가.

브라운 신부가 말했다.

"그렇긴 합니다만 저 건축물은 가장 낭만주의적이고 또 가장 엘리자베스 시대풍이라고 할 수 있습니다. 스페인 전쟁 기간에 펜드라곤 일족이 지은 것이지요. 이런저런 이유로 새로 개축을 하거나 보수를 하기도 했지만 늘 원형은 그대로 유지했답니다. 들리는 말로는 피터 펜드라곤 경의 부인의 지시로 지어졌는데, 이 장소에 이 높이로 지은 것은 저 꼭대기에서 배가 들어오는 강어귀를 한눈에 내려다보기 위해서였다고 하더군요. 스페인에서 전쟁을 끝내고 귀향할 남편의 배를 누구보다 먼저 볼 수 있기를 원했던 겁니다."

팬쇼 경이 말했다.

"아까 다시 고쳐 짓기도 했다고 했는데 그건 무슨 이유에서였습니까?"

브라운 신부가 물었다.

"그것에 대해선 좀 이상한 이야기가 있답니다. 이 고장엔 이상한 이야기들이 아주 많아요. 아서 왕이 이곳에 살았고, 아서 왕 이전에는 마법사 멀린과 요정들이 살았다더군요. 전해지는 이야기에 따르면 뱃사람의 미덕뿐만 아니라 해적 같은 면을 갖고 있었던 피터 펜드라곤 경이 귀국하면서 세 명의 스페인 사람을 포로로 데리고 왔답니다. 엘리자베스 여왕의 궁전에 넘겨주려고 호송해 왔던 것이죠. 그런데 성미가 호랑이처럼 사납고 불 같았던 펜드라곤 경이 그들 중 한 사람과 심한 다툼을 벌인 끝에 의도한 것이었는지 우발적인 것이었는지는 모르겠지만 어쨌든 그의 멱살을 잡아 바다에 던져버렸습니다. 그의 형이었던 두번째 스페인 사내가 그것을 보고는 단번에 칼을 뽑아 펜드라곤 경에게 달려들었고 서로 엉긴 채 삼 분 정도를 격렬하게 싸워 둘 다 세 군데에 상처를 입었습니다. 결국은 펜드라곤 경이 상대의 몸에 칼을 꽂았고, 그렇게 하여 두번째 스페인 사내까지 죽이고 말았습니다. 그 사이 배는 벌써 강어귀로 들어서 물이 많이 얕아져 있었지요. 그때 세번째 스페인 사내가 뱃전에서 강물로 뛰어들어 자신의 허리께 정도 물이 차는 곳으로 헤엄쳐 갔습니다. 거기서 그는 몸을 일으키더니 배 쪽을 돌아보면서 두 손을 하늘로 치켜들었지요. 죄악으로 물든 도시에 재앙을 부르려는 예언자처럼 말입니다. 그리고 귀청을 찢을 듯한 큰 목소리로 펜드라곤 경을 향해 이렇게 외쳤습니다.

'펜드라곤이여! 나는 아직 살아 있고, 살아 있을 것이며, 영원히 살아 있을 것이다. 펜드라곤 집안 대대로 나와 내 자손을 볼 수 없을지라도 나는 영원히 살아남아 원수를 갚을 것이다.'

그리고 나서 그는 다시 물속으로 뛰어들었습니다. 빠져 죽었는지 아니면 숨도 안 쉬고 헤엄을 쳐 간 것인지 아무튼 그 이후로는 그의 모습은 머리털 한 올도 볼 수가 없었답니다."

젊은 지주는 자신의 이야기를 즐겁게 음미하며 대답했다.

"저기 카누 타고 있는 아가씨가 있네요."

플랑보가 갑자기 엉뚱한 말을 했다. 그는 원래 예쁘게 생긴 젊은 여자를 보면 그쪽으로 신경을 온통 빼앗겨 무슨 이야기를 나누고 있었든 중단하고 마는 사람이었다.

"저 아가씨도 저 기괴한 탑 때문에 어리둥절한 모양이군요."

플랑보가 가리킨 곳을 보니 검은 머리칼의 젊은 여인이 이상한 섬 쪽으로 천천히 카누를 몰아가며 갸름하고 가무잡잡한 얼굴에 호기심 어린 표정을 띠고 기이한 탑을 유심히 올려다보고 있었다.

"여자들에게 신경쓸 것 없어요. 세상에 여자들은 많지만 펜드라곤 가문의 탑 같은 것은 흔하지 않습니다. 쉽게 짐작하시겠지만, 그 세번째의 스페인 사내가 저주한 이후로 펜드라곤 집안을 둘러싼 온갖 미신과 추문이 끊이질 않았습니다. 그리고 그 집안에서 일어나는 일은 어떤 것이 되었든 그 저주로 인한 것이라고 여겨졌지요. 시골 사람들은 워낙 그런 것을 잘 믿으니까요. 아무튼 저 탑이 두 번인가 세 번인가 불에 탄 적이 있었고 제독의 집안이 불행에 빠졌던 것은 사실이에요. 제독의 가족 중 두 사람이나 배가 난파하는 바람에 목숨을 잃었지요. 한 사람은 피터 경이 스페인 사내를 바다에 집어던진 바로 그 지점에서 변을 당했다고 합니다."

팬쇼가 짜증을 내며 말했다.

"아이고, 안타까워라. 예쁜 아가씨가 가버렸네."

플랑보가 외쳤다.

"제독이 언제 자네에게 자기 집안 이야기를 들려주던가?"

카누를 타고 있는 여자가 노를 저으며 점점 멀어져가고 있을 때, 브라운 신부가 질문을 던졌다. 그녀는 그때까지도 탑에서 눈길을 떼지 않은 채 노를 저으며 세 사람이 탄 배에서 점점 멀어져갔다. 팬쇼 경은 섬 기슭에 배를 대면서 신부의 질문에 대답했다.

"벌써 몇 해 됐습니다. 제독은 지금도 물론 바다를 열렬히 좋아하지만 몇 해 전부터는 바다에 나가지 않고 있습니다. 가족들 간에 약속 같은 게 있지 않았나 싶어요. 자, 여기가 선착장입니다. 이제 제독을 만나러 가볼까요."

팬쇼 경의 안내로 두 사람은 섬에 내려 탑 바로 아래에까지 걸어갔다. 마른땅을 밟는 것만으로도 기분이 좋아졌는지 아니면 강 맞은편 언덕에 있는 무언가에 대해 호기심을 느꼈기 때문이지, 브라운 신부는 놀라울 정도로 활기를 되찾고 있었다. 그들은 공원이나 정원의 입구에서 흔히 보이는 잿빛 나무울타리 사이로 난 길로 들어섰다. 울타리 끝부분에는 검은 가지들이 위대한 인물의 영구차를 장식하는 검은색과 자주색 깃털처럼 삐죽삐죽 튀어나와 있었다. 보통 그런 입구에는 두 개의 탑이 나란히 서 있는데 여기에는 탑이 한 개밖에 없어서 뭔가 빠진 듯하고 이상했다. 그것말고는 달리 특이해 보이는 것은 없는 출입구였다. 거기에서 제독의 집까지 이어져 있는 길은 구불구불하게 굽어 있었고 집은 안쪽에 깊숙이 들어가 있어서 보이지 않았다. 앞뜰은 어떻게 작은 섬에 이런 곳이 있을까 싶을 정도로 무척 넓었다. 브라운 신부는 아마도 피곤함 때문이겠지만 섬 전체가 악몽 속에서처럼 점점 커져가고 있다는 상상 속에 빠져 있었다. 어쨌거나 그 길에서 초자연적인 분위기가 풍기는 것만은 분명했다. 그런데 팬쇼 경이 별안간 멈춰 서더니 회색 울타리에 튀어나와 있는 무언가를 가리켰다. 처음엔 짐승의 뿔 같았는데, 좀더 가까이 다가가서 보니 조금 휘어진 칼날이었다. 그것은 저무는 햇살 속에서 희미하게 빛나고 있었다.

대개의 프랑스 남자들이 그렇듯 한때 군인이었던 플랑보는 몸을 굽혀 그것을 살펴보더니 놀란 듯한 목소리로 외쳤다.

"이야, 이거 군도인데. 이 칼은 내가 잘 알지요. 좀 무겁고 날이 약간 휘어져 있는 것이 특징이죠. 기병들이 쓰는 칼보다는 짧아요. 예전에는 포병들이 사용했는데……."

플랑보가 말하고 있는 동안 울타리 사이로 꽂혀 있던 칼이 아래로 쑥 내려지더니 울타리 밑동까지 갈라졌다. 곧바로 칼이 울타리 위로 뽑혔고, 울타리 중간쯤으로 꽂혔다. 그 일격에 울타리의 절반이 갈라졌다. 심한 욕지거리 소리가 어둠 속에서 계속 들려왔고, 칼이 쑥 들어갔다. 그리고 다시 울타리 중간쯤에 꽂히면서 밑으로 내리쳐지는 게 보였다. 그리고는 무시무시한 힘이 느슨해진 울타리에 가해졌고 네모꼴로 잘라진 울타리 나무가 길 쪽으로 팅겨나왔다. 울타리에 뻥 뚫려진 네모꼴의 구멍을 통해 시커먼 잡목 숲이 들여다보였다.

팬쇼 경은 그 어두컴컴한 구멍 안을 들여다보더니 깜짝 놀라며 소리를 질렀다.

"아니, 제독님! 산책하실 때마다 이렇게 새 통로를 하나씩 만드십니까?"

어둠 속에 서 있던 사내는 다시 욕설을 퍼붓다가, 이내 웃음을 터뜨렸다.

"아닙니다. 이 울타리가 다른 나무와 풀들을 망쳐놓고 있어서 쳐내는 거요. 나밖에 이 일을 할 사람이 없어서 내가 직접 하고 있는 거라오. 현관 앞에 또 한 군데 쳐낼 곳이 있으니 조금만 기다려주겠소?"

그는 칼을 한 번 더 치켜들고 두 번 정도 울타리를 내리쳐, 구멍을 또 하나 만들어놓았다. 그렇게 해서 울타리에 뚫린 구멍의 폭은 모두 합쳐 4미터 정도 되었다. 이윽고 그는 큰 숲 쪽의 출입구에서 저녁 햇살을 받으며 모습을 드러냈다. 손에 든 칼에는 회색 나뭇조각이 붙어 있었다.

그 순간에 보인 그의 모습은 팬쇼 경의 표현처럼 해적 같은 면이 정말 있다는 것을 증명이라도 하는 것 같았다. 물론 나중에 세부적인 것들은 모두 우연의 일치였다는 것이 밝혀졌다. 그는 햇빛을 가리기 위해 챙이 넓은 모자를 쓰고 있었는데, 앞챙이 하늘 쪽으로 쭉 나와 있고 양 옆 모서리는 귀밑까지 내려와 있어 넬슨 제독이 썼던 삼각모와 비슷한 초생달 모양이었다. 그가 입고 있었던 남색 재킷은 평범한 것이었고 단추도 흔한 것이었으나 하얀 리넨 천의 바지와 잘 조화되어 뱃사람다운 인상을 강하게 풍겼다. 키가 크고 호리호리하였으며 몸을 뒤로 젖히고 활보하는 폼이 뱃사람의 걸음걸이와는 달랐지만 어쨌거나 뱃사람이라는 인상을 주기는 했다. 손에는 해군의 단검과 비슷한 기병도를 들고 있었는데, 크기는 그것보다 두 배쯤 되는 것이었다. 모자 챙 아래로 보이는 독수리 같은 그의 얼굴은 깔끔하게 면도를 한데다 눈썹이 하나도 없어서 한층 더 날카로워 보였다. 험한 물길과 비바람에 얼굴을 드러내놓고 지나온 세월 동안 얼굴의 털이 모두 빠져버린 게 아닌가 싶었다. 두 눈은 툭 불거져나왔으며 눈빛은 무엇이든 다 꿰뚫어버릴 듯이 날카로웠다. 피부색은 무척이나 매력적이었고 약간 붉은빛이 돌아 열대지방에서 나는 빨간 오렌지를 연상시켰다. 얼굴은 불그레하니 혈색이 좋았고 누런 빛이 조금 감돌긴 했지만 절대 병자같이 보이지 않았고 오히려 헤스페리데스*의 황금사과를 연상시켰다. 브라운 신부는 태양의 나라를 둘러싼 모험이야기를 이토록 온몸으로 보여주는 인물을 본 적이 없다고 생각했다.

팬쇼 경은 자신의 두 친구를 주인에게 소개하고는 왜 제독이 욕지거리를 하며 울타리를 부수었는지 물었다. 처음에 제독은 정원 일이 해야 하는 것이긴 하지만 너무 귀찮아서 그랬다며 가볍게 넘기려고 했다. 그런데 갑자기 웃음을 터뜨리더니 성급함과 유쾌함이 뒤섞인 듯한 목소리로 말했다.

"그래요, 내가 좀 거칠게 행동하는지도 모르겠소. 하지만 난 두들겨 부수는 것에 묘한 쾌감을 느낍니다. 유일한 낙이 식인종들이 사는 섬을 찾아 항해하는 것인데 이런 바위섬에 처박혀 있어야 한다면 당신은 안 그럴 것 같소? 이 칼보다 훨씬 무딘 칼로 독사가 우글거리던 정글 속을 헤치고 다녔던 시절을 생각하면 빌어먹을 집안의 약속 때문에 이런 곳에 발목이 묶여 성

---

* Hesperides. 아르카디아에 있는 황금사과 나무를 지키는 여신들.

냥개비 같은 판자나 자르면서 지내야 한다는 게, 정말이
지……."

그는 칼을 다시 치켜올리더니 이번엔 나무울타리 위쪽 끝에
서 아래쪽 끝까지를 단번에 갈라놓았다.

"이런 기분이란 말이요. 자 이제 집으로 가십시다. 당신들도
저녁을 좀 들어야 할 테니까요."

그는 웃으면서 칼을 길 쪽으로 던져버렸다.

집 앞의 반원형 잔디밭에는 둥그렇게 생긴 화단 세 개가 가
지각색으로 꾸며져 있었다. 그 중 한 화단에는 빨간 튤립, 또 한
화단에는 노란 튤립, 그리고 또 다른 화단에는 밀랍을 칠해놓
은 것 같은 흰 꽃이 심어져 있었다. 세 사람의 방문객들은 그 흰
꽃이 무슨 꽃인지 몰랐고 다만 이국적인 꽃이라고 생각했다.
몸집이 큰 털보 정원사가 시무룩한 표정으로 무거워 보이는 정
원의 호스를 돌돌 말아 올리고 있었다. 집 주위를 감싸고 있는
저녁 햇살이 집에서 조금 떨어져 있는 화단에서까지 빛나고 있
었다. 집 옆으로는 강 쪽에 면한 공터가 있었는데, 그곳엔 나무
는 한 그루도 없고 놋쇠로 만든 삼각대만 세워져 있었다. 그 위
에는 역시 놋쇠로 만든 커다란 망원경이 약간 기울어진 채 올
려져 있었다. 현관 앞에는 녹색으로 칠해진 작은 정원 탁자가
있었는데, 방금 전까지 누군가가 거기 앉아 차를 마신 듯한 흔

적이 남아 있었다. 현관 양쪽으로는 남태평양 토인들의 우상이라고 알려져 있는 석조(石彫) 상반신 두 개가 세워져 있었는데 눈인 듯한 구멍이 여러 개 뚫려 있었다. 현관문 위에 있는 갈색 떡갈나무로 된 들보에는 원시적으로 보이는 상들이 어지럽게 조각되어 있었다.

모두들 집으로 들어가려는데 키 작은 신부가 갑자기 탁자 위로 뛰어올라가 서더니 안경 너머로 떡갈나무에 새겨진 것들을 찬찬히 살펴보았다. 펜드라곤 제독은 몹시 놀라는 것 같았으나 언짢아하는 기색은 없었다. 한편 팬쇼 경은 마치 재주를 부리는 난쟁이같이 보이는 신부의 모습이 너무 우스워서 참지 못하고 키득거렸다. 그러나 브라운 신부는 그런 것에는 전혀 신경을 쓰지 않는 것 같았다.

그가 유심히 보고 있었던 것은 세 개의 상이었는데 많이 닳아서 희미해지긴 했지만 신부는 거기서 어떤 의미를 찾아낸 듯했다. 그 중 하나는 탑이나 그와 비슷한 건축물을 본뜬 것이었는데 위쪽에 끝이 꼬불꼬불하게 말려진 리본 모양이 함께 새겨져 있었다. 또 하나는 좀더 선명히 보였는데, 엘리자베스 시대의 갤리선* 모양이었고, 아래쪽에 파도 무늬 같은 것이 새겨져

---

* 양쪽 뱃전에서 노를 젓게 한 돛배로, 속도가 아주 빨랐으며 기동력도 뛰어났다.

있었다. 중간쯤에 바위처럼 보이는 것이 툭 튀어나와 있었는데, 나무에 본디 흠이 있었던 것 같기도 하고 뱃전에 부딪히는 파도를 표현하는 전통적인 수법인 것 같기도 했다. 나머지 하나는, 위로 절반은 사람 모양이었고 아래 절반은 파도를 표현하고자 한 것 같은 부채꼴 모양이 조각되어 있었다. 얼굴 부분은 거의 다 닳아서 보이질 않았고 두 팔은 하늘을 향해 꼿꼿하게 뻗어 있었다.

브라운 신부는 눈을 깜박이며 중얼거렸다.

"음, 여기에 바로 그 스페인 사람의 전설이 나타나 있네. 이건 팔을 높이 치켜들고 저주하는 것이고, 이건 배가 난파되는 것, 또 이건 펜드라곤 탑이 불에 타는 것이겠군."

펜드라곤은 놀라움을 금치 못하면서도 애써 고개를 가로 저었다.

"달리 볼 수도 있지 않습니까? 반신상은 사자나 숫사슴의 반신상과 마찬가지로 문장 문양으로 흔히 쓰인다는 것을 모르십니까? 배 중간을 가로지르는 선은 노 젓는 모양을 표현한 것 아닐까요? 또 저건 문장처럼 보이지는 않지만 탑 위에 불이 아니라 월계수 잎이 새겨져 있다고 보면 문장 문양에 제일 가깝지요. 제가 보기엔 월계수 잎 같은데요."

"하지만 세 개의 조각이 모두 전설에 들어맞는다는 게 좀 이상하군요."

플랑보가 말했다.

"전설이란 오래된 형상들을 보고 만들어낸 것이 많다는 걸
모르고 계시나 보군요. 우리 집안에 전해오는 전설이 하나만
있는 것도 아닙니다. 옛날 이야기를 좋아하는 팬쇼 경이 훨씬
무서운 다른 전설들도 들려드릴 겁니다. 불운했던 한 선조께서
스페인 사람을 칼로 두 쪽 내버렸다는 전설도 있는데, 그건 아
마 저 조각에서 유래한 것인지도 모릅니다. 뱀들로 우글거리던
탑이 있었다는 전설은 저 꾸불꾸불한 모양의 형상에서 생긴 것
일 거고, 또 배 위에 그려진 선은 번개를 표현한 것 같은데 그것
과 관련된 전설도 있습니다. 하지만 좀더 진지하게 생각해보신
다면 전설과 조각의 일치라는 게 아무 의미가 없다는 것을 알
게 되실 겁니다."

회의적인 여행가가 대꾸했다.

"어째서 그렇습니까?"

팬쇼 경이 물었다.

"내가 알고 있기로는 우리 집안 내력에 두세 번 배가 난파된
적이 있었는데 어느 한 번도 번개나 벼락이 쳐서 그렇게 된 것
은 아니었습니다."

주인이 차가운 목소리로 대답했다.

"아!"

브라운 신부가 짧게 탄성을 지르고는 작은 탁자에서 뛰어내렸다.

잠시 침묵이 흘렀다. 그 사이 강물이 흘러가는 소리가 들려왔다. 이윽고 팬쇼 경이 좀 의심쩍어하면서도 실망한 듯한 투로 말했다.

"그럼, 탑이 불에 휩싸였다는 이야기도 다 지어낸 것이라고 생각하시는 겁니까?"

제독이 어깨를 으쓱해 보이며 대답했다.

"이야기는 단지 이야기일 뿐이라고 생각합니다. 물론 그럴 듯한 증거가 있어서 사실이 아니라고 말하기 어려운 것들도 있기는 합니다. 누군가가 집으로 가던 길에 이 근방이 화염에 싸여 있는 것을 보았다고 하고, 또 고원에서 양을 치던 어떤 사람이 펜드라곤 탑 위로 치솟아오르는 불길을 보았다고 하더군요. 그러나 제 생각엔 도무지 이런 축축한 진흙덩어리 같은 섬에서 정말로 불이 났을 것 같지는 않습니다."

"저기서 나는 불은 뭡니까?"

그때 브라운 신부가 느닷없이 왼편의 강둑 언저리에 있는 숲을 가리키면서 물었다.

신부의 목소리는 조용했으나 모두들 가슴이 철렁 내려앉는 것을 느꼈다. 특히 공상가인 팬쇼 경은 마음을 진정시키지 못하고 있었다. 신부가 가리켰던 곳에 푸른빛의 가느다란 연기가 하늘에 퍼져 있는 저녁놀에 가 닿으려는 듯이 끝없이 길게 피어오르고 있었던 것이다.

펜드라곤은 경멸 섞인 웃음을 터뜨리며 말했다.

"집시들입니다. 일주일째 저곳에서 야영을 하고 있지요. 자아, 이제 저녁을 드십시다."

그는 몸을 돌려 집으로 향했다.

팬쇼 경은 여전히 발길을 떼지 못한 채 옛날부터 전해오는 미신을 떠올리며 떨면서 물었다.

"하지만, 제독님. 가까운 곳에서 들려오는 이 쉭쉭거리는 소리는 또 뭡니까? 꼭 불길이 치솟는 소리 같은데요."

"실제로 불길이 치솟을 때 나는 소리보다 더 똑같이 들리는군요. 저건 그저 카누가 지나가는 소리일 뿐입니다."

앞장 서 걷던 제독이 큰 소리로 웃으며 말했다.

그의 말이 끝남과 동시에 집사가 현관에 나타나 저녁식사 준비가 다 되었다고 말했다. 그는 좀 야윈 체격에 머리칼은 새까맸고, 길쭉한 얼굴은 누렇게 떠 있었다.

식당은 꼭 배의 선실처럼 꾸며져 있었는데, 전체적으로는 엘리자베스 시대보다는 다소 현대적인 분위기를 풍겼다. 벽난로 위의 하얀 벽에는 전리품인 듯한 낡은 단검 세 자루와 바다의 신 트리톤과 작은 배들을 파도치는 바다 위에 점점이 그려놓은 16세기경의 지도가 걸려 있었다. 그러나 무엇보다도 깃털 색깔이 기묘한 남아메리카의 새들을 박제해놓은 것과 태평양에서 건져온 듯한 환상적인 조개껍질들, 그리고 조잡하고 기괴한 모양의, 야만인들이 적을 죽이거나 잡아서 요리하는 데 썼을 것 같은 도구들이 더욱 눈에 띄었다. 그런데 그런 것들에서 풍기는 이국적인 느낌은 하인들의 옷에서 절정을 이루었다. 제독은 집사 외에도 두 명의 흑인들을 하인으로 두고 있었는데, 그 두 하인들이 노란색의 몸에 꽉 끼는 제복을 입고 있었던 것이다. 본능적으로 그들의 이국적인 인상을 분석해본 브라운 신부는 그들의 옷 색깔에서 '카나리아'를 떠올렸고 순전히 발음이 같은 이유에서 아프리카 연안의 '카나리아 제도'를 생각해냈다. 저녁식사가 끝나갈 무렵, 검은 옷을 입은 누런 얼굴의 집사만 남고 노란 옷을 입은 검은 얼굴의 두 하인들은 식당에서 나갔다.

"그 문제를 그렇게 가볍게 받아들이시니 유감입니다."

팬쇼 경이 펜드라곤에게 말했다.

"사실 이 두 분은 그런 것에 정통하신 분들이라 제독님에게 도움이 되지 않을까 해서 모시고 온 겁니다. 정말로 가문에 전해오는 이야기를 전혀 믿지 않고 계십니까?"

"난 아무것도 믿지 않습니다. 과학적인 것을 좋아하니까요."

펜드라곤이 빨간 열대의 새를 흘긋 보면서 활발한 목소리로 대답했다.

그때 플랑보를 놀라게 한 일이 벌어졌다. 브라운 신부가 기운을 완전히 회복했는지 이야기가 본래 주제에서 벗어난 것을 틈타 박물학에 대해 유창하게 주인과 대화를 나누기 시작했다. 플랑보로서도 신부가 박물학에 조예가 깊은 줄은 미처 모르고 있었기에 놀라지 않을 수 없었던 것이다. 두 사람의 대화는 후식과 술이 나오고 집사가 자리를 떠날 때까지 계속되었다. 집사가 식당에서 나간 후, 신부는 조금도 달라지지 않은 어조로 말했다.

"펜드라곤 제독님, 호기심 때문이 아니라 제독님의 사정을 도와드리고자 해서 여쭙는 것이니 부디 무례한 질문이라고 생각지는 말아주십시오. 제독님은 집사 앞에서는 집안의 옛 이야기들을 안 하고 싶어하시는 것 같은데 제 짐작이 틀렸습니까?"

제독은 눈썹이 한 올도 붙어 있지 않은 눈을 치켜뜨면서 소리쳤다.

"아니, 어떻게 아셨소? 사실 난 집사에게 아주 질려버렸습니다. 오랫동안 우리 집에서 일해온 사람을 쫓아낼 수도 없고 해서 그냥 데리고 있습니다만. 팬쇼 경은 옛날 이야기들을 좋아하시니까 내가 시커먼 스페인 식의 머리를 한 사람들은 다 싫어할 것이라고 생각하실 수도 있겠군요."

"아까 그 여자도 스페인 사람 같은 머리 모양을 하고 있었어요!"

플랑보가 커다란 주먹으로 탁자를 세게 내리치며 소리쳤고 제독은 말을 이었다.

"오늘 밤 안으로 모든 것이 끝날 겁니다. 조카가 항해에서 무사히 돌아오게 된다면 말이요. 저런, 놀라셨습니까? 하긴, 설명을 아직 안 해드렸으니 놀라실 만도 하지요. 내 아버지에게는 두 아들이 있었소. 난 독신으로 남았지만, 형은 결혼을 해서 아들을 하나 두었고, 그애가 자라서 집안의 다른 사람들처럼 뱃사람이 되었습니다. 그애가 집안의 재산을 물려받게 될 겁니다. 그런데 아버지는 아주 이상한 분이셨습니다. 팬쇼 경의 미신에 대한 열정과 나의 회의주의를 함께 갖고 계셨고, 그 두 가지가 그분의 머릿속에서 늘 싸우고 있었어요. 내가 첫 항해를 마치고 돌아왔을 때, 아버지는 이제부터 저주에 대한 전설이 사실인지 아닌지 확인해봐야겠다고 하셨지요. 여럿이서 한꺼번에 항해를 나가서 재난을 당하게 되면 그 저주가 집안 대대로 이어지는 것인지 확인할 수 없으니 앞으로는 유산을 상속받는 순서대로 한 사람씩만 항해를 나가자는 말씀이셨습니다. 난 아버지에게 화를 내면서 어리석은 생각이라고 대들었습니다. 아무튼 상속 순서로는 내가 조카 다음인 맨 끝이었지요. 사실, 그래서 화가 났기도 했고요."

"아버지와 형님은, 유감스럽게도 바다에서 목숨을 잃으셨군요."

신부가 온화한 목소리로 물었다.

"그렇습니다. 인류가 지어낸 거짓말인 모든 신화들은 그런 참혹한 사고를 재료로 삼는 것입니다. 아버지와 형 모두 배가 난파당해 참사를 당했어요. 아버지의 배는 대서양 항해를 마치고 여기 콘월 근처까지 다 와서 암초에 부딪쳤고, 형의 배는 태즈메이니아에서 돌아오는 길에 침몰했습니다. 아무도 그 위치를 정확하게 알지 못했기 때문에 물론 형의 시신도 찾을 수가 없었습니다. 그 사고들은 전적으로 자연적인 재해였어요. 펜드라곤 가문의 사람들뿐 아니라, 다른 수많은 사람들이 그렇게 빠져 죽습니다. 그런 사고들은 항해사들 사이에서는 그저 흔히 있을 수 있는 일에 지나지 않아요. 하지만 그 두 사고들이 바로 이 미신의 숲에 불을 지폈던 것입니다. 사람들은 여기저기서 탑이 불타고 있는 것을 보았다고 떠들어대기 시작했어요. 이제 아시겠지요? 제 조카 월터가 무사히 돌아온다면 이 모든 것이 끝나는 겁니다. 월터와 약혼한 여자도 오늘 오기로 되어 있었는데 혹시 월터의 배가 예정보다 늦게 도착하게 되면 조바심 낼까 봐 전보를 보내 연락할 때까지 오지 말라고 해두었습니다. 어쨌든 월터는 오늘 밤 안으로 도착할 겁니다. 그러면 모든 전설은 연기처럼, 담배 연기처럼 사라져버리게 되지요. 기분 좋게 축하하면서 이 포도주 병의 뚜껑을 딸 때 오래 전부터 전해온 거짓말이 다 사라져버릴 것이다 이 말입니다."

"아주 좋은 포도주군요."

브라운 신부가 엄숙하게 잔을 들어올리며 말했다.

"아, 이거, 정말 죄송합니다."

신부가 사과를 한 것은 식탁보에 포도주를 약간 엎질렀기 때문이었다. 그런데 그는 태연한 얼굴로 잔에 남아 있는 포도주를 마저 마시고는 잔을 다시 탁자 위에 내려놓았다. 사실 신부는 잔을 들어올리던 순간에 제독 뒤편에 있는 창문에서 누군가의 얼굴을 발견하고는 움찔하는 바람에 포도주를 쏟았던 것이다. 그것은 젊은 여자의 얼굴이었는데, 머리와 눈이 남유럽 사람들처럼 새까맸다. 까무잡잡한 얼굴에는 어딘지 비극적인 표정이 어려 있었다.

신부는 한숨 돌리고 난 뒤 공손한 태도로 다시 말을 꺼냈다.

"제독님, 부탁 하나 해도 되겠습니까? 저와 제 친구들이 저 탑에서 오늘 하룻밤만 묵을 수 있도록 허락해주시면 안 될까요. 그리고 제 직업상의 용어를 써서 말씀드리는 겁니다만, 제독님은 자신이 엑소시스트라는 것을 알고 계십니까?"

펜드라곤은 자리에서 벌떡 일어나 빠른 걸음으로 창문 앞을 왔다갔다했다. 여자의 얼굴은 어느새 사라지고 없었다.

"말씀드렸지 않소. 저주고 뭐고 아무것도 없어요. 내가 알고 있는 것은 단 한 가지뿐이오. 내가 무신론자라는 것 말이오. 그런데 엑소시스트라니 무슨 당치 않은 소릴 하는 거요?"

그가 격하게 떨리는 음성으로 말하고 나더니 갑자기 몸을 홱 틀어 두려울 정도로 강렬한 눈빛으로 신부를 쏘아보았다.

"완벽하게 자연적으로 생긴 사건들이었소. 저주 따위는 가당찮습니다."

브라운 신부는 미소를 지었다.

"그렇다면 저희가 저 탑에서 하룻밤쯤 묵는 것은 아무런 문제될 것이 없겠군요."

"그런 터무니없는 짓은 허락할 수 없소!"

제독이 의자 등받이를 툭툭 치면서 대답했다.

"용서하십시오. 제가 계속 언짢게 해드리는 것 같군요. 하지만 태연한 척하시기도 힘들지 않으십니까?"

신부는 정말 미안해하는 듯한 말투로 말했다.

펜드라곤 제독은 일어날 때처럼, 갑작스럽게 자리에 주저앉왔다. 잠시 아무 말 없이 앉아 있던 그는 이윽고 나지막한 목소리로 말했다.

"목숨이 위태롭게 되어도 좋다면 마음대로 하시오. 하지만 이건 알아둬요. 이런 미신 소동 속에서 올바른 정신으로 있으려면 당신들도 무신론자가 되어야 할 것이오."

그로부터 세 시간쯤 흘렀을 때, 팬쇼 경, 플랑보, 브라운 신부는 아직 깜깜한 정원에서 서성이고 있었다. 밤이 깊어지기 시작하자 다른 두 사람은 브라운 신부가 탑에서든 안채에서든 잠자리에 들 생각은 전혀 하지 않고 있다는 것을 곧 깨닫게 되었다.

"이 잔디밭은 잡초를 좀 뽑아줘야겠는데…… 호미를 찾을 수 있으면 내가 해야겠어."

신부가 말했다.

플랑보와 팬쇼 경은 그만두시라고 말리면서도 웃으면서 신부의 뒤를 따라갔다. 신부는 지극히 엄숙한 태도로 언제든지 아주 작은 일이라도 남에게 도움이 되어줄 만한 것을 찾아내야 한다며 설교를 늘어놓았다. 호미는 찾지 못했으나 대신 나뭇가지로 만든 헌 빗자루를 찾아낸 신부는 얼른 그것을 들고 잔디밭에 떨어져 있는 나뭇잎들을 쓸어모으기 시작했다.

"하찮은 일이라도 열심히 해야 하네. 허버트*가 시에서 썼던 것처럼 하느님의 법을 따르듯이 제독의 집 뜰을 쓰는 사람은 그 뜰과 스스로의 행위를 거룩한 것으로 만들겠지. 자, 이제 꽃에 물을 주러 가세나."

신부는 별안간 빗자루를 내던지며 명랑한 목소리로 말했다.

여전히 복잡한 기분으로 신부를 지켜보고 있는 두 사람 앞에서 신부는 정원용 호스를 들고 길게 풀어나갔다. 그러다 뭔가를 발견해낸 듯 이렇게 말했다.

"노란 튤립보다는 빨간 튤립에 먼저 물을 줘야겠어. 좀 시든 것 같지 않나?"

그가 호스의 작은 꼭지를 돌리자 물이 일직선으로 거세게 뿜어져 나왔다.

"삼손 같은 신부님, 좀 조심하세요. 이거 보세요, 튤립 봉오리가 떨어져나갔잖아요."

플랑보가 소리쳤다.

브라운 신부는 머리가 잘려나간 튤립 줄기를 애처로운 듯이 바라보며 머리를 긁적였다.

"물을 준다는 게 그만 꽃을 살리는 게 아니라, 죽여버리고 말

---

* Herbert, George (1593~1633). 영국의 종교시인.

왔군. 호미가 없어서 정말 유감이야. 호미를 들고 일하는 모습을 보여주고 싶었는데. 가만 있자, 호미 대신 쓸 수 있는 다른 도구가 있을 텐데. 플랑보, 자네 지팡이 속에 담아 가지고 다니는 칼 있지 않나? 그래 됐어. 아까 제독이 울타리 옆에 던졌던 칼은 팬쇼 경이 찾아서 가지고 있어주시오. 아니, 근데 왜 이렇게 주위가 흐릿하게 보이는 거지?"

"강에서 올라오는 안개 때문이에요."

신부를 물끄러미 보고 있던 플랑보가 말했다.

플랑보의 말이 채 끝나기도 전에 계단식으로 정돈된 잔디밭 맨 위쪽에 거대한 몸집의 털보 정원사가 나타나 갈퀴를 마구 흔들어대며 무시무시한 목소리로 고함을 쳤다.

"호스 어서 내려놔요. 호스 내려놓고 저리로 가시오."

"제가 좀 서툴러서…… 아까도 식탁에다 포도주를 엎질렀지 뭡니까."

신부가 겸연쩍은 듯 힘없는 목소리로 대꾸했다. 그리고는 물을 콸콸 쏟아내고 있는 호스를 손에 든 채 정원사에게로 몸을 돌려 사과의 몸짓을 했다. 호스에서 대포알처럼 뿜어져나간 차가운 물에 얼굴을 정통으로 맞은 정원사는 비틀거리며 넘어졌다. 그는 장화를 신은 발을 허공으로 뻗은 채 버둥거렸다.

"아이고, 이게 무슨 일이야! 내가 사람한테 물을 쏘아댔군그래."

신부는 놀란 표정을 지으며 주위를 둘러보았다.

그후 신부는 무슨 소리를 들어서인지 아니면 뭔가를 보아서 인지 머리를 앞으로 내밀고 잠시 동안 서 있다가 호스를 질질 끌면서 탑을 향해 총총히 걸어갔다. 탑은 가까이 있었는데도, 그 윤곽은 이상하게도 아주 희미하게 보였다.

"강 안개에서 이상한 냄새가 나는군."

신부가 말했다.

"설마……."

얼굴이 창백하게 질린 팬쇼 경이 소리쳤다.

"설마가 아니라 정말로 제독의 과학적인 예측 중 하나가 오늘 밤에 실현될 거야. 그렇게 되면 모든 것이 연기가 되어 사라 지겠지."

브라운 신부가 말했다.

이때 말할 수 없이 아름다운 붉은빛이 거대한 장미꽃처럼 밤 하늘에 피어올랐고 동시에 뭔가가 깨지고, 덜컹거리는 소리가 악마의 웃음 소리처럼 들려왔다.

"맙소사, 도대체 저게 뭐지요?"

세실 팬쇼 경이 소리쳤다.

"탑이 불타고 있다는 신호네."

브라운 신부가 말하고서, 물이 뿜어져 나오는 호스를 붉은빛이 보이는 쪽으로 가져가 댔다.

"잠자러 가지 않았던 게 천만다행이네요."

팬쇼 경이 놀란 얼굴로 말하고는 다시 덧붙였다.

"안채까지 번지지는 않을 것 같은데요."

"당연하지. 안채까지 불이 번지지 않도록 나무울타리를 잘라 냈으니까."

신부가 조용히 말했다.

플랑보는 전기에 감전된 것처럼 꼼짝도 않고 신부를 바라보았다. 팬쇼 경은 멍하니 이렇게 혼잣말을 중얼거렸다.

"어쨌든 아무도 죽진 않겠어."

"정말 이상한 일이야. 탑 때문에 사람이 죽기는 하는데 멀리 떨어져 있는 사람이 죽는단 말일세."

탑을 관찰하던 브라운 신부가 말했다.

신부의 말이 끝나자마자 괴물 같은 정원사가 다시 계단식 잔디밭 맨 위쪽에 나타났다. 수염에서는 아직도 물기가 뚝뚝 떨어지고 있었다. 그는 손을 흔들어 다른 사람들을 부르고 있었는데, 이번에는 손에 갈퀴 대신 낡은 단검을 쥐고 있었다. 그의 뒤쪽으로 두 명의 흑인이 다가와서 섰는데, 그들도 역시 진열장에서 빼내온 낡은 단검을 손에 들고 있었다. 피처럼 붉게 타오르는 화염을 뒤로 한 채 검은 얼굴에 노란 옷을 입고 서 있는 그들의 모습은 마치 고문 기구를 들고 있는 악마들처럼 보였다. 그들 뒤편의 어둑한 정원에서 명령을 내리는 듯한 소리가 짤막하게 들려왔다. 그 소리를 들은 순간 신부의 낯빛이 변했다.

그러나 신부는 침착하게 그 자리에 머무르며 불이 타오르는 곳에서 한 번도 눈을 떼지 않았다. 처음에는 불길이 점점 번지는가 싶더니 은빛 창처럼 쏘아대는 물줄기 밑에서 조금씩 사그라졌다. 신부는 목표물의 방향으로 정확하게 호스를 대고 있기 위해서, 다른 일에는 신경쓰지 않았다. 오직 들려오는 소리와 눈앞에 보이는 광경만으로 이 작은 섬의 정원에서 벌어지고 있는 사건의 진행 과정을 짐작하고 있을 뿐이었다.

신부는 그의 친구들에게 두 가지의 지시를 내렸다.

"일단 저들을 어떻게 해서든 잡아서 꽁꽁 묶어놓게. 그렇지 않으면 이 호스를 뺏으려 할 걸세. 밧줄은 저기 장작 옆에 있어."

그것이 첫번째 지시였고, 두번째 지시는 이러했다.

"틈이 나는 대로, 카누를 타고 있던 그 여자를 불러오게. 그녀는 강둑 너머에 집시들과 함께 있을 거야. 그녀를 만나면 집시들과 양동이로 강물을 퍼올려달라고 부탁하고."

지시를 마친 브라운 신부는 입을 꼭 다문 채 빨간 튤립에 물을 줄 때처럼 사정없이 새로이 피어나는 빨간 꽃을 향해 물을 뿌려댔다.

그는 다른 데에 눈길을 줄 수가 없었기 때문에 불길 옆에서 벌어지고 있는 적들과 친구들 간의 싸움을 보지 못하고 있었다. 그렇지만 플랑보가 육중한 체격의 정원사에게 덤벼들었을 때 섬 전체가 흔들리는 것 같은 느낌을 받았고, 그들이 뒤엉켜 싸우고 있는 모습을 상상해볼 수 있었다. 곧이어 무언가가 쿵 떨어지는 소리와 그의 친구가 첫번째 흑인을 향해 돌진해 나가면서 가쁘게 토해내는 숨소리, 그리고 그와 팬쇼 경에게 결박당하는 흑인들의 신음 소리가 들려왔다. 가공할 만한 힘을 가진 플랑보에겐 상대편의 사람 수가 얼마가 되었든 문제될 것이 없었다. 그런 플랑보가 두려워서인지 적들에게 합세하려던 또 다른 사내는 좀처럼 모습을 드러내지 않고 집 주위를 서성거리며 뭐라 소리만 질러대고 있었다. 한쪽에선 기슭으로 카누를 저어오는 소리와, 지시를 내리는 젊은 여자의 목소리, 대답하는 집시들의 목소리, 빈 양동이를 강물 속에 집어넣어 물을 길어 올리는 소리, 불이 난 곳으로 달려오는 많은 사람들의 발소리 등등이 연이어 들려왔다. 그러나 브라운 신부는 이 모든 소리보다 다시 한번 거세게 치솟아올랐던 불길이 차츰 사그라지기 시작한 것에 좋아하고 있었다.

그런데 다른 데에 신경쓸 겨를이 없는 신부마저 돌아보고 싶게 만든 고함 소리가 들려왔다. 몇몇 집시들이 가세하여 훨씬 막강해진 플랑보와 팬쇼 경이 안채 주위를 맴돌던 수상한 사내를 뒤쫓기 시작한 것이었다. 잠시 후 정원 끝 쪽에서 플랑보가 공포와 놀라움에 내지른 비명 소리가 들려왔고, 바로 이어 사람이 낸 소리라고 생각할 수가 없는 울부짖는 소리가 들려왔다. 상대가 추격자의 손을 뿌리치고 정원 밖으로 내달려 도망친 것이었다. 쫓기는 자나 밧줄을 들고 뒤쫓는 사람들이나 모두들 미치광이들처럼 무시무시한 소리를 질러댔다. 그들은 그렇게 섬 전체를 최소한 세 바퀴 정도 돌았을 것이다. 아이들이 정원에서 술래잡기하는 광경을 그려보고 있으려니 그들의 추격전이 더욱 무섭게 느껴졌다. 드디어 추격자들이 사방에서 몰려오는 것을 본 그 수상한 사내가 강둑 위로 달려가 몸을 날렸고 첨벙하는 소리와 함께 시커먼 급류 속으로 사라져버렸다.

"이젠 할 수 있는 일이 아무것도 없네. 그는 이미 암초에 부딪쳐버렸을 거야. 자신이 여러 사람의 목숨을 잃게 했던 바로 그 암초에 말일세. 가문의 전설을 이용했던 것이……."

브라운 신부가 마음이 아픈 듯 낮게 가라앉은 목소리로 말했다.

"돌려서 말씀하시지 말고 그냥 간단하게 설명해주세요."

플랑보가 안달이 나서 말했다.

"알겠네."

브라운 신부가 호스를 바라보며 말을 이었다.

"두 눈이 빛나고 있을 땐 배가 안전하지만 한쪽 눈을 깜빡이게 되면 배는 침몰하고 말지."

양동이와 호스로 퍼붓고 쏘아댄 물에 불길은 칙칙 소리를 내며 꺼져갔다. 브라운 신부는 호스에서 눈을 떼지 않고 이야기를 계속했다.

"아침에 저 아가씨에게 망원경으로 강어귀를 살펴봐달라고 부탁할 생각이었네. 그녀가 좋아할 만한 볼거리가 있었을 테니까. 월터 펜드라곤이 타고 있는 배라든가, 반신상이 표상하고 있는 인물이라든가 뭐 그런 것들 말일세. 저 아가씨가 늙은 제독이 보낸 전보를 의심하고 이곳에 와서 그를 감시하지 않았더라면 월터의 배는 난파당했을 거고 월터도 살아남지 못했을 거야. 늙은 제독에 대해서는 이야기하지 않겠네. 송진과 수액이 묻어나는 탑에 불이 붙을 때마다, 그 불길이 수평선 위에서는 강가의 등대와 쌍을 이루는 다른 등대의 불빛처럼 보였으리라는 것만 말해두겠네."

"그렇게 해서 그의 아버지와 형이 죽었군요. 그 못된 삼촌이 집안의 재산을 다 차지할 뻔했어요."

플랑보가 말했다.

브라운 신부는 플랑보의 말에 대답하지 않았다. 다른 사람들에게도 의례적인 인사의 말을 빼고는 한마디도 하지 않았다. 불이 완전하게 꺼지는 것을 보고 난 후, 열광하는 이들에게 둘러싸여 섬 위로 성큼성큼 올라오는 젊은 펜드라곤의 발걸음 소리를 들었지만 신부는 서둘러 섬을 떠나왔다. 만약 신부가 낭만적인 것에 이끌리는 사람이었다면 섬에 좀더 남아서 청년과 아가씨로부터 고맙다는 인사를 받았을 것이다.

얼마 후 세 사람은 그들이 타고 왔던 배의 선실에서 담배상자를 가운데 놓고 마주앉았다. 브라운 신부는 피로가 다시 덮쳐왔는지 플랑보로부터 담뱃재가 바지 위에 떨어졌다는 주의를 듣고서야 겨우 몸을 움직였다.

"담뱃재가 아니라 탑이 불에 탈 때 나온 재야. 자네는 담배를 피우니까, 다른 것이라고 생각을 못했겠지. 난 지도를 처음 보았을 때부터 알아봤네."

"펜드라곤의 집에 있던 태평양 제도의 해도 말인가요?"

팬쇼 경이 물었다.

"자네들은 그것이 태평양 제도의 해도라고 생각했겠지. 가령, 새의 깃털을 화석이나 산호와 나란히 놓아두면, 누구라도 그것을 표본 정도로 생각할 것이네. 같은 깃털을 리본이나 조화에 꽂아두면, 다들 숙녀의 모자에 쓰일 거라고 생각할 것이고, 또 그 깃털을 잉크병이나 편지지 같은 것들이 놓여 있는 책상에 함께 놓아둔다면, 깃털 펜이라고 생각하겠지. 그런 것처럼 자네들이 열대의 새들과 조개껍질들이 함께 놓여 있는 데서 그것을 보았기 때문에 태평양 제도의 해도라고 생각한 것이야. 사실 그것은 이 강의 지도였네."

"그걸 어떻게 아셨습니까?"

팬쇼 경이 물었다.

"자네들이 용 같다느니 멀린 같다느니 했던 바위들을 보았거든. 그리고……"

"그럼, 강어귀까지 오는 동안 다 보고 계셨던 거예요? 멍하니 계신 줄 알았는데."

팬쇼 경이 소리쳤다.

"그건 뱃멀미 때문이었어. 너무 심하게 멀미가 나서 죽을 지경이었지. 그랬어도 눈앞이 안 보일 정도는 아니었네."

말을 마친 브라운 신부는 눈을 감았다.

"여느 사람들이라도 그 지도를 알아보았을 거란 말씀이세요?"

플랑보가 물었다. 그러나 그는 대답을 듣지 못했다. 브라운 신부가 그새 잠들어버렸기 때문이다.

기계의 실수

기계는 실수를 하지 않는다고 말씀하셨죠?

어떤 면에서는 정말 그렇기도 합니다.

하지만 기계를 작동시키는 또 다른 기계는

실수를 하지요.

해 질 녘 브라운 신부와 플랑보는 템플 가든에 앉아 있었다. 그곳이 법원에서 가까웠기 때문인지, 우연히 그렇게 된 것인지, 그들의 대화가 재판에 관한 것으로 옮겨지더니, 반대 심문의 허가 문제, 로마 시대와 중세 시대의 고문, 프랑스의 치안 판사, 그리고 미국의 엄한 신문에 관한 것으로 이어졌다.

"전 요즘 미국에서 각광을 받고 있는 새로운 심리측정법에 관한 저술을 읽고 있습니다. 신부님도 알고 계시겠지만 손목에 맥박계를 부착해놓고 특정 단어에 대해 맥박이 어떻게 반응하는지 조사하는 거예요. 신부님은 그것에 대해 어떻게 생각십니까?"

플랑보가 물었다.

"재미있긴 하군. 그 얘기를 들으니까 기억났는데, 중세 암흑시대 사람들은 살해자가 피살자의 시체를 만지면 거기서 피가 흘러나온다고 믿었지."

브라운 신부가 대답했다.

"그럼, 그 두 가지 방법 모두 유용하다는 말씀이세요?"

"아니, 둘 다 일고의 가치도 없다는 얘기일세. 피가 흐르는 데는, 빨리 흐르건 느리게 흐르건, 죽은 사람 몸에서 흐르건 산 사람의 몸에서 흐르건, 우리가 모르는 수많은 이유가 있을 거야. 때로는 아주 오묘하게 흐르기도 하겠지. 이를테면 내 자신이 피를 흘리고 있다는 것을 깨닫기도 전에 내 몸에서 흘러나온 피가 이미 마터호른의 봉우리까지 흘러 넘치고 있는 경우도 있을 거라구."

"그 심리측정법은 미국의 위대한 과학자들이 검증한 것이라던데요."

"과학자들은 왜 그렇게 감상적인지 모르겠어! 미국 과학자들이 특히 더 심해. 미국인들 아니면 도대체 누가 심장박동으로 뭔가를 알아내겠다는 생각을 하겠나? 그 사람들은 여자가 얼굴을 조금만 붉혀도, 자기를 사랑해서 그런 거라고 생각하는 사내들과 다를 게 없는 감상주의자들이야. 하비가 발견했던 혈액순환을 응용한 것인가 본데 정말이지 쓰레기 같은 생각이지."

신부가 격한 어조로 말했다.

"하지만 맥박의 반응을 정확하게 지적해낸다고 하던데요."

플랑보도 자신의 주장을 굽히지 않고 말했다.

"정확하게 지적한다는 것에 맹점이 있는 걸세. 막대기 한쪽 끝이 어딘가를 가리킬 때 그 막대기의 반대쪽 끝은 늘 정반대 방향을 가리키고 있어. 우리가 어느 쪽 끝을 보느냐에 따라 우리가 가게 되는 방향은 정반대로 달라져버리는 거지. 나는 그 심리측정법을 실제로 쓰는 것을 본 적이 있다네. 그 이후로 그 것을 믿지 않게 되었지."

신부는 자신이 환멸을 느꼈던 경험담을 들려주었다.

그것은 거의 20여 년 전의 일이었다. 그때 브라운 신부는 시카고의 어느 형무소에서 주재 신부로 일하고 있었다. 그곳에는 죄짓고 회개하는 것을 밥먹듯이 하는 아일랜드계 수형자들이 많아서, 신부는 상당히 바쁜 나날을 보내고 있었다.

형무소 부소장의 이름은 그레이우드 어셔로 형사 출신이었다. 얼굴은 죽은 사람처럼 창백했는데, 어떤 때는 딱딱하게 경직된 표정을 하고 있었고 또 어떤 때는 뭔가 난처한 일이 있는 듯 찡그리기도 했다. 그는 브라운 신부를 약간 얕잡아보긴 했지만 그래도 신부를 좋아했다. 신부도 내심 그의 이론을 탐탁지 않게 여기면서도 인간적으로는 그를 좋아했다. 어셔의 이론은 지극히 복잡한 것이었는데 그는 그것을 옹고집으로 주장하고 있었다.

어느 날 저녁, 부소장은 신부를 자신의 사무실로 불렀다. 신부는 늘 그렇듯 서류 뭉치들이 흐트러진 채 산더미처럼 쌓여 있는 탁자 앞에 앉아서 말없이 기다리고 있었다. 부소장은 서류 뭉치들 속에서 스크랩해놓았던 신문기사를 찾아내어 신부에게 건네주었다. 신부는 아주 진지하게 그것을 읽었다. 그 기사는 사교계의 동정을 담는 신문에서 오려낸 것 같았는데, 내용은 다음과 같았다.

사교계에서 가장 재치 있는 홀아비 '라스트 트릭' 토드 씨가 또 한번의 이색적인 만찬회를 준비하고 있다. 독자들은 지난번에 필그림즈 연못의 궁궐 같은 저택에서 열린 '유모차 퍼레이드 만찬회'가 사교계에 갓 등장한 젊은 명사들을 그들의 실제 나이보다 훨씬 더 젊어 보이게 했던 것을 기억할 것이다. 그때 못지않게 우아하고 다채롭고 감동적이었던 만찬회는 작년에 있었던 '식인종 오찬'을 들 수 있다. 그때 사람의 팔다리 모양으로 만들어진 과자가 식탁에 올려지자, 오찬

의 참석자들 중에는 자신의 파트너를 잡아먹겠다고 농담하
는 사람들이 한두 명이 아니었다고 한다. 오늘 밤의 만찬회
에서는 어떤 기발한 착상으로 분위기를 돋우어줄 것인지 기
대가 된다. 자세한 것은 아직 토드 씨의 머릿속에, 그리고 보
석으로 화려하게 치장한 우리 도시의 명랑한 상류층 인사들
의 가슴 안에 묻혀 있다. 다만 살짝 전해들은 바에 의하면 이
번 만찬회는 하류층 사회의 소박한 관습과 예법을 풍자하기
위한 것이라고 한다.

토드 씨는 영국의 오크 그로브즈 출신의 순수한 혈통의
귀족이자 유명한 여행가인 팰콘로이 경을 초대하여 만찬회
의 흥취를 더욱 돋울 것으로 보인다. 팰콘로이 경은 그의 가
문이 중세 시대 때 갖고 있었던 작위가 다시 부활되기 전에
여행을 하기 시작했다고 한다. 그는 한때 미국에 머문 적이
있었으며 이번이 두번째 방문인 셈이다. 그의 방문에 대해
뭔가 엉큼한 이유가 있을 거라고 말하는 사람들도 있다. 토
드 씨의 딸 에타 토드 양이 심성이 곱고 아리따운 아가씨인
데다 12억 달러에 달하는 유산을 물려받기로 되어 있으니
말이다.

"어떻습니까? 흥미롭지 않습니까?"

"이거 참, 뭐라고 말해야 할지. 글쎄요, 지금으로서는 이보다 더 시시한 것도 없을 것 같군요. 이런 기사를 쓴 기자에 분개한 미국 국민들이 그를 전기의자에 앉힌 게 아니라면, 어째서 이런 기사가 당신에게 흥미를 갖게 했는지 모르겠습니다."

"그래요? 그럼, 이 기사를 읽어보십시오."

어셔는 또다른 신문기사를 신부에게 건네주었다.

'죄수, 간수를 살해하고 탈옥'이라는 제목이 붙어 있었다.

오늘 새벽, 날이 밝기 전, 시쿼 감옥에서 도움을 요청하는 비명 소리가 났다. 관계직원이 비명 소리가 들려온 쪽으로 황급히 달려갔으나, 감옥의 북쪽 담 위를 순시하고 있던 간수는 숨진 채 발견되었다. 그곳은 몹시 가파르고 탈출하기가 어려워 한 명의 간수만으로도 충분하다고 알려져 있었다. 숨진 간수는 높은 담 위에서 밑으로 내던져졌고, 머리는 둔기로 얻어맞았는지 완전히 으스러져 있었으며 소지하고 있던 총기는 보이지 않았다.

조사 결과, 오스카 리안이라는 죄수의 감방이 비어 있는 것으로 밝혀졌다. 침울한 성격의 리안은 경미한 폭력사건으로 짧은 형기를 선고받았는데, 그를 본 사람들마다 어두운 과거를 지닌 위험한 인물이라는 인상을 받았다고 한다.

날이 밝은 후 사건 현장을 조사했을 때, 시체가 놓여 있던 곳 옆의 담벼락에 피로 쓴 글이 발견되었다.

그곳에는 '이것은 정당방위였다. 그는 총을 갖고 있었다. 나는 단 한 사람만을 빼놓고 아무도 해칠 생각이 없었다. 필그림즈 연못으로 가기 위해 총알은 내가 가져가겠다. O.R.'이라고 쓰여 있었다. 무장한 간수가 있었음에도 탈출을 감행하였던 범인은 분명 교묘한 계략을 썼거나 야만적이고 대담무쌍한 자임이 틀림없다.

"문체는 이 기사가 좀 낫군. 한데, 제게 뭘 부탁하시려는 건지 모르겠지만 제가 무슨 도움이 되겠습니까? 이 짧은 다리로 날쌘 살인범을 쫓아다닌다면 우스운 꼴이 될 텐데요. 글쎄, 나뿐 아니라, 다른 누구라도 그자를 찾아낼 수 없을 겁니다. 시퀴 감옥은 여기서 오십 킬로미터나 떨어진 데다가 가시덤불로 뒤덮여 있는 아주 황량한 곳입니다. 그리고 그자는 분명 대평원으로 이어지는 황무지로 갔을 겁니다. 아니면 구덩이 속이나 나무 위에 올라가 숨어 있을지도 모르겠군요."

"놈은 구덩이 속에 숨어 있지도 나무 위에 올라가 있지도 않습니다."

"그래요? 그걸 어떻게 아시지요?"

신부가 눈을 깜박거리며 물었다.

"그자를 한번 만나보시겠습니까?"

어셔의 질문에, 브라운 신부의 천진스런 눈이 휘둥그레졌다.

"범인이 여기 있다고요? 어떻게 체포하셨습니까?"

"제가 직접 체포했습니다."

미국인 부소장은 깡마른 다리를 난로 쪽으로 천천히 뻗으며 말했다.

"둥글게 휘어진 지팡이 손잡이로 놈의 다리를 걸어 넘어뜨렸지요. 그렇게 놀라실 것까진 없습니다. 정말 그랬다니까요. 제가 가끔 이 음산한 건물에서 벗어나 시골길을 산책하며 기분전환 한다는 걸 신부님도 아실 겁니다. 오늘 밤에도 산책을 나가 산울타리와 들판을 양옆으로 끼고 있는 가파른 오솔길을 거닐었지요. 달이 밝아서 길이 은빛으로 환하게 빛나고 있었습니다. 그런데 달빛 속에서, 누군가가 몸을 약간 구부린 채 들판을 가로질러 길 쪽으로 뛰어왔습니다. 경주를 하고 있는 사람처럼 빠른 속도였지요. 몹시 지쳐 보였는데도 빽빽하고 시커먼 산울타리에 다다르자, 마치 거미줄이라도 헤치는 듯 전혀 힘들이지 않고 그 안으로 쑥 들어가더군요. 몸이 꽤 단단했는지 나뭇가지들이 탁탁 부러지는 소리가 들려왔어요. 놈은 산울타리를 헤치고 나와 다시 달빛 속에 모습을 드러냈습니다. 놈이 제 앞에서 길을 막 건너가려고 할 때 제가 지팡이로 다리를 걸어 길바닥에 넘어뜨렸지요. 그리곤 얼른 호각을 불었죠. 경비병들이 쏜살같이 달려와 그를 체포했습니다."

"만약에 정말로 유명한 육상선수가 달리기 연습이라도 하고 있던 거라면, 상황이 좀 난처해질 뻔했겠는데요."

브라운 신부가 한마디 했다.

"육상선수가 아닙니다. 놈의 신분은 밝혀졌어요. 물론 전, 놈이 달빛 속에 처음 몸을 드러냈을 때부터 누구인지 알고 있었습니다."

어셔가 얼굴을 찡그리며 말했다.

"아침 신문에서 죄수가 탈옥했다는 기사를 읽었기 때문에 그가 탈옥수일 거라고 생각하신 것은 아닙니까?"

신부가 거침없이 말했다.

"확실한 근거가 있습니다. 첫번째 근거는 너무나 당연한 것이니 길게 설명하지 않겠습니다. 만약 그가 정말 운동선수라면 굳이 밭 한가운데를 가로질러 달리거나, 눈을 찔리게 될지도 모르는데 가시덤불이 엉켜 있는 울타리를 한밤중에 뚫고 달리는 짓은 하지 않을 겁니다. 또 웅크린 개처럼 등을 구부리고 뛰지도 않았을 거고요. 그리고 저처럼 고도로 훈련된 눈을 가진 사람이 아니면 놓쳤을지도 모를 또다른 결정적인 단서들이 있습니다. 우선, 놈이 누더기같이 허름하고 우스꽝스러울 정도로 큰 옷을 입고 있었다는 점입니다. 달빛을 등지고 검은 윤곽만 드러냈을 때에도 코트 깃이 머리까지 올라와서 곱추같이 보였고, 소매가 길고 헐렁해서 손이 없는 것처럼 보였어요. 그때 죄수복을 버리고 맞지도 않는 다른 사람의 옷을 입었다는 것을 알아차렸습니다. 또 하나, 놈은 상당히 거친 바람을 안고 달렸는데 머리칼이 바람에 나부끼는 게 전혀 안 보이더군요. 그래서 아주 짧게 깎여 있어서일 거라고 생각했지요. 그 순간 놈이 달려가고 있던 밭 너머에 범인이 총을 사용하겠다고 말했던 필그림즈 연못이 있다는 사실이 퍼뜩 떠올랐어요. 그래서 놈의 발에 지팡이를 걸었던 겁니다."

어셔가 차가운 목소리로 대답했다.

"아주 놀라운 추리네요. 그런데 그가 총을 가지고 있던가요?"

어셔가 멈칫 하는 것을 보고 미안했는지 신부는 공손하게 덧붙여 말했다.

"총이 없으면 총알도 무용지물일 텐데 말입니다."

"총은 갖고 있지 않았습니다. 하지만 중간에 무슨 일이 있어서 잃어버렸거나, 아니면 애초의 계획을 바꾸었거나 둘 중 하나겠지요. 경찰의 눈을 피하려고 옷을 바꿔 입으면서 총도 함께 버렸을지도 모르고요."

"그럴 수도 있겠군요."

"이제 그럴지 어떨지 따져보고 있을 필요가 없습니다. 이미 그자가 범인이라는 게 밝혀졌으니까요."

여러 가지 다른 서류들을 들춰보면서 어셔가 말했다.

"어떻게 말인가요?"

신부가 조심스럽게 물었다.

그러자 그레이우드 어셔는 신문 뭉치를 바닥에 내려놓고 오려놓은 두 개의 기사를 다시 집어들었다.

"정말 집요하게 물어보시네요. 좋습니다. 그럼, 처음부터 다시 따져봅시다. 이 기사들에는 한 가지 공통점이 있습니다. 백만장자인 이어튼 토드 씨의 사유지인 필그림즈 연못에 대한 언급이 그것입니다. 토드 씨는 비범한 인물입니다. 밑바닥부터 시작해서 차근차근 성공을 쌓아나간 사람이지요."

"옛 허물을 벗고 변모를 거듭한 경우군요. 저도 그 사람에 대해서 들은 적이 있습니다. 석유 때문에 가능했다고 알고 있습니다."

"어쨌든 간에 토드 씨가 이 사건에 연루되어 있습니다."

어셔는 난로 앞에서 다시 한번 기지개를 펴고는 거들먹거리며 이야기를 이어나갔다.

"일단 겉으로만 보아서는 이 사건에는 이상한 점이 없습니다. 죄수가 총을 필그림즈 연못으로 갖고 간다는 것은 이상한 일도 색다른 일도 아니지요. 우리 미국인들은 영국인들처럼 어떤 부자가 병원이나 경마에 돈을 많이 뿌리고 다닌다고 해서 잘못을 용서해주진 않습니다. 토드 씨는 비상한 능력으로 거물이 된 유명인사입니다. 그런데 그 때문에 피해를 보았던 사람들 중에 총으로 토드 씨를 해하려는 사람들이 있을 수 있습니다. 이름도 들어보지 못한 사람들의 손에 당할 수도 있다이 말입니다. 이를테면 그가 문닫게 한 공장의 노동자들이나, 그가 파산하게 만든 회사의 직원들 말입니다. 이 나라에서 고용주와 고용인의 관계는 실로 팽팽한 긴장 상태에 놓여 있으니까요.

　만일 탈옥수인 리안이 토드 씨를 살해하기 위해 필그림즈 연못으로 가려던 것이라면, 그와 같은 배경이 깔려 있다고 볼 수 있습니다. 저는 그 점을 확신하고 있었습니다. 또 하나의 작은 단서가 발견되었을 때, 제 안에 잠자고 있던 형사로서의 본능이 눈을 뜨더군요. 놈을 체포한 후 저는 다시 지팡이를 들고 시골길을 따라 걸었습니다. 그 길은 토드 씨 저택의 정원으로 통하는 옆문까지 이어져 있었습니다. 그 문은 필그림즈 연못에서 가까운 곳에 있었어요. 두 시간 전이니까, 일곱시쯤이었죠. 반짝이는 달빛이 끈적한 연못 기슭의 회색 늪에 길고 하얀 광선을 신비스럽게 드리우고 있었습니다. 그 늪은 우리 조상들이 마녀 사냥에 이용했다는 이야기도 전해지는 곳이지요. 정확한 이야기는 잊어버렸습니다만 제가 어디를 말씀드리는 건지 아실 겁니다. 아무튼 연못은 토드 씨 저택의 북쪽 황무지에 있습니다. 그곳엔 괴상하게 비틀린 나무가 두 그루 있는데, 그 모양이 하도 기괴해서 나무가 아니라 꼭 거대한 곰팡이 기둥 같지요. 전 한참 동안 달빛에 희미하게 보이는 연못을 바라보며 서 있었는데, 어느 순간 집에서 연못 쪽으로 나오는 사람의 형체가 눈에 띄었습니다. 하지만 주위가 너무 어둡고 멀리 떨어져 있어서 구체적인 인상착의 같은 것은 보이지 않았습니다. 사실 사람인지 아닌지도 확신할 수가 없었습니다. 그리고 저는 그때 그것보다 가까운 곳에서 일어난 일에 신경을 곤두세우고 있었습니다. 저는 정원 울타리 뒤에 몸을 웅크리고 앉아 있었는데 거기가 토드 씨의 저택 한 귀퉁이로부터 이백 미터 정도밖에 안 되는 지점인데다 운 좋게도 주의 깊은 사람은 안쪽을 들여다보기 좋게끔 울타리에 군데군데 틈이 나 있었습니다. 그 틈새로 들여다보고 있자니 어둠 속에서 건물의 문이 열리고, 환하게 불이 켜져 있던 실내에서 누군가가 나왔습니다. 불빛을 등지고 있어서 까만 윤곽만 보였는데 몸을 앞으로 숙인 채 살금살금 걸어나와 문을 닫더군요. 손에 든 손전등 불빛에 언뜻언뜻 비친 모습으로 보아선 여자였어요. 다 해진 망토를 둘러쓴 것을 보면 분명 다른 사람의 눈을 피하려는 것 같았습니다. 그런데 휘황찬란한 방에서 나오는 여자가 그렇게 누더기 같은 것을 걸치고 나오는 것도 그렇고 남의 눈에 띄지 않으려고 조심하는 것이 아무래도 이상했습니다. 여자는 꾸불꾸불한 정원의 오솔길을 따라 조심스레 걸어나왔습니다. 그리고는 연못이 내려다보이는 나지막한 잔디 언덕 위에 올라가 서더군요. 제가 숨어 있던 자리에서 약 사십육 미터 정도밖에 떨어져 있지 않은 곳이었습니다. 여자는 거기서 손에 들고 있던 손전등을 머리 위로 치켜들더니, 마치 무슨 신호를 보내기라도 하는 것처럼 앞뒤로 세 번 흔들더군요. 두번째로 흔들고 있을 때, 불빛이 순간적으로 그녀의 얼굴을 비추었는데 분명 낯익은 얼굴이었어요. 몹시 창백했고, 어디서 빌려온 건지 싸구려 숄로 머리를 가리고 있었습니다만, 백만장자의 딸, 에타토드 양이라는 것을 금방 알아볼 수 있었습니다.

그녀는 들어갈 때도 살금살금 걸어 집으로 돌아갔습니다. 저는 울타리를 뛰어 넘어 그녀를 따라가고 싶은 충동을 느꼈습니다. 그러나 제 안에 숨쉬고 있는 형사로서의 열정으로 인해 저의 품위가 손상되어서는 안 될 것 같아 꾹 참았습니다. 물론 제가 가진 공적인 권한을 이용해도 될 테니까 굳이 그렇게까지 할 것 없다는 생각이 들기도 했습니다. 그런데 제가 막 돌아서려고 할 때, 어떤 소리가 밤의 정적을 가르며 들려왔습니다. 집 위층에 있는 창문을 들어올리는 소리였는데, 제가 있던 곳에서 그 창문은 보이지 않았습니다. 이어서 아주 또렷하게, 집안을 다 뒤져봐도 팰콘로이 경이 안 보이는데 대체 어디 있는 거냐고 창 밖으로 외쳐대는 소리가 들려오더군요. 전 그게 누구의 목소리인지 알 수 있었습니다. 정치연설회에서 많이 듣던 목소리였으니까요. 바로 이어튼 토드 씨의 목소리였습니다. 곧이어 아래층 창문에선가 현관에선가 누군가가 토드 씨에게 팰콘로이 경은 한 시간쯤 전에 연못으로 산책 나간 후로 아무도 보지 못했다고 대답하는 소리가 들렸습니다. 그러자 토드 씨가 살인이 일어났다고 소리치면서 창문을 쾅 닫고 계단을 쿵쾅거리며 뛰어내려가는 소리가 들려왔습니다. 전 좀전에 생각해두었던 현명한 방법대로 하기로 마음먹고 그 뒤에 이어질 수색에 합류하지 않고, 여덟시가 되기 전에 이곳으로 돌아왔습니다.

자 이제, 신부님께서 관심 없어하신 그 기사를 생각해보십시오. 만일 탈옥수가 토드 씨를 쏘려고 총을 가지고 갔던 게 아니라면, 팰콘로이 경을 목표로 했을 가능성이 가장 큽니다. 그리고 이미 총을 사용한 것으로 보입니다. 누군가를 죽이고 숨기기에 그 연못은 아주 이상적입니다. 시체를 연못 속에 던져넣기만 하면 깊이를 알 수 없는 늪의 밑바닥 속으로 가라앉아버릴 테니까요.

자, 일단 탈옥수가 죽이려던 사람이 토드 씨가 아니라 팰콘로이 경이었다고 가정해봅시다. 그런데 아까도 말씀드렸듯이 미국에는 여러 가지 이유에서 토드 씨를 살해하려는 사람들이 많이 있습니다. 하지만 미국에 온 지 얼마 안 된 영국인 귀족을 죽여야 할 이유를 가진 사람은 아무도 없을 겁니다. 굳이 찾자면 한 가지 있는데, 그건 백만장자의 딸 에타 토드 양과 관련이 있을 듯합니다. 바로 그 선정적인 신문 기사에 언급되었던, 팰콘로이 경이 백만장자의 딸에게 눈독을 들이고 있다는 그 이유 말입니다. 이 짧은 머리의 탈옥수는 꼴에 토드 씨의 딸을 탐내고 있었던 모양입니다.

이런 추측이 신부님 귀에 거슬릴 수도 있고 우습게 들릴지도 모릅니다. 하지만 그건 신부님이 영국 사람이라 잘 몰라서 그렇지요. 켄터베리 대주교의 딸이 막 가출옥 허가장을 받고 나온 거리 청소부와 결혼한다는 이야기처럼 들리실 수도 있겠지요. 하지만 그건 신부님이 야심에 찬 미국 시민들의 힘을 정당하게 평가하지 않으시기 때문입니다. 신부님이 야회복을 차려입은 근엄한 백발의 신사가 우리 주의 유명인사라는 것을 알게 되신다면, 아마 그에게는 훌륭한 조상들이 있을 거라고 생각하시겠지요. 하지만 그건 잘못된 생각입니다. 그는 불과 몇 년 전에 빈민가나 감옥에 있었을 수도 있으니까요. 미국인들의 신분상승이나 출세에 대한 열망을 고려하지 않은 것일 수도 있지요. 미국의 유력한 인사들 중에는 비교적 나이가 든 뒤에야 그렇게 된 경우가 상당수 있습니다. 토드 씨의 딸은 그녀의 아버지가 처음으로 큰 재산을 만졌을 때, 열여덟 살이었습니다. 그 나이에 그녀를 쫓아다니는 하층신분의 사내가 있었다 해도 이상할 게 없지요. 한밤중에 등불을 들고 흔들던 일로 미루어 그녀가 그 사내와 지금까지 계속 친분을 유지하고 있다고 생각해볼 수도 있지 않을까요. 정말로 그렇다면, 그녀가 등불을 들고 있었던 것과 총을 가진 사내가 무관하지 않다는 얘기가 되지요. 이번 사건은 아마도 큰 파문을 일으키게 될 것입니다."

"그렇겠군요. 그래서 어떻게 하셨습니까?"

신부는 인내심을 가지고 물었다.

"그 다음 일을 말씀드리면 놀라실 겁니다. 신부님은 이런 사건의 수사에 과학적인 방법을 도입하는 것을 탐탁지 않게 여기고 계시겠지만 전 제가 전에 말씀드린 적이 있었던 그 심리측

정기계를 사용할 절호의 기회라고 생각했습니다. 기계는 절대 거짓말을 하지 않으니까요."

그레이우드 어셔가 대답했다.

"기계는 절대 거짓말을 하지 않는다…… 그렇지요. 어떤 기계도 거짓을 말하진 않습니다. 하지만 그렇다고 진실을 말해주는 것도 아니지요."

"이번 사건에서는 진실을 밝혀주었습니다. 전 그 허름한 차림의 사내를 편안한 의자에 앉힌 뒤에 몇 가지 간단한 단어들을 칠판에 적어나갔습니다. 기계에는 그자의 맥박이 어떻게 변하는가를 기록하도록 장치해놓았지요. 저 역시 그자의 거동을 관찰하였고요. 이 테스트는 범죄와 관련되었을 거라고 추정되는 몇 개의 단어들을 그것과는 전혀 관계가 없는 일련의 단어들 속에 포함시키는 방식으로 진행되었습니다. 물론, 각 단어들이 모두 서로 자연스럽게 연관되도록 해야 합니다. 그래서 '왜가리' '독수리' '올빼미' 등 새 이름을 쓰고 그 다음에 '팰콘'*이라는 단어를 썼습니다. 그런데 그때 그자가 몹시 불안해했습니다. '팰콘' 뒤에 'R'을 하나 덧붙여 쓸 때는 기계의 바늘이 마구 요동을 치는 것이었습니다. 도대체 누가 미국에 온 지

---

*falcon. 매.

얼마 되지도 않은 영국인의 이름 팰콘로이를 보고 그렇게 놀라겠습니까? 팰콘로이를 살해한 사람이 아니라면 말입니다. 이건 멋대로 지껄이는 증인들의 증언보다도 훨씬 더 확실한 증거 아니겠습니까? 확실히 믿을 수 있는 기계가 보여준 것이니까요."

"믿을 만한 기계를 작동시키는 것은 믿을 수 없는 또 다른 기계라는 사실을 잊고 계시는군요."

어셔의 이야기를 차분히 듣고 있던 신부가 말했다.

"무슨 말씀을 하시는 겁니까?"

"사람을 말하는 겁니다. 내가 아는 한 가장 믿지 못할 것이 사람이라는 기계지요. 무례하다고 생각지 마십시오. 선생을 염두에 두고 하는 말은 아니니까요. 그런데 그 사내가 어떻게 반응하는지를 지켜보았다고 하셨지요? 당신이 지켜본 것이 옳은지 그른지 어떻게 알겠습니까? 또 각 단어들이 서로 자연스럽게 연관되도록 했다고 하셨는데, 자연스러운지 부자연스러운지는 어떻게 판단합니까? 그리고 상대방 역시 당신을 관찰하고 있지 않았다고 할 수 없을 것입니다. 혹 당신이 심하게 동요하고 있었던 것은 아닐까요? 당신의 손목에는 맥박을 측정하는 기계를 부착하지 않았지만 말입니다."

"전 아주 침착했습니다."

미국인 부소장은 몹시 흥분하여 소리질렀다.

"조사를 받는 죄인들도 당신만큼 침착하게 있을 수 있습니다."

브라운 신부가 입가에 미소를 띠며 말했다.

"하지만, 그놈은 안 그랬어요. 그만둡시다. 신부님에게 아주 질렸습니다."

어셔가 서류를 집어던지며 말했다.

"유감스럽군요. 나는 다만 있을 수 있는 일에 대해서 말해본 것뿐입니다. 그의 반응을 보고 그를 교수대로 보낼 단어가 어떤 것인지 알 수 있다면, 그도 역시 당신을 보면서 자기를 교수대로 보낼 단어가 언제 나올지 알 수 있지 않겠습니까? 한 사람에게 교수형을 내리느냐 마느냐의 문제인 만큼 그런 단순한 단어 테스트만으로는 부족할 듯싶습니다."

어셔는 화가 잔뜩 난 얼굴로 책상을 한 번 세게 내려치더니 자리에서 벌떡 일어나서 버럭버럭 소리를 질렀다.

"제가 처음에 기계로 테스트했던 것은 나중에 다른 방법으로 조사하여 그 기계의 정확도를 확인해보기 위해서였습니다. 그리고 역시 기계가 정확하다는 결론을 얻었습니다."

어셔는 잠시 말을 멈추고, 흥분을 가라앉힌 후 이야기를 계속했다.

"사실, 기계로 얻어낸 결과말고는 단서를 전혀 찾을 수가 없었습니다. 그에게 불리한 증거로 쓰일 만한 게 아무것도 없었으니까요. 몸에 걸치고 있었던 그 헐렁한 옷조차도 빈민층의 옷치고는 꽤 좋은 편이었습니다. 게다가 밭을 뛰어다니고, 먼지투성이인 산울타리를 헤치고 나온 사람이면 좀 더러워야 하는데, 그는 그런 대로 깨끗했어요. 물론, 감옥에서 탈출한 지 얼마 되지 않아서라고 볼 수도 있겠지만, 점잖은 가난뱅이들은 애써 품위를 유지하려 한다는 말을 들었던 게 생각났습니다. 그는 그런 부류의 사람 같았어요. 입을 꼭 다문 채 위엄을 지키려고 했죠. 그는, 그 부류의 사람들이 그렇듯, 가슴속에 깊게 응어리진 어떤 불만을 품고 있는 것 같았습니다. 살인사건이나 그 자신에 대한 질문들에 대해서는 아무것도 모른다고만 했어요. 그리고 예전에 자신의 사업에 관한 일로 도움을 받았던 변호사에게 전화해도 되느냐고 저에게 여러 번 묻더군요. 모든 면에서, 신부님이 예상하고 계시듯이, 아주 결백한 사람처럼 행동했지요. 그를 불리하게 만드는 것은 이 세상에 단 하나, 그의 맥박의 변화를 알려준 기계의 작은 바늘뿐이었습니다.

기계의 판단은 옳았습니다. 취조실에서 나와 대기실로 그를 데리고 나오니, 그는 마침내 사실을 털어놓고 모든 것을 마무리하기로 결심한 듯했습니다. 그가 갑자기 내게로 몸을 돌리더니 낮은 목소리로 이렇게 말하더군요.

'아, 더 이상은 이런 심문을 버틸 수가 없소. 나에 대해서 꼭 알아야겠다면…….'

그런데 그의 말이 미처 끝나기도 전에 대기실의 긴 의자에 앉아 있던 한 여인이 벌떡 일어나더니 그를 손가락으로 가리키며 비명을 질렀습니다. 그렇게 끔찍한 소리는 평생 처음 들었습니다. 여인의 야윈 손가락은 그를 향해 겨누고 있는 장난감 총 같았고 그녀의 말은 울부짖음이나 다름없었지만 한 음절 한 음절이 마치 시계바늘이 똑딱거리는 소리처럼 또렷하게 들려왔습니다. 여인이 이렇게 외쳤어요.

'드러거 데이비스다. 드러거 데이비스가 잡혔어!'

그곳에 앉아 있던 여자들은 대부분이 좀도둑이나 매춘부 들이었는데 그 가운데 스무 명 가량이 입을 딱 벌린 채 기쁨과 증오가 뒤섞인 눈빛으로 그를 쳐다보더군요. 그 소리에 크게 동요하는 오스카 리안의 표정을 보고 그의 본명이 드러거 데이비스라는 것을 알았습니다. 드러거 데이비스는 경찰들을 번번이 골탕먹인 아주 악랄하고 지독한 범죄자로 알려져 있고, 또 찢어지게 가난하다는 말을 들은 적이 있습니다. 이번에 간수를 살해하기 전에도 여러 차례 살인을 저질렀을 것이 뻔합니다. 하지만 이상하게도 한 번도 살해혐의로 체포된 적은 없었습니다. 어쩌면 하루가 멀게 걸려들었던 경범죄를 저지를 때와 똑같은 수법으로 살인을 하기 때문인지도 모르죠. 아주 잘생긴 놈이라고 하더니 그건 맞는 것 같더군요. 그는 주로 술집 여자들이나 여점원들을 사귀면서 그 여자들의 돈을 뜯어내곤 했습니다. 그보다 훨씬 더 나쁜 짓도 많이 했지요. 담배나 초콜릿에 수면제를 섞어 여자들에게 먹이고는 돈을 몽땅 털어간 적이 한두 번이 아니었답니다. 그러다가, 한 술집 여자가 죽은 채로 발견되었습니다. 하지만 사건의 경위는 밝혀지지 않았고, 끝내 범인을 밝혀내지 못했습니다. 그런데 그가 어디선가 다시 나타났다는 소문을 입수하게 되었는데 이번에는 돈을 빌려 쓰는 게 아니라 돈을 빌려주는 정반대의 인물로 행세한다는 것이었습니다. 대상은 그가 호려낸 불쌍한 과부들이었고, 모두 참담한 결과를 겪어야 했지요. 이러한 것이 신부님께서 무고함을 주장하시는 사람의 지난 행적입니다. 그 이후로, 네 명의 범죄자와 세 명의 교도관들이 그의 신원을 확인하고, 그의 범행을 확증해주었습니다. 자, 그렇다면 신부님께서는 그 기계에 대해서 뭐라고 하시겠습니까? 지금도 기계 때문에 그가 피해를 입고 있다고 생각하십니까? 기계는 죄를 지은 자를 제대로 밝혀낸 겁니다. 저와 그 여자도 정당한 일을 한 것이고요."

"당신이 한 일이 있다면 그를 전기의자에 앉히지 않은 정도지요."

신부가 자리에서 일어나 몸을 천천히 움직이며 말했다.

"게다가 증거도 확실치 않은 독약 사용 혐의로 그를 처형할 수는 없겠지요. 그리고 당신은 간수를 죽이고 달아난 진짜 범인을 놓치고 있는 것이 확실합니다. 어쨌거나 드러거 데이비스 씨는 이번 사건과 관련이 없으니까요."

"무슨 말씀을 하시는 겁니까? 어째서 그가 이번 사건과 아무런 관련이 없다는 거죠?"

어셔가 따지듯이 물었다.

"왜냐면, 그는 다른 종류의 범죄를 저지른 사람이니까요."

키 작은 신부는 전에 없이 활달한 어조로 말했다.

"난 당신 같은 분들을 이해할 수가 없습니다. 모든 죄악을 다 같은 것이라고 생각하니 말입니다. 그런 생각은 월요일에 구두 쇠였던 사람은 화요일에는 반드시 돈을 물 쓰듯 낭비하기 마련이라고 우기는 것과 다를 게 없어요. 여기 붙잡혀 온 남자가 몇 주, 몇 달 동안 가난한 여인들을 현혹했고, 수면제를 써서 푼돈을 뜯어냈다고 했습니다. 최악의 경우엔 독약을 썼을 수도 있겠지요. 거기다 나중에는 사채업자가 되어 나타나서는 가난한 부인들을 괴롭혔다고 했습니다. 그래요. 그가 이 모든 짓들을 저지른 사람이라고 칩시다. 그럼, 이제 내가 그 사람이 저지르지 않았던 것들을 말해보겠습니다. 그는 철책이 둘러진 담을 뛰어넘어 무장한 간수를 습격하지 않았습니다. 시체의 피를 자기 손가락에 묻혀 담벼락에 자기가 한 짓을 써놓지도 않았고, 자기 이름의 머릿글자를 써놓지도 않았습니다. 그리고 간수를 죽였던 것은 정당방위였다고 자신을 변호하지도 않았고, 그 간수와 맞붙은 적이 없다고 말하지도 않았으며, 총을 들고 어떤 부자의 집에 가려고 했었다는 말도 하지 않았습니다. 자, 두 사람이 저지른 범행의 성격이 다르다는 걸 모르시겠습니까? 같은 사람이 그렇게 다른 성격의 범행을 저지를 수는 없습니다."

신부의 말에 당황한 미국인 부소장이 입을 열어 항변하려는 순간, 누군가가 마치 망치로 두들기듯이 거칠게 쿵쿵거리며 사무실 문을 두드렸다.

그레이우드 어셔는 조금 전까지 브라운 신부가 제정신이 아닌 것 같다고 생각하고 있었는데, 그 순간에는 자기 자신도 미친 게 아닌가 싶었다. 더러운 넝마를 걸치고 기름때가 묻어 반질반질한 다 찌그러진 모자를 비스듬히 쓴 사내가 문을 벌컥 열고 사무실 안으로 들이닥친 것이었다. 두 눈은 마치 호랑이의 눈처럼 이글거리고 있었으나, 얼굴의 나머지 부분은 턱수염이며 구레나룻으로 뒤덮여 있었다. 게다가 아주 지저분한 붉은 색 손수건으로 입 언저리를 가리고 있었기 때문에 코끝만 겨우 보였다. 어셔는 이 근방 도시의 거친 사내들은 모두 잘 알고 있다고 은근히 뻐기고 있었는데, 그런 그조차도 허수아비처럼 추한 모습으로 나타난 이 사람은 처음 보는 듯했다. 그런데 다른 무엇보다 논리적이고 이성적으로 조용히 살아오던 그에게 이렇게 말한 사람을 대하는 것은 또한 처음 있는 일이었다.

"이것 봐, 어셔. 이제 지쳤어. 숨바꼭질 같은 짓은 그만 하고 싶네. 나도 더이상 당하고만 있진 않겠어. 내 손님을 순순히 내보내주게나. 그럼 나도 참아줄 테니까. 일 초라도 더 잡아두었다간 재미없을 거야. 내게 연줄이 있다는 건 알고 있겠지."

빨간 손수건을 두른 사내가 소리쳤다.

어셔는 고래고래 소리지르고 있는 괴물 같은 사내를 멍하니 바라보고 있을 뿐이었다. 눈앞에서 벌어진 일 때문에 놀란 나머지 아무것도 듣지 못하고 있는 것 같았다. 이윽고 그는 덜덜거리는 손으로 초인종을 눌렀다. 초인종 소리가 크게 울리는 가운데, 브라운 신부의 목소리가 나직하면서도 뚜렷하게 들려왔다.

"한 가지 말씀드릴 게 있습니다. 좀 혼란스럽게 해드릴지도 모르겠습니다만, 나는 저분이 누구인지 모릅니다. 하지만 알

것 같기도 하네요. 부소장님도 잘 아시는 분일 겁니다. 하지만 알아보지 못하고 있군요. 제 말이 좀 모순되게 들리시나요?"

"천지가 개벽을 했나……."

어셔가 의자에 털썩 주저앉아 팔다리를 힘없이 쭉 뻗으면서 말했다.

"이것 봐요. 신부님이 나설 자리가 아니오. 내가 원하는 건……."

낯선 사내가 탁자를 탕 치며 말했다. 그 목소리는 여전히 쩡쩡 울렸지만 조금은 이성을 되찾은 듯 한결 부드러워져 오히려 이상하게 들렸다.

"도대체 당신 누구야?"

어셔가 자세를 고쳐 똑바로 앉으면서 소리쳤다.

"저분은 아마 토드 씨일 겁니다."

신부는 처음에 읽었던 기사 스크랩을 집어들었다.

"부소장님께선 이 기사를 제대로 읽지 않으셨나 보군요."

브라운 신부는 그 기사의 일부를 담담한 목소리로 읽었다.

"'이번 만찬회는 하류층 사회의 소박한 관습과 예법을 풍자하기 위한 것이라고 한다.' 오늘 밤 필그림즈 연못에서 빈민들 흉내내기 만찬회가 있었는데, 초대받은 손님들 중 한 분이 사라졌습니다. 그래서 이어튼 토드 씨가 친절하게도 그분을 찾아 여기까지 온 것이지요. 만찬 복장도 벗지 않은 채 말입니다."

"누구를 찾으러 왔다는 겁니까?"

어셔가 물었다.

"당신이 보았다는 그 사람이오. 헐렁한 옷을 입고 들판 한가운데를 달리던 그 사람이 바로 사라진 손님이었습니다. 가셔서 다시 조사해보시는 게 좋지 않겠습니까? 그분은 샴페인을 마시러 만찬회장으로 돌아가고 싶을 겁니다. 총을 든 탈옥수를 보고 놀라서 급히 도망가던 중에 이곳으로 잡혀왔거든요."

"그럴 리 없습니다."

어셔는 신부의 말을 부인했다.

"부소장님, 기계는 실수를 하지 않는다고 말씀하셨죠? 어떤 면에서는 정말 그렇기도 합니다. 하지만 기계를 작동시키는 또 다른 기계는 실수를 하지요. 당신은 그 헐렁한 옷을 입은 사내가 팰콘로이 경의 이름을 보고 놀란 것은 그가 팰콘로이 경의 살해범이어서라고 단정지었습니다. 그러나 사실 그 사람 자신이 팰콘로이 경이었기 때문에 놀란 것이었습니다."

브라운 신부가 조용히 말했다.

"그렇다면 도대체 그는 왜 그렇다고 말하지 않았던 거죠?"

어셔가 신부를 쏘아보며 따지듯이 물었다.

"귀족으로서 그런 상황에 처하게 된 것이 처음이라서 부끄럽고 당혹스러웠을 겁니다. 그래서 신분이며 이름을 감추려고 했겠지요. 그러다 당신에게 자신의 이름을 밝히려던 찰나에 그만……."

신부는 시선을 돌려 자신의 구두를 바라보며 말을 이었다.

"어떤 여자가 그의 다른 이름을 말해버린 것입니다."

"머리가 어떻게 되신 것 아닙니까? 설마 팰콘로이 경이 드러거 데이비스와 동일인물이라는 뜻으로 말씀하신 것은 아니겠지요?"

그레이우드 어셔가 하얗게 질린 얼굴로 물었다.

신부는 잠시 진지한 눈길로 어셔를 바라보았다. 그의 얼굴엔 뭐라 설명하기 힘든 표정이 떠올랐다.

"그 점에 대해서는 아무 말도 하지 않겠으니 스스로 잘 생각해보십시오. 당신이 오려놓은 그 사교계 기사를 읽어보니, 최근에 그의 작위가 부활되었다고 하더군요. 하지만 그런 신문들은 믿을 만한 것이 못 됩니다. 하여튼 전체적으로 이상한 구석이 있어요. 대개 그렇듯 데이비스나 팰콘로이 경이나 둘 다 아주 겁이 많은 사람들이지요. 물론 엉뚱한 사람들에게 피해가 가는 얘기를 하고 싶지는 않습니다만."

신부는 아주 조용히, 심사숙고하며 말을 이었다.

"제 생각엔 당신들 미국인들은 스스로를 과소 평가하는 것 같습니다. 그리고 영국의 귀족들을 이상화시키고 있지요. 더구나 귀족이면 당연히 귀족적으로 보일 것이라고 생각하고 있습니다. 야회복을 입은 풍채 좋은 영국인이 귀족임을 알게 되면 혈통 있는 가문의 자손이겠거니 하고 멋대로 짐작하지요. 영국에서 일어난 신분제의 변화를 고려하지 않고 말입니다. 영국 귀족층 중에는 최근 들어서야 신분이 상승된 사람이 수없이 많으며……"

"이제 그만하십시오."

그레이우드 어셔는 자신을 비꼬는 듯한 신부의 말을 듣고 있기가 힘들었는지 앙상한 손을 내흔들며 중단시켰다.

"그만 하고 어서 내 친구를 풀어주게."

토드 씨가 어셔에게 말했다.

이튿날 아침, 브라운 신부는 전날과 같은 침착한 표정으로 나타났는데, 이때에는 사교계 신문에서 오려낸 또다른 기사를 손에 들고 있었다.

"당신이 아주 흥미로운 기사를 놓칠까 봐 가져왔습니다. 이 기사는 당신에게도 흥미로울 겁니다."

어셔는 신부가 스크랩한 기사를 건네받았다. 제목은 '토드 씨의 만찬회장, 필그림즈 연못에서 벌어진 소동'이었다.

어젯밤 윌킨슨 씨의 차고 바깥에서 웃지 못할 일이 벌어졌다. 순찰중이던 경찰이 거리의 불량배들에게 보고를 받고 그곳으로 가보니 죄수복 차림의 남자가 고급 승용차 운전석에 올라타고 있었다. 그와 함께 있던 여자가 그들을 제지하는 경찰에게 자신의 머리에 쓰고 있던 누더기 숄을 집어던졌는데, 그녀는 백만장자 토드 씨의 딸로 필그림즈 연못에서 열린 '빈민 흉내내기' 만찬회에서 빠져나왔던 것임이 밝혀졌다. 그 만찬회에 참석한 사교계의 명사들 모두 그녀처럼 빈민층 사람들을 흉내낸 옷차림을 하고 있었다고 한다. 그녀와 죄수로 변장하고 있던 신사는 드라이브를 즐기러 가던 중이었다.

그 기사 밑에는 신부가 다른 신문에서 오려내 붙여놓은 기사가 있었다. 첫 부분은 이렇게 시작되었다.

어느 백만장자의 딸이 자신이 준비한 이색 만찬회를 이용하여 탈옥수와 동반도주를 감행했다. 그들은 지금 안전한 곳으로……

기사를 다 읽고 난 그레이우드 어셔가 고개를 들었다. 그러
나 브라운 신부는 가버리고 없었다.

허쉬 박사의 결투

"모든 것을 틀리게 말하려면 속속들이 모르는 게
있어서는 안 된다네.
거짓말을 할 경우엔 어쩌다 자기도 모르게 거짓이
아닌 것을 말하게 되는 수도 있지."

모리스 브렝과 아르망 아르마냑은 햇살이 눈부시게 쏟아지는 샹젤리제 거리를 활기차고 당당하게 걸어가고 있었다. 두 사람 모두 키가 작고, 혈기왕성하며 대담한 사람들이었다. 검은 턱수염을 기르고 있는 것도 두 사람의 공통점이었는데 진짜 털을 가짜처럼 보이게 하는 이상한 프랑스식 유행을 따른 것이라서 얼굴에다 가짜 수염을 붙여놓은 것처럼 약간 어색해 보였다. 브렝은 아랫입술 밑에 역삼각형으로 길렀고 아르마냑은 그의 네모진 턱의 양쪽 끝에서 두 갈래로 갈라지도록 하여 기르고 있었다. 둘 다 젊었고, 무신론자들이었으며, 사고방식은 완고한 편이었으나 임기응변의 재치는 있었다. 그들은 과학자이자 정치평론가이며, 윤리주의자인 허쉬 박사의 제자들이었다.

브렝은 평범한 인사말인 '아듀'를 프랑스의 모든 고전에서 삭제해야 하며, 일상 생활에서 그 말을 하는 사람에게는 벌금을 물게 해야 한다는 제안을 하여 유명해진 사람이었다. 그는 이렇게 말했다.

　"그렇게 하면 상상으로 만들어낸 하느님이라는 이름이 인간들의 귓가에서 더이상 울리지 않게 될 것입니다."

　아르마냐은 군국주의를 반대하는 사람으로 프랑스 국가의 후렴이 '무기를 들어라, 시민들이여'에서 '파업을 하라, 시민들이여'로 바뀌기를 바라고 있었다. 그의 반군국주의는 좀 특이하면서도 전형적인 프랑스식이었다. 한번은 저명하고 부유한 영국인 퀘이커 교도가 전 세계의 무장해제를 논의하기 위해 그를 방문했는데, 그가 무장해제의 시작 단계로 병사들이 장교들을 쏴야 한다고 주장하는 바람에 몹시 실망하고 돌아간 적도 있었다.

　바로 그러한 점들에서 두 사람은 그들의 정신적인 지도자이자 아버지인 허쉬 박사와 확연히 차이가 났다. 허쉬 박사는 프랑스에서 태어나, 윤택한 프랑스식 교육을 받고 자랐지만, 기질적으로는 프랑스인과는 달리 온화하고, 몽상을 즐기는 매우 인간적인 사람이었다. 또한 무신론적인 체계를 신봉하면서도 약간은 초월주의자 같은 면을 함께 지니고 있었다. 간단히 말해서 그는 프랑스인이라기보다는 독일인에 더 가까웠다. 브렝과 아르마냑은 스승인 허쉬 박사를 대단히 존경하고 있기는 했다. 그러나 그들의 잠재의식 속에 깔려 있는 프랑스인으로서의 기질 때문에 평화를 호소하는 스승의 지극히 온건한 태도에 대해서는 불만을 품고 있었다. 전 유럽에 걸쳐 있는 지지자들에게 있어서 폴 허쉬의 존재는 과학의 성자였다. 그의 광범위하고 대담한 우주 이론은 엄격하고 순수하며, 도덕적이며 다소 경직되어 있는 그의 생활을 잘 반영하고 있었다. 말하자면 그는 다윈과 톨스토이를 한데 합쳐놓은 듯한 사람이었던 것이다. 그러나 그는 무정부주의자도 반애국주의자도 아니며, 무장해제에 대한 그의 견해는 온건하고 점진적인 것이었다. 최근에 그는 프랑스 정부의 세심한 보안 조치하에서 소리가 나지 않는 폭발을 발명한 적도 있었다. 프랑스 정부는 화학 분야에서 그를 상당히 신뢰하고 있었다.

그의 저택은 엘리제 궁 근처의 아름다운 거리에 위치하고 있었는데, 무더운 여름날이면 밤나무 잎들이 너무나도 무성하여 거리가 마치 공원처럼 보일 정도였다. 쏟아져 내리는 햇살을 흩어놓고 있는 밤나무들은 어느 한곳, 커다란 카페의 입구를 제외하고는 그 거리를 따라 죽 늘어서 있었다. 바로 이 카페의 맞은편에 흰색과 녹색의 블라인드가 달린 허쉬 박사의 집이 있었다. 이층 창문 앞에는 역시 녹색으로 칠해놓은 철제 발코니가 있었고, 그 아래에 저택으로 들어가는 관목과 타일로 화려하게 장식한 출입문이 있었다. 그 출입문으로 그 두 명의 프랑스인들이 유쾌하게 대화를 나누면서 걸어들어갔다.

허쉬 박사의 나이 든 하인 시몽이 그들에게 문을 열어주었다. 그는 검정색 양복을 단정히 차려입고 안경을 썼으며 머리는 허옇게 센데다 믿음직해 보여서 어느 모로 보아도 박사 행세를 해도 손색이 없을 듯했다. 사실, 신체의 다른 부분에 비해 머리통만 유난히 커서 꼭 반쪽으로 갈라진 무처럼 생긴 허쉬 박사보다는 그가 훨씬 더 학자처럼 보였다. 그는 마치 환자에게 처방전을 건네주는 의사처럼 근엄한 태도로 아르마냑에게 한 통의 편지를 내밀었다. 아르마냑은 프랑스인 특유의 조급함으로 당장 겉봉을 뜯고는 편지를 읽기 시작했다.

나는 자네들을 만나러 아래층에 내려갈 수 없는 상황이라네. 만나고 싶지 않은 사람이 집에 와 있거든. 광신적인 애국주의자인 뒤보스크라는 장교인데, 그가 지금 온 방안을 돌아다니며 가구들을 발길로 걸어차고 야단법석을 떨고 있다네. 그래서 나는 카페가 바라보이는 서재 안에서 문을 잠가놓고 피해 있는 중일세. 자네들이 진정으로 나를 위한다면, 카페로 가서 바깥쪽 탁자에 자리잡고 앉아 기다리고 있게나. 장교를 그리로 보내도록 해볼 테니 말일세. 자네들이 그를 만나서 애기를 나누어주게. 나는 도저히 그를 만나줄 수가 없네. 그럴 수가 없고, 그러고 싶지도 않군. 아마 제2의 드레퓌스* 사건이 벌어질지도 모르겠네.

P. 허쉬.

아르마냑은 브렝을 쳐다보았다. 브렝이 편지를 건네받아 읽어보고는 역시 아르마냑을 쳐다보았다. 두 사람은 맞은편 카페의 밤나무 밑 탁자로 자리를 옮겼다. 거기서 그들은 계절에 상관없이 언제라도 마실 수 있는 진한 초록빛 압생트 술을 주문하였다. 카페에는 손님이 많지 않았다. 그들 외에 혼자 앉아 커피를 마시고 있는 군인과, 시럽을 마시고 있는 덩치 큰 사내, 같은 탁자에서 아무것도 마시지 않고 있는 신부가 전부였다.

모리스 브렝이 목을 축이고 나서 말했다.

"물론, 무슨 수를 써서라도 박사님을 도와야겠지. 하지만……."

그는 끝까지 말하지 않고 입을 다물어버렸다.

---

* 19세기 말, 프랑스에서 유대인 사관(士官) 드레퓌스의 간첩 혐의를 둘러싸고 정치적으로 큰 물의를 빚은 사건.

잠시 침묵이 흐른 후에 아르마냑이 말했다.

"박사님은 분명 그럴 만한 이유가 있어서 그 장교를 만나지 않으시려는 걸 거야. 그런데……."

아르마냑의 말이 채 끝나기 전에, 맞은편 허쉬 박사의 집에서 장교가 쫓겨나고 있는 것이 보였다. 아치형 출입문 아래의 관목들이 흔들리며 양옆으로 젖혀지더니, 그 불청객이 마치 대포알처럼 튕겨나왔다.

그 사내는 작았지만 단단한 체구에 티롤 지방 고유의 작은 중절모를 비스듬히 쓰고 있었는데, 말 그대로 전형적인 티롤 지방 사람 같은 데가 있었다. 넓은 어깨는 떡 벌어졌고, 무릎까지 오는 바지를 입고 뜨개질한 긴 양말을 신고 있는 두 다리는 말쑥하고 민첩하게 보였다. 얼굴은 밤같이 가무잡잡했고, 불안하게 움직이는 두 눈동자도 갈색이었다. 검은색의 앞머리는 뒤로 착 달라붙게 빗질해놓고 뒤쪽은 짧게 치켜 깎아서 네모난 두개골이 고스란히 윤곽을 드러내고 있었다. 그리고 들소의 뿔을 연상시키는 검은 콧수염을 기르고 있었다. 그렇게 큼지막한 머리통은 보통 황소 목같이 듬직한 목에나 얹혀 있는 법인데, 목에 화려한 대형 스카프를 둘러서 전혀 알 수 없었다. 귀까지 감싸고 있는 이 스카프는 특이한 조끼처럼 보이는 재킷의 깃 사이로 밀어넣어져 있었다. 스카프의 색깔은 오래되어 바래 보이긴 했으나 짙은 빨간색과, 금색과 보라색이 섞여 있는 것으로 보아 동양의 직물로 보였다. 전체적으로 이 사내에게서는 어딘지 모르게 야만적인 분위기가 풍겼고, 말씨는 분명 프랑스 토박이의 것이었으나 프랑스 장교라기보다는 헝가리 귀족같이 보였다. 그가 보여주는 애국심은 약간 어처구니없게 보일 정도로 지나치게 충동적이고 격렬한 데가 있었다. 출입문 밖으로 쫓겨나온 뒤로 그가 했던 첫번째 행동은 거리에 대고 다음과 같이 소리를 지른 것이었다.

"여기 프랑스 사람 아무도 없습니까?"

마치 이슬람의 성지 메카에서 기독교 신자를 찾고 있는 것 같았다.

아르마냑과 브렝이 자리에서 벌떡 일어났지만 이미 너무 늦은 뒤였다. 사람들이 거리 여기저기에서 뛰어나와 운집하기 시작한 것이었다. 거리의 정치학에 대한 프랑스인 특유의 즉각적인 본능으로, 검은 콧수염의 사내는 카페의 모퉁이 쪽으로 달려가 탁자 위로 뛰어올라 섰다. 그리고선 군중들에게 떡갈나무 잎사귀를 흩뿌리며 연설했던 데물랭*처럼 밤나무 가지를 휘어

---

* Desmoulins, Camille(1760~1794). 프랑스 혁명 때 가장 영향력 있는 언론인이자 저술가였던 온건 민주주의자.

잡고 큰 소리로 외쳤다.

"프랑스인들이여! 저는 말을 잘 못합니다. 하지만 그렇기 때문에 이렇게 말씀드리고자 하는 것이며 주께서 저를 도와주시리라 믿습니다. 허쉬 박사, 그자는 더러운 국회 안에서 연설하는 법뿐만 아니라 입을 다무는 법도 배운 모양입니다. 그는 자기 집 서재에 틀어박혀 겁쟁이처럼 꼼짝도 않고 있습니다. 내가 문을 두드렸을 때도 아무 대답이 없었습니다! 건너편에서 저 집이 흔들릴 정도로 소리를 치는 것을 듣고 있을 테지만 여전히 아무런 대답이 없습니다. 정치가들은 능숙하게 침묵하는 법을 알고 있습니다. 그러나 여러분! 이제 아무 말도 할 수 없었던 우리들이 말해야 하는 때가 온 것입니다. 조국의 비밀이 프러시아 놈들에게 누설되고 있습니다. 바로 저 집에 사는 자에 의해서 말입니다.

나는 벨포르 시의 포병대에 근무중인 쥴 뒤보스크 대령입니다. 우리는 어제 보주에서 독일군 스파이를 체포했는데, 그는 한 장의 편지를 갖고 있었습니다. 제가 들고 있는 바로 이 편지입니다. 당국은 이 편지에 대한 것을 은폐하려고 했습니다. 그러나 저는 이것을 쓴 장본인인 허쉬 박사에게 직접 가지고 갔습니다. 그의 필적이 분명하며 그의 이름이 약자로 서명되어 있습니다. 그가 발명해낸 소리 안 나는 폭탄의 설계도가 있는 곳을 알리는 내용의 편지입니다. 독일어로 씌어 있고, 독일인 스파이의 주머니에서 발견되었습니다. 여기엔 이렇게 씌어 있습니다. '그에게 폭탄물의 설계도가 국방부 사무실 책상의 왼쪽 첫번째 서랍 안에 있는 회색 봉투 속에 들어 있으며 빨간 잉크로 쓰여 있다고 전해주시오. 최대한 조심해야 합니다. P.H.'"

속사포처럼 쏟아내는 장교의 말을 듣고 있자니 정말로 그의 말이 사실이거나 아니면 그가 미친 사람이거나, 둘 중 하나일 것 같았다. 모여 있는 군중들 대부분이 민족주의자들이었는데, 뭐라고 험악하게 외쳐대는 소리가 그들 사이에서 터져나오기 시작했다. 아르마냑과 브렝을 비롯한 몇몇 소수 지식인들의 항변은 오히려 많은 군중들을 더욱 투쟁적으로 만들 뿐이었다.

"그것이 군사 기밀이라면, 왜 거리에서 공개적으로 발설하는 겁니까?"

브렝이 크게 소리쳐 물었다.

"이렇게 해야 하는 이유를 말해주겠소. 나는 정중히 그를 찾아갔소. 해명할 것이 있다면 해명하도록 말이오. 그러나 그는 해명하는 것을 거부했고, 카페에 있는 두 사람을 찾아가보라고 하고는 나를 집 밖으로 내쫓았습니다. 나는 파리의 시민들과 함께 그의 집으로 되돌아갈 것이오."

웅성거리는 군중들 위에서 뒤보스크가 언성을 더욱 높여 말했다.

그 소리가 어찌나 큰지 길가의 집들이 뒤흔들릴 정도였다. 돌멩이 두 개가 허쉬 박사의 집으로 날아가 발코니 위쪽 창문을 와장창 깨뜨렸다. 흥분한 뒤보스크 대령이 아치형 통로 안으로 몸을 날려 들어갔고, 통로 안쪽에서 비명 소리와 욕설을 퍼붓는 소리가 들려왔다. 시시각각 인파가 점점 불어나 배신자의 집 난간과 현관 앞 계단으로 몰려들었다. 그 집은 바타이유 감옥처럼 함락되기 일보직전이었다. 바로 그때, 깨진 프랑스식 문이 열리면서 허쉬 박사가 발코니에 나타났다. 그런데 격분해 있던 군중들 중 몇몇이 크게 웃음을 터뜨렸다. 허쉬 박사의 모습이 그 순간의 상황에 어울리지 않게 너무나 우스워 보였기 때문이었다. 그의 기다란 목과 구부정한 어깨는 샴페인 병을 연상시켰고, 그가 입고 있는 외투는 못에 걸어놓은 것처럼 후줄근하게 늘어져 있었다. 홍당무처럼 붉은 머리칼은 텁수룩하게 자라 있었고, 입술 아랫부분에서 기르고 있는 턱수염이 뺨에까지 보기 흉하게 뒤덮고 있었다. 얼굴은 아주 창백했고, 파란 색안경을 쓰고 있었다.

그가 단호한 어투로 말을 하기 시작했다. 세번째 문장을 말할 때쯤 군중들은 쥐죽은 듯 조용해졌다.

"……여러분에게 두 가지만 더 말씀드리겠습니다. 하나는 나의 적대자들에게, 또 하나는 나의 친구들에게 고하는 것입니다. 우선 나의 적대자들에게 말씀드립니다. 지금 이 순간에도 뒤보스크 씨는 바로 이 방 밖에서 난동을 부리고 있습니다만 나는 그를 만나지 않을 것입니다. 내가 다른 두 사람에게 뒤보스크 씨를 만나달라고 했던 것은 사실입니다. 왜 그렇게 했는지 말씀드리지요. 내가 그를 만나지 않아야 하며, 만나서도 안 되는 이유는 그를 만나는 것이 나의 위엄과 명예에 손상을 끼치는 일이기 때문입니다. 나는 법정에서 결백을 밝힐 작정입니다만 그에 앞서서 그는 신사적으로 나의 중재에 대해 감사해야 할 것입니다. 내가 내 제자들에게 그를 만나보라고 한 것은 순전히……"

그때 아르마냑과 브렝은 모자를 벗어 힘껏 흔들어댔고, 박사의 적들마저 예상치 못했던 박사의 도전에 우레와 같은 박수갈채를 보냈다. 그래서 박사가 하는 말 몇 마디는 소리에 묻혀 들리지 않았지만 이윽고 주위가 다시 조용해지고 나자 다시 들려왔다.

"이제 나를 지지해주시는 분들께 말씀드리겠습니다. 나는 언제나 지적인 무기인 설득을 택해야 한다고 생각해왔습니다. 그리고, 진보된 인류는 그렇게 할 것입니다. 그 무엇보다도 우리

인류가 가장 믿고 의지해야 하는 진리는 물질과 유전의 힘입니다. 내가 써낸 책들은 아주 좋은 평판을 받았으며, 나의 이론들은 한 번도 논박을 당한 적이 없었습니다. 하지만 정치적인 문제에서만큼은 프랑스인들이 생리적으로 지닌 편견 때문에 시달림을 받고 있습니다. 나는 클레망소*나 드룰리드** 처럼 연설을 잘하지는 못합니다. 그들은 말을 따발총처럼 쏟아내는 사람들이지만 나는 그런 능력이 없으니까요. 프랑스인들은 영국인들이 운동선수들에게 시합을 요청하는 것처럼 결투를 신청합니다. 좋습니다. 내가 결백하다는 증거를 보이겠습니다. 이 야만적인 결투 신청에 답을 하고 난 후 온전한 정신으로 여생을 살겠습니다."

조금 후에 뒤보스크 대령이 만족한 표정으로 박사의 집에서 나왔고, 군중들 가운데 두 사람이 대령을 돕겠다며 자청하고 나섰다. 한 사람은 카페에서 커피를 마시고 있었던 군인이었다.

"제가 대령님을 돕겠습니다. 저는 발로뉴 공작입니다."

또 한 사람 역시 카페에 있었던 덩치 큰 사람이었다. 일행인

---

* Clemenceau, Georges(1841~1929) 프랑스의 정치가. 1894~1906년의 드레퓌스 사건에서 드레퓌스의 옹호를 위해 힘쓴 결과, 개인의 명예회복과 함께 1903년 상원의원이 되었다.
** Deroulede, Paul(1846~1914). 프랑스의 작가이자 정치가.

신부가 처음엔 그를 만류했으나 어쩔 도리가 없게 되자 혼자 가버렸다.

그날 이른 저녁 샤를마뉴 카페 뒤뜰에서 몇몇 사람들이 간단히 저녁식사를 하고 있었다. 그 카페에는 지붕이 없었지만 무성한 나뭇잎들이 천연의 지붕 역할을 해주고 있었으며 손님들은 그 아래로 드리워진 그늘 속에 자리를 잡고 앉아 있었다. 나무들이 탁자 사이사이로 빽빽하게 들어차 있었기 때문에 카페 안은 마치 작은 과수원처럼 미묘하고도 현란한 신록의 기운이 맴돌았다. 중앙의 한 탁자에는 땅딸막한 신부가 홀로 앉아 아주 진지하게 청어 요리의 맛을 음미하고 있었다. 그의 일상은 너무나 평범했기 때문에 훌륭한 요리를 맛볼 수 있는 모처럼의 기회를 나름대로 독특하게 즐기고 있는 것이었다. 말하자면, 절제하는 미식가라는 표현이 그에게 알맞을 것이다. 여하튼 그는 자신이 앉아 있는 탁자 위로 기다란 그림자가 드리워질 때까지도 빨간 고추, 레몬, 갈색 빵이 함께 담긴 청어 요리 접시에서 눈을 떼지 않고 있었다. 이윽고 친구인 플랑보가 맞은편에 앉자 그는 고개를 들었다. 플랑보는 어쩐지 우울해 보였다.

"아무래도 이번 일은 포기해야 할 것 같습니다. 전 뒤보스크 같은 프랑스 군인들 편이고 허쉬 박사 같은 무신론자들에 대해서는 전적으로 반대입니다만, 이번 경우는 우리가 실수를 한 게 아닌가 싶어요. 공작과 저는 일단 조사를 해보는 게 좋겠다고 생각했는데, 정말 그러기를 잘한 것 같습니다."

플랑보가 진지하게 말했다.

"그럼 그 편지가 위조된 것이란 말인가?"

신부가 물었다.

"그게 좀 이상해요. 분명히 허쉬 박사의 필적이고 아무도 그것을 의심할 수 없을 테지만 절대로 박사가 쓴 것이 아닙니다. 박사가 프랑스를 사랑하는 애국자라면 물론 독일에 정보를 넘겨주는 그런 편지를 썼을 리가 없겠지요. 만일 그가 독일 스파이라고 하더라도 마찬가지인 게…… 그런 편지로는 독일 쪽에 아무런 정보도 줄 수가 없습니다."

"그 편지에 거짓 정보라도 적혀 있다는 건가?"

"정확히 말하자면 폭탄물의 비밀 설계도를 감춰놓은 곳을 잘못 적어놓았습니다. 자기가 만든 것이 어디에 있는지도 모를 리가 있겠어요? 그런데 정말 잘못 적혀 있었습니다. 저희가 허쉬 박사와 관계당국에 부탁해서 국방부의 서랍을 조사해보았답니다. 그 사실을 알고 있는 사람은 허쉬 박사와 국방부 장관을 제외하고, 저희들뿐이지요. 장관은 박사가 결투를 하지 않아도 되도록 배려해서 조사를 허락해주었지요. 아무튼 뒤보스크 대령의 고발이 거짓임을 알게 된 이상 그를 도울 순 없습니다."

"그게 정말인가?"

"정말이지요. 설계도를 숨겨둔 곳이 어디인지 모르는 자가 서투르게 꾸민 짓이었어요. 편지에는 설계도가 책상의 왼쪽 서랍에 있다고 씌어 있었는데 실제로는 오른쪽 서랍에 있었어요. 게다가 회색 봉투 속에 빨간 잉크로 그려진 것이 들어 있다고 했는데, 빨간 잉크가 아니라 검은 잉크로 그려져 있었습니다. 허쉬 박사의 실수였다거나, 외국의 스파이에게 엉뚱한 서랍을 뒤지게 하려고 일부러 그렇게 적어놓았으리라고 생각되진 않아요. 이번 일에서 손을 떼고 늙어빠진 홍당무 같은 허쉬 박사에게 사과해야 할 것 같네요."

플랑보가 우울한 목소리로 말했다.

브라운 신부는 잠시 무언가를 곰곰이 생각하는 듯했다. 그러다 그는 작은 청어 한 마리를 포크로 찍어 올리며 물었다.

"회색 봉투가 오른쪽 서랍에 있었던 게 분명한가?"

"물론이지요. 회색 봉투…… 아, 실제로는 흰색 봉투라고 해야……"

플랑보가 대답했다.

브라운 신부가 작은 은빛 물고기와 포크를 내려놓고는 플랑보를 빤히 바라보았다.

"뭐라고?"

그가 놀란 목소리로 물었다.

"왜 그러세요?"

플랑보가 열심히 요리를 먹으면서 물었다.

"봉투가 회색이 아니었다니…… 정말 놀랐네, 플랑보."

신부가 말했다.

"도대체 뭐가 놀랍다는 겁니까?"

"봉투가 흰색이었다는 게 말일세. 회색 봉투였더라면 좋았을 텐데. 흰색이었다니…… 뭐가 뭔지 모르겠군. 어쨌든 허쉬 박사가 위험한 장난을 하고 있는 것 같아."

신부가 심각하게 말했다.

"하지만 박사가 그 편지를 썼을 리는 없다고 말씀드리지 않았습니까? 거기 적힌 것들은 죄다 엉터리였어요. 허쉬 박사에게 죄가 있든 없든 자기가 만든 것이 어디에 있는지도 모르고 있진 않을 겁니다."

플랑보가 소리를 높여 말했다.

"모든 사실을 알고 있으니까 그런 편지를 쓴 것이지. 아무것도 모르고 있다면 그렇게 잘못된 정보를 꾸며낼 수는 없어. 모든 것을 틀리게 말하려면 속속들이 모르는 게 있어서는 안 된다네."

브라운 신부가 침착하게 말했다.

"무슨 말씀인지……."

"거짓말을 할 경우엔 어쩌다 자기도 모르게 거짓이 아닌 것을 말하게 되는 수도 있지. 누군가가 자네에게 초록색 대문에 파란색 블라인드가 달려 있고, 앞뜰은 있지만 뒤뜰은 없으며 개는 있지만 고양이는 없고 커피는 마셔도 차는 마시지 않는 집을 찾아가라고 했다고 가정해보게. 만약 그런 집을 찾지 못한다면, 자네는 그 집에 대한 정보가 전부 허위라고 생각하겠지만 나라면 달리 생각할 걸세. 만약 자네가 파란색 대문에 초록색 블라인드가 달려 있고, 뒤뜰은 있되 앞뜰은 없고, 고양이는 많이 기르면서 개는 눈에 띄는 즉시 쏴버리며 차는 주전자째로 마시면서도, 커피는 마실 수 없도록 금지하고 있는 집을 찾아냈다면, 원래 자네가 찾고 있던 집이 바로 그 집일 것이네. 그 정도로 틀린 정보를 주려면 그 집에 대해서 잘 알고 있지 않으면 안 되거든."

신부가 단호하게 말했다.

"대체 무슨 말씀을 하시는 건지 저로서는……."

플랑보가 음식을 먹으면서 말했다.

"나도 이번 사건은 잘 이해가 안 가는군. 자네 말에 따르면

설계도는 왼쪽 서랍이 아니라 오른쪽 서랍에 들어 있었고, 빨간 잉크가 아니라 검은 잉크로 그려져 있었네. 처음에는 나도 편지를 쓴 이가 실수로 그렇게 쓴 것이라고 생각했지. 3이라는 숫자는 참으로 신비로워. 대개의 일들에 결말을 맺어주는 숫자이니까. 이번 일도 마찬가지군. 서랍의 위치, 잉크의 빛깔, 봉투의 색깔, 이 세 가지 중 어느 하나도 맞는 것이 없으니 말일세. 우연히 세 가지가 다 틀리게 된 것은 아니겠지."

"그렇다면 무슨 죄가 되는 거죠? 반역죄인가요?"

식사를 계속하면서 플랑보가 물었다.

"글쎄, 그건 나도 잘 모르겠네."

브라운 신부는 조금 당혹스러워하는 표정을 지었다.

"사실 드레퓌스 사건에 대해서도 잘 이해가 안 갔네. 난 다른 어떤 것보다도 도덕적인 증거를 발견하는 게 더 쉽다고 여겼지. 자네도 알고 있겠지만 나는 일단 눈빛과 목소리로 사람을 판단하지. 그리고 그가 어떤 화제를 택하고 피하는지를 보고 그의 가족이 행복한지 아닌지를 알아내지. 어쨌거나, 나는 최고의 인간성을 가진 사람들도 경우에 따라서는 첸치*나 보르지

---

* Cenci, Beatrice(1577~1599). 16세기 로마의 젊은 귀부인인데, 아버지의 학대를 견디다 못해 남동생 자코모 등의 도움을 받아 아버지를 살해했다.

아*처럼 흉악하게 변할 수도 있다는 것을 안다네. 물론 시대에 뒤떨어지는 생각이라고 볼 수도 있겠지만. 내가 당황했던 것은 두 파 사이에 오고갔던 무시무시한 일들 때문이 아니라, 바로 두 파가 보여준 진지함 때문이었네. 두 파라고 해서 정치적인 당파를 지칭하는 건 아니고 그 사건에 관련된 쌍방을 두고 하는 말이네. 두 파가 모두 공모자들이라고 말할 수도 있을 것이고, 어느 한쪽만이 반역을 했던 것일 수도 있겠지만 어쨌든 어느 한쪽은 진실을 알고 있었던 것은 분명해. 드레퓌스는 자신이 억울하게 부당한 취급을 당하고 있다고 느끼는 사람처럼 행동했고, 정치인들과 군인들은 그들대로 드레퓌스는 억울하게 스파이로 몰린 게 아니라 실제로 스파이라는 식으로 맞섰지. 그들이 잘 처신했다는 것은 아니네. 다만 그들은 확신을 갖고 행동했다는 점을 말하고 싶은 걸세. 아무래도 자네가 이해할 수 있게 내가 제대로 설명하지 못하고 있는 것 같군."

신부가 당혹스러운 표정으로 말했다.

"저도 이해하고 싶긴 합니다만…… 그런데 지금 말씀하시는 게 허쉬 박사의 일과 무슨 관련이 있는 건가요?"

플랑보가 물었다.

---

* Borgia, Cesare(1475~1507). 교황 알렉산데르 6세의 서자로 그의 형 후안을 살해했다고 알려져 있다.

"가령, 책임 있는 자리에 있는 사람이 거짓 정보라는 그럴 듯한 이유를 내세워 적에게 정보를 제공했다고 치세. 그런 경우 그는 적을 잘못된 방향으로 유도함으로써 자신을 조국을 돕고 있다는 생각을 할 수도 있을 걸세. 그러나 그런 행동으로 스파이 단체와 관계를 맺고 나서 어쩌다 약간의 빚을 지게 된다거나 부담스러운 거래라도 하게 되면 그는 거기에 묶이게 되네. 그리고 외국 스파이들에게 결코 진실은 말하지 않더라도 그들로 하여금 진실을 추측할 수 있도록 도와주는 식으로 자신의 모순된 입장을 지켜가려고 할 것이네. 그의 양심은 이렇게 속삭이겠지. '나는 적을 돕진 않았어. 왼쪽 서랍에 있다고 말했으니까.' 하지만 그의 비열한 마음은 또 이렇게 속삭일 거야. '그래도 오른쪽 서랍에 있다는 것을 알아차릴 수 있겠지.' 이렇게 문명화된 시대에 그런 것쯤은 심리적으로 가능한 일이지."

　"심리적으로는 가능할 수도 있겠지요. 그렇게 본다면 드레퓌스가 자신이 부당하게 대해진 것을 확신하고 있었던 것과 재판관들이 드레퓌스가 유죄라고 확신하고 있었던 것도 설명이 되겠군요. 하지만 역사를 부정할 수는 없지 않습니까. 드레퓌스의 문서에, 그러니까 정말로 그의 문서였다고 할 때, 거기엔 정확한 사실이 기록되어 있었습니다."

　플랑보가 대꾸했다.

"난 지금 드레퓌스의 일을 생각하는 게 아니네."

브라운 신부가 말했다.

카페 안의 다른 사람들은 모두들 돌아가고 없었고 두 사람 사이엔 무거운 침묵이 내려앉았다. 나뭇가지에 얽혀들었다가 풀려나지 못한 듯한 햇살이 아직도 이곳저곳을 비추어주고 있긴 했으나 날은 이미 저물어가고 있었다. 플랑보가 갑자기 의자를 끌며 움직이는 바람에 시끄럽게 울리는 소리가 나면서 침묵이 깨졌다. 그는 탁자 위에 팔꿈치를 올려놓으며 거친 목소리로 말했다.

"허쉬 박사가 고작 비겁한 반역자에 불과하다면……."

"그런 사람은 너무 가혹하게 대해서는 안 되네. 전적으로 그의 잘못은 아니니까. 거절하는 능력을 타고나지 못한 것일 수도 있지. 함께 춤추자는 남자의 신청을 거절 못하는 여자나 노름에 손대는 것을 거부하지 못하는 남자처럼 말일세. 그런 이들은 모든 것이 정도의 문제라고 배웠을 거야."

브라운 신부가 온화한 목소리로 말했다.

"어쨌든 허쉬 박사는 뒤보스크 씨와 비교가 안 될 사람이군요. 뒤보스크 씨를 끝까지 돕도록 해야겠습니다. 좀 정신나간 사람처럼 보이긴 하지만 그가 진정한 애국자이니까요."

플랑보가 말했다.

브라운 신부는 다시 청어 요리를 들기 시작했다.

플랑보는 신부의 얼굴에 멍한 표정이 떠올라 있는 것을 눈치 채고 새삼 날카로운 눈빛으로 신부를 바라보며 물었다.

"도대체 뭐가 문제입니까? 뒤보스크 씨는 그런 대로 괜찮지 않나요? 설마 그까지 의심하시는 건 아니지요?"

키 작은 신부는 체념하듯 나이프와 포크를 내려놓으며 말했다.

"이보게, 난 모든 것을 의심하고 있네. 오늘 내 눈앞에서 벌어진 모든 일들을 말야. 이번 사건은 거짓을 말하는 쪽과 진실을 말하는 다른 쪽이 각각 따로 존재하는 여느 사건과는 다른 점들이 있어. 이번엔 양쪽 모두가…… 어쨌든 난 내가 생각해낼 수 있는 한 가지 가설을 자네에게 말해준 것이네. 내 스스로 만족스럽게 여길 만한 가설은 아니지만."

"저 역시 별로 만족스럽진 않군요."

플랑보가 눈살을 찌푸리며 대꾸했다. 신부는 완전히 체념한 듯한 표정을 지어 보이며 생선요리를 먹고 있었다.

"정반대의 정보를 줌으로써 진실을 암시할 수 있다고 말씀하신 것은 확실히 그럴 듯하게 들립니다만…… 그런데 신부님은 그렇게 하는 것을 어떻게 생각하십니까?"

플랑보가 물었다.

"형편없는 짓이지. 아주 형편없는 짓이야."

신부가 즉각 대답했다.

"하지만 전체적으로 생각해보면 뭔가 이상하네. 마치 어린애들이나 할 거짓말을 한 것 말이야. 세 가지 측면에서 그 거짓말을 따져볼 수 있지. 뒤보스크의 거짓말과, 허쉬 박사의 거짓말, 그리고 나의 공상 말일세. 그 편지는 프랑스 장교가 프랑스 관리를 파멸시키려고 썼거나, 독일군을 도우려고 프랑스 관리가 썼거나, 아니면 독일군을 혼란에 빠지게 하려고 프랑스 장교가 썼거나 그 셋 중 하나일 거야. 그런데 관리들이나 장교들 사이에 오고간 비밀 문서라면 그 편지보다는 좀더 치밀하게 암호나 약자, 또는 과학적이고 전문적인 용어로 쓰여졌을 테지. 그런데 그 편지는 싸구려 소설에나 나올 '자주색 동굴 속에 보물상자가 있을 것이다' 식의 문장처럼 너무나도 단순하게 쓰여 있어. 아무래도…… 한 번 읽고 금방 알아볼 수 있도록 써놓은 게 아닌가 싶네."

이때, 프랑스 군복 차림의 키 작은 사내가 바람처럼 두 사람이 앉아 있는 탁자 쪽으로 다가오더니 의자에 털썩 주저앉았다.

"어이없는 소식이 있습니다. 방금 대령에게 다녀왔는데, 그는 이 나라를 떠날 채비를 하고 있더군요. 결투를 하지 못하게 된 것에 대해 우리더러 대신 사과해달라고 부탁하더군요."

발로뉴가 말했다.

"뭐요? 대신 사과를 해달라고 했다고요?"

플랑보가 믿어지지 않는다는 듯 되물었다.

"그래요. 결투를 하기로 한 시간에, 결투를 하기로 한 장소에서, 그곳에 모여든 사람들 앞에서 당신과 내가 사과를 해달라는 겁니다. 그 동안에 대령은 조국을 떠나고 있겠지요."

공작이 씁쓰레한 표정으로 대답했다.

"대체 어찌 된 일입니까? 약해빠진 허쉬 박사가 무서워서 그럴 리는 없을 테고, 이런 빌어먹을! 허쉬 박사 같은 사람에게 겁을 낼 사람이 누가 있겠어요."

화가 난 플랑보가 버럭 소리를 질렀다.

"뭔가 음모가 있는 것 같습니다. 허쉬 박사의 명성을 높이려는 유대인과 프리메이슨 단원들의 계략일 수도 있고요."

발로뉴가 매서운 어조로 말했다.

브라운 신부의 표정은 별다른 변화가 없었지만, 이상하게도 뭔가 흡족해하는 것처럼 보였다. 그의 얼굴에선 무언가를 깨달았을 때이든 그렇지 않을 때이든 언제나 빛이 나지만 깨닫지 못하고 있다가 깨달음을 얻는 순간에는 더욱더 밝은 빛이 뿜어져나오곤 하였다. 그를 잘 아는 친구 플랑보는 그가 어느 한순간에 사건의 전모를 명쾌하게 이해했다는 것을 직감했다. 브라운 신부는 아무 말도 하지 않고, 생선요리를 마저 다 먹었다.

"대령을 만나고 온 곳이 어디입니까?"

플랑보가 속이 타는 기분으로 물었다.

"우리가 데리고 갔던 엘리제 궁 옆의 세인트루이스 호텔입니다. 말씀드렸지만 지금 짐을 꾸리고 있어요."

"아직 거기에 있을까요?"

플랑보가 찡그린 얼굴로 탁자를 내려다보며 물었다.

"아직은 못 떠났을 겁니다. 먼 여행을 떠나려면 준비할 게 많을 테니까요."

공작이 대답했다.

"아니오."

브라운 신부가 짤막하게 말했다. 그리고는 갑자기 자리에서 일어나서 말을 이었다.

"가까운 곳으로 떠나려는 겁니다. 아주 가까운 곳으로. 택시를 타고 가면 그를 만날 수 있을지도 모르겠군요."

택시가 세인트루이스 호텔 옆의 좁은 길에 이를 때까지 브라운 신부는 아무 말도 하지 않았다. 그들은 택시에서 내린 후 신부를 앞장 세워 땅거미가 내려 어둑어둑한 길을 따라 걸어갔다. 도중에 참다못한 공작이 허쉬 박사가 반역죄를 저지른 건지 아닌지를 신부에게 물었는데 신부는 멍한 표정으로 이렇게 대답했다.

"죄가 있다면 시저처럼 야망을 가진 죄밖에 없습니다."

그리고는 엉뚱한 말을 덧붙였다.

"그는 외롭게 살고 있던 겁니다. 그래서 모든 것을 직접 해야
했지요."

"야심에 사로잡혀 있었던 거라면, 지금쯤 충분히 만족해하고
있겠군요. 대령이란 작자가 꼬리를 감춰버리면 파리의 모든 시
민들이 박사에게 박수를 보낼 것 아닙니까."

플랑보가 비꼬듯이 말했다.

"그렇게 크게 말하지 말게. 대령이 바로 앞에 있으니까."

브라운 신부가 목소리를 낮추며 말했다.

다른 두 사람은 깜짝 놀라서 벽 쪽의 그늘 속으로 몸을 숨겼
다. 과연 그들 앞에 건장한 체구의 사내가 양손에 가방을 하나
씩 들고 어두운 길을 따라 재빨리 걸어가고 있었다. 등산용의
짧은 바지 대신 평범한 바지로 갈아입은 것말고는 그들이 처음
보았을 때와 별반 다를 게 없었다. 그는 호텔에서 빠져나와 도
망가고 있는 게 분명했다.

그들이 도망자의 뒤를 쫓아갔던 좁은 길은 마치 무대의 뒤편
같은 분위기를 풍겼다. 길 한쪽 옆으로는 흐릿한 색의 담이 길
게 이어져 있었다. 그 담에는 먼지가 잔뜩 낀 우중충한 빛깔의

문들이 군데군데 붙어 있었는데, 모두 굳게 닫혀 있었다. 개구
쟁이 녀석들이 낙서해놓은 것말고는 별다른 특징은 없었다. 어
둑어둑해지는 잿빛과 보라빛 황혼 속에서 담 위로는 침침한 상
록수 잎들이 보였고, 그 너머로 높다란 파리풍 가옥의 긴 테라
스의 뒤편이 보였다. 그 집은 아주 가까운 곳에 있었는데도 대
리석으로 된 산맥과도 같이 접근하기 힘든 곳처럼 느껴졌다.
길의 다른 쪽에는 금박을 입힌 철책으로 둘러싸여진 어두운 공
원이 있었다.

"왠지 좀 이상한 곳 같지 않아요?"

플랑보가 주위를 둘러보며 말했다.

"앗! 그가 안 보여요. 감쪽같이 사라져버렸군요."

공작이 날카롭게 소리쳤다.

"그는 열쇠를 갖고 있어요. 여기 문들 중 한 군데로 들어갔을
겁니다."

브라운 신부가 말하고 있는 사이에 그들 앞에서 나무문이 끼
익 하며 닫히는 소리가 들려왔다.

플랑보가 소리가 난 나무문을 향해 성큼성큼 걸어가서는 그
앞에서 검은 콧수염을 매만지며 서성거렸다. 그러더니 갑자기
긴 팔을 번쩍 쳐들고 원숭이처럼 몸을 날려 담 위에 올라섰다.
보랏빛으로 물들어 있는 하늘을 등지고 선 그의 거대한 몸집이

시커먼 나무처럼 보였다.

"뒤보스크의 도주는 우리가 생각했던 것보다 훨씬 더 치밀하게 계획된 것 같습니다. 어쨌든 분명히 프랑스에서 떠나려고 작정하고 있을 겁니다."

공작이 신부를 보면서 말했다.

"모든 곳으로부터 자취를 감추려는 거겠지요."

브라운 신부가 말했다.

발로뉴의 두 눈이 반짝거렸다. 그러나 목소리는 잠겨 있었다.

"그럼 그가 자살이라도 할 거라는 말씀인가요?"

"시체를 발견하게 되지는 않을 겁니다."

신부가 대답했다.

이때 담 위에 서 있던 플랑보가 소리를 질렀다.

"맙소사. 이제야 이곳이 어디인지 알겠어요. 바로 늙은 허쉬 박사의 집 뒤쪽이에요. 뒷모습만 보고도 누군지 알아보듯 난 뒤쪽만 보고도 집을 알아볼 수 있거든요."

"그럼, 대령이 박사의 집으로 들어간 거군요. 결국 두 사람이 만나겠군요!"

공작이 무릎을 치면서 외쳤다. 그는 갑자기 프랑스인 특유의 쾌활함을 되찾아 담 위로 뛰어오르더니 플랑보 옆에 앉아 들뜬

아이처럼 발을 퉁퉁거리며 찼다. 신부는 혼자 담 밑에 기대어 서서 생각에 잠긴 채 반짝거리는 건너편 공원의 나무들을 바라보고 있었다.

공작은 몹시 흥분하고 있긴 했지만 귀족의 본능이 있어서인지 몰래 숨어서 훔쳐보기보다는 떳떳이 보기를 원했다. 그러나 좀도둑, 동시에 탐정의 천성을 지닌 플랑보는 담에서 몸을 날려 포크처럼 갈라져 있는 나뭇가지 사이로 옮겨간 다음, 나뭇가지를 타고 올라가 집 뒤편에서 유일하게 불이 켜져 있는 창가로 바짝 다가갔다. 창문은 붉은색의 블라인드로 가려져 있었지만 약간의 틈이 있었고 거기로 안을 들여다볼 수가 있었다. 플랑보는 금방이라도 부러질 것 같은 나뭇가지에 매달린 채 목을 길게 내밀어 방 안에서 왔다갔다하고 있는 뒤보스크 대령을 보았다. 그는 거기서도 담 근처에서 공작과 신부가 나누는 이야기를 들을 수 있었다.

"그렇군요, 결국 두 사람이 만나겠군요!"

플랑보는 공작이 한 말을 그대로 인용하여 두 사람에게 말했다.

"그들은 절대로 만나지 않을 걸세. 결투자들끼리 만나서는 안 된다고 허쉬 박사가 말했는데 이런 경우에 그의 말이 옳은 셈이 되는군. 자네, 헨리 제임스가 쓴 이상한 심리소설을 읽은 적이 있나? 그 소설에 나오는 두 사람은 우연한 사건 때문에 늘 서로를 만나지 못하게 되고 그러다 상대방을 두려워하게 되어서 결국 그것을 숙명이라고 생각한다네. 이번 사건도 그 소설의 줄거리와 비슷한 데가 있어. 물론 훨씬 더 흥미진진하긴 하지만."

브라운 신부가 말했다.

"파리에는 그런 병적인 망상을 치료해줄 사람들이 많이 있어요. 우리가 두 사람을 붙잡아 어떻게든 만나게 해준다면 안 만날 수가 없을 겁니다."

공작이 씩씩거리며 말했다.

"그들은 최후의 심판 날에도 만나지 못할 거요. 전능하신 하느님이 결투를 주선하시거나 미카엘 천사가 결투를 알리는 나팔을 분다고 해도…… 그때조차도 어느 한 사람은 나와서 준비를 할지 몰라도 다른 한 사람은 절대 나타나지 않을 겁니다."

신부가 말했다.

"무슨 말씀을 하시는 건지 알아들을 수가 없군요. 도대체 어째서 두 사람이 만날 수가 없다는 겁니까?"

공작이 짜증 섞인 목소리로 말했다.

"그들은 서로 정반대의 존재들이니까요. 서로의 모순된 면이라고 볼 수도 있고, 서로를 상쇄하고 있다고 볼 수도 있어요."

브라운 신부는 입가에 이상한 미소를 띠면서 말했다.

신부는 여전히 맞은편 공원의 거무스름해져가는 나무들을 바라보고 있었다. 공작은 플랑보가 낮게 외치는 소리를 듣고는 얼른 그쪽으로 고개를 돌렸다. 불 켜진 방 안을 엿보고 있던 플랑보는 대령이 윗옷을 벗고 있는 것을 본 것이었다. 그는 처음엔 이제 허쉬 박사와 결투를 하려는가 보다고 생각했다. 하지만 곧 그 생각을 버려야 했다. 뒤보스크 대령이 옷을 벗자 뭔가가 떨어지는 게 보였다. 뒤보스크 대령의 떡 벌어진 어깨와 가슴은 윗옷에다 패드 같은 것들을 잔뜩 집어넣어 그렇게 보이도록 만든 것이었다. 셔츠와 바지만 입고 있는 대령의 체구는 무척 빈약해 보였다. 그런 차림으로 그는 침실을 가로질러 욕실로 갔는데, 물론 싸우기 위해서가 아니라 씻기 위해서였다. 그는 한참 세면대 위로 몸을 구부리고 있더니 물이 뚝뚝 떨어지는 손과 얼굴을 수건으로 닦으며 뒤로 돌아섰다.

그러자, 전등 불빛에 그의 얼굴이 환히 드러났다. 햇볕에 그을어 있던 안색은 몹시 창백해져 있었으며, 면도를 한 것인지 새까만 콧수염도 보이지 않았다. 대령의 모습이라고는 매의 눈처럼 빛나는 갈색의 눈동자만이 남아 있을 뿐이었다. 브라운 신부는 여전히 담 아래에 서서 생각에 깊이 잠겨 있었다.

"모든 것이 내가 플랑보에게 말했던 것과 너무나 똑같습니다. 정반대의 존재들은 서로에게 아무것도 행하지 않아요. 당연히 싸우지도 않겠지요. 검은색이 아니라 흰색, 액체가 아니라 고체라는 식으로 계속 나가는 건 분명 뭔가 수상한 게 있다는 걸 말해주는 겁니다. 한 사람은 살결이 흰데 다른 한 사람은 살결이 검고, 한 사람은 건장한데 다른 한 사람은 가냘프고, 한 사람은 튼튼한데 다른 한 사람은 허약하고, 한 사람은 턱수염은 없는데 콧수염이 있어서 입을 볼 수가 없고, 다른 한 사람은 콧수염은 없는데 턱수염이 있어서 턱을 볼 수가 없고, 한 사람은 머리가 짧은데 스카프로 목을 가리고 있고, 다른 한 사람은 깃이 낮은 옷을 입어 목을 드러내고 있지만 머리가 길어 두상을 가리고 있습니다. 어때요, 모든 것이 정확하게 반대이지 않습니까. 그 점에 문제가 있었던 겁니다. 그렇게 정반대인 것들은 서로 싸울 수가 없는 법입니다. 한쪽이 나오면 바로 반대쪽은 들어가야 하기 때문이지요. 이를테면 얼굴과 가면, 열쇠와 자물쇠처럼……."

신부가 중얼거렸다.

플랑보는 백지장처럼 새하얘진 얼굴로 방 안을 들여다보고 있었다. 방 안에 있는 사내는 플랑보에게 등을 보이고 거울 앞에 서 있었다. 그 거울로 그의 모습이 또렷이 보였다. 붉은색의 가발이 비웃음을 머금은 입만을 제외하고 머리꼭대기에서 턱

끝까지 드리워져 있었다. 거울에 비친 창백한 얼굴은 마치 활활 타오르는 지옥의 불길에 휩싸인 채 무섭게 웃고 있는 유다의 얼굴 같았다. 한순간 맹렬히 일렁이는 듯한 갈색의 눈동자가 보였으나, 곧바로 파란 색안경에 가려졌다. 사내는 헐렁한 검은 코트를 걸치고 난 후, 집 앞쪽으로 사라졌다.

잠시 후 저 너머 거리에서 들려온 군중들의 환호성이 허쉬 박사가 다시 발코니에 모습을 드러냈음을 말해주었다.

추리소설의 옹호

왜 추리소설이 인기가 있는지 그 원인을 찾기 전에 먼저 허울뿐인 말들에서 벗어나야 한다. 예를 들면, 대중은 고급 문학보다는 저급 문학을 더 선호하며 추리소설은 저급 문학이기 때문에 인기가 있다는 것과 같은 말이, 바로 그것이다. 단지 예술적인 섬세함이 결여되었다는 이유만으로 책이 인기를 끄는 것은 아니다. 『브래드쇼 철도 안내서 *Bradshaw's Railway Guide*』는 많이 팔린 책이지만, 대중적으로 재미있게 읽히는 책은 아니다. 만일 어떤 추리소설이 『브래드쇼 철도 안내서』보다 더 많이 읽힌다면, 이는 전자가 더 예술적이기 때문이다. 다행히 수많은 양서들이 인기를 누렸던 반면, 많은 악서들은 인기를 누리지 못했다. 좋은 추리소설은 그렇지 못한 추리소설보다 훨씬 더 인기를 누렸을 것이다. 이 문제에 있어 난점은 많은 사람들이 좋은 추리소설이 존재한다는 것을 깨닫지 못한다는 것이다. 다시 말해서, 사람들은 이런 추리소설을 마치 잘 쓴 악마의 이야기처럼 여긴다. 사람들의 눈에는 강도에 관한 이야기를 쓴다는 것이 일종의 정신적인 방법으로 강도짓을 저지르는 행위로 비춰지는 것이다. 다소 이해력이 부족한 사람에게는 충분히 일어날 법한 일이다. 사실 셰익스피어의 희곡은 많은 추리소설들만큼 깜짝 놀랄 만한 범죄들로 가득 차 있다.

그러나 훌륭한 추리소설과 그렇지 못한 추리소설 사이에는, 훌륭한 서사시와 그렇지 못한 서사시 사이의 차이만큼, 혹은 그보다 더 큰 차이가 있다. 추리소설은 예술의 형태로서도 손색이 없을 뿐만 아니라, 확실히 사회 발전에 기여하는 실질적인 이득을 갖고 있다.

추리소설의 제일 중요한 가치는 현대인의 삶에서 시적인 면을 표현해주고 있는 유일한 대중문학이면서 가장 초기형태라는 데 있다. 인간은 자신들의 시적인 재능을 깨닫기 전 오랜 세월 동안 거대한 산과 영원한 숲에서 살았다. 그렇기 때문에, 우리 후손들이 굴뚝을 산봉오리와 같은 화려한 미사여구로 바라보고, 가로등 기둥을 나무만큼이나 낯익고 자연스럽게 여기게 될 것임을 어렵지 않게 추론해낼 수 있다. 대도시 자체를 자유

분방하고 이해하기 쉬운 어떤 것으로 인식하게 되면, 추리소설은 충분히 호머의 『일리아드』와 비길 만해진다. 추리소설의 주인공이나 탐정은 요정나라 이야기에 나오는 왕자의 자유와 고독을 머금고 런던을 활보하거나 요정들이 타는 배와 같은 색깔의 원색적인 시내버스를 타고 예측할 수 없는 여행을 한다. 작가는 알고 있지만 독자는 알지 못하는 비밀의 수호자인 양 도시의 불빛은 마치 수많은 도깨비의 눈처럼 깜빡인다. 이리저리 꼬여 있는 모든 길은 마치 그 비밀을 가리키고 있는 손가락 같다. 뿐만 아니라, 굴뚝 꼭대기에 달린 통풍관이 만드는 환상적인 지평선은 거칠고 조롱하는 듯이 미스터리의 의미를 알려준다.

한 편의 시와 같은 런던을 발견한 것은 결코 작은 일이 아니었다. 정확히 말하면, 도시가 시골보다도 더 시적이었다. 왜냐하면 자연이 무의식적인 힘의 혼돈이라면, 도시는 의식적인 힘의 혼돈이기 때문이다. 활짝 핀 꽃이나 이끼가 긴 형태는 의미 있는 상징이 될 수도, 그렇지 않을 수도 있다. 그러나 실제로 의도적인 상징 없이 벽에 벽돌이 있거나 거리에 돌이 놓여 있는 경우는 없다. 다시 말해서, 이런 벽돌이나 돌은 전보나 엽서처럼 메시지를 담고 있는 것이다. 가장 좁은 거리마저 모든 갈래길과 휘어지는 길에 그 길을 만든 사람의 영혼을 묘비처럼 오래오래 담고 있다. 마치 바빌론 무덤의 벽돌과 같이 모든 벽돌은 인간적인 상형문자를 가지고 있는 것이다. 지붕 위의 모든 슬레이트는 덧셈, 뺄셈 계산 문제로 가득 찬 석판과 같이 교육적인 문서가 된다. 셜록 홈스 이야기처럼 사소한 일이 환상적인 형태로 나타나는 소설에서도, 부싯돌이나 타일과 같은 작은 물건들에 나타나 있는 수많은 인간적인 성격을 강조한다. 따라서 추리소설은 문명에 녹아 있는 아주 사소한 물건에도 소설적 요소를 가미하는 경향이 있다. 비록 열한번째 사람이 악명 높은 도적일 가능성이 있다 할지라도 보통 사람이 거리에 있는 열 명의 사람들을 풍부한 상상력을 발휘하여 바라보는 습관을 가지게 되는 것은 좋은 일이다. 어쩌면, 우리는 런던에 대한 또다른 더욱 훌륭한 소설적 요소를 가질 수 있기를, 인간 영혼이 그 육체가 겪는 모험보다 더욱 기묘한 모험을 하기를, 그리고 범죄를 쫓기보다는 미덕을 추구하는 것이 더욱 흥미진진하고 맹렬하기를 꿈꾸고 있는지도 모른다. 그러나, 스티븐슨만은 존경할 만한 예외로 남겨두고, 우리 위대한 작가들은 고양이의 눈과 같이 거대한 도시의 눈이 어둠 속에서 빛을 발하기 시작하는 그 순간과 감동적인 분위기를 글로 옮기는 일에서 점점 손을 떼고 있다. 그런 만큼 박식함과 까다로움만을 내세우는 비평의 웅얼거림 속에, 현대를 평범하고 진부하게만 바라보는 것을 거부하고 있는 대중 문학에 공정한 점수를 주어야 한다.

모든 시대에 있어 대중 예술은 당대의 풍속과 의상에 관심을 기울여왔다. 예수가 못박혀 있는 십자가 주변에 있는 사람들은 화려하게 차려입은 피렌체나 플랑드르의 귀족들이다. 지난 세기에는 맥베스 역을 맡은 배우는 분을 칠한 가발을 쓰고 주름 장식의 의상을 입는 것이 관습이었다. 삶과 양식의 시적 확신에서 멀어진 시대에 살고 있는 우리는 알프레드 대제가 관광객 차림으로 케이크를 굽거나 햄릿 왕자가 프록코트에 크레페 밴드를 두른 모자를 쓰고 나타나는 연극 공연을 머릿속에 그릴 수 있게 되었다. 그러나 롯의 아내와 같이 뒤를 돌아보려는 본능이 영원히 계속될 수는 없다. 현대 도시의 낭만적인 가능성을 그대로 보여주는 대중 문학, 특히 대중 추리소설 분야는 『로빈훗의 발라드』처럼 새롭게 자생적으로 생겨났다.

그러나 추리소설이 이루어놓은 또다른 업적이 있다. 인간은 보편적이고 자동적인 문명에 대항하여 도전하려는 원죄를 늘 지니고 있다. 반면, 경찰이 나오는 추리소설은 어떤 의미에서 문명 자체의 일탈에 있어서는 가장 선정적이며, 반란에 있어서는 가장 낭만적이라는 사실을 마음속에 새겨준다. 사회의 변경을 지키는 잠들지 않는 파수꾼인 경찰을 소재로 다룸으로써, 우리가 혼돈에 빠진 세상에서도 전쟁중에 있는 무장한 야영지에 살고 있음을, 그리고 혼돈의 소산인 범죄자들이 우리의 대문 안에서는 한갓 배신자에 지나지 않음을 상기시켜준다. 경찰이 나오는 추리소설에서 경찰은 독보적인 존재로서 적들의 소굴에서 주먹이나 흉기에도 비현실적인 정도로 겁을 내지 않을 때 독창적이고 독특한 표상으로 사회 정의의 수행자가 되는 것이다. 반면에 도적이나 노상강도는 원숭이나 늑대와 같이 과거의 영광에 연연해하며 거기서 행복을 찾는 영원한 구닥다리인 것이다. 이런 소설들은 경찰들이 우리를 보호하고 있다는 사실을 상기시킨다. 또, 이것은 추리소설이라는 로망스에서의 성공적인 기사 수업을 우리에게 연상시키는 것이다.

이 글은 체스터튼의 칼럼 모음집 「The Defendant」(1901)에 수록되어 있다.